포트노이의 불평

PORTNOY'S COMPLAINT
by Philip Roth

이 도서의 국립중앙도서관 출판시도서목록(CIP)은
서지정보유통지원시스템 홈페이지(http://seoji.nl.go.kr)와
국가자료공동목록시스템(http://www.nl.go.kr/kolisnet)에서 이용하실 수 있습니다.
(CIP제어번호: CIP2014006079)

포트노이의 불평

Portnoy's Complaint Philip Roth

필립 로스 장편소설 | 정영목 옮김

문학동네

일러두기

1. 주석은 모두 옮긴이주이다.
2. 본문 중 고딕체는 원서에서 이탤릭체로 강조한 부분이다.
3. 작가가 원서에서 글자 크기를 키우고 대문자로만 써서 강조한 부분은 번역문에서 중고딕 서체를 쓰고 마찬가지로 글자 크기도 키웠다.
4. 작가가 원서에서 이디시어를 사용한 경우 번역문에서는 해당 단어를 이탤릭체로 표기하고 원어를 병기했다. 같은 이디시어 단어가 다시 사용된 경우에는 이탤릭체로만 표기하였다.
5. 이디시어 외의 외국어는 처음 나올 때 원어 병기만 하였다.

포트노이증症* Portnoy's Complaint[pôrt'-noiz kəm-plānt'] 명 (앨릭잰더 포트노이(1933~)의 이름을 딴 병명) 강력한 윤리적, 이타주의적 충동들이 종종 도착적 성격을 띠는 극도의 성적 갈망과 갈등을 일으키는 질환. 슈필포겔은 이렇게 설명한다. "노출증, 관음증, 페티시즘, 자기색정, 구강성교가 많이 나타난다. 그러나 환자의 '도덕성' 때문에 공상도 행위도 진정한 성적 만족을 주지 못하며, 오히려 강렬한 수치감과 더불어 응징, 특히 거세 형태의 응징에 대한 공포가 생겨난다."(Spielvogel, O. "The Puzzled Penis," *Internationale Zeitschrift für Psychoanalyse*, Vol. XXIV p. 909.) 슈필포겔은 이 증상들 가운데 다수는 어머니와 자식의 관계에 널리 나타나는 결속에서 그 기원을 찾을 수 있다고 본다.

---

* 지은이는 원제이기도 한 'Portnoy's Complaint'를 새로운 질환의 이름인 양 익살맞게 제시하고 있다. 하지만 이 단어에는 주인공의 불만 토로라는 의미도 함축되어 있다고 보아 이 책의 제목은 『포트노이의 불평』으로 정했다.

Portnoy's Complaint

차례

포트노이의 불평
009

옮긴이의 말
403

내 기억에 가장 강하게 박혀 있는 인물

어머니는 내 의식에 워낙 깊이 박혀 있어 학교에 들어간 첫해에 나는 교사들이 모두 변장한 어머니라고 믿었던 것 같아요. 나는 마지막 종소리가 들리자마자 냅다 집으로 달려갔습니다. 달려가는 내내 어머니가 변신을 완료하기 전에 집에 도착할 수 있을까 하는 생각을 하면서요. 하지만 어머니는 내가 도착하기 전에 어김없이 주방에 자리를 잡고 있다가 우유와 쿠키를 내놓았죠. 그런데도 망상이 사라지기는커녕, 이런 놀라운 변신을 할 수 있는 어머니의 힘에 대한 존경심만 강렬해졌습니다. 그후로도 난 어머니가 변신중인 현장을 잡으려는 노력을 절대 멈추지 않았지만, 내심 그 현장을 목격하지 못하는 것에 안도하곤 했죠. 아버지와 누나는 어머니의 정체를 모르고 있을 게 뻔한데, 내가 불시에 어머니의 변신 현장을 덮칠 경우에 짊어져야 할 정체 폭로의 짐은 다섯 살짜리가 감당할 만한 게 아니었으니까요. 심지어 어머니가 학교에서 날아와 침실 창문으로 들어오거나, 허공에 걸린 앞치마에서 팔다리가 하나씩 나타나는 모습을 만에 하나 보게 되면 살해당하고 말 거라는 두려움까지 느꼈던 것 같습니다.

어머니가 학교에서 어떻게 지냈느냐고 물으면 나는 당연히 있는 그대로 다 이야기했습니다. 나는 어머니가 세상 어디에나 존재한다는 사실에 내포된 의미를 모두 아는 척하지는 않았지만, 그 사실이 어머니가 내 옆에 없을 때도 내가 무슨 짓을 하는지 아는 것—이것은 논란의 여지가 없는 일이었죠—과 어떤 관계가 있다는 것 정도는 알았습니다. (이런 특정한 형태로) 1학년이 될 때까지 계속되었던 이런 공상의 결과, 나는 어쩔 수 없이 정직해졌습니다. 달리 선택의 여지가 없다는 것을 알았으니까요.

참 나. 그래도 정말 대단하지 않습니까. 어머니는 혈색이 나쁘고 과체중인 누나에 관해서는 이렇게 말하곤 했어요(물론 누나 해너가 있는 자리에서요. 정직은 어머니의 정책이기도 했으니까요). "재는 천재하곤 거리가 멀어. 하지만 불가능한 걸 요구할 수야 없지. 하느님이 재를 축복하시기를. 재는 열심히 공부하고, 할 수 있는 데까지 노력하잖아. 그러니 어떤 결과가 나오든 괜찮은 거야." 어머니는 나, 어머니의 이집트인 같은 긴 코와 재치 있게 재잘거리는 입을 물려받은 나에 관해서는 특유의 신중한 태도로 말하곤 했습니다. "이 *장난꾸러기*bonditt? 얘는 책을 펼칠 필요도 없어. 그래도 모든 과목의 성적이 'A'야. 제2의 앨버트 아인슈타인이라니까!"

아버지는 이 모든 것을 어떻게 받아들였을까요? 아버지는 마셨습니다. 물론 *이방인*goy처럼 위스키를 마시는 것이 아니라, 미네랄오일과 마그네시아 유제를 마셨죠. 그리고 하제下劑를 씹고, 아침저녁으로 올브랜*을 먹고, 1파운드짜리 봉지에 든 각종 마른 과일을 통째로 삼켰습니다. 아버지는 변비로 고생했어요—정말 심했죠! 어디에나 존재하는 어머니와 변비에 걸린 아버지, 침실 창문으로 날아들어오는 어머니, 엉덩이에 좌약을 찔러넣고 석간신문을 읽는 아버지…… 이런 것들이, 선생님, 내가 부모님에게서 받은 인상들, 그들의 특성이나 비밀로 받아들인 최초의 인상들입니다. 아버지는 말린 센나잎을 스튜 냄비에 끓이곤 했는데, 이 또한 아버지의 직장直腸에서 눈에 보이지 않게 녹고 있는 좌약과 더불어 아버지의 마법 중 하나였습니다. 아버지는 잎맥이 선명한 그 녹색 잎들을 끓이다 역겨운 냄새가 나는 액체를

* 시리얼 상표명.

한 숟가락 넣고 저은 다음, 그것을 여과기로 조심스럽게 걸러내 당신의 폐색된 몸 안에 집어넣습니다. 이제 지치고 괴롭기만 하다는 표정을 지으면서 말이죠. 그런 다음 마치 먼 천둥소리에 귀를 기울이듯이 조용히 빈 잔 위로 몸을 숙이고 기적을 기다립니다…… 어렸을 때 나는 가끔 주방에 앉아 아버지와 함께 기다렸습니다. 그러나 기적은 결코 일어나지 않았습니다. 적어도 우리가 상상하고 기도한 대로는 아니었죠. 판결을 취소하거나 역병으로부터 완전히 구원해주는 식으로는 오지 않았다는 겁니다. 처음으로 원자폭탄이 터졌다는 뉴스가 라디오에서 나올 때 아버지가 큰 소리로 이렇게 말했던 기억이 나네요. "어쩌면 저게 효과가 있을지도 몰라." 그러나 그 양반한테는 어떤 하제도 효과가 없었습니다. 분노와 좌절이라는 강철 손이 그의 *내장*kishkas을 꽉 움켜쥐고 있었으니까요. 그의 다른 불행 가운데 하나는 내가 그의 부인이 가장 총애하는 자식이라는 사실이었습니다.

인생이 고달파지려고 그랬는지, 아버지도 나를 사랑했습니다. 아버지 또한 나에게서 우리 가족이 "누구 못지않게 잘될" 수 있는 기회, 우리가 명예와 존경을 얻을 기회를 보았던 겁니다. 내가 어렸을 때는 주로 돈과 관련된 것들로 나에 대한 야망을 표현하긴 했지만요. "네 아비처럼 멍청하면 안 된다." 아버지는 어린 아들을 무릎에 앉히고 농담을 하곤 했습니다. "아름다운 여자하고 결혼하지도 말고, 사랑하는 여자하고 결혼하지도 말고—부자하고 결혼해." 아니, 아닙니다, 아버지는 멸시당하는 것을 조금도 좋아하지 않았습니다. 아버지는 개처럼 일했어요. 자신이 가지지도 못할 미래를 위해서요. 사실 아무도 아버지에게 만족을, 아버지가 가져다준 물품에 상응하는 대가를 주지 못했습니다. 어머니도, 나도, 심지어 정이 많은 누나도요. 아버지는 지금도 매형이 공산주의자라고 생각해요(이제 매형은 잘나가는 소프트드링크 업체의 이사이고, 웨스트오렌지에 집도 소유하고 있는데도요). 아버지를 있는 대로 착취하던 그 10억 달러짜리 신교도 집단(자기들은 "기관"이라고 생각하고 싶어하지만)도 물론 만족을 주지 못했죠. "미국에서 가장 자비로운 금융기관이야." 나를 처음 회사에 데려가 '보스턴 앤드 노스이스턴 생명'의 광대한 사무실에서 책상과 걸상만 놓인 자신의 작은 사각형 공간을 보여주던 날 아버지가 그렇게 말하던 기억이 납니다. 그래요, 아버지는 아들 앞에서 "회사"에 대한 자부심을 갖고 그렇게 말했습니다. 사람들 앞에서 회사를 공격해 자신을 깎아내리는 것은 말도 안 되는 일이었죠. 대공황 시기에도 아버지에게 임금을 준 곳이니까요. 그리고 그들의 상징(더 확대하면 아버지의 상징이 되는 거죠, 하 하)인 메이플라워호 그림 밑에 아버지의 이름이 인쇄된 편지지를 준 곳, 또 봄마다 그들의 자비로움이 한껏 피어날 때 아버지와 어머니를 애틀랜틱 시市에, 그것도 다름 아닌 고급 *이방인*goyische 호텔에 보내 근사한 주말을 마음껏 즐기게 해준 곳이니까요. 사실 그곳에 가면 아버지는 돈을 내고 투숙한 어리둥절한 표정의 손님들에게는 물론 프런트 직원, 웨이터, 벨보이에게도 위압감을 느껴 기가 죽었어요(중부 대서양 연안 주들의 보험 외판원 가운데 A.E.S., 즉 연간 판매 기대치를 초과 달성한 사람들이 모두 그랬겠지만요).

아버지는 자신이 파는 것을 열렬히 신봉했지만, 그것은 또다른 고민의 원천이 되어 그의 기운을 빨아들였습니다. 저녁을 먹고 나서 다시 일하러 나가려고 상의를 걸치고 모자를 쓸 때 아버지는 단지 자신의 영혼만 구원하고 있었던 게 아닙니다. 그것은 보험증권이 무효가 되도록 내버려두는 바람에 "비 오는 날이 왔을 때" 가족의 안전을 위기에 빠뜨릴 찰나에 있는 어떤 가엾은 개자식을 구원하는 것이기도 했습니다. "앨릭스." 아버지는 나한테 설명하곤 했죠. "남자라면 모름지기 비 오는 날에 대비해서 우산이 있어야 하는 거야. 처자식이 우산도 없이 빗속에 있도록 내버려둘 수는 없잖느냐!" 대여섯 살쯤 됐던 나는 아버지가 한 말을 완벽하게, 심지어 감동을 느끼며 이해했습니다. 하지만 아버지의 그 비 오는 날 이야기가, '미국에서 가장 자비로운 금융기관'이 아버지에게 할당한 가난한 구역에 사는 신출내기 폴란드인들, 난폭한 아일랜드인들, 일자무식 검둥이들에게서도 늘 그런 반응을 얻었던 것은 아닙니다.

그들은 아버지를 비웃었습니다. 저 아래 슬럼에서 말이에요. 그들은 귀 기울이지 않았죠. 아버지가 문을 두드리는 소리가 들리면 빈 통을 문에 집어던지며 소리쳤습니다. "꺼져, 집에 아무도 없어." 개를 풀어 아버지의 집요한 유대인 엉덩이를 물게 하기도 했죠. 그럼에도 아버지는 오랜 세월 동안 회사로부터 영업 실적을 찬양하는 명패와 상장과 메달을 받았고, 창문 없는 긴 복도의 벽 전체가 그런 것들로 도배되었죠. 유월절 식기를 상자에 넣어 쌓아두고, "동양풍" 러그를 타르지로 두껍게 싸서 여름 동안 미라처럼 보관해두는 복도가요. 아버지가 돌에서 피를 짜낸다면 회사는 그 나름의 기적으로 보답해주지 않을까? "본사"에 있는 "사장"이 아버지의 성과에 관한 소식을 듣고 하룻밤 새에 아버지를 연봉 5천의 외판원에서 만 5천의 지구 관리자로 바꾸어주지 않을까? 그러나 아버지는 아버지가 소속되어 있던 곳에 그대로 있었습니다. 아버지 외에 달리 누가 그런 척박한 구역에서 그런 믿을 수 없는 성과를 내며 일하겠습니까? 게다가 보스턴 앤드 노스이스턴의 역사상 유대인 관리자는 나온 적이 없었습니다(메이플라워호 선객들의 표현을 빌리면 이런 얘기겠죠. '어허, 우리와 같은 부류라고는 할 수 없잖나'). 게다가 아버지는 8학년까지밖에 교육을 받지 못했기 때문에 보험업계의 재키 로빈슨*이 될 만한 사람이라고 할 수도 없었고요.

보스턴 앤드 노스이스턴의 사장 N. 에버렛 린더베리는 우리 집 복도에 자기 사진을 걸게 했습니다. 그 사진 액자는 아버지의 보험 판매액이 처음으로 100만 달러를 넘은 뒤에 상으로 받은 것이었습니다. 아니, 어쩌면 천만을 넘긴 다음에 받은 것인지도 모르겠네요. "린더베리 사장님" "본사"…… 아버지는 마치 워싱턴의 백악관에 있는 루스벨트 이야기를 하듯 그런 말을 입에 올렸습니다…… 그러면서도 얼마나 그들을 미워했는지 몰라요. 특히 린더베리를요. 그 옥수수수염 같은 머리카락과 또박또박한 뉴잉글랜드 말투, 하버드 대학에 다니는 아들들과 신부학교에 다니는 딸들, 아, 저기 매사추세츠에 있는 그 족속들, *젊은 이교도 녀석들*shkotzim! 여우 사냥이나 하고! 폴로나 치고! (어느 날 밤 아버지가 방 안에서 그렇게 고래고래 소리 지르는 걸 들었죠.) 보시다시피, 아버지가 처자식의 눈앞에서 영웅이 되는 걸 그들이 막고 있었으니까요. 얼마나 노여웠겠습니까! 얼마나 분이 치밀었겠어요! 하지만 현실적으로 그런 화를 풀 대상이 없었죠. 아버지 자신 말고는. "왜 나는 변을 못 보는 거야. 말린 자두

* 미국 메이저리그 최초의 흑인 선수.

가 똥구멍까지 가득찼는데! 왜 나한텐 이런 두통이 생기는 거야! 내 안경 어딨어! 내 모자 누가 가져갔어!"

아버지는 가족을 건사해야 했던 그 세대의 수많은 유대인 남자들이 그랬던 것처럼 격렬하고 자기희생적인 자세로 어머니에게, 누나 해너에게, 그리고 누구보다도 나에게 헌신했습니다. 아들이 아버지가 갇혀 있던 곳을 벗어나 훨훨 날아가는 것, 그것이 아버지의 꿈이었습니다. 나의 꿈은 아버지 꿈의 당연한 결과였습니다. 나의 해방 속에 아버지의 해방이 있었으니까요. 무지로부터, 착취로부터, 무명으로부터의 해방. 지금까지도 내 상상 속에서는 우리의 운명이 여전히 뒤섞여 있어요. 책을 읽다 어떤 구절의 논리나 지혜에 감명받으면 그 순간 나도 모르게 '아버지가 이걸 읽을 수 있다면. 그래! 읽고 이해할 수 있다면—!' 하고 생각할 때가 무척 많아요. 서른셋이 됐는데도 여전히 그런 걸 바라고 있습니다. 보시다시피, 여전히, 이렇게 저렇게 할 수 있다면, 하는 소리를 하고 있죠…… 대학 1학년 때, 아들로서 아버지를 이해시키고자 안간힘을 쓰던 때, 아버지가 이런 걸 이해 못하면 아버지의 삶은 의미 없는 거라고 생각하던 때, 대학 도서관에서 막 발견한 어떤 수준 높은 정기간행물에서 구독신청서를 뜯어내 아버지 이름과 우리 집 주소를 적은 다음 익명으로 선물하는 방식으로 구독을 신청한 적이 있습니다. 하지만 크리스마스 때 심판자 노릇을 할 심산으로 뚱한 얼굴로 집에 갔더니 『파르티잔 리뷰』*는 어디에도 보이지 않았습니다. 『콜리어스 히기에이아』하고 『룩』은 있는데 『파르티잔 리뷰』는 도대체 어디 있지? 펼쳐보지도 않고 내다버렸군. 오만한 나는 그렇게 생각하고 상심했죠. 이 얼간이, 이 멍텅구리, 나의 아버지라는 이 속물이 읽지도 않고 버린 거야, 쓰레기 우편물이라고 생각하고!

기억나네요. 이 환멸의 역사를 더 거슬러올라가, 어느 일요일 아침 아버지한테 야구공을 던지던 일이. 그리고 그 공이 내 머리 위로 하늘 높이 날아가기를 헛되이 기다리던 기억. 여덟 살 때였어요. 처음으로 야구 글러브와 단단한 공, 그리고 내 힘으로는 아직 한 바퀴도 제대로 휘두를 수 없는 정식 배트를 생일 선물로 받았습니다. 아버지는 이른 아침부터 일하러 나갔습니다. 모자, 코트, 보타이 차림에 검은 구두를 신고 겨드랑이에는 누가 린더베리 사장님한테 얼마를 빚지고 있는지 적혀 있는 육중한 검은 수금책을 끼고요. 아버지는 매주 일요일마다 유색인 동네로 내려갑니다. 아버지 말에 따르면, 그때가 일주일치 보험료에 해당하는 10센트 또는 15센트라는 푼돈을 내놓는 것조차 아까워하는 사람들을 붙잡기에 가장 좋은 때거든요. 남자들이 나와 앉아 해바

* 1934년부터 발행된 미국의 정치·문학 계간지.

라기를 하고 있는 곳으로 살금살금 다가가, 그들이 "모건 데이비스" 와인을 몇 병 마시고 취해서 정신을 잃기 전에 얄팍한 10센트짜리 동전 몇 개를 뽑아내려는 겁니다. 또 아버지는 신앙심 깊은 세탁부들이 집과 교회를 오갈 때 잡으려고 골목에서 총알처럼 튀어나갑니다. 이 부인네들은 주중이면 낮에는 다른 사람 집에 가 있고, 밤에는 아버지를 피해 어딘가에 숨어 있죠. "어마나." 누가 소리칩니다. "보험쟁이가 나타났다!" 그러면 아이들도 숨으려고 달아나요. 아이들마저도. 아버지는 지긋지긋해하며 말해요. 어디 한번 말해봐라, 이 깜둥이들의 운명이 나아질 희망을 어디서 찾아야 하는 거냐? 생명보험의 중요성도 이해 못하면서 도대체 어떻게 삶을 향상시키겠다는 거야? 뒤에 남겨질 사랑하는 사람들한테는 요만큼도 관심이 없다는 건가? "고런 인간들도 모조리" 죽을 거 아니냔 말이다. 아버지는 화가 나서 계속 흑인 말투를 흉내내어 말합니다. "아, 죽구말구!" 참 나, 그런 것들이 무슨 인간이라고, 제대로 된 우산 하나 씌워 보호해줄 생각도 못하고 아이들을 그냥 빗속에 내놓는 것들이!

우리는 학교 뒤쪽의 잔디가 깔리지 않은 넓은 운동장에 있습니다. 아버지는 수금책을 땅바닥에 내려놓은 다음, 코트에 갈색 중절모 차림 그대로 플레이트에 다가섭니다. 사각형 철테 안경도 쓰고 있네요. 머리카락은 (꼭 지금 내 머리카락처럼) 제멋대로 자란 덤불 같고, 색깔과 질감은 쇠수세미하고 다를 바 없어요. 그리고 그 틀니, 밤새도록 화장실의 유리잔 속에 들어앉아 변기를 보고 미소 짓는 그 틀니가 지금 나, 그의 사랑하는 아들, 그의 살과 피, 절대 머리에 비를 맞을 일이 없는 귀여운 아들을 보고 미소 짓고 있습니다. "좋아, 거물 투수." 그러더니 나의 새 정식 배트의 중간을 움켜쥐는데, 세상에, 오른손으로 쥐어야 할 곳을 왼손으로 쥐고 있습니다. 나는 갑자기 슬픔에 사로잡힙니다. 나는 말하고 싶습니다. 아버지, 잡는 법이 틀렸어요. 하지만 울음이 터져나올 것 같아, 또는 아버지가 울 것 같아 말하지 못합니다. "어서, 거물 투수, 어서 공을 던져봐." 아버지는 소리치고, 나는 공을 던집니다. 그 무렵 나는 아버지의 여러 면에 서서히 의심을 품기 시작했는데, 공을 던지면서 거기에 한 가지를 추가합니다. 아버지는 "킹콩" 찰리 켈러*도 아니라는 거죠.

우산은 무슨.

뭔가를 이룩할 수 있는 사람, 사실은 자신이 지나치게 훌륭한 건지도 모른다는 사실을 스스로 인정할 수밖에 없었던 사람은 어머니였습니다. 그리고 나 정도의 지능, 나 정도의 관찰력을 가진

---

* 장타를 때리는 능력이 뛰어나 '킹콩'이라는 별명을 얻은 미국 메이저리그 선수.

아이가 그 사실을 의심할 수 있었겠습니까? 예를 들어 어머니는 얇게 썬 복숭아가 안에 걸려 있는 젤리를 만들 수 있었습니다. 복숭아가 중력의 법칙에 저항해 그 안에 그냥 떠 있었다는 얘기예요. 어머니는 바나나맛이 나는 케이크도 구울 수 있었습니다. 어머니는 식료품점에서 병에 담아 파는 *오줌 맛 나는 것*pishachs을 사는 대신 울면서, 괴로워하면서 서양고추냉이를 갈았습니다. 어머니는 정육점에서 주인이 토막 낸 고기를 코셔 분쇄기*에 집어넣는 것을 잊지 않도록, 어머니 표현대로라면 "매처럼" 주인을 지켜보았습니다. 또한 뒤쪽 빨랫줄에 빨래를 너는 건물의 다른 모든 여자들에게 전화해—마음이 넓어지는 날에는 심지어 꼭대기 층에 사는 이혼한 이방인한테도 전화해줬죠—서두르라고, 빨래를 걷으라고, 우리 집 유리창에 비 한 방울이 떨어졌다고 말해주곤 했습니다. 그 여자한테는 어떤 레이더가 달려 있었던 걸까요! 심지어 레이더라는 게 나오지도 않았을 때인데! 그 에너지! 그 철저함! 무슨 실수가 있나 보려고 어머니는 내 덧셈을 확인하곤 했습니다. 구멍이 있나 보려고 내 양말을 확인하고, 때가 있나 보려고 손톱, 목, 그리고 내 몸의 모든 갈라진 곳과 주름 잡힌 곳을 확인했습니다. 심지어 귓속에 차가운 과산

* 유대인의 율법에 따라 도축된 고기를 가는 기계.

화수소를 쏟아부어 가장 구석진 곳의 때까지 긁어냈습니다. 귀에 가득한 과산화수소수는 진저에일처럼 따끔거리고 펑펑 터지지만, 감추어져 보관되던 누런 귀지, 그냥 두면 청각을 위태롭게 할 것 같은 귀지를 조각조각 수면으로 끌어올립니다. (미친 짓처럼 보일지도 모르는) 이런 의학적 조치에는 물론 시간이 걸립니다. 당연히 힘도 들고요. 하지만 건강과 청결에 관한 한, 병균과 신체 분비물에 관한 한 어머니는 자신을 아끼지 않아요. 남들에게 맡기려 하지 않습니다. 어머니는 죽은 사람들을 위해 촛불을 켭니다. 다른 사람들은 늘 잊지만, 어머니는 경건하게 기억합니다. 달력에 표시해놓을 필요도 없습니다. 헌신은 그냥 어머니의 핏속에 존재하니까요. 어머니 말로는 묘지에 갈 때 친척 무덤에서 잡초를 뽑아주는 "상식"과 "일반적이고 흔한 예의"를 갖춘 사람은 어머니뿐인 듯하다고 합니다. 화창한 봄이 시작되는 첫날이면 어머니는 집 안의 모든 모직물에 좀약을 넣어두고, 러그들을 둘둘 만 다음 묶어서 아버지의 트로피 전시실로 끌고 갔습니다. 어머니는 결코 자신의 집을 창피해하지 않습니다. 실제로 낯선 사람이 안으로 들어와 아무 옷장이나 서랍을 열어보더라도 어머니는 창피할 것이 하나도 없을 겁니다. 심지어 꼭 그래야 한다면, 화장실 바닥에 떨어진 것도 주워 먹을 수 있을 겁니다. 어머니는 마작에서 져도 웃어넘깁니다. 나는 다른-사람들하고는-다르거든-그런-사람들이-누구-누구인지-이름을-댈-수도-있지만-말하지는-않을-거야-심지어-틸리-호크먼이라는-이름도-이야기를-하는-것만으로도-속-좁은-짓이지-내가-이런-얘기를-꺼냈다는-것도-없던-일로-하자꾸나. 어머니는 바느질을 하고, 뜨개질을 하고, 꿰맵니다. 심지어 *흑인 여자*schvartze보다도 다리미질을 잘해요. 어머니의 친구들 몇 명이 싱긋 웃는 어린아이 같은 검은 노부인을 공동으로 부려먹고 있는데, 그 가운데 어머니만 이 여자에게 잘해줍니다. "그 여자한테 잘해주는 사람은 나밖에 없어. 점심으로 참치 한 캔을 다 주는 사람은 나뿐이라고. *쓰레기 같은 걸*dreck 말하는 게 아니야. '바다의 닭'* 얘기를 하는 거야, 앨릭스. 미안하지만 나는 인색하게 굴 수가 없단다. 미안해, 하지만 난 그렇게는 살 수 없어, 비록 두 캔에 49센트나 하는 참치이긴 하지만. 에스터 바서베르크는 도로시가 오면 집 여기저기에 5센트짜리로 25센트를 놔두고 나간다는구나. 그리고 나중에 다 그대로 있는지 세어본다는 거야. 어쩌면 내가 너무 잘해주는 건지도 모르지." 어머니는 세탁부가 방금 나병환자처럼 혼자 점심을 먹으며 사용한 접시 위에 델 정도로 뜨거운 물을 틀어놓고 나에게 소곤거립니다. "하지만 나

* 참치의 영양가가 풍부하다고 해서 붙은 별명.

는 그런 짓은 못해.” 한번은 어머니가 *흑인 여자*의 두툼한 분홍색 입술 사이를 지나간 나이프와 포크 위로 H*라고 표시된 수도꼭지의 물을 폭포처럼 쏟아붓고 있을 때 도로시가 우연히 부엌으로 다시 들어온 적이 있었습니다. “아, 요새는 포크나 나이프에서 마요네즈를 닦아내는 게 얼마나 힘든지 알잖아요, 도로시.” 말이 막히는 법이 없는 어머니는 그렇게 말합니다. 어머니는 나중에 자신이 그렇게 재빨리 할말을 생각해낸 덕분에 유색인 여자의 감정이 다치는 것을 막았다고 하더군요.

나쁜 짓을 하면 나는 집 안으로 들어가지 못합니다. 문간에 서서 문을 두들기고 또 두들기다 마침내 새사람이 되겠다고 맹세합니다. 하지만 내가 도대체 무슨 잘못을 했겠습니까? 나는 저녁마다 전날 신문 한 장을 조심스럽게 리놀륨 바닥 위에 깔아놓고 내 구두를 닦습니다. 다 끝나면 반드시 광택제 깡통의 뚜껑을 단단히 닫고, 모든 도구를 제자리에 돌려놓습니다. 치약은 아래서부터 말아가며 쓰고, 이는 원을 그리며 닦지 절대 아래위로 닦지 않습니다. 나는 늘 “고맙습니다” “괜찮습니다” “죄송합니다” “해도 되나요” 같은 말들을 사용합니다. 해너가 아프거나 저녁식사 전에 파란 깡통을 들고 ‘유대인민족기금’을 걷으러 나가면,

* Hot. 온수.

나는 자발적으로, 내 순서가 아니어도 식탁을 차리는데, 늘 나이프와 스푼은 오른쪽, 포크는 왼쪽, 냅킨은 삼각형으로 접어 포크 왼쪽에 놓는 것을 잊지 않습니다. 나는 절대 *고기* flaishedigeh 접시에다 *유제품* milchiks을 담아 먹지 않습니다.* 절대, 절대, 절대. 그럼에도 한 일 년 정도 나는, 한 달에 한 번꼴로 도저히 용서받을 수 없는 짓을 하는 바람에 짐을 싸서 집을 나가라는 말을 듣습니다. 하지만 도대체 그렇게 용서받지 못할 짓이 뭐가 있겠습니까? 어머니, 나예요, 학기가 시작되기 전에 밤을 꼬박 새워가며 색색의 인덱스에 과목 이름을 올드 잉글리시 글자체로 예쁘게 써넣고, 한 학기 동안 쓸 삼공노트가 뜯어지지 않도록, 줄이 있는 것은 있는 것대로 없는 것은 없는 것대로 끈기 있게 보강재를 덧대는 아이란 말이에요. 늘 빗과 깨끗한 손수건을 갖고 다녀요. 니커보커스 반바지를 입을 때 절대 스타킹이 신발 위로 늘어지지 않게 살피고, 숙제는 내주기 몇 주 전에 이미 끝내놓는다고요. 제대로 보자고요, 엄마, 나는 우리 학교 역사상 가장 똑똑하고 단정한 아이란 말이에요! (선생님들이 이미 말해주어서 엄마도 알고 있겠지만) 선생님들은 나 때문에 행복한 마음으로 남편

---

* 유대교에서는 고기와 유제품을 동시에 먹는 것을 금기시한다. 접시도 철저하게 구분해서 쓴다.

이 있는 집으로 돌아가요. 그런데 도대체 내가 무슨 짓을 했다는 거죠? 이 질문의 답을 아는 사람이 있으면 제발 좀 일어나보세요! 내가 너무 끔찍해서 어머니는 나를 일 분도 더 집에 두지 못하겠다는 겁니다. 한번은 누나를 똥이라고 불렀다고 어머니가 바로 갈색 세탁비누로 내 입을 닦아냈어요. 이건 나도 이해해요. 하지만 추방이라뇨? 내가 도대체 무슨 짓을 했다고!

어머니는 마음씨가 착해서 내게 도시락을 싸주지만, 일단 내가 코트를 입고 오버슈즈를 신고 나가면 그뒤에 무슨 일이 일어나든 어머니가 알 바 아니라는 식입니다.

좋아요, 하고 나는 말합니다. 어머니가 그렇게 느끼신다면! (나도 멜로드라마라면 할말이 많은 사람이라고요. 내가 이 가족에 공으로 있는 게 아니거든요.) 도시락 필요 없어요! 아무것도 필요 없어요!

이제 어머니를 사랑하지 않아요. 나는 어머니처럼 행동하는 아이가 아니란 말이에요. 나는 여기서 네 아버지하고 해너하고만 살 테다. 어머니가 말합니다(어머니는 상대를 딱 죽여버리는 그런 표현을 찾아내는 데는 정말 선수죠). 해너는 화요일 밤에 부인들을 위해 마작을 차려놓을 수 있어. 이제 너는 우리한테 필요 없어.

그래 좋아! 나는 문 밖으로 나와 길고 침침한 복도로 들어갑니다. 그래 좋다구! 맨발로 거리에서 신문을 팔 거야. 화물차를 타고 가고 싶은 데 가고 들판에서 잠을 잘 거야. 나는 생각합니다. 하지만 문 앞의 매트 옆에 놓인 빈 우유병들을 보는 것만으로도 내가 잃어버린 것이 얼마나 엄청난 것인가 하는 깨달음이 머리를 파고들기 시작합니다. "엄마 미워!" 나는 고함을 지르며 고무 덧신으로 문을 걷어찹니다. "엄마 더러워!" 이 추잡스러운 말, 어머니가 자기희생의 수호성인이 되려고 스무 명의 다른 유대인 여자와 경쟁하고 있는 아파트 건물의 복도마다 쩌렁쩌렁 울리는 이 이단적 발언에 어머니는 우리 집 문의 이중 자물쇠를 채우고 맙니다. 그 순간 나는 들여보내달라고 문을 두드리기 시작합니다. 매트에 무릎을 꿇고 내 죄(다시 묻지만 내 죄가 뭐죠?)를 용서해달라고, 우리의 남은 인생 동안—당시에는 그 인생에 끝이 없을 것이라고 생각했죠—오로지 완벽한 모습만 보여드리겠다고 다짐합니다.

밤에 내가 아무것도 먹으려 하지 않은 때가 있습니다. 네 살 위의 누나가 내 기억이 맞는다고 확인해줍니다. 나는 먹지 않으려 했고, 어머니는 그런 고집, 그런 어리석음에 자신이 굴복하는 꼴을 용납하지 않았다고. 아들을 위해서라도 굴복할 수 없었다고. 어머니는 그저 아들을 위해 이런저런 것을 하라고 할 뿐이라는 거죠—그런데도 싫다고? 나는 내 입에 들어갈 것도 너한테

줄 판인데. 이제 너도 그 정도는 알지 않아?

하지만 나는 어머니 입에 들어갈 음식을 원하지 않아요. 심지어 내 접시에 있는 음식도 원치 않는다고요. 그게 핵심입니다.

왜 이러니! 너처럼 잠재력 많은 아이가! 너의 소양! 너의 미래! 하느님이 너에게 아낌없이 주신 모든 선물. 아름다움, 두뇌라는 선물. 그런데도 이렇다 할 이유도 없이 그냥 굶어죽어도 된다고 생각하는 게 어디 가당키나 해?

네 평생 사람들이 비썩 마른 아이로 멸시하며 내려다보기를 원하니, 아니면 당당한 어른으로 우러러보기를 원하니?

사람들이 너를 마구 밀치고 놀려대는 꼴을 당하고 싶은 거야? 다른 사람들이 재채기만 해도 자빠지는, 뼈하고 가죽만 남은 사람이 되고 싶어? 아니면 존경을 받고 싶니?

커서 어느 쪽이 되고 싶니? 약한 사람이야 강한 사람이야? 성공한 사람이야 실패한 사람이야? 인간이야 쥐야?

그냥 먹고 싶지 않아요. 나는 대답합니다.

그러자 어머니는 긴 빵칼을 손에 들고 내 옆의 의자에 앉습니다. 톱처럼 작은 이가 나 있는 스테인리스스틸 칼입니다. 어느 쪽이 되고 싶어. 약한 사람이야 강한 사람이야? 인간이야 쥐야?

선생님, 왜, 왜 오 왜 오 왜 오 왜 어머니가 자기 아들한테 칼을 뽑아드는 거죠? 나는 여섯 살인가 일곱 살이에요. 그런데 어머니가 그 칼을 진짜로 사용하지는 않을 거라는 걸 내가 어떻게 압니까? 나는 어째야 하는 겁니까? 허세를 부려서 어머니를 이겨야 하는 겁니까? 일곱 살짜리가? 나는 전략같이 복잡한 건 생각할 수 없는 나이라고요, 맙소사. 몸무게가 아직 60파운드도 안 나갔을 거예요! 누가 내 쪽으로 칼을 휘두르면, 내 피를 보겠다는 의도가 어딘가에 숨어 있는 거라고 믿는다고요! 하지만 왜? 어머니는 도대체 그 머리로 무슨 생각을 하는 걸까요? 도대체 얼마나 미칠 수 있는 걸까요? 그냥 나한테 져주었다고 생각해보세요. 그런다고 어머니가 뭘 얼마나 잃었겠어요? 왜 칼이냔 말입니다. 왜 살인 협박이냔 말입니다. 왜 그렇게 상대를 없애버리는 완전한 승리가 필요하냐고요. 전날까지만 해도 내가 3학년 연극 〈육지다!〉에서 맡은 크리스토퍼 콜럼버스 역을 연습한다고 주방을 뛰어다닐 때 다리미를 다리미판에 내려놓고 박수까지 쳤으면서. 나는 우리 반의 스타 배우예요. 나 없이는 연극을 할 수가 없어요. 아, 내가 기관지염에 걸렸을 때 한번 해보려고 한 적은 있대요. 하지만 나중에 선생님이 우리 어머니한테 연극이 확실하게 이류로 떨어졌다고 털어놓았다더군요. 아 어떻게, 어떻게, 그 주방에서 그렇게 화려한 오후를 보내놓고. 은식기를 닦아 광을 내고, 간을 썰고, 내 조그만 자키팬티의 허리에 새 고무줄을 넣는 중간중간에 등사기로 찍은 대본을 보며 내 신호에 따라 내가 콜럼버스를 하면 이사벨라 여왕, 워싱턴을 하면 벳시 로스, 루이 파스퇴르를 하면 파스퇴르 부인 대사를 해주었으면서. 방과 후 그 어스름의 아름다운 시간에 나와 함께 내 천재성의 정점에 올라섰으면서. 어떻게 밤이 되니까, 내가 깍지콩하고 구운 감자 좀 안 먹었기로서니 빵칼로 내 심장을 겨눌 수 있는 거죠?

그리고 왜 아버지는 어머니를 말리지 않는 거죠?

딸딸이

그러다 사춘기가 왔습니다. 깨어 있는 시간의 절반은 잠가놓은 화장실 문 뒤에서 보냈죠. 정액을 변기나 세탁물 바구니 안의 더러운 옷 안에 쏘아대면서요. 그러다 정액이 약장 거울에 철벅 들러붙기도 했습니다. 그게 어떤 식으로 발사되나 보려고 속옷을 밑으로 내린 채 거울을 보며 서 있었거든요. 어떤 때는 눈을 질끈 감고 입은 쩍 벌린 채 바쁘게 움직이는 주먹 위로 허리를 굽히고 있기도 했어요. 그 버터밀크와 클로록스*로 만든 끈적끈적

* 표백제 상표.

한 소스 같은 것을 내 혀와 이로 받아내려고요. 하지만 눈을 감은데다 무아경에 빠져 있었기 때문에 마치 와일드루트 크림 오일*이 확 뿜어져나오듯 터져나오는 그걸 올백으로 넘긴 머리로 받아내기 일쑤였죠. 부풀어오른 얼얼한 음경을 움직여 헝클어진 손수건과 구겨진 크리넥스와 더럽혀진 파자마로 이루어진 세계를 통과할 때마다 나는, 내가 물을 발사하는 바로 그 열광의 순간, 나를 살금살금 쫓아온 사람에게 혐오스러운 내 모습을 발각당할지도 모른다는 두려움에 늘 사로잡혔습니다. 그럼에도 일단 자지가 아랫배 위로 기어오르기 시작하면 손이 그곳으로 가는 것을 절대 막을 수 없었습니다. 수업중에도 손을 들고 화장실에 갔다오겠다고 한 다음, 복도를 달려가 화장실 소변기 앞에 서서 열 번 내지 열다섯 번 힘차게 손을 움직여 싸버리곤 했습니다. 토요일 오후에 영화를 보러 가면 친구들이 캔디 머신 앞에 죽치고 있는 동안 외딴 발코니 좌석까지 가서 마운즈 초콜릿 빈 껍데기 안에 씨들을 뿜어놓았고요. 한번은 우리 친족 야유회 때 사과 속을 파냈다가 (나의 강박관념의 도움으로) 그것이 무엇을 닮았는지 알고 깜짝 놀라 숲으로 달려가 그 과일 구멍 위에 엎어진 적도 있습니다. 그 서늘하고 푸석푸석한 구멍이, 기록된 역사상

* 머리에 바르는 오일.

어떤 여자도 가져본 적이 없는 것을 달라고 나에게 간청하면서 늘 나를 '빅 보이'라고 부르는 그 신화적인 존재의 두 다리 사이에 있는 구멍이라고 상상한 거죠. "오, 그걸 내 안에 쑤셔넣어줘, 빅 보이." 그 야유회에서 내가 우스꽝스럽게 좆을 박은 구멍 뚫린 사과는 그렇게 소리쳤습니다. "빅 보이, 빅 보이, 오, 네가 가진 걸 전부 내게 줘." 지하실 쓰레기통에 감추어뒀던 빈 우유병은 방과 후에 내가 우뚝 선 자지에 바셀린을 바르고 미친듯이 쑤셔대기 시작하자 그렇게 애원했습니다. "어서, 빅 보이, 어서." 어느 날 오후 제정신이 아닌 상태에서 정육점에서 구입한, 믿거나 말거나, *성인식*bar mitzvah 교육을 받으러 가는 길에 광고판 뒤에서 범해버린 발광한 간 조각은 그렇게 소리 질렀습니다.

내 음경 밑면, 기둥이 뿌리와 만나는 바로 그 지점에서 약간 변색이 된 점, 나중에 반점이라고 진단받은 점을 발견한 것은 고등학교 1학년—자위 1학년이기도 했죠—이 끝나갈 무렵이었습니다. 암이구나. 내 손으로 암을 만들어냈구나. 나 자신의 살을 그렇게 끌고 잡아당기는 바람에, 그렇게 심하게 비벼대는 바람에 불치병에 걸려버린 거야. 아직 열네 살도 안 됐는데! 밤에 침대에 누워 있는데 눈에서 눈물이 굴러떨어졌습니다. "안 돼!" 나는 훌쩍거렸습니다. "죽고 싶지 않아! 제발—안 돼!" 하지만 어차피 곧 시체가 될 몸이었기 때문에 나는 바로 평소처럼 양말에 대고 딸딸이를 쳐버렸죠. 잠자리에 들기 전에 더러운 양말 한 켤레를 챙겨 왔거든요. 한 짝은 자기 전에, 또 한 짝은 깨자마자 물을 받아낼 용기로 사용하려고.

손장난을 하루에 한 번으로만 줄일 수 있다면. 아니 두 번, 아니 세 번만으로 버틸 수 있다면! 하지만 곧 영원한 망각이 찾아들 거라는 생각이 들자 나는 오히려 신기록을 세우기 시작했습니다. 식사 전에. 식사 후에. 식사 도중에. 식탁에서 벌떡 일어나며 비극적인 동작으로 배를 움켜잡는 거죠. 설사예요! 그렇게 소리치는 겁니다. 설사가 나오려고 해요! 화장실에 들어가 문을 잠그고, 누나 옷장에서 훔친 속옷을 머리에 뒤집어씁니다. 돌돌 말아 손수건에 싸서 호주머니에 넣어온 거죠. 면이 입에 닿는 느낌이 너무 짜릿해서—"팬티"라는 말도 너무 짜릿해서—사정 궤도가 전에는 도달하지 못한 놀라운 높이에 이릅니다. 로켓처럼 내 물건을 떠나 곧바로 머리 위의 전구를 향하더니 놀랍게도, 또 두렵게도 전구를 맞히고 거기 그대로 매달려 있습니다. 처음에는 당황해서 허겁지겁 머리를 가립니다. 유리가 폭발하고 불꽃이 튈 것 같았으니까요. 보시다시피 내 머릿속에서는 재난에 대한 생각이 떠나질 않거든요. 이윽고 나는 가능한 한 소리를 내지 않고 라디에이터에 올라가 화장지 뭉치로 지글거리는 덩어리를 닦아냅니다. 그리고 꼼꼼하게 살핍니다. 샤워 커튼, 욕조, 타일 바닥, 칫솔 네 개—다른 데는 몰라도 제발 거기에는! 내 흔적을 다 지웠다고 생각하고 막 문을 열려는데 신발 앞쪽에 그게 콧물처럼 매달려 있는 것을 보고 가슴이 덜컹 내려앉습니다. 나는 딸딸이계의 라스콜니코프*입니다. 그 끈적끈적한 증거물이 사방에 있잖아요! 소맷부리에도 있나? 머리에도? 귀에도? 얼굴을 잔뜩 찌푸린 채 짜증스러운 표정을 지으며 주방 식탁으로 돌아올 때도 내내 그 생각뿐입니다. 나는 붉은 젤리를 가득 머금은 채 입을 여는 아버지를 보고 더럽다는 표정을 지으며 툴툴거립니다. 아버지가 말합니다. "도대체 왜 문은 잠그는 건지 모르겠구나. 내 이해 범위를 벗어난 일이야. 여기가 어디냐? 집이야 아니면 중앙역이야?" "……프라이버시……인간……이 집에서는 도무지." 나는 대답하다가 후식을 옆으로 밀치며 소리를 빽 지릅니다. "몸이 안 좋아요. 다들 나 좀 가만 내버려두면 안 돼요?"

후식을 먹은 뒤에—후식은 혐오했지만 공교롭게도 젤리는 좋아하기 때문에 다 먹었죠—나는 후식을 먹은 뒤에 다시 화장실로 돌아갑니다. 그 주에 내놓은 빨래를 파헤치다 마침내 누나가 벗어놓은 브래지어를 하나 발견합니다. 어깨끈 하나는 화장실

* 도스토옙스키의 『죄와 벌』의 주인공. 이성과 감성의 분열로 고뇌하는 전형적인 인물.

문손잡이에 걸어놓고, 다른 쪽은 수건 넣는 장 손잡이에 걸어놓습니다. 더 많은 꿈을 불러올 허수아비인 셈이죠. "아, 쳐줘, 빅 보이, 뜨겁고 빨간 펄프가 될 때까지 쳐줘―" 그렇게 해너의 브래지어의 작은 컵들로부터 채근당하고 있을 때, 둘둘 만 신문지가 문을 두드립니다. 그 바람에 내 몸과 내 손에 잡힌 것이 변기 뚜껑에서 1인치나 튀어오릅니다. "―어서, 다른 사람한테도 그 통에 앉을 기회를 줘야지, 안 그러냐?" 아버지가 말합니다. "일주일 동안 변을 못 봤다."

나는 평정을 되찾습니다. 이것이야말로 내 재능이죠. 감정이 상한 것처럼 버럭 터뜨립니다. "설사가 심하단 말이에요! 이 집에 사는 사람들한테는 이게 아무것도 아닌 거예요?" 그러면서 다시 손을 움직입니다. 외려 속도를 높이자 내 암에 걸린 기관이 기적적으로 다시 통째로 떨리기 시작합니다.

그 순간 해너의 브래지어도 움직이기 시작합니다. 앞뒤로! 나는 그것으로 눈을 가립니다. 그러자 보라! 레노 라피두스! 우리 반에서 가장 가슴이 큰 여자애가 방과 후에 버스를 향해 달려가고 있습니다. 그 아이의 크고 듬직한 것이 내 손이 닿을 수 없는 곳에서, 블라우스 안에서 묵직하게 흔들립니다. 아, 나는 그 한 쌍이 컵 안에서 위로 올라오도록 밀어붙입니다. 마침내 컵 밖으로 나옵니다. 레노 라피두스의 진짜 젖통. 그 순간 어머니가 세차게 문손잡이를 흔들고 있다는 것을 깨닫습니다. 결국 내가 잠그는 것을 잊어버리고 만 문의 손잡이를! 언젠가는 이런 일이 일어날 줄 알았어! 들켰어! 이제 죽었어!

"문 열어, 앨릭스. 당장 이 문 열라니까."

잠겨 있네요, 들키지 않은 거예요! 게다가 내 손아귀 안에 살아 있는 그것을 보니 나도 아직 완전히 죽지는 않았습니다. 그럼 계속 쳐! 계속 치라고! "핥아줘, 빅 보이. 뜨겁게, 힘차게 핥아줘! 나는 레노 라피두스의 크고 뚱뚱하고 빨갛게 달아오른 브래지어라니까!"

"앨릭스, 똑바로 대답해. 너 학교 끝나고 집에 오다 프렌치프라이 먹었지? 그래서 이러는 거지?"

"아냐아, 아니야아."

"앨릭스, 너 아프니? 의사를 불러올까? 아파, 안 아파? 정확히 어디가 아픈지 말을 해. 대답을 하라고."

"으, 으으—"

"앨릭스, 변기 물 내리지 마." 어머니가 엄하게 말합니다. "네가 그 안에 싸놓은 걸 봐야겠다. 네 말소리가 영 마음에 안 들어."

"나는," 평소와 마찬가지로 나의 성취에 감동을 받은 아버지는 질투심만큼이나 경외감에 사로잡혀 말합니다. "나는 일주일이나 변을 못 봤는데." 그 순간 나는 변기 뚜껑에 앉은 자세로 갑자기 몸을 기울입니다. 채찍을 맞은 짐승처럼 낑낑거리며, 거의 끈적거리지도 않는 세 방울을 가슴이 납작한 열여덟 살짜리 누나의 젖꼭지가 닿았던 아주 작은 천에 떨어뜨립니다. 변변치 못하지만, 이것이 이날 나의 네번째 오르가슴입니다. 언제부터 피가 나오기 시작할까?

"이리 좀 와봐, 너." 어머니가 말합니다. "왜 내리지 말라는데 변기 물은 내린 거니?"

"잊어버렸어요."

"안에 뭐가 있었기에 그렇게 빨리 물을 내린 거야?"

"설사요."

"물이 많아, 아니면 응가가 많아?"

"안 봐요! 보지 않았어요! 저한테 응가 응가 하지 좀 마세요. 저도 이제 고등학생이란 말이에요!"

"아, 나한테 소리 지르지 마, 앨릭스. 분명히 말하는데, 나 때문에 네가 설사에 걸린 게 아니잖아. 네가 집에서 주는 거만 먹으면 하루에 오십 번씩 화장실에 달려갈 일은 없을 거야. 네가 무슨 짓을 하고 있는지 해너한테 들었다. 그러니까 내가 모른다고 생각하지 마."

팬티가 사라진 걸 눈치챘구나! 들킨 거야! 아, 차라리 콱 죽어버렸으면! 지금 당장 죽어버렸으면!

"뭐요, 내가 무슨 짓을 하는데요……?"

"너 학교 마치고 해럴드 핫도그인지 *쓰레기*Chazerai 팰리스인지에 가서 멜빈 와이너하고 프렌치프라이를 먹는다며. 아니야? 나한테 거짓말하지 마. 학교 끝나고 호손 애비뉴에 가서 프렌치프라이에 케첩을 꾸역꾸역 먹어대는 거야 아니야? 잭, 이리 좀 와봐요. 이 얘기는 당신도 들어야 해요." 어머니는 지금 화장실을 차지하고 있는 아버지를 부릅니다.

"이봐, 나는 지금 변을 보려는 중이라고." 아버지가 대답합니다. "그렇게 소리를 질러대지 않아도 난 변이 안 나와서 이미 충분히 고생하고 있다고."

"당신 아들, A만 맞는 학생, 이제 어른이 되셔서 제 어미가 응가라고 말하는 것도 못 들어주겠다는 학생이 학교 끝나고 뭐 하는지 알아요? 당신의 다 큰 아들이 아무도 안 볼 때 뭘 할 것 같아요?"

"나 좀 가만히 내버려둘 수 없어? 제발 좀?" 아버지가 소리칩니다. "조금만 평화롭게 있을 순 없어? 제발? 여기서 내가 뭔가 좀 이루어볼 수 있게?"

"네가 무슨 짓을 하고 있는지 아버지가 들을 때까지 기다려. 세상의 좋다는 모든 건강 습관에 도전해서 네가 무슨 짓을 하고 있는지. 앨릭스, 대답 좀 해봐. 너 아주 똑똑하잖아. 이제 모르는 문제가 없잖아. 그러니 이것도 대답 좀 해봐. 멜빈 와이너가 왜 대장염에 걸렸다고 생각하니? 왜 그애가 인생의 반은 병원에서 보낸다고 생각해?"

"*쓰레기*를 먹어서요."

"나를 놀릴 생각은 하지도 마!"

"알았어요." 나는 소리를 지릅니다. "그럼 멜빈이 어쩌다 대장염에 걸린 거죠?"

"*쓰레기*를 먹으니까! 하지만 나는 너처럼 농담으로 하는 말이 아니야! 그애한테는 오 헨리 초콜릿 한 개랑 펩시 한 병이 한 끼니까. 게다가 그애가 아침이라고 먹는 게 그 모양이니까. 아침이라고 먹는 게 뭔지나 알아? 하루 중 가장 중요한 식사 말이야—이건 네 엄마만 하는 말이 아니야, 앨릭스, 최고로 권위 있는 영양학자들도 하는 말이야—그런데 그 아이가 뭘 먹는지 아니?"

"도넛요."

"그래, 도넛이야, 이 똑똑한 녀석아, 이제 어른이라는 녀석아. 그리고 커피. 커피와 도넛. 위의 *크기*가 반쪽밖에 안 되는 열세 살짜리 *사내아이*pisher가 그런 걸 먹고 하루를 시작하다니. 하지만 너는 고맙게도 다르게 컸잖니. 네 엄마는 뱀이니 하네니 크레스기니 하는 성姓을 가진 엄마들과는 달리 하루 온종일 시내를 싸돌아다니는 사람이 아니잖니. 앨릭스, 말해봐, 이건 어려운 수수께끼도 아니잖아. 아니면 내가 멍청한 거야? 어서 말 좀 해봐. 넌 뭘 하려는 거니? 집에 오면 양귀비 씨 쿠키에 맛있는 우유를 먹을 수 있는데 뭘 증명하고 싶어서 그런 쓰레기를 뱃속에 쑤셔 넣는 거니? 네 입으로 말 좀 해봐. 아버지한테는 말 안 할게." 어머니는 의미심장하게 갑자기 목소리를 낮춥니다. "꼭 너한테서 진실을 들어야겠다." 휴지休止. 이 또한 의미심장하지요. "그냥 프렌치프라이뿐이었니, 얘야? 아니면, 다른 게 또 있었니? …… 말해봐, 제발. 또 어떤 쓰레기를 네 입에 집어넣었기에 우리가 이런 설사라는 밑바닥까지 내려오게 된 거야! 사실대로 대답해 줬으면 좋겠구나, 앨릭스. 너 밖에서 햄버거도 먹니? 말해, 제발, 그래서 변기 물을 내린 거야? 그 안에 햄버거가 있었니?"

"말했잖아요. 물 내릴 때 안을 들여다보지 않았다고! 나는 어머니랑 달라서 다른 사람 응가에는 관심이 없다고요!"

"어머, 어머, 어머. 열세 살짜리가 말하는 것 좀 봐! 자기 건강, 자기 행복을 걱정해서 애타게 묻고 있는 사람한테!" 도무지 이해할 수 없는 상황 때문에 어머니의 눈이 눈물로 무거워집니다. "앨릭스, 너 왜 이러는 거니? 힌트 좀 줄래? 우리가 지금까지 너한테 무슨 끔찍한 짓을 했기에 이런 보답을 받아야 하는지 제발 좀 알려다오." 아마 어머니는 그 질문이 독창적이라고 생각하겠죠. 그 질문에 내가 답하지 못할 거라고 생각할 겁니다. 그러나 최악은 나 자신도 내가 답하지 못할 거라고 생각한다는 겁니다. 정말이지 부모님이 지금까지 나를 위해 한 게 뭘까? 희생 외에? 바로 그 희생이 끔찍한 짓이라는 건 어린 나의 이해 범위를 벗어난 답입니다—사실 지금도 제대로 이해 못하고 있습니다, 선생님! 오늘날까지도요!

이제 나는 소곤거림이 들려올 것에 대비해 마음의 준비를 합니다. 난 1마일 밖에서 소곤거림이 다가와도 바로 알아챌 수 있습니다. 이제 아버지 두통 얘기가 나올 참입니다.

"앨릭스, 네 아버지가 오늘 두통 때문에 앞을 제대로 볼 수 있었어, 없었어?" 어머니는 확인합니다. 이 양반이 못 듣겠지? 제발 자기 상태가 얼마나 위태로운지 듣지 못해야 하는데. 들으면 과장이라고 우길 테니까. "그래서 다음주에 종양 검사를 받으러 가셔, 안 가셔?"

"가세요?"

"'데려오세요.' 의사가 그랬어. '종양 검사를 해야겠네요.'"

성공입니다. 나는 울고 있어요. 사실 내가 울 이유는 없지만, 이 집안에서는 누구든 하루에 적어도 한 번은 한바탕 울려고 합니다. 아버지는…… 선생님도 이해하시겠지요. 틀림없이 이해하실 겁니다. 공갈범이 인류 공동체의 상당 부분을 차지한다는 걸요. 아마, 선생님 환자들도 마찬가질걸요. 어쨌든 아버지는 내가 기억할 수 없는 옛날부터 이 종양 검사라는 걸 "받으러" 다녔습니다. 물론 아버지가 늘 머리가 아픈 건 늘 변비에 걸려 있기 때문입니다. 변비에 걸린 건 아버지 내장의 소유권이 '걱정, 공포, 좌절'이라는 회사의 손에 있기 때문이고요. 전에 어떤 의사가 어머니한테, 남편분의 종양 검사를 해드리겠습니다, 하고 말한 건 사실이에요. 하지만 그 의사는, 그렇게 해야 부인이 만족하신다면요, 이런 뒷말을 붙였겠죠. 그러면서 관장약에 투자하는 것이 돈도 덜 들고, 아마 효과도 더 좋을 거라고 권했을 겁니다. 하지만 나는 상황이 이러저러하다는 것을 다 알면서도, 악성 종양 때문에 아버지 두개골을 쪼개야 한다고 상상하면 어김없이 가슴이 찢어지는 것 같더란 말입니다.

그래요, 어머니는 나를 옭아매겠다고 마음만 먹으면 언제든지 그럴 수 있어요. 어머니도 그걸 알아요. 나는 밀려오는 슬픔 때문에 나 자신의 암은 까맣게 잊고 맙니다. 지금도 그때처럼 슬픔이 밀려오네요. 삶의 얼마나 많은 부분이 늘 아버지의 이해 범위를 벗어나 있었는지(아버지 자신이 딱 그렇게 표현했지요) 생각하면 말이에요. 사실 아버지가 손으로 쥘 수 있는 범위도 벗어나 있었지요. 돈도 없고, 학교도 못 다녔고, 말도 못하고, 배운 것도 없고, 호기심은 있지만 교양은 없고, 쫓아다니지만 기회는 안 생기고, 경험은 해도 지혜는 얻을 수 없고…… 아버지의 부족한 면들을 생각하면 얼마나 쉽게 눈물이 나는지. 또 얼마나 쉽게 화가 나는지!

아버지가 나한테 평생 본받으라고 들이민 사람은 연극 제작자 빌리 로즈였습니다. 월터 윈첼에 따르면 빌리 로즈가 버나드 바루크에게 비서로 고용된 것은 속기速記를 알았기 때문이라더군요. 그래서 아버지는 내가 고등학교에 다닐 때 속기 강좌에 등록하라고 내내 나를 괴롭혔죠. "앨릭스, 속기가 없었다면 오늘날 빌리 로즈가 어디 가 있겠니? 흔적도 없이 사라졌을 거다! 그런데 너는 왜 내 말을 안 듣고 버티는 거냐?" 그전에는 피아노를 놓고 싸웠습니다. 집에 전축 하나 레코드 한 장 없으면서 아버지는 악기에는 열성적이었어요. "왜 악기를 배우려 하지 않는지 이해를 못하겠구나. 내 이해 범위를 벗어난 일이야. 네 사촌동생 토비는 피아노 앞에 앉아 아무 곡이나 다 쳐. 그 계집아이가 피아노 앞에 앉아 〈Tea for Two〉를 치면 방 안에 있는 사람들이 전부 그 아이 친구가 돼. 그애 주변에 사람이 부족한 일은 절대 없을 거다, 앨릭스. 인기가 부족한 일은 절대 없을 거야. 피아노를 배우겠다고 얘기만 해라. 그럼 내일 아침에 당장 한 대 들여놓을 테니까. 앨릭스, 내 이야기 듣고 있니? 나는 지금 네 인생을 바꿔놓을 수도 있는 제안을 하고 있는 거야!"

하지만 나는 아버지가 제안하는 것들을 원하지 않았습니다.

내가 원하는 것은 아버지가 제안하지 않았고요. 하지만 그게 뭐가 유별나다는 거죠? 왜 그 정도 일로 이렇게 계속 고통받아야 하는 겁니까? 이렇게 오랜 세월이 흘렀는데! 선생님, 내가 나 자신에게서 없애야 하는 게 뭡니까, 말 좀 해주세요, 증오입니까…… 아니면 사랑입니까? 내가 기쁜 마음으로 기억하는 그 모든 것에 대한 이야기는 아직 시작도 못했는데. 기억할 때마다 기뻐 미칠 것 같은, 그래서 얼얼하기 짝이 없는 상실감을 느낄 수밖에 없는 그 모든 일들에 대한 이야기 말이에요! 어쩐지 날씨나 하루 가운데 특정 시간과 단단히 연결되어 있는 것처럼 보이는 그 모든 기억들. 그게 아릿하게 마음속으로 퍼지면, 지하철에 있든 사무실에 있든 예쁜 여자하고 저녁을 먹고 있든, 순간적으로 내 마음은 그 자리를 떠나 어린 시절로 돌아가버려요. 그 기억과 함께. 사실 별것도 아닌 기억들인데. 그런데도 그것이 내가 잉태된 순간만큼이나 나의 존재에 핵심적인 역사적 순간들로 보이는 겁니다. 아버지의 정자가 어머니의 난자를 파고드는 순간을 내가 기억하고 있는 건지도 모르겠어요. 감사하는 마음이 이렇게 절절한 걸 보면요—그래요, 나의 감사하는 마음! 내 사랑은 이렇게 넓디넓고 무조건적입니다. 그래요, 넓디넓고 무조건적인 사랑을 느낀다고요! 나는 주방에 서 있습니다(어쩌면 생전 처음으로 거기 서 있는 건지도 몰라요). 어머니가 손가락으로 가리킵니다. "바깥을 봐라, 아가." 그래서 나는 봅니다. 어머니가 말합니다. "보여? 정말 자줏빛이지? 진짜 가을하늘이야." 그게 내가 처음 들은 시구예요! 그걸 지금도 기억하고 있어요! 진짜 가을하늘이야…… 얼어붙을 듯이 추운 1월의 어느 날, 어스름녘입니다. 아, 그 어스름녘의 기억들, 저녁때까지 시장기를 견디게 해주던 호밀빵에 얹은 닭기름, 그리고 주방 창 밖에 벌써 떠 있는 달, 이 기억들이 지금도 나를 죽일 것만 같아요. 나는 삽으로 눈을 치워 번 1달러를 들고 뺨이 새빨갛게 달아오른 채 막 주방에 들어온 참입니다. "저녁은 뭔지 알아?" 어머니가 나한테 아주 다정하게 말을 건넵니다. "이렇게 열심히 일한 아이한테 주려고 준비한 게? 네가 제일 좋아하는 겨울 음식이란다. 양고기 스튜야." 밤입니다. 우리는 뉴욕에서, 라디오 시티와 차이나타운에서 일요일을 보낸 뒤 차를 타고 조지 워싱턴 다리를 건너 집으로 돌아오는 중입니다. 펠 스트리트와 저지 시市를 잇는 가장 빠른 길은 홀랜드 터널이에요. 하지만 나는 그 다리로 가자고 조릅니다. 어머니가 그게 "교육적"이라고 하자, 아버지는 10마일 정도 돌아서 집으로 갑니다. 앞에서 누나는 경이롭고 교육적인 다리 케이블을 받치고 있는 받침대 수를 큰 소리로 세고 있고, 나는 뒷자리에서 어머니의 물개 가죽 코트에 얼굴을 묻고 잠이 듭니다. 어느 겨울, 부모님과 일요일 밤마다 진 러미 게임을 하는 사람들과 레이크우드로 주말여행을 갑니다. 나는 아버지와 함께 트윈 베드 중 하나에서 자고, 어머니와 해너는 다른 쪽 침대에 웅크리고 잡니다. 새벽에 아버지가 나를 깨우고, 우리는 마치 탈옥하는 죄수들처럼 소리 없이 옷을 입고 방을 빠져나갑니다. "가자." 아버지가 작은 소리로 말하면서 손짓으로 귀마개를 하고 코트를 입으라고 지시합니다. "보여줄 게 있어. 내가 열여섯 살 때 레이크우드에서 웨이터를 했다는 걸 아니?" 호텔 밖에서 아버지는 아름답고 고요한 숲을 가리킵니다. "저기 어때?" 아버지가 말합니다. 우리는 은빛 호수 주위를—"기운찬 걸음걸이로"—함께 걷습니다. "할 수 있는 만큼 숨을 깊이 들이쉬어봐. 소나무 냄새가 나는 공기를 쭉 들이켜. 이게 세상에서 가장 좋은 공기야. 소나무 냄새가 나는 달콤한 겨울 공기." 소나무 냄새가 나는 달콤한 겨울 공기. 부모 가운데 또 한 사람이 시인이 된 겁니다! 내가 워즈워스의 자식이라 해도 그처럼 흥분할 수는 없었을 겁니다! ……여름이면 아버지는 도시에 그대로 있고, 우리 셋은 한 달 동안 해변의 가구 딸린 방에서 지냅니다. 아버지는 휴가를 내서 마지막 두 주 동안 우리와 함께 지내고요…… 하지만 저지 시가 너무 무더우면, 늪지에서 급강하폭격을 해오는 모기가 너무 많으면, 아버지는 브래들리 비치의 바람이 시원한 방에서 우리하고 함께 하룻밤을 보내려고 퇴근길에 65마일을 달려, 옛 치즈퀘이크 하이

웨이를 타고—치즈퀘이크*! 어이쿠! 선생님은 여기에서 많은 걸 밝혀내겠군요!—65마일을 달려오기도 합니다.

아버지는 우리가 저녁을 다 먹은 뒤에야 도착합니다. 하지만 아버지가 먹을 음식은, 아버지가 수금하느라 하루종일 입고 다녔던 땀에 전 도시의 옷을 허물처럼 벗어버리고 수영복으로 갈아입을 때까지 기다립니다. 아버지가 끈을 묶지 않은 구두를 신고 따가닥따가닥 거리를 걸어 해변으로 가면 나는 수건을 들고 따라갑니다. 나는 깨끗한 반바지에 티 하나 없이 깨끗한 폴로셔츠를 입고 있어요. 소금은 샤워로 다 씻어냈죠. 아직 쇠수세미 같은 느낌이 나기 전의 머리카락, 어린 꼬마의 부드럽고 빗질이 쉬운 양털 같은 머리카락은 아름답게 가르마를 타서 매끈하게 만져놓았습니다. 판잣길을 따라 낡은 쇠난간이 쭉 뻗어 있습니다. 나는 그 위에 앉습니다. 그 아래에서는 아버지가 구두를 신은 채 텅 빈 해변을 가로지릅니다. 나는 아버지가 물가에 수건을 단정하게 펼치는 것을 지켜봅니다. 아버지는 한쪽 구두에는 시계를, 다른 쪽 구두에는 안경을 넣습니다. 이제 바다에 들어갈 준비가 된 거죠. 나는 요즘도 물에 들어갈 때는 아버지가 가르쳐

* Cheesequake. 뉴저지의 지명. 원래 아메리칸인디언의 언어로 표기된 지명이 영어로 표기되면서 '치즈가 떨린다'는 묘한 뜻을 갖게 되었다.

준 대로 합니다. 우선 손목부터 담그고, 겨드랑이에 물을 끼얹은 다음, 물을 한 줌 떠서 관자놀이와 목덜미에 바르고…… 아, 하지만 천천히, 늘 천천히 합니다. 이렇게 해야 몸이 놀라는 걸 피하면서 상쾌한 느낌을 즐길 수 있어요. 놀라지 않고 상쾌해진 몸으로 아버지는 고개를 돌려 나를 보고, 내가 서 있다고 생각하는 쪽을 향해 우스꽝스럽게 손을 흔듭니다. 그런 다음 뒤로 벌러덩 드러누워 두 팔을 펼치고 물에 둥둥 뜹니다. 아, 아버지는 아주 고요하게 물에 떠 있습니다—아버지는 일을 해요, 아주 열심히 일을 해요, 나 아니면 누구를 위해 그러겠어요?—그러다 마침내 몸을 벌렁 뒤집어 엎드린 자세로 허겁지겁 팔을 몇 번 젓습니다. 하지만 앞으로 나아가지는 못해요. 아버지는 물속을 걸어 다시 해변으로 돌아옵니다. 물이 흘러내리는 단단한 몸통이 못처럼 내리꽂히는 순수한 마지막 햇빛을 받아 빛납니다. 그 햇빛은 답답한 뉴저지 내륙—나는 그곳에서 벗어나 있지만—에서 몰려와, 내 어깨를 지나, 아버지에게 꽂히고 있습니다.

이런 기억들은 더 있습니다, 선생님. 아주 많아요. 나는 지금 내 어머니와 아버지 이야기를 하고 있는 겁니다.

하지만—하지만—하지만—감정을 가라앉혀야겠네요. 아버지가 화장실에서 나오는 모습도 보입니다. 목덜미를 세게 주무

르면서 얼굴을 찌푸리고 트림을 삼킵니다. "그래, 내가 나오는 걸 기다리지도 못할 정도로 급한 얘기가 뭐야?"

"아무것도 아니에요." 어머니가 말합니다. "해결됐어요."

아버지가 나를 봅니다. 아주 실망한 표정입니다. 나는 아버지가 사는 이유고, 나도 그걸 압니다. "재가 무슨 짓을 했는데?"

"재가 무슨 짓을 했든 다 끝난 얘기예요, 하느님 뜻이라면. 당신은, 당신은 변을 좀 봤어요?" 어머니가 아버지에게 묻습니다.

"물론 못 봤지."

"잭, 도대체 무슨 일이래요, 장이 도대체 왜 그런 거래요?"

"콘크리트로 변하고 있어, 장이 콘크리트가 될 거야."

"너무 빨리 먹어서 그래요."

"나는 빨리 먹지 않아."

"그럼 어떻게 먹어요, 천천히 먹어요?"

"정상적으로 먹지."

"당신은 돼지처럼 먹어요. 아무도 당신한테 그 얘기를 안 해서 그렇지."

"아, 가끔 보면 당신은 말을 참 곱게 해. 알고 있어?"

"나는 진실만 이야기할 뿐이에요." 어머니가 말합니다. "나는 하루종일 이 주방에 서 있어요. 그런데도 당신은 어디 불이라도 난 것처럼 먹어요. 그리고 이 녀석은—이 녀석은 내가 해주는 음식이 별로라고 결론을 내렸고요. 차라리 병이 나서 내 혼을 빼놓는 게 낫다고 생각하나봐요."

"무슨 짓을 했는데?"

"당신까지 열받게 하고 싶진 않아요." 어머니가 말합니다. "그냥 다 잊어버립시다." 하지만 어머니는 잊지 못하죠. 그래서 이제 어머니는 울기 시작합니다. 아, 어머니가 세상에서 가장 행복한 사람은 물론 아닐 겁니다. 한때 어머니는 고등학교 남학생들한테 "레드"라고 불리던, 키가 큰 깍지콩 같은 여자였어요. 아홉인가 열 살 때 나는 어머니의 고등학교 앨범에 완전히 빠져버렸어요. 한동안 나는 그 책을 내가 아주 귀하게 여기던 또 한 권의 책, 내 우표책과 같은 서랍에 넣어두었죠.

> 남학생들이 "레드"라고 부르는 소피 진스키,
> 소피는 그 큰 갈색 눈과 똑똑한 머리로 성공을 거둘 것이다.

바로 이 소피가 우리 어머니였습니다!

또 어머니는 축구팀 감독의 비서였어요. 우리 때는 특별히 명예로운 자리라고 할 수 없었는데, 1차대전 시기의 저지 시에서는 젊은 소녀라면 누구나 노리는 자리였던 모양이에요. 어쨌든 어머니의 앨범을 넘기면서 나는 그렇게 생각했습니다. 어머니는 앨범에서 머리가 거무스름한 미남을 손가락으로 가리키고 있었습니다. 그 미남은 축구팀 주장인데, 지금은, 소피의 말을 인용하자면, "뉴욕에서 가장 큰 겨자회사 사장"이라더군요. "나는 네 아버지가 아니라 그 사람하고 결혼할 수도 있었어." 어머니는 나한테 그렇게 털어놓았습니다. 그것도 여러 번을요. 나는 가끔, 그렇게 되었으면 엄마하고 나는 어떻게 되었을까, 생각해보곤 했습니다. 외식을 하러 아버지와 함께 온 가족이 모퉁이의 즉석요리를 파는 식당으로 갈 때면 꼭 그런 생각이 나더라고요. 나는 식품점을 둘러보며 생각합니다. '우리가 이 겨자를 다 만들 수도 있었는데.' 아마 어머니도 틀림없이 그런 생각을 했을 거예요.

"얘가 프렌치프라이를 먹는대요." 어머니는 그렇게 말하고 나서 마침내 '심장이 튀어나도록 울려고' 주방 의자에 주저앉습니다. "학교가 파한 다음 멜빈 와이너하고 가서 프렌치프라이를 처먹는대요. 잭, 당신이 말 좀 해요. 나는 쟤 어머니일 뿐이잖아요. 그러면 나중에 어떻게 되는지 쟤한테 얘기 좀 해요. 앨릭스," 어머니가 주방을 살금살금 빠져나가는 내 쪽을 보며 힘주어 말합니다. "*내 귀여운 아이야*tateleh, 시작은 설사지만, 끝은 어떤지 아니? 너처럼 배가 민감한 애는 나중에 어떻게 되는지 알아? 볼일을 보기 위해 비닐봉투를 차고 다녀야 돼!"

세계 역사상 여자의 눈물을 가장 감당하지 못한 사람이 누구일까요? 우리 아버지입니다. 내가 그다음이고요. 아버지가 나한테 말합니다. "네 어머니 말 들었지? 학교 파하고 멜빈 와이너하고 프렌치프라이 먹지 마."

"앞으로 영원히." 어머니가 애원합니다.

"앞으로 영원히." 아버지가 말합니다.

"또 햄버거도." 어머니가 애원합니다.

"또 햄버거도." 아버지가 말합니다.

"햄버거라니." 어머니가 비통한 목소리로 말합니다. 마치, 히틀러라니, 하고 말하는 것 같습니다. "그 안에 자기들 멋대로 세상 온갖 것들을 넣을 수 있잖아. 그런데 쟤가 그걸 먹다니. 잭, 쟤한테서 약속을 받아내요. 쟤가 *끔찍한 문제*tsura에 빠지기 전에, 너무 늦기 전에 말이에요."

"약속할게요!" 나는 비명을 지릅니다. "약속한다니까요!" 그러고 주방에서 달려나갑니다. 어디 가느냐고요? 어디긴 어디겠어요?

나는 잡아뜯듯이 바지를 벗고, 난타당하면서도 자유를 찾아 머리를 들이박는 그 공성망치, 내 사춘기의 좆을 사납게 움켜쥡니다. 어머니가 화장실 문 너머에서 소리치기 시작했는데도요. "이번에는 물 내리지 마. 내 말 들리니, 앨릭스? 변기에 뭐가 있는지 꼭 봐야겠어!"

선생님, 내가 뭐에 맞서고 있었는지 이해하시겠습니까? 내가 가진 것 가운데 정말로 내 거라고 부를 수 있는 건 내 자지뿐이었습니다. 어머니가 소아마비 철에 어떻게 하는지 한번 보셨어야 하는데! '10센트의 행진'*에서 어머니한테 훈장을 주었어야 하는 건데! 입 좀 벌려봐. 왜 목이 빨간 거야? 혹시 머리가 아픈데 나한테 숨기는 거 아니니? 네가 목을 움직이는 걸 내 눈으로 보기 전에는 야구 시합 하러 못 가, 앨릭스. 목이 뻣뻣하니? 아닌데 왜 목을 그렇게 움직여? 꼭 구역질하는 사람처럼 먹던데? 구역질나? 글쎄, 구역질하는 사람처럼 먹더라니까. 저 놀이터 음수대에서는 물 마시지 마. 목이 말라도 집에 오기 전까지 꾹 참아. 너 목 아프지, 그렇지? 네가 침을 어떻게 삼키는지 난 다 알 수 있어. 이봐요, 조 디마지오 씨**, 당신이 할 일은 그 글러브를 벗고 눕는 일인 것 같은데. 네가 이 더위에 밖에 나가 뛰어다니게 놔둘 순 없어, 그렇게 목이 아픈데 안 될 말이지. 열 좀 재봐야겠다. 목에서 나는 소리가 전혀 마음에 안 들어. 솔직히 말해서, 목이 아픈데도 하루종일 걸어다녀놓고 네 어미한테 한마디도 안 하다니 정말이지 미쳐버릴 지경이다. 왜 그런 걸 비밀로 하는 거니?

* March of Dimes. 소아마비 구제 모금 운동을 위해 1938년에 설립된 민간의료구호단체.

** 미국 메이저리그 선수. 여기서는 어머니가 야구 하러 나가는 아들을 그렇게 부른 것.

앨릭스, 소아마비는 야구 시합이라고 봐주지 않아. 호흡 보조 장치를 달게 하고 평생 다리를 절게 하는 것 말고는 안중에 없단 말이야! 그러니까 뛰어다니지 말라고, 더이상 얘기하게 하지 마. 그리고 햄버거 사 먹지 마. 마요네즈도. 다진 간 요리도. 참치도. 나야 네 어미니까 이러지만 다른 사람들은 네가 엇나가도 어디 신경이나 쓸 줄 알아? 너는 티끌 하나 없는 집에 익숙해 있어서 식당에서는 무슨 일이 벌어지는지 전혀 몰라. 우리가 중국집에 갈 때 내가 왜 절대 주방을 마주보고 앉지 않는 줄 아니? 그 구석에서 벌어지는 일을 보고 싶지 않기 때문이야. 앨릭스, 모든 걸 다 닦아야 돼, 알겠니? 전부 다 닦아야 한다고! 네가 만지기 전에 누가 만졌는지 알게 뭐냐.

보세요, 내가 걸어다닐 수 있다는 게 거의 기적이라고 말한다면 과장일까요? 그 히스테리와 미신! 그 조심해라와 주의해라! 이건 하면 안 돼, 저건 할 수 없어—잠깐! 안 돼! 너는 중요한 법을 어기는 거야! 무슨 법? 누구의 법? 인간적으로 도무지 말도 안 되는 그런 소리를 하느니 차라리 입술에 접시를 박아넣고, 코에 고리를 꿰고, 몸에 퍼런 칠을 하는 게 낫지! 아, 그것뿐인가! 그 *유제품*과 *육류*flaishiks에 대한 규제, 그리고 그 모든 *제정신이 아닌*meshuggeneh 규칙과 규제라니! 이미 다들 제정신이 아닌데 말이에요. 우리 집에 전해져오는 우스갯소리 가운데 이런 게 있습니다. 내가 아주 어렸을 때 창밖의 눈보라를 구경하다 말고 돌아보면서 기대가 가득한 표정으로 이렇게 물었답니다. "엄마, 우리는 겨울을 믿나요?" 내가 무슨 소리를 하는 건지 아시겠어요? 나는 아프리카의 호텐토트족과 줄루족의 손에서 자랐다는 이야기예요! 살라미 샌드위치에 우유 한 잔 마실 생각만 해도 전능하신 하느님에게 심각한 죄를 짓는 거였어요. 그러니 그렇게 딸딸이를 치면서 내 양심이 어땠을지 상상해보세요! 그 죄책감, 그 공포—두려움이 내 뼛속까지 스며들어 있었단 말입니다! 그들의 세계에서 위험하지 않은 것, 병균이 뚝뚝 떨어지지 않는 것, 위태롭지 않은 것이 뭐가 있었겠습니까? 아, 활기는 어디에서, 대담성과 용기는 도대체 어디에서 찾아볼 수 있었을까요? 우리 부모님이 삶을 그렇게 겁내게 만든 자는 대체 누구일까요? 지금은 퇴직한 아버지가 노상 이야기하는 주제는 한 가지뿐입니다. 바로 뉴저지 턴파이크죠. "억만금을 준대도 거기에는 안 올라갈 거다. 그런 도로에서 차를 모는 건 정신 나간 짓이야. 거긴 '살인 회사'야. 사람들이 죽으러 밖에 나가는 합법화된 방법이지—" 보세요, 아버지가 일주일에 세 번 전화해서 뭐라고 하는지 아세요—세 번이란 건 내가 전화를 받는 횟수일 뿐이에요, 매일 밤 여섯시에서 열시 사이에 걸려오는 전화를 다 합친 수가 아니고요. "그 차 팔아라, 응? 제발 부탁인데 나 밤잠 좀 편히 자게 그

차 좀 팔래? 도대체 그 도시에서 왜 차가 있어야 하는지 내 이해 범위를 벗어난 일이로구나. 왜 보험을 비롯해 차고니 유지비니 하는 데 돈을 쓰고 싶어하는지, 도무지 이해할 수가 없어. 하긴 네가 왜 그 정글에서 혼자 살고 싶어하는지, 그것도 전혀 이해가 안 되지만. 그 강도들한테 그 콧구멍만한 방의 세로 얼마를 낸다고? 왜 다시 노스저지로 이사 오지 않는지 나한테는 정말 수수께끼구나. 그 소음과 범죄와 매연이 뭐가 그렇게 좋다는 거냐—"

그리고 우리 어머니, 어머니는 그냥 계속 소곤거려요. 소피가 계속 소곤거린다고요! 나는 한 달에 한 번씩 저녁을 먹으러 가는데, 그건 내 모든 간계와 교활함과 힘을 요구하는 정말 힘든 일입니다. 하지만 나는 그 긴 세월 동안 정말 승산 없는 싸움을 벌인 끝에 마침내 그걸 한 달에 한 번으로 줄여놓았죠. 내가 초인종을 누르면 어머니가 문을 열고, 바로 소곤거림이 시작됩니다! "내가 어제 네 아버지하고 어떤 하루를 보냈는지 아예 묻지도 마라." 그래서 나는 안 묻습니다. "앨릭스." 여전히 낮은 소리sotto voce입니다. "네 아버지가 그런 하루를 보낼 때 네가 전화 한번 해주는 게 얼마나 큰 힘이 되는지 너는 몰라." 나는 고개를 끄덕입니다. "그리고, 앨릭스"—알다시피 나는 계속 고개를 끄덕이고 있습니다. 돈이 드는 일도 아니니까요. 심지어 그런 식으로 무사히 시간을 때울 수 있을지도 모르니까요—"다음주가 네 아버지 생신이야. '어머니날'이 지나갔는데 카드 한 장 없었다는 거, 게다가 내 생일에도 그랬다는 거, 그런 건 다 괜찮아. 하지만 네 아버지는 곧 예순여섯이야, 앨릭스. 예순여섯이면 아기가 아니잖니, 앨릭스. 그건 인생에서 획기적인 사건이라고. 그러니 카드 한 장 보내. 그런다고 죽는 거 아니잖아."

선생님, 이 사람들 정말 대단하지 않나요! 믿을 수가 없어요! 이 두 사람은 죄책감을 만들어내고 포장하는 데 발군의 능력을 보여주는 우리 시대의 능력자들이라니까요! 마치 닭에서 지방을 만들어내듯이 나한테서 죄책감을 만들어내요! "전화 좀 해, 앨릭스. 찾아와, 앨릭스. 앨릭스, 계속 알려줘. 우리한테 아무 말 없이 어디 가지 마, 제발, 다시는 그러지 마. 지난번에 네가 어디 가면서 우리한테 말을 안 했을 때, 네 아버지는 경찰에 전화하려고 했어. 네 아버지가 하루에 몇 번을 전화했는데 통화가 안 됐는 줄 아니? 맞혀봐, 몇 번일 것 같아?" "어머니." 나는 이를 악물고 어머니한테 말합니다. "내가 죽고 나서 일흔두 시간이면 사람들이 시체 냄새를 맡을 거예요. 장담해요!" "그런 식으로 말하지 마! 하느님 맙소사!" 어머니가 소리칩니다. 아, 그러면서 어머니는 절묘한 무기를 휘두릅니다. 어머니가 원하는 대로 되도록 보장된 무기죠. 내가 어떻게 다른 걸 기대할 수 있겠습니까? 내 어머니인데 어떻게 불가능한 걸 요구할 수 있겠어요? "앨릭스, 전화를 받는 건 아주 간단한 일이야. 게다가 우리가 이렇게 살아서 너를 귀찮게 하는 일이 앞으로 얼마나 계속될 거라고?"

슈필포겔 선생님, 이게 내 인생입니다, 내 하나뿐인 인생이라고요. 나는 유대인의 우스갯소리 한가운데서 인생을 살고 있단 말입니다! 나는 유대인의 우스갯소리에 나오는 아들이에요. 문제는 이게 전혀 웃을 일이 아니라는 거죠! 정말이지, 누가 우리를 이렇게 불구로 만든 거죠? 누가 우리를 이렇게 병적으로 히스테리에 시달리는 약한 사람들로 만들었느냐고요? 왜, 왜 그 사람들은 지금도 소리를 지르는 겁니까. "조심해! 하지 마! 앨릭스, 안 돼!" 왜, 내가 뉴욕의 내 침대에서 혼자, 왜 내가 지금도 절망에 빠져 내 물건을 쥐고 용두질을 해야 하는 거냐고요? 선생님, 내가 앓는 이런 병을 뭐라고 부릅니까? 이게 내가 귀가 닳도록 들었던 유대인의 수난인가요? 유대인 학살과 박해 때문에 나한테 이런 일이 생긴 겁니까? 이천 년이란 아름다운 세월 동안 *이방인*이 우리에게 가한 조롱과 학대 때문에? 아, 내 비밀, 내 수치, 내 두근거림, 내 홍조, 내 땀! 인간 삶의 단순한 성쇠에 내가 반응하는 방식! 선생님, 이렇게 아무것도 아닌 일에 벌벌 떨며 사는 건 더이상 못 견디겠어요! 남자가 되게 해주세요! 용감하게 만들어주세요! 강하게 만들어주세요! 온전하게 만들어주세요! 착한 유대인 소년은 이제 됐어요. 남들 앞에서는 부모 비위나 맞추고 혼자 있을 때는 자지나 주물러대고! 이런 건 이제 됐다고요!

유대인 블루스

아홉 살 때 고환 하나가 음낭 바닥에서는 충분히 살아봤다고 생각했는지 북쪽으로 올라오기 시작했습니다. 처음에는 골반과 음낭이 만나는 경계선에서 불확실하게 까불거리는 것이 느껴지더라고요. 그러다가 우유부단하게 어물거리는 시간이 끝났는지, 바다에서 구조돼 구명선 선체로 끌어올려지는 생존자처럼 체강體腔으로 진입했습니다. 마침내 고환은 뼈로 이루어진 요새 뒤에 안전하게 자리를 잡았고, 고집스럽게 바닥에 머물고 있던 그 짝은 축구화와 말뚝 울타리, 또 막대기며 돌이며 주머니칼 등 어머니를 불길한 예감으로 미치게 만드는 그 모든 것으로 이루어진 소년의 세계에서 홀로 자신의 운을 시험해보게 되었습니다. 물론 나는 어머니한테서 그 세계에 대해 되풀이해 주의를 받고 주의를 받고 또 주의를 받았지요. 그리고 또 주의를 받고. 그리고 또.

그리고 또.

이렇게 해서 내 왼쪽 고환은 서혜관 근처에 자리잡게 되었습니다. 그래도 고환이 사라지고 난 뒤 처음 몇 주 동안은 사타구니와 허벅지 사이의 주름을 손으로 눌러보면 여전히 그 젤리 같은 느낌을 주는 둥근 곡선이 만져졌죠. 그러다 공포의 밤들이 찾아왔습니다. 창자를 찾아봐도, 갈빗대까지 쭉 찾아봐도 소용없었어요. 슬프게도 항해자가 해도도 없는 미지의 지역으로 떠나버린 겁니다. 어디로 사라졌을까! 얼마나 높이, 얼마나 멀리 가야 여행이 끝나게 될까! 어느 날 교실에서 이야기를 하려고 입을 벌리는데, 왼쪽 불알이 혀끝으로 튀어나오는 건 아닐까? 학교에서 우리는 선생님을 따라 외웠습니다. 나는 내 운명의 선장이다. 나는 내 운명의 주인이다. 그런데 내 몸 안에서 나의 음부에 속하는 한 부분이 무정부주의적인 봉기를 일으킨 겁니다. 무력한 나는 그걸 진압하지 못했고요!

우리 가족 주치의가 연례 건강검진에서 그게 없어진 걸 알 때까지 여섯 달 동안 나는 나의 수수께끼를 깊이 생각해보았습니다. 온갖 상상을 다 했죠. 그게 내 머리로 진입하지 않았다는 보장이 없었으니까요. 없었죠. 나는 궁금했습니다. 고환이 뒤로, 장을 향해 뛰어들어 그곳에서 알, 어머니가 쓰레기통에 닭 내장을 버리기 전에 닭의 어두운 내부의 축축하고 노란 덩어리 속에서 잡아떼던 그런 알로 변하기 시작한 건 아닐까? 또 내 몸에 젖가슴이 자라기 시작하면 어쩌지? 내 음경이 바삭바삭 마르다가, 어느 날 소변을 보는데 손에서 툭 떨어져버리면 어쩌지? 나는 여자아이로 변하고 있는 걸까? 아니면 더 나쁜 경우, 『믿거나 말거나』의 로버트 리플리가 "상금"으로 10만 달러를 주겠다고 했다는(운동장에서 누군가로부터 그런 이야기를 들었습니다) 아이처럼 되는 건가? 믿거나 말거나, 뉴저지에는 어느 모로 보나 남자인데도 아기를 낳을 수 있는 아홉 살짜리 아이가 있다더라.

누가 상금을 받는 거지? 나인가, 아니면 나를 신고하는 사람인가?

닥터 이지는 내 음낭을, 살까 말까 망설이는 양복 옷감이라도 되는 듯 두 손가락으로 잡고 비벼보더니 아버지한테 내게 남성호르몬 주사를 여러 번 놓아야 할 것 같다고 말했습니다. 내 고환 하나가 완전히 내려오지 않았다면서요—특이한 일이지만, 들어보지 못한 일은 아니라더군요…… 하지만 주사로 해결이 안 되면요? 아버지가 놀라서 물었습니다. 그럼 어쩝니까—! 그러자 닥터 이지는 나더러 대기실에 나가 잡지나 보라고 했습니다.

주사는 효과를 봅니다. 나는 몸에 칼이 닿는 걸 피하죠. (다시 한번!)

아, 이 아버지! 이 상냥하고 걱정 많고 이해력이 떨어지고 변비에 시달리는 아버지! '신성 신교 제국' 때문에 앞길이 막힐 운명인 아버지! 자신감과 교활함, 오만함과 연줄. 금발에 눈이 파란 아버지 세대 사람들은 그런 것들이 있기 때문에 지도를 하고, 영감을 주고, 억압이 필요하면 명령을 할 수 있죠. 하지만 아버지가 가진 것은 그들의 백분의 일도 안 됩니다. 아버지가 어떻게 억압을 할 수 있겠어요? 자기가 억압을 당하는데. 어떻게 권력을 휘두를 수 있겠어요? 자기한테 권력이 없는데. 어떻게 승리를 누릴 수 있겠어요? 승리를 거둔 사람들을 그렇게 경멸하는데. 아마 승리라는 생각 자체도 경멸했을걸요. "이 사람들은 유대인을 숭배해, 그거 아냐, 앨릭스? 이 사람들의 거창한 종교 전체가 옛날에 잠시 인정을 받았던 한 유대인을 섬기는 데 기초를 두고 있다고. 그런 어리석은 짓을 어떻게 좋아할 수 있겠니? 그렇게 사람들 눈을 가리는 걸 어떻게 좋아할 수 있겠어? 이 사람들이 누구에게나 신이라고 떠들고 다니는 그 예수그리스도가 사실은 유대인이었다고! 그런데 이 사실에는, 생각할 때마다 정말 열이 뻗치는데, 이 사실에는 아무도 관심을 갖지 않아. 그가 유대인이었다는 것, 너와 나처럼 유대인이었다는 것에는 말이야. 이미 죽어버린 한 유대인을 가져다 일종의 신으로 바꾸어놓았다는 사실에는. 그런 뒤에—이게 정말 사람 미치게 만드는 건데—그런 뒤에 이 더러운 새끼들은 나중에 방향을 확 틀어서, 박해할 명단 맨 위에 누구를 갖다놨는지 아니? 이천 년 동안 누구를 계속 붙들고 죽이고 미워했는지 아니? 바로 유대인들이야! 애초에 자기들한테 사랑하는 예수를 준 게 누군데! 정말이지, 앨릭스, 네 평생 기독교라는 종교에서 떠벌리는 것보다 더 *미친 소리*mishegoss, 더 역겹고 말도 안 되는 잡탕 쓰레기 같은 소리는 절대 들을 수 없을 거다. 그런데도 이 거물이란 사람들은 그걸 믿는단 말이야!"

그러나 안타깝게도 가정 전선에서는 막강한 적에 대한 경멸을 방어 전략으로 이용하는 게 그렇게 쉽지는 않았죠. 시간이 가면서 아버지 자신이 사랑하는 아들이 점차 적으로 떠올랐으니까요. 사실 사춘기라는 이름으로 부르는 그 긴 분노의 시기 동안 내가 아버지를 볼 때마다 가장 두려웠던 것은 당장이라도 나를 향해 터져나올 것만 같던 아버지의 폭력이 아니었습니다. 오히려 매일 밤 저녁식사를 할 때 내가 무지하고 야만적인 송장 같은 아버지에게 퍼붓고 싶었던 나의 폭력이었죠. 아버지가 큰 그릇에 담긴 음식을 따로 덜지 않고 포크로 그냥 떠먹을 때, 또는 수프가 식을 때까지 점잖게 기다리지 못하고 숟가락으로 뜬 수프를 쭉쭉 빨아먹을 때, 또는 하느님 맙소사, 무슨 주제에든 자기 의견을 내놓으려 할 때, 아버지가 울부짖으며 산 자들의 땅에서 떠나게 해주고 싶어 얼마나 안달이 나던지…… 그 살인의 소망에서 특히 무시무시했던 점은 이거였습니다. 내가 시도하면, 성공할

가능성이 높다는 거! 아버지도 날 도와줄 가능성이 높다는 거! 그냥 손가락으로 숨통을 겨냥하고 식탁 너머로 몸을 던지기만 하면, 아버지는 즉시 혀를 빼물고 탁자 밑으로 늘어질 것 같았습니다. 소리야 지를 수도 있겠죠. 말다툼이야 벌일 수도 있겠죠. 그리고 아, *훌쩍거림*nudjh, 그래 *훌쩍거릴* 수도 있겠지요! 하지만 자신을 방어하는 거? 나한테서? "앨릭스, 말대답 좀 그만해." 어머니가 경고합니다. 나는 시끄러운 주방을 훈족의 아틸라*처럼 떠나고 있습니다. 또 저녁을 먹다 말고 소리를 지르며 달려나가고 있습니다. "계속 이렇게 무례하게 굴면, 네 아버지는 심장마비에 걸릴 거야!" "그럼 좋죠!" 나는 소리를 지르며 어머니 면전에 대고 문을 쾅 닫습니다. "좋다고요!" 나는 소리를 지르며 옷장에서 자일론 재킷을 꺼냅니다. 늘 그 재킷 칼라를 세워 입고 다니거든요(어머니가 그 더러운 옷 자체만큼이나 혐오하는 스타일입니다). "잘됐네요!" 나는 그렇게 악을 쓰고, 눈물을 줄줄 흘리며 거리 모퉁이의 핀볼머신으로 달려가 분노를 발산합니다.

젠장, 내가 그렇게 반항할 때, 아버지가 어머니이기만 했다면! 그리고 어머니는 아버지이고! 하지만 우리 집에서는 왜 성별이 다 뒤바뀌었는지! 당연히 나한테 다가와야 할 사람은 물러나

* 5세기 훈족의 왕. 카스피 해에서 라인 강에 이르는 대제국을 건설했음.

고 물러나야 할 사람은 다가오다니! 꾸짖어야 할 사람은 심약해서 완전히 힘을 잃고 무력하게 무너져버리고! 무너져야 할 사람은 끝도 없이 꾸짖고 교정하고 책망하고 비판하고 헐뜯고! 아버지의 공백을 메우다니! 아, 다행입니다! 다행이에요! 그래도 아버지한테 좆과 불알은 달려 있었으니 말이에요! 금색 머리카락과 은색 혀를 가진 이 *이방인*의 세계에서 아버지의 남성성이란 약하기 짝이 없는 것이었는데(부드럽게 표현해서 말입니다), 그래도 두 다리 사이에(하느님, 아버지를 축복하소서!) 마치 중요한 사람이라도 되는 양, 왕이라도 자랑스럽게 과시하며 달고 다닐 만한 크고 건강한 불알 두 쪽, 그리고 길이나 굵기가 당당한 *자지*shlong를 갖추고 있었으니. 그게 아버지 것이었으니. 그래요, 그건 절대적으로 확신합니다. 그건 아버지 몸에서 축 늘어져 있었고, 아버지 몸에 연결되어 있었고, 아버지에게서 떼어낼 수 없는 것이었지요!

물론 집에서는 아버지의 성 기관보다는 어머니의 성감대를 자주 보았습니다. 한번은 어머니의 생리혈을 보았습니다…… 주방 싱크대 앞의 닳아빠진 리놀륨에서 어둡게 빛나며 나를 올려다보고 있더군요. 그건 이십오 년도 더 지난 빨간 피 두 방울에 불과하지만, 나의 '현대 불평불만 박물관'에 전시되어(조금 있다

말씀드리고 싶은 코텍스* 상자, 나일론 스타킹과 함께 말입니다) 영원히 조명을 받는 어머니의 성상에서 여전히 빛을 발하고 있습니다. 이 성상에서는 늘 피가 식기 건조대를 거쳐 개수통 안까지 똑똑 떨어지고 있습니다. 이것은 우리가 먹을 수 있도록 정결하게 만들기 위해 어머니가 고기에서 빼는 피예요. 어쩌면 내가 두 가지 피를 혼동하고 있는 건지도 모르겠습니다—피니 뭐니 하니까 꼭 '아트레우스가家'**의 아들이라도 된 것 같네요—하지만 내 눈에는 어머니가 싱크대에서 고기의 피를 빼려고 소금을 뿌리다가 갑자기 "여자의 문제"가 닥치는 바람에 깜짝 놀라 신음을 토하고 어머니 방으로 달려가는 모습이 분명히 보입니다. 그때 나는 네댓 살밖에 안 됐지만, 주방 바닥에서 본 그 핏방울 두 개가 여전히 눈에 선합니다…… 코텍스 상자도 그렇고…… 어머니 다리를 미끄러져올라가던 스타킹도 그렇고……또—이런 걸 꼭 얘기할 필요가 있나요?—저녁을 먹지 않겠다고 할 때 내 피를 뽑아낼 것처럼 위협하던 빵칼도. 그 칼! 그 칼! 마음에 걸리는 건 어머니가 그걸 사용하는 걸 부끄러워할 일, 또는 딱히 삼갈 일이라고 생각조차 안 했다는 점입니다. 침대에 있는데

* 여성 생리용품 상품명.

** 그리스신화에서 아트레우스는 동생이 자기 아내와 간통한 것을 알고는 분노해서 동생의 아들들을 죽여 그 고기를 동생에게 먹였다.

어머니가 함께 마작을 하는 여자들한테 자기 문제를 떠들어대는 소리가 들립니다. 우리 앨릭스가 갑자기 먹지를 않겠다고 해서 내가 칼을 들고 지키고 서 있을 수밖에 없어요. 거기 있는 여자들 가운데 누구도 이런 전술이 과하다고 전혀 생각하지 않습니다. 내가 칼을 들고 지키고 서 있을 수밖에 없어요! 그러는데도 그 여자들 가운데 단 한 명도 마작 탁자에서 일어나 밖으로 나가버리지 않습니다! 그 여자들 세계에서는 그게 밥을 먹지 않으려 하는 아이를 다루는 방법이니까요—칼을 들고 지키고 서 있어야 하는 겁니다!

몇 년 뒤에 어머니가 화장실에서 소리를 질렀습니다, 빨리 약국에 좀 뛰어갔다 와! 코텍스 한 상자만 달라고 해! 당장! 목소리를 듣고 어머니가 패닉 상태라는 걸 알 수 있었죠. 나는 정말 뛰어갔다 왔습니다! 집에 돌아와 헐떡거리며, 화장실 문의 좁은 틈으로 나를 향해 뻗은 하얀 손에 그 상자를 건네줬죠…… 어머니의 생리 문제는 결국 수술로 해결해야 했지만, 그렇다 해도 그 자비의 임무를 수행하는 일을 하필이면 나한테 맡긴 건 용서하기 어렵습니다. 열한 살짜리 사내아이한테 생리대를 찾아 뛰게 하는 일을 맡기느니 차라리 차가운 화장실 바닥에 피를 다 쏟았어야 하는 거 아닌가요? 그게 나은 거 아니에요! 도대체 누나는 어디 있었던 거죠? 누나의 응급 물품은 어디 있었느냐는 말입니다. 왜 이 여자는 자기 어린 아들이 얼마나 여리고 예민한지 눈치를 못 채는 걸까요. 내 수치심에는 그렇게 둔감하면서, 어떻게 내 가장 깊은 욕망들에는 그렇게 정확하게 주파수를 맞추고 있느냐고요!

……나는 너무 어려서 내가 남자인지 여자인지도 모릅니다. 어쨌든 그렇게들 상상하잖아요. 네 살 되던 해의 봄, 이른 오후입니다. 우리 건물 밖의 조그만 비포장 공터에 꽃들이 자주색 줄기에 매달려 피어 있습니다. 창문을 활짝 열어놓았기 때문에 아파트 공기는 봄답게 향기롭고 부드럽습니다. 하지만 어머니의 활력 때문에 전기가 흐르는 듯한 느낌도 듭니다. 어머니는 그 주의 빨래를 끝내고 빨랫줄에 널고 있어요. 또 오늘밤 우리가 먹을 후식으로 마블 케이크를 구웠죠. 아름답게 피를—또 피예요! 또 칼입니다!—어쨌든 전문가다운 솜씨로 바닐라 안팎에 초콜릿을 피처럼 흐르게 해놓았습니다. 이 놀라운 광경이 내 눈에는 은은하게 빛을 발하는 젤리 속에 복숭아들이 떠 있는 것에 맞먹는 기적으로 보입니다. 어머니는 빨래를 하고 케이크를 구웠습니다. 주방과 화장실 바닥을 닦고 신문지를 깔아놓았습니다. 물론 먼지는 다 털었죠. 말할 필요도 없이 진공청소기도 돌렸고요. 점심 때 사용한 접시들은 (나의 깜찍한 도움을 받아) 씻고 닦아서 식기실 *유제품* 장의 제자리에 갖다놓았습니다. 그러면서 아침 내

내 카나리아처럼 휘파람을 붑니다. 건강과 기쁨이 드러나는, 누구에게도 신경을 쓰지 않는 자족적인 멜로디, 그러나 음조는 맞지 않는 멜로디를요. 어머니가 시킨 대로 내가 크레용으로 그림을 그리는 동안 어머니는 샤워를 합니다. 그리고 이제 햇빛이 환하게 들어오는 어머니 방에서 옷을 입습니다. 나를 시내에 데려가려고요. 어머니는 패드를 넣은 브라와 거들 차림으로 침대 가장자리에 앉아 말린 스타킹을 다리 위로 끌어올리면서 종알종알 이야기합니다. 엄마의 착한 아들은 누구지? 엄마한테 이 세상 최고인 아들은 누구지? 엄마가 이 세상 그 무엇보다 사랑하는 사람은 누구지? 나는 기뻐서 힘이 불끈불끈 솟구치면서도, 눈으로는 어머니의 다리를 올라가는 투명한 스타킹의 팽팽하고, 느리고, 괴로울 정도로 달콤한 여행을 따라갑니다. 어머니의 살은 스타킹에 덮이며 내 마음을 흔드는 색조로 바뀝니다. 나는 어머니 목에서 목욕 파우더 냄새를 맡을 수 있는 거리까지 살살 다가갑니다. 곧 스타킹의 고리가 걸릴(그 순간 틀림없이 화려한 나팔 소리가 들릴 겁니다), 대롱거리는 끈들로 이루어진 탄력 있는 복잡한 장치들을 더 잘 보려는 것이기도 하죠. 어머니가 마호가니 침대 틀의 번쩍거리는 네 기둥에 광택을 내려고 바른 기름 냄새가 납니다. 어머니는 밤과 일요일 오후에 그 침대에서 우리와 함께 사는 어떤 남자와 잠을 자요. 사람들은 그 남자가 나의 아버지라고 합니다. 어머니가 따뜻하고 촉촉한 수건으로 하나하나 닦아주었는데도 내 손가락 끝에서는 점심 냄새, 참치 샐러드 냄새가 납니다. 아, 내가 코를 킁킁거리는 것은 씹 냄새 때문인지도 모르겠네요. 어쩌면 그럴지도 몰라요! 아, 기뻐서 으르렁거리고 싶어요. 나는 네 살밖에 안 됐지만, 그래도 그 순간 안에 정열이 얼마나 가득한지, 가능성이 얼마나 빽빽하게 들어차 있는지, 내 피—그래요, 또 피입니다—로 느낄 수 있습니다. 사람들이 나의 누나라고 부르는, 머리가 길고 뚱뚱한 사람은 학교에 가고 없습니다. 나의 아버지라고 부르는 사람은 어딘가에서 돈을 벌고 있습니다. 능력껏 최선을 다해 벌고 있죠. 그 두 사람은 사라지고 없습니다. 누가 압니까, 내가 운이 좋아 그들이 다시는 돌아오지 않을지…… 어쨌든 오후입니다. 그리고 봄입니다. 나를 위해, 오직 나만을 위해 한 여자가 스타킹을 신으며 사랑 노래를 부르고 있습니다. 누가 영원토록 엄마와 함께 있을 거지? 나. 이 넓디넓은 세상 어디든 엄마와 함께 가는 사람은 누구지? 그야 나지, 바로 나지. 정말 멍청한 질문이네. 하지만 오해하지 마세요, 나는 계속 장단을 맞추어줄 테니까! 누가 엄마하고 맛있는 점심을 먹었지, 누가 착하게 엄마하고 버스를 타고 시내에 가지, 누가 엄마하고 큰 가게에 가지……그런 식으로, 계속 그런 식으로……그러다가 불과 일주일쯤 전에는 내가 유럽에서 무사하게 돌아오자마자 엄마가 이런 말을 했습니다—

"만져봐."

"네?"—어머니는 심지어 내 손을 잡아 자기 몸 쪽으로 끌어당기기까지 했습니다—"어머니—"

"나 5파운드도 늘지 않았어." 어머니가 말합니다. "너를 낳은 뒤로 말이야." 그러면서 어머니는 내 뻣뻣한 손가락을 자신의 툭 튀어나온 엉덩이에 갖다댔습니다. 나쁘지 않더군요……

그리고 스타킹. 이십오 년 이상이 흘렀지만(이 정도면 게임이 끝나야 하는 거 아닌가요!), 어머니는 여전히 자신의 어린 아들 앞에서 스타킹을 끌어올립니다. 하지만 이제 아들은 기가 펄럭이며 깃대를 따라올라가는 게 보이면 마음을 굳게 먹고 고개를 돌립니다. 단지 자신의 정신 건강만 걱정해서 그러는 건 아니에요. 사실이에요. 내가 고개를 돌리는 건 내가 아니라 그 불쌍한 남자, 나의 아버지를 위해서이기도 하다고요! 하지만 아버지한테 어떤 존재감이 있기는 했을까요? 만일 그 거실에서 다 큰 아들이 갑자기 자기 아내와 함께 러그 위에서 뒹군다면 아빠는 어떻게 할까요? 미쳐 날뛰는 그 한 쌍 위로 펄펄 끓는 물 한 통을 퍼부을까요? 자기 칼을 뽑을까요? 아니면 다른 방으로 가서 둘이 일을 끝낼 때까지 텔레비전을 보고 있을까요? "왜 눈을 돌리는 거야—?" 어머니가 솔기를 일직선으로 바로잡으며 재미있다는 표정으로 묻습니다. "내가 뭐 스물한 살짜리 처녀라도 되니? 내가 그렇게 오랫동안 네 뒤를 닦아주고 그 조그만 궁둥이에 입을 맞춘 걸 모른다는 거야? 재 좀 봐요"—이것은 혹시 아버지가 지금 공연되는 이 작은 플로어 쇼에 100퍼센트 관심을 기울이지 않고 있을까봐 하는 말입니다—"봐요, 제 엄마가 마치 열여섯 살짜리 미인대회 우승자라도 되는 것처럼 굴잖아요."

한 달에 한 번 아버지는 나를 데리고 증기shvitz 목욕탕에 갔습니다. 거기서 증기, 때 밀기, 길고 깊은 잠으로 지난 몇 주 동안 일을 하면서 아버지 자신을 재료로 쌓아올렸던 짜증의 피라미드를 부수려고 한 거죠. 입고 간 옷은 꼭대기 층에 있는 수면실 로커에 넣고 잠급니다. 철제 간이침대가 로커와 직각을 이루며 줄줄이 놓여 있어요. 거기에는 이미 아래에서 한 바퀴 돈 사람들이 대형 참사의 사상자들처럼 하얀 시트 밑에 팔다리를 쭉 뻗고 누워 있습니다. 갑자기 천둥이 치는 듯한 방귀 소리나 사방에서 산발적으로 기관총을 쏘아대듯이 코 고는 소리가 들리지 않았다면, 우리가 시체보관소에 들어와 어떤 이상한 이유로 시체들 앞에서 옷을 벗고 있다는 생각이 들 겁니다. 나는 사람들 몸뚱어리는 보지 않고, 쥐처럼 발끝으로 미친듯이 팔짝팔짝 뜁니다. 누가 내 팬티 안을 들여다보기 전에 얼른 팬티에서 두 발을 빼내려는 거죠. 늘 팬티의 밑 솔기에 똥이 흐릿하고 희끄무레하게 솔질한 것처럼 묻어 있는 게 보여 화나고 당혹스럽고 창피하거든요. 아, 선생님, 나는 밑을 닦고 닦고 또 닦아요. 똥을 눌 때만큼 밑을 닦는 데에도 시간을 들여요. 아마 더 들일지도 몰라요. 마치 화장지가 나무에서 자라기라도 하듯—나를 부러워하는 아버지가 하는 말입니다—아낌없이 써요. 내 작은 구멍이 나무딸기처럼 빨개질 때까지 닦는단 말입니다. 그런데도, 정말이지 나는 매일 하루가 끝나면 세탁물 바구니에 천사의 똥구멍을 감싸고 있었다고 해도 좋을 만한 자키팬티를 집어넣어 어머니를 기쁘게 하고 싶은데, 대신(의도적인 걸까요, 선생님? 아니면, 그냥 불가피한 걸까요?) 남자아이의 고약한 냄새가 나는 작은 팬티를 집어넣게 된단 말입니다.

어쨌거나 여기 이 터키탕에서 내가 왜 춤을 추며 돌아다니고 있을까요? 여기에는 여자가 없기 때문이죠. 여자도 없고, 또 *이방인*도 없어요. 믿어지세요? 걱정할 게 전혀 없다는 게!

나는 아버지의 하얀 엉덩이 밑에 잡힌 주름을 따라 수면실에서 나간 다음 철 계단을 내려가 그 연옥으로 갑니다. 보험 외판원, 가정을 가진 남자, 유대인이라서 오는 번민을 증기로 덥히고 손으로 비벼 아버지 몸에서 떼어내는 연옥으로요. 층계를 다 내려가면 하얀 시트 더미와 젖은 수건 무더기를 피해 옆걸음질을 치고, 아버지가 어깨로 창문이 달리지 않은 무거운 문을 밀어요. 그럼 윈터그린* 향기가 나는 어둡고 조용한 구역에 들어서게 됩니다. 몇 안 되는 시큰둥한 관객이 어떤 비극의 죽음 장면에서 갈채를 보내는 듯한 소리가 나요. 그건 마사지사 두 명이 그들의 포로들, 시트에 반쯤 몸을 싸고 대리석 돌판에 널브러져 있는 사람들의 살을 두들기고 주물러대는 소리입니다. 마사지사들은 누운 사람들을 손바닥으로 때리고, 반죽을 하듯 몸을 잡고 이리저리 밀칩니다. 팔다리를 결합된 곳에서 살살 빼내려는 듯이 천천히 비틉니다. 나는 넋을 잃고 그 광경을 쳐다보면서도 계속 아버지 뒤를 따라갑니다. 우리는 큰 탕을 지나, 심장이 멎을 정도로 차가운 물이 담긴 작은 녹색 입방체를 지나, 마침내 증기실에 도착합니다.

아버지가 그 문을 밀어 여는 순간 그곳은 나에게 선사시대 이야기를 해줍니다. 학교에서 배운 혈거인과 호수 거주자 들의 시대보다도 오래된 시대, 나중에 땅이 되는 흐물흐물한 수렁 위에서 하얀 가스가 소용돌이치며 햇빛을 삼키던 시대 말입니다. 영겁이 흐른 뒤에야 물이 말라 거기서 인간이 살 땅이 나타났죠. 나는 학교가 파하면 손에 최고 점수를 들고 집으로 달려오는 착

* 파스나 껌 등의 원료로 많이 쓰이는 북미산 풀로 시원하고 자극적인 향이 남.

해빠진 아이, 어머니의 허락이라는 그 바닥을 알 수 없는 수수께끼의 열쇠를 찾아 끝도 없이 돌아다니는 데 지나치게 열심인 순진한 아이하고 그 즉시 멀어져, 뭔가 너저분하고 흉건한 시대로 되돌아갑니다. 우리가 아는 가족이라는 것이 생기기 전, 우리가 아는 화장실과 비극이 생기기 전의 시대, 양서류의 시대, 뇌는 없이 몸만 커다란 것들이 축축한 옆구리 살을 늘어뜨리고 김이 피어오르는 몸통을 드러낸 채 돌아다니다 물에 뛰어드는 시대로 말입니다. 유대인 남자들이 죄다 증기실 한구석에 있는 차가운 물을 똑똑 떨어뜨리는 샤워기 밑에 머리를 숙이고 있다가, 다시 숨길을 틀어막는 듯한 빽빽하고 짙은 김을 쐬러 쿵쾅쿵쾅 걸어 돌아가는 것 같습니다. 마치 타임머신을 타고 그들이 유대인 동물 무리로 존재하던 시절, 낼 줄 아는 소리라고는 와, 와밖에 없던 시절로 돌아간 것 같습니다…… 샤워기에서 몸을 질질 끌고 나와 묵직하게 뿜어져나오는 증기 속으로 들어갈 때 다들 그런 소리를 내거든요. 아버지는, 그리고 아버지와 함께 수난을 겪는 남자들은 마침내 자연스럽게 살아갈 수 있는 서식지로 돌아온 것 같습니다. *이방인*도 없고 여자도 없는 곳으로.

아버지가 내 머리에서 발끝까지 비누 거품을 빽빽하게 덮어씌우는 동안 나는 아버지 두 다리 사이에 차려 자세로 서 있습니다. 눈은 아버지가 앉아 있는 대리석 벤치 밑으로 묵직하게 늘어져 있는 것을 감탄스레 바라보고 있죠. 아버지의 음낭은 마치 턱살이 처지고 양 볼에 알을 하나씩 물고 있는 노인의 주름진 긴 얼굴 같습니다. 내 거는 어린 소녀의 인형 손목에 걸린 아주 작은 분홍색 핸드백 같고요. 아버지의 *자지*가 내 눈에는, 어머니가 사람들 앞에서 나의 "귀여운 것"이라고 부르기 좋아하는(그래요, 딱 한 번 불렀어요, 하지만 그 한 번이 평생 지속되는 겁니다) 손가락 끄트머리만한 자지가 달린 내 눈에는 아버지의 *자지*가 학교 복도에 똬리를 틀고 있는 소방 호스 같습니다. *자지*. 이 말은 왠지 모르게 그 야만스러움, 내가 그렇게 감탄하는 그 고깃덩어리 같은 느낌을 정확하게 포착해냅니다. 밧줄처럼 굵고 강한 물줄기를 내보내는 그 살아 있는 호스 토막의 아무 생각 없고, 묵직하고, 자신을 의식하지 않는 순수한 흔들거림을 말이에요. 반면 나는 완곡어법을 좋아하는 어머니가 "쉬"라고 부르는 가늘고 노란 실을 뽑아내죠. 쉬. 내 생각에 이건 틀림없이 누나가 누는 걸 거예요. 바느질도 할 수 있는 귀엽고 노란 실…… "예쁘게 쉬 좀 해볼까?" 어머니가 나한테 묻습니다. 나는 격류를 만들어내고 싶고, 홍수를 만들어내고 싶은데 말입니다. 나도 아버지처럼 변기 물의 흐름을 바꾸어놓고 싶은데 말이에요! "잭." 어머니가 아버지를 부릅니다. "그 문 좀 닫아줄래요? 누구한테라고 말은 안 하겠지만 정말 좋은 본보기를 보여주네요." 정말 그랬다면 얼마나 좋았겠어요, 어머니! 어머니가 말하는 그 누구가 아무개의 상스러움에서 어떤 영감을 발견할 수 있었다면 얼마나 좋았겠냐고요! 아버지의 심오한 천박함이 또하나의 수치의 원천이 되는 대신, 내가 그것을 자양분으로 삼아 커나갈 수 있었다면! 수치, 수치, 수치, 수치. 어디를 가나 나는 수치를 느낄 수밖에 없는 것을 만나게 돼요.

우리는 뉴어크의 스프링필드 애비뉴에 있는 네이트 삼촌의 옷가게에 있습니다. 국부보호대가 있는 수영복이 필요해서죠. 나는 열한 살이고, 그게 내 비밀입니다. 보호대가 필요하다는 거. 아무 말도 하면 안 된다는 건 나도 압니다. 입을 다물고 있어야 한다는 걸 당연히 알고 있죠. 하지만 그게 필요하다고 얘기를 안 하면 어떻게 살 수 있겠어요? 콧수염을 기르고 늘 말쑥하게 옷을 입는 네이트 삼촌이 진열장에서 꼬마들이 입는 수영복을 꺼냅니다. 지금까지 내가 입어온 것과 똑같은 종류예요. 삼촌은 나한테는 그게 제일 좋다고 말합니다. 빨리 마르고, 쓸리지도 않는다고요. "좋아하는 색깔이 뭐냐?" 네이트 삼촌이 묻습니다. "네 학교의 상징색으로 하고 싶을지도 모르겠네, 그렇지?" 내 얼굴이 진홍색으로 변합니다. 물론 진홍색을 원한다는 건 아니죠. "이제 그런 수영복은 싫어요." 그러자 오, 바람결에 모욕의 냄새가 실려옵니다. 멀리서 모욕이 우르릉거리며 다가오는 소리가 들립니다. 당장이라도 사춘기 직전의 내 머리를 짓눌러버릴 것처럼. "왜?" 아버지가 묻습니다. "삼촌 얘기 못 들었니? 이게 너한테는 제일—" "안에 국부보호대가 달린 게 필요하단 말이에요!" 네, 선생님, 어머니는 그 말에 당연히 즐거워합니다. "네 귀여운 것 때문에?" 어머니는 재미있다는 듯 웃음을 지으며 묻습니다.

그래요, 어머니, 상상해보세요. 내 귀여운 것 때문에요.

집안에서 힘있는 남자, 일에서 성공하고 집에서는 압제적인 남자는 아버지의 만형 하이미였습니다. 우리 숙모나 백모와 삼촌 들 가운데 하이미 백부만이 바다 건너편에서 태어나 억양이 독특했죠. 하이미 백부는 "소다-바터soda-vater"* 사업을 했습니다. 우리 집 식탁에서 일상적인 와인vin ordinaire이라고 할 수 있는, 스퀴즈라는 이름의 달콤한 탄산음료를 병에 담아 유통하는 일을 했어요. 백부는 뉴어크에서 인구밀도가 높은 유대인 구역에 자리잡은 백부 소유의 두 가구 주택 2층에서 신경쇠약에 걸린 백모 클라라와 아들 해럴드, 딸 마르시아와 함께 살고 있었는데, 아버지가 보스턴 앤드 노스이스턴의 에식스 카운티 지사로 전근

* 소다수(soda water)를 외국어 말투로 발음한 것.

하면서 우리 식구는 1941년에 그 집 아래층으로 들어갔습니다.

저지 시를 떠난 건 반유대주의 때문이에요. 전쟁 직전 '동맹'* 이 한창 설치고 다닐 때, 나치는 우리 집에서 불과 몇 블록 떨어진 노천 맥줏집에서 야유회를 하곤 했어요. 우리가 일요일에 차를 타고 지나갈 때마다 아버지는 내 귀에 들릴 정도로 크게, 하지만 그들 귀에는 들리지 않을 정도로 작게 그 사람들 욕을 하곤 했죠. 그러던 어느 날 밤 우리 건물 앞벽에 페인트로 나치 표지가 그려져 있더군요. 그다음에는 해너네 반의 한 유대인 아이 책상에 그게 새겨졌고요. 급기야 어느 날 오후 해너가 하굣길에 한 무리의 남자아이들한테 쫓기는 일이 벌어졌습니다. 다들 유대인을 싫어하는 아이들이 날뛴 거라고 생각했습니다. 우리 부모님은 제정신이 아니었지요. 하지만 하이미 백부는 그 이야기를 듣고 껄껄 웃더군요. "그 정도에 놀라? 이방인에 에워싸여 살면서 그 정도에 놀라?" 유대인이 살 수 있는 유일한 곳은 유대인들 속이야. 특히—삼촌은 그 말을 강조했는데, 나도 어렴풋하게나마 그 의미를 짐작했죠—특히 애들이 이성과 함께 자랄 때에는. 하이미 백부는 아버지한테 저지 시에서는 우리가 사는 건물에만 유대인들이 있지만, 백부가 계속 살고 있는 뉴어크에서는 위퀘이크

* the Bund. 1936년에 창립된 미국의 나치 조직.

동네 전체가 그렇다고 말하며 으스대고 흐뭇해했죠. 사촌인 마르시아는 위퀘이크 고등학교 졸업반이었는데, 이백오십 명의 졸업반 학생 가운데 *이방인*은 고작 열한 명뿐이었고 유색인이 한 명 있었습니다. 어서 해결해. 하이미 백부는 말했습니다…… 그래서 아버지는 한참 고민한 뒤에 고향 마을로 전근 신청을 한 거예요. 아버지의 직속상관은 그런 헌신적인 일꾼을 잃고 싶지 않았지만(그래서 당연히 전근 요청서를 서랍에 처박아두었죠), 결국 어머니가 아버지와 상의도 없이 보스턴 본사에 전화를 걸었고, 정말 이야기하기조차 싫은 소란 끝에 결국 요청이 받아들여졌습니다. 그래서 1941년에 뉴어크로 이사하게 된 겁니다.

사촌형 해럴드는 키가 작고 몸이 황소 같았습니다. 사실 우리 집안 남자들이 나만 빼고 다 그렇지만요. 해럴드는 배우 존 가필드를 빼닮았어요. 어머니는 해럴드를 무척 예뻐했어요. 해럴드가 있는 자리에서 "헤셀레처럼 까맣고 예쁜 속눈썹을 가진 여자가 있다면 할리우드에서 100만 달러짜리 계약도 맺을 수 있을걸" 하고 말해 늘 해럴드가 얼굴을 붉히게 만들었습니다(그 여자가 가진 재능이었죠). 하이미 백부네 지하실에는 스퀴즈 상자가 천장까지 쌓여 있었는데, 그 건너편 구석에 헤시의 요크 역기가 보관되어 있었죠. 헤시는 육상 시즌이 시작되기 전 매일 오후 그걸로 몸을 풀었어요. 헤시는 팀의 스타 가운데 하나였고, 창던지기에서 시 기록을 보유하고 있었습니다. 헤시가 뛰는 종목은 원반, 포환, 창이었지만, 한번은 스쿨 스타디움에서 열린 대회에서 감독이 아픈 선수 대신 그를 저장애물경주에 집어넣기도 했습니다. 그때 헤시는 마지막 점프를 하다 넘어져 손목이 부러졌습니다. 클라라 백모는 당시에—아니, 늘 그랬나?—"신경 발작"을 겪고 있었습니다. 클라라 백모에 비교하면 발랄한 우리 어머니는 게리 쿠퍼라고 할 수 있죠. 어쨌든 헤시가 그날 경기가 끝나고 팔에 깁스를 한 채 집에 오자 클라라 백모는 기절해 주방 바닥에 쓰러졌습니다. 나중에 헤시의 깁스에는 "낙타 등뼈를 부러뜨린 지푸라기"*라는 별명이 붙었죠. 그게 말이 되는 소린지는 몰라도.

나에게는 헤시가 전부였습니다. 내가 헤시를 알았던 시간은 얼마 되지 않지만요. 나도 언젠가는 육상팀에 들어가 팽팽하게 불거진 허벅지 근육이 마음껏 움직일 수 있도록 양옆을 터놓은 짧은 반바지를 입을 날을 꿈꾸곤 했죠.

헤시는 1943년 육군에 징집되기 직전, 고등학교 고적대의 대장인 앨리스 뎀보스키라는 아가씨와 약혼하기로 마음먹었습니

* '지푸라기 하나의 무게는 별것 아니지만, 그걸 계속 쌓으면 낙타의 등뼈까지도 부러뜨린다'는 속담.

다. 앨리스는 천재적인 솜씨로 은 배턴을 하나가 아니라 두 개씩이나 돌렸습니다. 두 배턴을 어깨 뒤로 넘긴 다음 슬며시 두 다리 사이로 잡아빼고, 15피트에서 20피트 위의 공중으로 던졌다가 등뒤에서 하나씩 잡는 거죠. 아주 가끔 배턴 하나를 잔디밭에 떨어뜨리기도 했는데, 그럴 때면 화가 나 고개를 설레설레 저으며 작은 목소리로 "오, 앨리스!" 하고 내뱉었습니다. 그 모습에 헤시는 앨리스를 더욱더 사랑할 수밖에 없었을 거예요. 어쨌든 내가 앨리스를 더 사랑하게 된 건 분명해요. 오-앨리스, 그 긴 금발이 등에서 튀어올라 얼굴을 가려요! 운동장 반을 그렇게 활기차게 깡충거리며 돌아다녀요! 오-앨리스, 흰 새틴 반바지 위에 손바닥만한 하얀 치마를 걸치고, 늘씬하고 단단한 종아리 근육 위로 반쯤 올라오는 흰 장화를 신은 모습이란! 오, 맙소사, "레그스"* 뎀보스키, 그 멍청한 금발의 *이방인* 미녀! 나의 또다른 우상!

하지만 앨리스는 아주 난한 *이방인 여자*shikse였기 때문에 헤시의 집안에 끝없이 슬픔을 제공했죠. 심지어 우리 집에도요. 하지만 교사와 학생의 95퍼센트 정도가 유대인인 우리 고등학교에서 이방인이 그런 눈에 띄는 자리를 차지했다는 것에 사실 유

---

* Legs. '다리'라는 뜻의 별명.

대인 공동체는 시민적 자부심 같은 걸 느꼈을 겁니다. 확성기에서 "가장 중요한 기술"—배턴 양끝에 기름을 적신 천을 감싸고 불을 붙인 다음 돌리는 것—이라고 소개한 기술을 앨리스가 선보일 때 위퀘이크의 팬들이 앨리스의 용기와 집중력을 찬양하며 엄숙하게 박수갈채를 보내기는 했지만, 앨리스의 사랑스러운 두 젖가슴이 불에 탈 것만 같은 순간 큰북이 엄숙하게 둥 둥 둥 울리고 헉 소리와 함께 비명들이 터져나오기는 했지만, 이렇게 진짜로 감탄하고 걱정하기는 했지만, 그럼에도 운동장의 유대인들은 여전히 무언가 희극적인 거리감 같은 것을 경험하고 있었던 듯합니다. 그런 종류의 재능은 애초에 *이방인*에게서만 계발될 수 있다는 믿음이 있었거든요.

우리 동네 부모들은 대부분 운동에 대해, 특히 풋볼에 대해 그런 태도를 보였습니다. 그런 건 *이방인*이나 하는 거야. 공을 갖고 노는 게임에서 "영광"을, 승리를 얻기 위해 머리를 들이받는 일은 그 사람들끼리나 하라고 해! 예를 들어 우리 클라라 백모는 그 바이올린 줄처럼 팽팽한 목소리로 이렇게 말했습니다. "헤시! 제발! 나한테 *이방인의 기쁨*goyische naches은 필요 없어!" 이방인에게 행복을 주는 그런 우스꽝스러운 기쁨과 만족은 필요 없다, 원치 않는다는 겁니다…… 우리 유대인 고등학교는 풋볼 실력이 형편없는 걸로 악명이 높았어요(고적대는 늘 상을 타고 상장을 받아왔습니다만). 물론 부모들 기분이야 어떻든 젊은 사람들한테는 우리 학교의 한심한 성적이 실망스러운 일이었죠. 하지만 어렸을 때부터 우리는 풋볼에서 지는 것이 최고의 재앙은 아니라는 걸 이해하고 있었습니다. 사실 위퀘이크 고등학교가 또다시 참담한 결과를 받아들여야 하는 시합이 끝나갈 때마다 사촌형과 형 친구들이 관중석에서 외치던 응원 구호가 있었습니다. 나도 그걸 함께 따라 외치곤 했죠.

이키, 마이키, 제이크, 샘,
우리는 햄을 먹지 않는 아이들,
풋볼을 하고, 축구를 한다—
그러나 라커에는 마초*가 있다!
예, 예, 예, 위퀘이크 고등학교!

그래, 우리가 지면 어떻단 말인가? 우리에게는 그것 말고도 자랑할 것들이 있는데. 우리는 햄을 먹지 않는다. 우리 라커에는 마초가 있다. 물론 실제로 그렇지는 않지만, 원한다면 그럴 수 있고, 실제로 그렇다고 말하는 것도 두려워하지 않는다! 우리는 유대인

* 누룩을 넣지 않고 만드는 유대인의 전통 빵.

이다—우리는 그렇게 말하는 것을 두려워하지 않는다. 우리는 유대인이다—우리는 풋볼에서 우리를 이기는 *이방인*보다 열등하지 않을 뿐 아니라, 그런 흉악범들이나 즐길 것 같은 시합에서 이기는 것에 마음을 쓰지 않으니 오히려 우리가 우월하다! 우리는 유대인이다—그래서 우리는 우월하다!

흰 빵, 호밀 빵,
펌퍼니클, 할라*
위퀘이크를 응원하는 모든 사람,
일어나 소리를 질러라!

헤시 형한테서 배운 또하나의 응원가, 겨우 4행짜리 시에서 나는 우리가 겪는 불의를 더 깊이 이해하게 되었습니다…… 우리 부모가 이방인에게 느끼는 분노, 혐오가 이해되기 시작한 겁니다. *이방인*은 뭔가 특별한 존재인 척했죠. 사실은 우리가 그들보다 도덕적으로 우월한데도 말입니다. 그리고 우리가 우월해지는 것은 바로 그들이 우리에게 아낌없이 증오와 무례를 퍼붓기 때문입니다!

* 펌퍼니클은 유대인의 전통 호밀빵이고, 할라는 축일에 먹는 흰 빵.

하지만 우리가 그들에게 퍼붓는 증오는 어떨까요?

그리고 헤시와 앨리스는 어떨까요? 그게 무슨 의미일까요?

다른 시도들이 전부 실패하자, 어느 일요일 오후 가족이 모인 자리에 워쇼 랍비가 불려왔습니다. 우리 헤시가 젊은 목숨을 그의 최악의 적에게 넘겨주지 않도록 촉구해달라는 것이었죠. 나는 거실 커튼 뒤에서 지켜보고 있었습니다. 커다란 검은색 코트를 입은 랍비가 당당한 모습으로 앞쪽 현관 계단을 성큼성큼 걸어올라오더군요. 전에 헤시한테 성인식 교육을 했던 랍비였습니다. 이 랍비가 언젠가 나한테도 그 내용을 가르칠 거라 생각하니 몸이 떨렸습니다. 랍비는 반항적인 소년, 그리고 마름병에 걸린 듯한 그의 가족과 한 시간도 넘게 상담했습니다. "그분의 귀중한 시간을 한 시간도 넘게 썼는데." 나중에 다들 그렇게 말했죠. 마치 그 사실만으로도 헤시의 마음이 바뀌었어야 했다는 것처럼. 하지만 랍비가 떠나자마자 다시 머리 위 천장에서 회반죽 박편들이 떨어지기 시작했어요. 문이 활짝 열렸죠. 나는 집 안 깊숙이 자리잡은 부모님 침실로 달려가 커튼 뒤에 웅크렸어요. 헤시가 자기 검은 머리를 잡아당기며 마당으로 나오더군요. 그런 다음 대머리 하이미 백부가 허공에 대고 난폭하게 주먹질을 하며 나타났고요. 꼭 레닌처럼 보이더군요! 곧이어 숙모와 삼촌과 손위 사촌 들이 두 사람 사이로 우르르 몰려들었습니다. 둘이 서로를 갈아, 유대인의 뼛가루 더미 두 개가 생기는 사태를 막으려는 거였죠.

어느 5월 초의 토요일, 뉴브룬스위크에서 열린 뉴저지 주 육상대회에 하루종일 참가한 헤시는 어스름녘에 학교로 돌아오자마자 바로 동네 애들이 모이는 곳으로 건너가 창던지기에서 주 3위를 했다고 앨리스한테 전화로 알렸어요. 하지만 앨리스는 그가 살아 있는 동안에는 두 번 다시 그를 만날 수 없다고 말하고 전화를 끊었죠.

집에서는 하이미 백부가 준비를 하고 기다리고 있었어요. 너를 위해 어쩔 수 없이 그랬다. 백부는 그렇게 말했습니다. 그리고 백부가 그날 어쩔 수 없이 한 일은 해럴드가 고집스럽고 멍청했기 때문에 자초한 일이었다고. 그 순간 마침내 뉴어크에 커다란 폭탄이 터지고 만 것 같았습니다. 층계에서 터져나온 소리가 정말 무시무시했거든요. 헤시는 부모님 집에서 뛰쳐나와 층계를 내려간 뒤 우리 집 문을 지나 지하실로 갔고, 그뒤에 길게 쿵 하는 소리가 울렸습니다. 나중에야 그가 어깨로 지하실 문을 들이받아 맨 위 경첩이 뜯겨나간 소리라는 것을 알게 되었죠. 그거야말로 헤시의 어깨가 우리 주에서 적어도 세번째로는 강한 어깨라는 것을 보여주는 증거 아니겠습니까. 곧 우리 집 마루판 밑에서 유리가 깨지기 시작했습니다. 하얗게 회칠한 지하실의 어두운

구석에서 헤시가 반대편 구석을 향해 스퀴즈 병을 하나씩 던진 겁니다.

백부가 지하실 층계 위에 나타나자 헤시는 병을 하나 집어들었습니다. 그리고 자기 아버지에게 한발이라도 내려오면 얼굴에 다 던지겠다고 위협했습니다. 하이미 백부는 그 경고를 무시하고 헤시를 잡으러 갔습니다. 헤시는 보일러 사이로 들어갔다 나왔다 하고, 세탁기 주위를 뱅글뱅글 돌았지요. 스퀴즈 병을 계속 휘두르면서 말입니다. 하지만 백부는 헤시를 구석으로 몰아 바닥에 쓰러뜨린 다음 고래고래 욕을 퍼붓던 헤시가 잠잠해질 때까지 붙들고 있었습니다. 포트노이 집안의 전설에 따르면 무려 십오 분이나 붙들고 있었답니다. 마침내 할리우드에서도 통할 만한 헤시의 길고 검은 속눈썹에 항복의 눈물이 맺혔습니다. 우리는 변절을 가볍게 여기는 집안이 아니라니까요.

그날 아침 하이미 백부는 (앨리스의 아버지가 관리인으로 있는 골드스미스 애비뉴 아파트의 지하실에 살고 있는) 앨리스 뎀보스키한테 전화해 정오에 위퀘이크 공원의 호숫가에서 만나고 싶다고 했답니다. 해럴드의 건강과 관련된 아주 긴급한 문제가 있는데, 포트노이 부인조차 사실을 다 알지는 못하기 때문에 전화로 길게 이야기하지는 못하겠다면서요. 공원에 도착한 백부는 바부슈카*를 쓰고 있는 비쩍 마른 금발 소녀를 차로 끌고 와 앞

자리에 태운 다음 창문을 올리고 이야기했죠. 아들이 치료 불가능한 혈액질환을 앓고 있다고, 가엾은 아이는 아직 그걸 모른다고요. 그게 백부의 이야기였습니다. 피가 나쁘다**는 것. 그걸 어떻게 이해하든 말이에요…… 아들이 절대 누구하고도 결혼하면 안 된다는 것이 의사의 이야기다. 해럴드가 얼마나 더 살 수 있을지 사실 아무도 모른다. 하지만 포트노이 씨 입장에서는 앨리스 같은 순진한 처녀가 고생할 게 뻔한 길을 가는 것을 두고 볼 수가 없다 등등. 백부는 충격받았을 아가씨를 위로하기 위해 작은 선물을 주고 싶다고 했습니다. 별거 아니지만 아가씨가 원하는 대로 써도 좋고, 혹시 새로운 사람을 찾는 데 도움이 될지도 모르겠다면서요. 백부는 호주머니에서 20달러짜리 지폐 다섯 장이 든 봉투를 꺼냈습니다. 겁에 질린 멍청이 앨리스 뎀보스키는 봉투를 받았습니다. 이렇게 해서 헤시(와 나)를 제외한 모두가 처음부터 그 폴랙***을 두고 추측했던 것이 증명된 셈이었습니다. 앨리스의 계획은 시아버지 될 사람의 돈을 보고 헤시를 꾄 다음, 헤시의 인생을 파멸로 몰아가는 것이었다는 추측 말입니다.

헤시가 전사했을 때 사람들은 클라라 백모와 하이미 백부의

---

* 전통적으로 러시아 여성이 머리에 쓰는 스카프.

** bad blood. '증오' 또는 '불화'라는 뜻도 있음.

*** 폴란드계를 경멸적으로 부르는 말.

놀란 마음을 달래준답시고, 슬픔을 위로한답시고 이런 말을 했답니다. "그래도 그 아이가 *이방인* 아내를 남겨두고 가지는 않았잖우. 그래도 그 아이가 *이방인* 자식들을 남겨두고 가지는 않았잖우."

헤시의 이야기는 이것으로 끝.

너는 네가 회당 안에 십오 분 동안 발을 들여놓는 일—그게 내가 요구하는 전부인데—도 거부할 만한 거물이라고 생각할지 모르지만, 그래도 그날을 위해, 너 자신, 너의 가족, 너의 종교를 조롱거리로 만들지 않기 위해 점잖은 옷으로 갈아입을 만큼은 존중하는 태도가 있어야 하는 것 아니냐.

"죄송해요." 나는 평소처럼 등을 돌리고 중얼거립니다. 말하는 동안 등만 보여주고 싶으니까요. "아버지 종교라고 해서 그게 곧 제 종교가 될 수는 없어요."

"뭐라고? 이보세요, 나를 좀 돌아보시지 그래요. 나는 예의바르게 입으로 해주는 대답을 듣고 싶습니다만."

"나한테 종교는 없어요." 나는 그렇게 말하고 순순히 방향을 틉니다. 아주 조금만.

"종교가 없다고, 응?"

"있을 수가 없어요."

"어째서? 너는 특별나냐? 나를 봐! 너는 특별한 사람이야?"

"저는 신을 믿지 않아요."

"앨릭스, 그 무명옷 좀 벗고 괜찮은 걸 입어."

"이건 무명옷이 아니에요. 리바이스란 말이에요."

"오늘은 신년제Rosh Hashana야, 앨릭스. 그런데 내 눈에 너는 작업복을 입고 있단 말이다! 안에 들어가 타이도 매고 재킷도 입고 바지도 입고 깨끗한 셔츠도 입어. 인간다운 모습으로 나오란 말이다. 그리고 이보세요, 구두도요, 모카신이 아니라."

"제 셔츠는 깨끗해요—"

"아, 화를 자초하시는군요, 거물 선생님. 너는 겨우 열네 살이야. 진심으로 말하는데, 너는 알아야 할 걸 아직 다 알지 못해. 그 모카신 좀 벗어! 도대체 뭐로 보이고 싶은 거냐, 네가 무슨 인디언이야?"

"저는 신을 믿지 않고 유대교도 믿지 않아요. 어떤 종교도요. 그런 건 다 거짓말이에요."

"아, 거짓말이라 그거군요?"

"이런 명절 같은 게 실제로는 아무런 의미도 없는데도 의미가 있는 척하진 않을 거라고요! 제가 말하고 싶은 건 그거예요!"

"어쩌면 명절이 뭔지 전혀 알지 못하기 때문에 선생님한테는 명절이 아무런 의미도 없는 건지도 모르죠, 거물 선생님. 네가 신년제의 역사에 관해 뭘 알아? 한 가지 사실? 어쩌면 두 가지 사실? 네가 유대 민족의 역사에 관해 뭘 안다고, 그들의 종교를, 너보다 훨씬 똑똑하고 너보다 훨씬 나이 많은 사람들이 이천 년 동안 좋다고 생각해온 종교를, 그 고난과 마음의 고통을 거짓말이라고 부르는 거야!"

"신 같은 건 없어요. 지금까지 있었던 적이 없어요. 죄송하지만, 제 사전에서는 그런 걸 거짓말이라고 불러요."

"그럼 누가 세상을 창조한 거냐, 앨릭스?" 아버지는 경멸 어린 목소리로 묻습니다. "네 말대로라면 그냥 생겨났겠구나."

"앨릭스." 누나가 말합니다. "아버지 말씀은 네가 아버지와 함께 가고 싶지 않다 해도, 그냥 옷만 갈아입으면—"

"뭣 때문에?" 나는 소리를 지릅니다. "존재하지도 않는 것 때문에? 차라리 나더러 밖에 나가 도둑고양이나 나무를 위해 옷을 갈아입으라고 하지그래—그건 그래도 존재하기라도 하잖아!"

"하지만 내 질문에는 아직 대답을 하지 않으셨네요, 훌륭한 교육을 받으신 지혜로운 선생님!" 아버지가 말합니다. "얘기를 돌릴 생각은 하지 마. 누가 세상과 거기 있는 사람들을 창조했어? 아무도 없어?"

"맞아요! 아무도 아니에요!"

"아, 그렇겠지." 아버지가 말합니다. "정말 똑똑하구나. 고등학교를 다녀서 그렇게 똑똑해진 거라면 나는 고등학교에 안 간 게 천만다행이구나."

"앨릭스." 누나가 말합니다. 부드럽게. 그게 누나의 방식이거든요. 부드럽게. 누나도 벌써 조금 망가져 있으니까요. "그냥 구두라도 좀 신으면—"

"누나도 아버지만큼 나빠! 신이 없는데 구두가 도대체 무슨 상관이야!"

"일 년에 하루만 날 위해 뭔가 좀 해달라고 부탁하는 건데, 이 녀석은 그러기에는 너무 거물이라는 거구나. 그게 네 동생 이야기의 전부란다, 해너. 그게 저 녀석의 존경과 사랑의 전부야……"

"아버지, 앨릭스는 착한 아이예요. 앨릭스는 아버지를 존경해요. 아버지를 사랑해요—"

"유대 민족은?" 아버지는 이제 소리를 지르며 두 팔을 휘두르고 있습니다. 그러면 울음이 터져나오는 걸 막을 수 있기라도 한 것처럼. 왜냐하면 우리 집에서는 누가 아주 작은 소리로 사랑이라고 소곤거리기만 해도 모두 바로 눈물을 철철 흘리거든요. "이 녀석이 유대 민족을 존경하니? 나를 존경하는 만큼? 그만큼……" 갑자기 아버지가 부글부글 끓고 있습니다. 새로 반짝 떠오른 생각을 나한테 들이댑니다. "얘기 좀 해봐라, 너 탈무드 알아, 훌륭한 교육을 받은 내 아들아? 역사를 알아? 너는 얼렁뚱

땅 성인식을 받았고, 그게 네 종교 교육의 끝이었어. 너 유대교에서는 사람들이 평생 공부를 한다는 걸 알아? 죽어도 끝이 안 난다는 걸? 그런데, 유대인이 된 지 십사 년 만에 모든 공부가 끝났다고 하니, 어디 말해봐라. 네가 네 민족의 놀라운 역사와 이야기의 유산을 하나라도 알고 있는지?"

하지만 아버지 뺨에는 이미 눈물이 흐르고 있습니다. 눈에서는 더 흘러나오고 있고요. "학교에서야 A를 받겠지. 하지만 인생에서는 갓 태어났을 때만큼이나 아무것도 몰라."

뭐, 마침내 때가 온 것 같습니다. 그래서 나는 말해버립니다. 그 얼마 전부터 내가 깨닫고 있었던 걸요. "아버지가 아무것도 모르는 거예요! 아버지가!"

"앨릭스!" 누나가 소리치며 내 손을 잡습니다. 내가 진짜로 아버지를 향해 그 손을 들어올릴까봐 겁먹은 것처럼요.

"진짜야! 이야기니 뭐니 말도 안 되는 똥 같은 소리나 하고 말이야!"

"조용히 해! 입 다물어! 됐어!" 해너가 소리칩니다. "네 방으로 가—"

주방 식탁으로 걸음을 옮기는 아버지는 머리를 푹 숙이고 있고, 허리는 반으로 접혀 있습니다. 꼭 배에 수류탄이라도 맞은 것처럼요. 실제로 그런 셈이죠. 나도 알고 있습니다. "네 마음대로 아무 넝마나 입어라. 나는 모른다. 행상처럼 입어. 나한테 수치를 주든 창피를 주든 너 하고 싶은 대로 해. 나를 저주하거라, 앨릭잰더. 나한테 대들어, 나를 때려, 나를 미워해—"

평소대로 일이 풀리려면 어머니는 주방에서 울고, 아버지는 거실에서 울고—〈뉴어크 뉴스〉 뒤에 눈을 가리고 말이에요—해너는 화장실에서 울고, 나는 집을 나가 모퉁이의 핀볼머신까지 울며 달려가야 합니다. 하지만 이 신년제에는 모든 게 엉망이 되었습니다. 왜 어머니가 아니라 아버지가 주방에서 울고 있는가? 왜 신문으로 가리지도 못하고 그렇게 애처롭게 격분해서 흐느끼고 있는가? 어머니가 병원에 입원해 수술을 받고 회복중이니까요. 그래서 아버지가 이 신년제에 심한 외로움에 시달리고, 또 특별히 나의 애정과 순종을 요구하는 겁니다. 하지만 우리 가족의 역사에서 이 순간만큼은, 아버지가 아무리 원한다 해도, 나한테서 그걸 얻을 수 없을 거라는 데 마음놓고 돈을 걸어도 좋습니다. 내가 원하는 건 아버지한테 그걸 주지 않는 거니까요! 아, 그래, 공격의 기회가 왔다는 거로구나, 그렇지, 안 그래, 앨릭스 이 비열한 놈! 그래요, 비열한 놈 앨릭스는 자기 아버지의 일반적이고 일상적인 나약함이 이 남자의 부인이 거의 죽을 지경에 이르렀다는 사실(어쨌든 사람들은 나한테 그렇게 말했습니다) 때문에 더 악화되었다는 걸 알고, 그래서 비열한 놈 앨릭스는 이 기회를 이용해 이미 피 흘리고 있는 심장에 복수의 칼을 딱 몇 인치 더 깊이 찔러넣는 겁니다. 알렉산드로스대왕*인 거죠!

아니! 여기에는 단순한 사춘기 특유의 분노나 오이디푸스콤플렉스에 따른 격분만 있는 게 아닙니다. 나 나름의 진실성도 있다고요! 나는 헤시 같은 짓은 하지 않는다는 겁니다! 나는 어린 시절 내내 그가, 나의 힘센 사촌 헤시가, 뉴저지 전체에서 3등을 한 투창 선수(머릿속에서 운동선수들이 차는 국부보호대를 꿈꾸는 이 성장기 소년에게는 아주 풍부한 상징이 담긴 명예가 아니었을까요)가 마음만 먹었다면 쉰 살 먹은 백부를 아주 쉽게 자빠뜨려 꼼짝도 못하게 지하실 문에다 눌러놓을 수 있었을 거라는 확신이 있었거든요. 따라서 (나의 결론에 따르면) 헤시는 일부러 져준 게 틀림없습니다. 왜 그랬을까요? 자신의 아버지가 불명예스러운 짓을 했다는 걸 알았는데도. 어렸지만 나도 물론 그걸 알았죠. 그럼 헤시는 이기는 게 두려웠던 걸까요? 하지만 왜? 자기 아버지가 그렇게 야비한 행동을 했는데! 그것도 헤시를 위한답시고! 겁이 났던 걸까요? 공포였을까요? 아니, 어쩌면 헤시의 지혜였을까요? 백부가 죽은 사촌의 눈을 뜨게 해주려고 어쩔 수 없이 했던 일에 대해 들을 때마다, 아니면 나한테 그 사건을 깊이 생각해볼 이유가 생길 때마다, 나는 그 핵심에서 어떤 수수께끼,

* 앨릭스는 알렉산드로스의 영어식 표기인 앨릭잰더의 애칭.

어떤 심오한 도덕적 진실을 느낍니다. 내가 그걸 이해할 수만 있다면, 나와 아버지는 상상할 수 없는 어떤 궁극적인 대립을 피할 수 있을지도 모른다는 생각이 듭니다. 왜 헤시는 굴복했을까? 나도 굴복해야 할까? 하지만 그러고도 어떻게 내가 "나 자신에게 진실할" 수 있고, 또 그 상태를 유지할 수 있을까! 아, 하지만 한번 시도해보는 게 어떨까! 한번 시도나 좀 해봐, 이 비열한 놈아! 삼십 분만이라도 너 자신에게 진실하지 말아봐!

그래요, 나는 굴복해야 합니다, 굴복해야만 해요. 특히나 아버지가 어떤 일을 겪었는지, 의사들이 결정을 내리는 그 수만 분 동안 아버지가 매 분마다 얼마나 괴로워했는지 다 알고 있으니 말입니다. 첫째, 어머니의 자궁에서 뭔가 자라고 있다. 둘째, 마침내 찾아낸 종양이 악성이냐 아니냐…… 어머니가…… 아, 그 말을 우리는 서로가 있는 자리에서는 차마 입 밖에 내지도 못합니다! 그 무시무시한 말을 마무리할 수가 없습니다! 우리는 어머니가 검사를 받으러 병원에 입원하기 전에 우리에게 알려준 완곡한 생략형 표현 C-A로 암시만 합니다. *그걸로 충분합니다* genug! n, c, e, r,* 여기까지 다 듣지 않아도 곧장 천국으로 가버릴 만큼 놀랍니다! 얼마나 용감한지 몰라, 그 두 글자를 입 밖에

* 앞의 ca와 합쳐서 암(cancer)이 된다.

내다니! 친척들은 모두 그렇게 말합니다. 하지만 사실 닫힌 문 뒤에서는 서로 그 말 전체를 입 밖에 내고 있지 않을까요? 내고 있죠! 말하고 있어요! 추하고 차가운 작은 말들에서 병원 복도의 에테르와 알코올 냄새가 풍겨나옵니다. 살균된 외과 도구처럼 매혹적인 말, 도포塗布 표본이나 생검生檢 같은 말…… 그리고 몰래, 혼자 집에서 사전에서 찾아보는 말들이 있습니다. 그냥 거기에 활자로 찍혀 있는지 보려고요. 그게 그 까마득한 현실이 모두 존재한다는 단단한 증거니까요. 음문이나 질이나 자궁 경부 같은 말, 그 정의定義가 다시는 나에게 부정한 쾌락의 원천이 되지 못할 말…… 그리고 우리가 듣고 싶어 기다리고 기다리고 또 기다리는 말이 있습니다. 이제 와 보니 우리 삶에서 가장 멋지고 만족스러웠던 것을 우리 가족에게 되돌려줄 말, 입 밖에 내어 중얼거리기만 해도 되돌려줄 수 있을 것 같은 말, 내 귀에는 히브리어처럼, 브나이b'nai 또는 보루흐boruch*처럼 들리는 말. 양성benign! 양성陽性! 보루흐 아토 아도나이,** 양성이게 하소서! 축복을 받으소서 오 우리 주 하느님이여, 양성이게 하소서! 들어라 오 이스라엘이여, 당신의 얼굴을 비추어주소서, 주님은 한 분이시

* 각각 '아들들' '축복하라'는 뜻의 히브리어.

** '축복을 받으소서 오 우리 주 하느님이여'라는 뜻의 히브리어.

니, 네 아버지를 존경하라, 네 어머니를 존경하라, 그러겠습니다 그러겠습니다 그렇게 하겠다고 약속합니다—제발 양성이게만 해 주소서!

양성이었습니다. 펄 S. 벅의 『용의 자손』이 침대 옆 탁자에 펼쳐져 있고, 그 옆에는 반쯤 빈 김빠진 진저에일 잔도 놓여 있네요. 날은 덥고 나는 목이 마릅니다. 어머니는, 나의 마음을 읽는 어머니는 어서 잔에 남은 것을 먹으라고, 당신보다 나한테 그게 더 필요하다고 말합니다. 목은 말라도 나는 어머니가 입을 댄 잔으로 뭘 마시고 싶지는 않습니다. 생전 처음으로 그 생각에 혐오감이 가득 차오릅니다. "마셔." "목마르지 않아요." "땀 흘리는 것 좀 봐라." "목마르지 않다니까요." "느닷없이 예의는 왜 차리니." "진저에일 좋아하지 않아요." "네가? 진저에일을 좋아하지 않는다고?" "안 좋아해요." "언제부터?" 오, 맙소사! 어머니는 살아 있습니다. 그래서 우리는 다시 맞붙습니다. 어머니는 살아 있고, 우리는 곧바로 소리를 지르기 시작합니다!

어머니는 몸에 칼을 대기—이제 아주 생생하게 표현합니다—전에 워쇼 랍비가 와서 무려 삼십 분 동안 앉아 이야기를 나누다 갔다고 말합니다. 멋지지 않니? 사려 깊지 않아? (마취에서 깨어난 지 스물네 시간밖에 안 되었는데, 벌써 내가 명절 때 리바이스를 갈아입지 않으려 한 걸 알고 있습니다!) 어머니와 같은 병실을 쓰는 여자, 집어삼킬 듯한 사랑의 눈길로 쳐다봐 내가 애써 피해야만 했던 여자는 괜히 끼어들어서 워쇼 랍비가 뉴어크 전체에서 가장 존경받는 사람으로 꼽힌다고 말합니다. 내 기억으로는 아무도 그녀의 의견을 묻지 않았는데 말이에요. 존경을 '조온경'이라고 발음하네요. 마치 랍비 자신이 그 막강한 영국식 웅변투로 길게 늘이며 분명하게 발음하는 것 같습니다. 나는 야구 글러브의 우묵한 곳을 가볍게 두드리기 시작합니다. 허락만 해준다면 병실을 나갈 준비가 되었다는 신호죠. "저애는 야구를 아주 좋아해요. 일 년 열두 달이라도 하라면 할 애예요." 어머니가 '조온경 부인'한테 말합니다. 나는 "리그 시합"이 있다고 중얼거립니다. "결승이에요. 이기는 팀이 우승이에요." "알았다." 그러더니 어머니가 다정하게 덧붙입니다. "이렇게 와주었으니, 네 의무는 다 했어. 어서 뛰어가거라. 뛰어가서 리그 시합을 해." 이 아름다운 9월 오후에 자신이 살아 있다는 것을 확인해서 어머니가 얼마나 행복해하고 안심하는지 어머니의 목소리만 들어도 알 수 있습니다…… 나에게도 안심이 되는 일 아닐까요? 이게 내가 있다고 믿지도 않는 신에게 기원하던 일 아닌가요? 우리를 위해 먹을 걸 해주고 청소도 해주고 또……모든 걸 해주는 어머니가 없는 삶은 생각할 수도 없었던 것 아닐까요! 내가 울면서 기원한 건 수술이 끝나고 나왔을 때 살아 있게 해달라는 것이었습니다. 그리고 집에 와서 다시 우리의 하나뿐인 어머니가 되게 해 달라는 것. "뛰어가, 우리 막내." 어머니가 노래하듯 말합니다. 부드럽게 말입니다. 아, 어머니는 나한테 이렇게 부드럽게 잘해 줄 수도 있어요. 이렇게 어머니 같을 수도 있다니! 내가 지금 어머니처럼 아파 침대에 누워 있다면 어머니는 나하고 몇 시간이고 커내스터 카드 놀이를 해줄 겁니다. 상상해보세요. 큰 수술을 했다고 간호사가 어머니한테 갖다준 진저에일을 어머니가 내 몸이 뜨겁다며 나더러 마시라고 하는 장면을! 그래요, 어머니는 자기 입에 들어갔던 음식이라도 꺼내줄 겁니다. 그건 이미 확인된 사실이에요! 그래도 나는 어머니 침대 옆에서 오 분도 있지 않으려 합니다. "뛰어가." 어머니가 말합니다. 그러자 '조온경 부인', 순식간에 나의 적, 내 평생의 적이 되어버린 '조온경 부인'이 말합니다. "곧 어머니도 집에 가실 거야. 곧 모든 게 평소하고 똑같아질 거야…… 그럼, 뛰어가, 뛰어가, 요즘은 다들 뛰어다니더라. 걷는 건 들어본 적도 없다는 듯이 말이야, 하느님 맙소사." 친절하고 이해심 많은 부인이 말합니다. 아, 모두 너무나 친절하고 너무나 이해심이 많아서, 다 목을 졸라버리고 싶어요!

그래서 나는 뜁니다. 뛴다고요! 안달을 하며 어머니와 이 분, 내 귀중한 시간 가운데 이 분을 보낸 뒤에요. 바로 전날 의사들이 어머니의 드레스를 들어올리고 어떤 무시무시한 삽(어머니가 저한테 "칼", 그러니까 우리 집에 있는 칼을 떠올리게 하기 전에는 그렇게 생각했죠)을 꽂아 어머니의 몸 안에서 썩은 것을 퍼냈는데도 말입니다. 의사들은 어머니 몸 안으로 손을 넣어 어머니가 죽은 닭 안으로 손을 넣어 끄집어내던 것을 끄집어냈어요. 내가 수태되어 실려다니던 곳에는 이제 아무것도 없습니다. 공허밖에! 가엾은 어머니! 어머니가 방금 그런 일을 겪었는데 어떻게 나는 이런 식으로 서둘러 어머니를 떠날 수 있는 거죠? 어머니가 나에게 그렇게 많은 걸 주었는데. 다른 것도 아닌 생명 자체를 주었는데! 어떻게 나는 이렇게 잔인할 수 있을까요? "날 떠날 거니, 우리 막내, 엄마를 영영 떠날 거니?" 절대 안 떠나요, 나는 그렇게 대답하곤 했습니다. 절대, 절대, 절대…… 그런데 이제 어머니가 속이 텅 비어버리니까 나는 어머니 눈을 쳐다보지 못합니다! 그리고 그 이후로는 똑바로 눈을 보는 걸 피해왔습니다! 아, 내가 두 번 다시 보지 못했을지도 모르는 어머니의 불그스름한 머리카락이 용수철처럼 고불거리며 베개 위로 길게 펼쳐져 있습니다. 얼굴에는 희미한 달들 같은 주근깨가 있는데—어머니 말로는 어렸을 때는 그게 얼굴 전체를 덮고 있었답니다—나는 그것을 두 번 다시 보지 못했을지도 모릅니다. 그리고 불그스름한 갈색의 눈, 꿀 케이크 껍질 색깔의 눈. 그 눈은 여전히 나를 알아보고, 여전히 나를 사랑하고 있습니다! 어머니의 진저에일도 있었습니다. 목이 말랐지만, 나는 그걸 마시도록 나 자신을 몰아세울 수가 없었죠!

그래서 나는 뛰었습니다. 병원에서 나와 놀이터로 가서 바로 중견수 자리로 뛰어갔습니다. 거기가 소프트볼팀에서 내가 맡은 자리거든요. 우리 팀은 파란색과 금색이 섞인 비단 같은 재킷을 입는데, 한쪽 어깨에서 다른 쪽 어깨까지 클럽 이름을 하얀 펠트 천으로 박아놓았습니다. S E A B E E S, A.C. 시비즈 체육클럽이라니, 고마운 일이죠! 중견수라니, 고마운 일이죠! 선생님, 거기 나가 있는 게, 그 큰 공간에 그렇게 혼자 있는 게 정말이지 얼마나 영광스러운 일인지 상상도 못할 겁니다…… 그런데 야구는 좀 아세요? 중견수란 관측소 비슷한 거예요. 일종의 관제탑이죠. 모든 일과 모든 사람을 볼 수 있고, 무슨 일이 일어나면 그 즉시 파악할 수 있는 자리예요. 단지 배트가 공에 맞는 소리만이 아니라, 공이 딱 맞아 날아가는 순간 내야수들의 몸에 나타나는 불꽃같은 움직임으로도 말이에요. 일단 그 공이 내야수들을 넘으면 "내 거야" 하고 외칩니다. "내 거야." 그런 다음에 공을 쫓아 달려가는 거죠. 중견수 자리에서는 따라갈 수만 있으면 공이 실제로 자기 게 되거든요. 아, 중견수 자리에 있을 때는 집에 있을 때하고 어찌나 다른지. 거기서는 내가 내 거라고 말한 걸 아무도 자기 거라면서 빼앗아가지 못하거든요!

안타깝게도 나는 타석에서는 너무 안절부절못했기 때문에 고등학교 팀에는 들어갈 수 없었습니다. 1학년 선수 테스트 때 나쁜 공에 하도 자주 헛스윙을 하자 결국 비꼬기 잘하는 감독이 나를 옆으로 부르더니 이러더군요. "야, 너 원래 안경 안 쓰는 게 확실해?" 그러더니 잘라버리더군요. 하지만 폼은 괜찮았습니다! 나 나름의 스타일이 있었죠! 놀이터에서 하는 소프트볼 리그에서는 약간 큰 공이 약간 느리게 왔기 때문에 스타, 전교생 앞에서 되고 싶었던 스타가 될 수 있었어요. 물론 남들보다 잘하고 싶은 욕심이 앞서서 여전히 자주 헛스윙을 해대지만, 일단 맞았다 하면 멀리 나가거든요. 선생님, 담장을 넘어가 홈런이 된다고요. 아, 정말이지 폼나게 천천히 2루를 도는 기쁨에 비길 만한 게 인생에서 뭐가 있을까요. 하나도 없습니다. 서두를 필요가 없으니까, 방금 친 공이 보이지 않는 곳으로 날아가버렸으니까 천천히 돌아도 돼요…… 중견수 자리에서는 내야 수비도 도울 수 있었죠. 뛰어야 하는 거리가 멀수록 더 좋았습니다. "내 거야! 내 거야! 내가 잡을게!" 하면서 2루로 달려들어갑니다. 그러면서 누구나 안타라고 생각하는, 정중앙으로 낮고 빠르게 날아오는 공을 땅에서 불과 1인치밖에 안 떨어진 곳에서 글러브로 낚아채는 겁니다…… 아니면, "내 거야, 내가 잡을게" 하면서 뒤로 물러납니다. 철망으로 된 담장을 향해 힘 안 들이고 우아하게 뒷걸음질을 칩니다. 슬로모션으로 움직이는 거나 다름없죠. 그런 뒤에 마치 하늘에서 어깨 너머로 던져준 뭔가를 움켜쥐며 디마지오가 느꼈을 법한 달콤한 느낌을 맛보는 겁니다…… 아니면 달립니다! 돕니다! 점프합니다! 앨 존프리도처럼 말입니다—한때 아주 잘했던 야구선수예요, 선생님…… 아니면 그냥 차분하고 멋진 모습으로 서 있습니다. 떨리지는 않습니다. 모든 것이 고요해요. 그냥 햇빛을 받으며 서 있으면 됩니다(마치 텅 빈 들판 한가운데 서 있거나, 거리 모퉁이에서 시간을 보내는 것처럼요). 세상의 근심 걱정은 다 잊고 햇빛을 받으며 서 있습니다. 왕 중 왕처럼, 우리 주 하느님처럼, 듀크처럼(스나이더* 이야기인데, 이따 다시 나올지도 모릅니다, 선생님). 평생 가장 행복한 기분으로 느긋하고 편안하게 서 있습니다. 그렇게 그냥 혼자서 높은 플라이 볼 아래에서 기다리는 겁니다(탑처럼 올라가는 플라이 볼이로군요, 레드 바버**가 마이크 뒤에서 지켜보다가 그렇게 말하는 게 들립니다—포트노이 쪽으로 쳤습니다, 앨릭스가 아래에서 기다립니다, 아래에서 기다려요). 그냥 그곳에서 내가 들어올린 글러브 속으로 공이 떨어지기를 기다리는 겁니다. 그리고, 넵, 들어옵니다, 폭. 스리아웃입니다(앨릭스가 잡아서 스리아웃이 되었습니다.

* 듀크 스나이더. 1940년대 후반부터 20여 년간 메이저리그에서 활약한 선수로 중견수였다.

** 메이저리그 주요 구단에서 중계를 전담했던 해설자.

여러분, 잠시 늙은 C.D.*가 전하는 P. 로릴라드 사의 광고를 듣겠습니다). 늙은 코니가 올드 골즈 담배 광고를 전하는 동안 나는 물 흐르듯 자연스러운 하나의 동작으로, 글러브를 끼지 않은 왼손의 다섯 손가락으로 공을 잡고 벤치를 향해 달려가기 시작합니다. 내야에 이르면 2루를 한 발로 힘껏 딛고 슬쩍 손목만 꺾어, 내야로 뛰어들어오는 상대 팀 유격수에게 부드럽게 공을 던져줍니다. 보폭은 줄이지 않은 채 계속 천천히 뛰고 있습니다. 어깨는 들썩이고, 고개는 숙이고, 약간 안짱다리 자세입니다. 천천히 무릎이 오르내리는 모습이 놀랍게도 듀크를 완전히 빼다박았어요. 아, 전혀 동요하지 않는 냉정한 태도! 내 근육의 조직과 뼈의 관절에 이르기까지 내가 알지 못하는 동작은 하나도 없습니다. 어떻게 허리를 구부려 글러브를 집고 그걸 어떻게 건네줄지, 방망이의 무게를 어떻게 확인할지, 어떻게 방망이를 쥐고 어떻게 들고 가 대기 타석에서 어떻게 휘둘러볼지. 그 방망이를 머리 위로 들어올리고 양쪽 어깨와 목에 힘을 빼고 긴장을 푼 다음 타자석에 들어가 두 발을 정확한 자리에 단단히 디디고, 심판이 스트라이크 하고 소리치면(나는 스트라이크를 그냥 흘려보내는 경향이 있는데, 나쁜 코스에 들어오는 공을 멋지게 쳐내 상쇄합니다) 타

* 레드 바버와 짝을 이뤘던 메이저리그 중계 캐스터 코니 데즈먼드.

자석 밖으로 나와 방망이로 땅을 쿡 찌르는 것으로 딱 적당한 수준의 짜증, 내 속에 감춘 막강한 힘을 슬쩍 드러내는 짜증을 표현하고…… 네, 모든 세세한 사항까지 철저하게 연구하고 익혔기 때문에 어떻게 움직일지, 어디로 움직일지, 무슨 말을 할지, 아니면 말을 아예 안 할지 모르는 상황이 발생할 가능성은 없습니다…… 사실이에요, 안 그런가요? 믿기 힘들지만, 사실인 것 같아요. 내가 시비즈의 중견수로 뛸 때 느끼던 그런 편안함, 자신감, 주변에서 벌어지고 있는 일과 연결되어 있다는 단순하고 본질적인 느낌을 삶에서 느끼는 사람들도 있다는 게 말입니다. 보시다시피 내가, 상상할 수 있는 최고의 중견수였기 때문에 그랬던 건 아닙니다. 다만 난 중견수가 어떻게 행동해야 하는지를 아주 세세한 내용에 이르기까지 정확하게 알고 있었을 뿐입니다. 그런데 그런 식으로 미합중국의 거리를 걸어다니는 사람들이 있죠? 선생님한테 묻는 건데, 왜 나는 그런 사람이 될 수 없는 건가요! 왜 난 지금, 그때 중견수 자리에서 시비즈를 위해 뛸 때처럼 살 수 없는 거냐고요! 아, 중견수, 중견수가 되고 싶어요—그 이상은 필요 없습니다!

하지만 나는 단순한 중견수에서 끝나지 않습니다. 어쨌든 사람들은 그런 식으로 말하더라고요. 유대인이라고. 아니! 아니에요! 나는 무신론자란 말입니다. 나는 그렇게 외쳐요. 나는 종교에 관한 한 아무것도 아닌 존재이고, 내가 아닌 걸 나인 척하지 않을 거라고! 아버지가 얼마나 외롭고 불쌍하든 상관없어요. 나에 관한 진실은 나에 관한 진실인 거죠. 미안하지만 아버지는 나의 배교를 싫어도 그냥 받아들여야만 할 겁니다! 또 나는 어머니의 죽음을 *애도*shiva해야 하는 상황이 코앞에 닥쳤든 아니든 상관하지 않습니다. 사실 이제는 의문이 들기도 해요. 혹시 자궁절제 수술이 C-A를 향해 극적으로 나아가다가 방향을 튼 것은 오로지 나에게 S-H* 겁을 주려는 목적이 아니었을까! 오로지 나에게 겁을 주어 겸손하게 만들려는, 다시 고분고분하고 무력한 꼬마로 만들려는 목적이 아니었을까! 하지만 나는 뉴어크 전체에서 가장 조온경받는 사람이 어머니의 침대 옆에 "무려 삼십 분" 동안 앉아 있다 간 사실에서 신의 존재나 유대인의 자비와 미덕을 입증하는 근거를 찾지 못합니다. 만일 그 사람이 어머니가 쓰는 환자용 변기를 비웠다거나, 먹을 걸 입에 떠넣어주었다면, 그럼 혹시 뭔가가 시작될지도 모르죠. 하지만 와서 삼십 분 동안 침대 옆에 앉아 있다 갔다? 그 사람이 달리 할 일이 뭐가 있는데요, 어머니? 그 사람한테는 말이죠, 겁에 질려 제정신이 아닌 사람들에

* 'shit'이라는 욕설을 C-A처럼 앞 두 글자만 보여준 것.

게 아름답지만 진부한 이야기를 하는 것이 내가 야구를 하는 거나 다름없는 일이라고요! 그 사람은 그걸 아주 좋아해요! 누군들 안 그렇겠어요? 어머니, 워쇼 랍비는 뚱뚱하고 오만하고 짜증을 잘 내는 사기꾼이에요. 아주 괴상망측한 우월 콤플렉스를 갖고 있는 사람이라고요. 디킨스 소설에서 튀어나온 듯한 인물이란 말이에요. 만일 그가 그렇게 존경받는 사람인 줄 모르는 상태에서 버스에서 옆에 서 있게 되었다면, 어머니는 아마 "이 사람 정말 담배 냄새 한번 지독하네" 하고 말할걸요. 그 말밖에 할말이 없을 거예요. 그 사람은 어찌어찌하다가 영어에서 기본적인 의미 단위가 음절이라는 생각을 하게 된 사람이에요. 그래서 그 사람이 발음하는 단어는 항상 세 음절 이상이 돼요. 심지어 신God이라는 단어까지도요. 그 사람이 이스라엘Israel이라는 말을 어떻게 갖고 노는지 들어보셔야 하는데. 그 사람한테는 그 말이 냉장고refrigerator만큼이나 긴 말이라고요! 내 성인식 때 그 사람이 어땠는지 기억나세요? 앨릭잰더 포트노이라는 이름 때문에 얼마나 신나했는지? 어머니, 왜 그 사람은 계속 내 성과 이름을 함께 불렀을까요? 그 모든 음절로, 그 자리에 앉아 있던 모든 멍청이들을 감동시키려던 게 아니면 왜 그랬겠어요! 게다가 효과가 있었잖아요! 진짜로 효과가 있었잖아요! 이해 못하시겠어요? 회당은 그 사람이 먹고사는 수단이에요. 그 사람한테는 그런 의미밖에 없단 말이에요. 병원에 와서, 죽을까봐 떨고 있는 환자복 차림의 사람들한테 생명에 관해 아는 체하는 것(음절 하나하나씩), 그게 그 사람이 하는 일이에요. 보험을 파는 게 아버지 일이듯이! 그게 각자 먹고살려고 하는 일이란 말이에요. 따라서 누군가에게 경건한 마음을 갖고 싶다면, 아버지한테나 그러세요, 젠장. 그 크고 뚱뚱하고 웃기는 개자식한테 고개 숙이듯이 아버지한테 고개 숙이란 말이에요. 아버지야말로 정말 불알이 떨어져나가도록 일하지만, 자기가 하느님의 특별한 조수라는 생각은 추호도 할 수 없는 처지니까요. 게다가 그렇게 좆같이 음절을 하나씩 끊어서 말하지도 않으니까요! "여어러부운이 회다앙에 오시인 것으을 환여엉합니이다." 오, 하느님, 오, 하느으니임, 그 위에서 우리를 보고 계신다면, 여기에서 우리가 랍비의 그 발음 좀 안 듣고 살게 해주시면 안 되나요! 랍비 좀 없이 살게 해주시면 안 돼요! 보세요, 인간 존엄성이라는 명목으로라도 종교 좀 없이 살게 해주시면 안 돼요! 맙소사, 어머니, 온 세상이 이미 알고 있는데, 왜 어머니는 모르세요? 종교는 인민의 아편이에요! 그렇게 믿는다고 내가 열네 살짜리 공산주의자가 되는 거라면, 그래요, 나는 공산주의자예요. 나는 그게 자랑스러워요! 당장이라도 나는 회당의 유대인이 되느니 차라리 러시아의 공산주의자가 되겠어요. 나는 아버지 면전에 대고도 그렇게 말합니다. 이게 창자까지 터뜨리는 또하나의 수류탄이 되죠(나도 그 정도는 예상했습니다만). 하지만 죄송해요, 나는 공교롭게도 인간의 권리를 믿거든요. 인종, 종교, 피부색에 관계없이 소련에서는 모든 인민에게 허용되는 권리 말이에요. 내가 월요일마다 점심을 먹으러 집에 왔다 청소부가 있는 걸 보면 그녀와 함께 점심을 먹겠다고 고집 부리는 건 사실 공산주의 때문이에요. 나는 청소부하고 같이 먹을래요, 어머니. 같은 식탁에서, 같은 걸 먹을래요. 알아들으셨어요? 제가 먹다 남은 쇠고기 찜을 데워 먹으면, 청소부도 먹다 남은 쇠고기 찜을 데워 먹는 거예요. 청소부의 세균을 빨아들이지 않는 특수 유리 접시에 담아주는 물컹한 뮌스터 치즈나 참치가 아니라! 아니, 아니, 어머니는 무슨 말인지도 모르죠? 분명해요. 괴상망측하다고 생각할 거예요, 분명히. *흑인 여자*하고 같이 먹는다고? 도대체 무슨 소리를 하는 거야? 어머니는 내가 학교에서 돌아오자마자 현관에서 나한테 소곤거립니다. "기다려, 조금만 있으면 저 아이가 다 먹을 거야……" 하지만 나는 (우리 가족 외에는) 어떤 인간도 나보다 열등하게 취급하지 않을 거예요! 평등의 원리가 도무지 이해되지 않나요, 젠장! 그리고 분명히 말하는데, 아버지가 내 앞에서 다시 한번 검둥이라는 말을 사용하면, 그 좆같이 편협한 심장에 진짜 칼을 꽂아버릴 거예요! 다들 알아들었어요? 아버지가 유색인의 돈을 수금하러 다니다 집에 오면 악취가 너무 심해 옷을 지하실에 걸어놓고 바람을 쏘여야 한다 해도 상관없어요. 그 사람들이 자기들 보험이 무효가 되도록 내버려두는 바람에 아버지가 미치기 일보 직전이 된다 해도 상관없어요. 그건 오히려 동정심을 가져야 할 또다른 이유잖아요, 젠장. 공감하고 이해심을 가져야 할 이유, 청소부를 마치 노새처럼, 다른 사람들에게는 있는 존엄성에 대한 열망이 아예 없는 존재처럼 대하지 말아야 할 이유라고요! 이건 *이방인*한테도 해당되는 말이에요! 알다시피, 모두가 유대인으로 태어날 만큼 운이 좋은 건 아니에요. 그러니 운이 덜 좋은 사람들한테 *동정심*rachmones 좀 갖자고요, 네? *이방인*의 이런 것, *이방인*의 저런 것은 이제 지겹고 짜증나니까요! *이방인*이라서 나쁘다느니, 유대인이라서 좋다느니! 사랑하는 부모님, 어쩌다가 나를 자식으로 낳아주신 두 분, 모르세요? 그런 생각이 약간 야만적이라는 걸? 두 분이 표현하고 있는 게 두 분의 공포라는 걸? 내가 두 분에게서 배워 가장 먼저 구별하게 된 것이 밤과 낮도 아니고, 뜨거운 것과 차가운 것도 아니고, *이방인*과 유대인이라는 걸! 하지만 이제 다 드러났어요, 사랑하는 부모님, 친척들, 나의 성인식을 축하하기 위해 이 자리에 모인 친구들, 이제 다 드러났다고요, 이 얼간이들! 이 속 좁은 얼간이들!—아, 난 당신들 유대인의 속 좁은 마음이 정말 싫어! 음절 랍비, 당신도 포함해서 말이야. 당신은 당신 인생에서 마지막이라며 나한테 한 번만 더 모퉁이 가게에서 펠멜 담배 한 갑을 사다달라고 했지. 혹시 아무도 이런 얘기 안 해주었을까봐 말해두는데, 그것 때문에 당신한테선 악취가 나—다 드러났어요, 삶에는 그 역겹고 쓸모없는 두 범주 속에 포함되지 않는 것도 조금은 있다는 게 말이에요! 그러니 열네 살에 다시는 회당에 발을 들여놓지 않겠다고 하는 아이를 두고 울지 말고, 자기 민족의 이야기에 등을 돌린 아이 때문에 흐느끼지 말고, 종교라는 그 신 포도를 계속 빨고 있는 당신의 한심한 자아를 생각해 울라고요, 그러는 게 어때요! 유대인 유대인 유대인 유대인 유대인 유대인! 벌써 내 귀에 들려오기 시작해요, 고난당하는 유대인의 이야기가! 내 민족이여, 제발 부탁인데, 당신네 고난의 유산은 당신네 고난당하는 똥구멍에나 꽂아주세요. 나는 공교롭게도 한 인간이기도 하단 말이야!

하지만 넌 유대인이잖아. 누나가 말합니다. 넌 유대인 아이야, 네가 아는 것 이상으로. 그러니 네가 하고 있는 짓은 너를 비참하게 만들 뿐이야. 넌 바람에 대고 투덜거리고만 있잖니…… 눈물 사이로 누나가 침대 끝에 앉아 내가 어떤 곤경에 처해 있는지 참을성 있게 설명하는 모습이 보입니다. 나는 열네 살이고 누나는 열여덟 살입니다. 누나는 뉴어크 주립 사범대학교 1학년이에요. 몸집만 크고 혈색은 나쁜 처녀로, 털구멍마다 우울이 새어나옵니다. 가끔 에드너 테퍼라는 똑같이 몸집이 크고 못생긴 처녀(그래도 이 처녀는 칭찬할 만한 데가 있어요. 젖통이 내 머리만 하거든요)하고 함께 뉴어크 Y*로 포크댄스를 추러 갑니다. 그녀는 이번 여름에 유대인 커뮤니티 센터의 주간 캠프에서 공예 교사 일을 할 거라네요. 한번은 누나가 녹색 기가 도는 표지에 『젊은 예술가의 초상』이라는 제목이 붙은 보급판 책을 읽고 있는 걸 본 적이 있습니다. 내가 누나에 관해 아는 건 이런 몇 가지 사실뿐인 듯해요. 아, 그리고 물론 브래지어와 팬티의 크기와 냄새도 알죠. 엄청난 혼란의 시기입니다! 이게 언제나 끝날까요? 잠정적인 날짜라도 알려줄 수 없나요, 제발? 나한테 생긴 이건 언제나 치료되어 없어지는 겁니까?

누나가 묻습니다. 네가 미국이 아니라 유럽에서 태어났다면 지금 어디에 있을지 알아?

그건 중요한 게 아니야, 해너.

죽었을 거야. 누나가 말합니다.

그건 중요한 게 아니라니까!

죽었을 거야. 가스를 마시거나 총살을 당하거나 불에 타거나

* YMCA의 약칭.

난도질을 당하거나 산 채로 묻혀서. 그걸 알기나 해? 네가 유대인이 아니라고 소리를 지르는 거야 네 마음이겠지. 너는 인간일 뿐이고, 유대인의 멍청한 고난의 유산과는 아무런 관계가 없다고. 하지만 그래봤자 끌려가서 처리됐을 거야. 너는 죽었을 거야. 나도 죽었을 거고 그리고

하지만 내 이야기는 그게 아니라니까!

그리고 어머니와 아버지도 죽었을 거야.

누나는 왜 두 사람 편을 드는 건데!

나는 누구 편도 들지 않아. 단지 아버지가 네 생각만큼 무지한 사람이 아니라는 이야기를 하는 것뿐이야. 누나가 말합니다.

그건 어머니도 마찬가지라고 생각해! 하지만 어머니가 말하고 행동하는 모든 게 똑똑하고 멋져 보이는 건 다 나치 때문이라고 생각해! 나는 나치가 이 집에서 일어나는 모든 일의 핑계라고 생각해!

아, 모르겠어. 누나가 말합니다. 어쩌면, 어쩌면 그럴지도 몰라. 그러더니 이제 누나도 울기 시작합니다. 내가 어찌나 괴물처럼 느껴지던지. 누나는 육백만 명을 위해 눈물을 흘리는데, 어쨌든 나는 그렇게 생각합니다, 나는 고작 나 자신을 위해 눈물을 흘리고 있으니까요. 어쨌든 나는 그렇게 생각합니다.

씹에 미쳐

내가 열다섯 살 때, 뉴욕에서 출발한 107번 버스를 타고 가다 바지에서 그걸 꺼내 딸딸이를 쳤다는 얘기를 했던가요?

그전에 나는 누나와 누나의 약혼자인 모티 파이비시에게 아주 멋진 대접을 받았지요. 에베츠 필드*에서 더블헤더를 보고, 그다음에는 십헤드 만에서 해물 요리를 먹었습니다. 끝내주는 날이었습니다. 해너와 모티는 플랫부시에 있는 모티네 본가에서 하룻밤 묵고 오기로 했지요. 그래서 나는 열시쯤 맨해튼으로 가는 지하철을 탔고, 거기서 뉴저지행 버스를 탄 겁니다. 생각해보면, 나는 그 버스에서 두 손에 내 좆뿐만 아니라 내 온 생명을 쥐었던 겁니다. 승객들은 링컨 터널을 빠져나가기 전부터 대부분 졸고 있었습니다. 내 옆자리에 앉은 젊은 여자를 포함해서요. 나는 그 여자의 타탄무늬 치마 주름에 내 코르덴바지를 갖다붙이기 시작했습니다. 그리고 버스가 풀라스키 스카이웨이에 올라섰을 때에는 그걸 꺼내 손에 쥐고 있었습니다.

그날 하루가 여러모로 만족스러웠던 걸 고려하면, 하루종일

* 메이저리그의 브루클린 다저스가 홈구장으로 사용하던 경기장.

흥분은 할 만큼 했으니 그날 밤 집으로 가는 버스에서 내 머릿속에 자지 같은 것은 떠오르지도 않았을 거라고 생각하실지도 모르겠습니다. 마이너리그에서 갓 올라온 포수 브루스 에드워즈—바로 우리에게 필요하던 사람이었습니다(여기서 우리는 모티, 나 그리고 다저스 감독인 버트 쇼튼이에요)—는 메이저리그에서 뛰자마자 첫 두 시합에서 8타수 6안타인가를 기록했어요. (아니, 에드워즈가 아니라 퍼릴로였던가? 어쨌든, 내 물건을 그런 식으로 꺼내다니 얼마나 미친 짓입니까! 현장에서 잡혔다면 어떻게 됐을지 상상해보세요! 내가 끝까지 가서, 잠든 *이방인 여자*의 황금색 팔에 잔뜩 싸버렸다고 상상해보시라고요!) 그런 경기를 보고 나서 모티는 저녁으로 바닷가재를 주문해줬는데, 나는 태어나서 처음 먹어보는 거였습니다.

맞아, 어쩌면 바닷가재 때문이었는지도 모릅니다. 그 금기가 그렇게 쉽고 간단하게 깨진 걸 보면, 내 본성 가운데 끈적끈적하고 자멸적이고 디오니소스적인 측면이 자신감을 좀 얻었던 것인지도 모릅니다. 법을 어기고 싶으면 그냥 가서 어기기만 하면 된다는 교훈을 배웠던 것인지도 모르죠! 떨거나 흔들리지 말고, 그게 상상도 할 수 없는 일 또는 너로서는 도저히 할 수 없는 일이라는 생각을 버리기만 하면 된다. 네가 할 일은 오로지 그걸 하는 거다! 정말 묻고 싶은데, 식사 자리에서의 그 모든 금지 조항이나 규제가 애초에 왜 필요한 겁니까? 어린 유대인 아이들한테 억압당하는 연습을 시키기 위한 게 아니라면 말입니다. 연습해라, 아가야, 연습, 연습, 연습해라. 아시다시피 억제는 나무에서 자라는 게 아닙니다. 불과 몇 년 안에 정말 답답하고 꽉 막힌 인간을 만들어내려면 인내심이 필요하고, 집중력이 필요하고, 헌신적이고 자기희생적인 부모와 열심히 공부하고 말 잘 듣는 어린 아이가 필요한 겁니다. 그렇지 않다면 왜 접시가 두 벌 있겠어요? 그렇지 않다면 왜 율법에 맞는 비누와 소금이 있겠어요? 정말 묻고 싶은데, 달리 이유가 뭐겠습니까? 삶이라는 게 굳이 말하자면 경계선이고 제한이라는 걸 우리한테 하루에 세 번씩 일깨워주려는 거죠. 삶은 다름 아닌 '다름 아닌 존재'가 세운 수십만 가지 작은 규칙들, 아무리 우스꽝스러워 보이더라도 의문을 품지 않고 복종하거나(그래서 그렇게 복종해 계속 하느님의 총애를 받거나), 아니면 대개 격분한 상식의 이름으로 위반하게 되는 규칙들이라는 걸요. 우리가 규칙을 위반하는 건 아무리 어린아이라 해도 완전히 백치에 얼간이가 된 느낌으로 살아갈 수는 없기 때문이에요. 그래요, 위반을 하죠. 그래봐야 유일한 결과는 속죄일Yom Kippur이 되어 하느님이 다음 9월까지 살게 될 사람들의 이름을 적을 때(어떻게 된 일인지 그 장면이 내 상상에 각인되어버렸다니까요), 보라, 거기 네 이름은 들어가지 않았다, 하는 말을 들을 가능성이 아주 높다는 것뿐이죠(아버지는 그렇게 될 거라고 장담합니다). 하지만 누가 얼간이입니까, 네? 사실 얼마나 큰 규칙을 깨느냐 혹은 얼마나 작은 규칙을 깨느냐는 문제가 되지 않습니다(나는 이걸 처음부터 이해했습니다, 이 하느님, 세상을 운영하는 분이 생각하는 방식을 말입니다). 하느님을 약 올리는 것은 어기는 것 자체일 뿐입니다. 제멋대로 한다는 사실 자체요. 오직 그걸, 하느님은 그걸 절대 참지 못하는 거예요. 또 그걸 결코 잊지도 않죠. 그래서 앉아서 성을 내며(아마 씩씩거리겠죠. 또 틀림없이 변비가 최고조에 달했을 때의 우리 아버지처럼 심한 두통에 시달릴 겁니다) 그 책에서 이름을 빼버릴 겁니다.

의무, 규율, 순종이 무너질 때—아, 여기, 여기에 내가 유월절마다 어머니가 만들어주시는 마초 브레이*와 함께 받는 메시지가 있네요—그다음에 오는 것, 그것은 도무지 예측할 수가 없다. 극기가 가장 중요하다. 우리 가족과 내가 저녁 시간에 앉아서 먹는, 정결하게 처리한 피 없는 스테이크 조각이 그렇게 외칩니다. 자제, 술 취하지 않은 상태, 처벌—이것이 인간 생활의 열쇠다. 음식에 대한 그 끝도 없는 모든 율법은 그렇게 말합니다. 더러운 땅의 거죽을 기며 꿀꿀거리는 모든 저급한 피조물은 이

* 마초와 달걀로 만드는 유대인의 음식.

*방인*에게나 뜯게 하라. 우리는 그런 식으로 우리의 인간성을 더럽히지 않을 것이다. 그들(내가 누구를 말하는 건지 알겠죠)에게는 움직이는 것은 뭐든 다 게걸스럽게 먹는 걸 허락하라. 아무리 밉살스럽고 비천한 짐승이라도, 아무리 괴상하고 *더럽고*shmutzig 멍청한 피조물이라도. 그들에게 뱀장어와 개구리와 비둘기와 게와 바닷가재를 먹게 하라. 그들에게 독수리를 먹게 하라. 그들이 원한다면 원숭이와 스컹크를 먹게 하라. 혐오스러운 피조물을 먹는 것은, 술을 마시고 이혼을 하고 주먹질을 할 만큼 대책 없이 천박하고 머리가 빈 종족에게 잘 어울리는 일이다. 이들, 이 혐오스러운 것을 먹는 우둔한 인간들은 으쓱거리고, 모욕하고, 조롱하고, 조만간 주먹질을 할 것이다. 아, 또한 이들은, 이 천재들은 총을 들고 숲에 가 무구한 야생 사슴, 조용히 장과와 풀을 먹은mosh 다음 아무도 귀찮게 하지 않고 자기 길을 가는 사슴을 죽이는 방법을 안다. 이 멍청한 *이방인*들! 탄창을 다 비우고 맥주 냄새를 풍기며, 자동차 펜더마다 (조금 전까지 살아 있던) 죽은 짐승을 묶고 집으로 가다니. 지나가는 운전자들 모두에게 자기가 얼마나 강하고 사내다운지 보여주려고 말이야. 집에 가서는 이 사슴—사람한테, 나아가서 자연계 전체에 아무 짓도 하지 않은, 조금도 해를 끼치지 않은 사슴—이 사슴을 조각내 냄비에 요리하다니. 이 세상에 먹을 게 부족해 사슴마저 먹어치워야 한

다는 건가! 그들은 무엇이든 먹을 것이다, 그 커다란 *이방인*의 손을 갖다댈 수 있는 것이면 무엇이든! 거기서 나오는 무시무시한 결론은, 그들이 무슨 짓이라도 할 수 있다는 거다. 사슴은 사슴이 먹는 걸 먹고, 유대인은 유대인이 먹는 걸 먹지만, *이방인*은 그렇지 않다. 기어다니는 동물, 수렁에서 뒹구는 동물, 펄쩍 뛰어오르는 천사 같은 동물, 이런 게 그들에게는 아무런 차이가 없다. 그들은 그저 원하는 걸 잡을 뿐, 다른 피조물이 뭘 느끼든 알 게 뭐냐고 한다(친절과 동정심을 보이기는커녕). 그래, 모두 역사에 기록되어 있다. 그들이 무슨 짓을 했는지, 세상을 소유하고 인간의 경계와 한계는 전혀 알지 못하는 우리의 뛰어난 이웃들이 과연 무슨 짓을 했는지.

……음식에 관한 유대의 율법은 그렇게 말합니다. 소피와 잭 P.의 슬하에서 자라고 있고, 뉴어크 학군에 속해 있는 '나'라는 아이에게는 적어도 그렇게 들립니다. 우리 학군의 우리 학년 전체에서 기독교도 아이는 둘밖에 없습니다. 그들은 우리 동네 가장 변두리에 있는, 내가 들어가보지도 못한 집에 삽니다…… 음식에 관한 율법이 그렇게 말하는데, 내가 뭐라고 그게 틀렸다고 주장합니까? 실제로 여기 앨릭스, 우리의 모든 음절의 주제인 앨릭스 좀 보세요. 나이 열다섯에, 어느 날 밤 바닷가재 다리를 빨다가 한 시간도 안 지나 공영 버스에서 좆을 꺼내 *이방인 여자*를

겨냥하네요. 그의 우수한 유대인 머리에는 뇌가 아니라 마초 브레이가 들어 있다고 하는 게 낫겠어요!

말할 필요도 없는 이야기지만, 그런 피조물을 우리 집에서 산채로 삶은 적은 없습니다—아, 바닷가재 얘깁니다. 우리 집에 *이방인 여자*가 있었던 적은 없어요. 따라서 그런 여자가 있을 경우, 그 여자가 어머니의 주방에서 어떤 상태로 요리되어 나타날 것이냐 하는 것은 추측만 해볼 수 있을 따름입니다. 물론 청소부는 *이방인 여자*지만, 흑인이니까 셈에는 안 들어가죠.

하 하. 사실은 내가 데려온 *이방인 여자*가 우리 집에 있었던 적은 없다, 그렇게 말하려고 했던 겁니다. 내가 아직 어렸을 때 다른 사람도 아니고 아버지가 어느 날 밤 저녁식사를 대접하려고 *이방인 여자*를 한 사람 데려온 기억이 나거든요. 아버지 사무실에서 출납원으로 일하는, 여위고 바짝 긴장해 있고 수줍어하고 공손하고 말씨가 부드럽고 나이가 많은 사람으로, 이름이 앤 매카퍼리였어요.

선생님, 혹시 아버지가 그 여자하고 잤을까요? 믿어지지가 않네요! 그냥 지금 갑자기 생각난 거지만 말이에요. 우리 아버지가 은밀하게 그 여자와 바람을 피웠을 수도 있을까요? 그 여자가 소파에서 내 옆에 앉았던 게 지금도 기억납니다. 신경이 곤두섰는지 자기 이름 철자를 갖고 한참 법석을 떨더군요. 자기 이름이 E로 끝나는데, 앤이라고 해서 다 E로 끝나는 게 아니라는 둥 하면서…… 그러는 동안 나는 그 여자의 두 팔은 길고 하얀데다 주근깨투성이지만(아일랜드인의 팔이었던 것 같아요), 부드러운 하얀색 블라우스 안의 젖가슴은 묵직하니 멋지다는 걸 알아챌 수 있었습니다. 나는 또 계속 그 여자 다리도 흘끔거렸습니다. 그때 나는 여덟 살인가 아홉 살인가 그랬지만, 정말 멋진 다리였기 때문에 눈을 뗄 수가 없었어요. 얼굴을 잔뜩 찌푸린 창백한 독신녀가 가끔 그런 멋진 다리로 활보하는 바람에 깜짝 놀라곤 하잖아요…… 그런 다리로—그래요, 당연해요, 아버지는 그 여자와 씹을 *하고*shtupping 있었던 겁니다…… 안 그래요?

아버지 말로는 그 여자를 집에 데려온 것은 "진짜 유대인 식사"를 대접하기 위해서였다는군요. 아버지는, 보스턴 앤드 노스이스턴 사무소에 출근한 첫날부터 진짜 유대인식 식사를 먹어보게 해달라고 아버지를 괴롭힌 새 *이방인* 출납원("*누더기*shmattas를 입고 다니는 아주 못생기고 생기 없는 사람"이라고 했죠) 이야기를 몇 주 동안 해댔어요. 그런 이야기를 끝도 없이 중얼중얼해댔죠. 마침내 어머니가 더 견디지 못하고 말했어요. "좋아요, 그 여자를 데려와요. 그렇게 원한다면, 까짓거 내가 한번 차려주죠, 뭐." 아버지가 약간 허를 찔린 셈이었을까요? 누가 알겠습니까.

어쨌든 그 여자는 유대인식 식사 하나는 제대로 했습니다. 내 평생 하룻저녁에 "유대인"이라는 말을 그렇게 여러 번 들어본 적은 없어요. 정말입니다. 나는 다른 사람이 "유대인"이라는 말을 하는 걸 실제로 내 귀로 들어본 사람이라니까요.

"이게 진짜 유대식 다진 간 요리예요, 앤. 진짜 유대식 다진 간 요리를 먹어본 적 있어요? 음, 집사람은 진짜를 만들죠. 목숨을 걸고 말할 수 있어요. 자, 그걸 빵과 함께 먹어봐요. 이게 진짜 유대식 호밀빵이에요. 씨가 들어간 거죠. 그거예요, 앤, 아주 잘하고 있어요. 앤이 잘하고 있지 않아, 소피, 처음인데 말이야? 그거예요, 진짜 유대식 호밀빵을 멋지게 한 조각 떼어내서, 진짜 유대식 다진 간 요리를 큰 포크로 듬뿍 뜬 다음"—젤리를 먹을 때까지 계속 그런 식이었죠—"그래요, 앤, 젤리도 정결한 거죠, 그럼요, 당연하죠, 그럴 수밖에 없어요. 아 아니에요, 아 아닙니다, 커피에는 크림을 넣지 마세요, 고기를 먹은 다음에는 안 넣어요. 하 하. 앤이 뭘 달라고 했는지 들었니, 앨릭스—?"

마음대로 지껄이세요, 사랑하는 아버지. 하지만 방금 의문 하나가 떠올랐어요. 이십오 년이 흐른 지금 이 순간에요(그렇다고 무슨 증거 한 조각이라도 있는 것도 아니고, 지금 이 순간까지 아버지가 가정의 율법을 조금이라도 어길 수 있는 사람이라고 상상해본 적이 있다는 것도 아니지만……하지만 나는 위반에서 어떤 매혹을 느끼거든요). 방청석에서 질문이 나왔습니다. 어째서 하필이면 *이방인 여자*를 우리 집에 데려온 거죠? 이방인 여자가 유대인 젤리를 먹는 경험도 못해보고 살아간다는 게 도저히 못 견디겠던가요? 아니면 유대식 고백을 하지 않고는 아버지 자신의 삶을 더 이어갈 수 없던가요? 아내에게 자신의 범죄를 들이대, 아내가 남편의 금지된 욕망을 두고 영원히 남편을 비난하고 매질하고 모욕하고 벌주고 그래서 피를 흘리게 하지 않고는 말이에요! 그래요, 제대로 된 유대인 악당이었어요, 우리 아버지는. 나는 그 행동 양식을 완벽하게 알고 있어요. 오라, 누군가, 아니, 누구든 와서 나를 찾아내 나를 비난하라. 나는 너희가 생각할 수 있는 가장 끔찍한 짓을 저질렀다. 나는 갖지 말아야 할 것을 가졌다! 사랑하는 사람들에 대한 의무를 버리고 나 자신을 위한 쾌락을 선택했다! 제발, 하느님 맙소사, 내가 벌을 받지 않고 완전히 빠져나가기 전에, 그래서 밖에 나가 내가 진짜로 좋아하는 짓을 또 하기 전에 나를 붙잡고, 나를 가두어라!

그런데 우리 어머니는 순순히 따랐을까요? 젖통 두 개와 다리 두 개를 합치면 넷이라는 계산을 소피가 했을까요? 내 경우에는 그런 믿을 수 없는 계산을 하는 데 이십오 년이 걸린 것 같은데 말이죠. 아, 이건 아무래도 내가 그냥 지어내고 있는 게 틀림없어요. 정말로. 우리 아버지가……*이방인 여자*하고? 그럴 리 없습니다. 아버지의 능력 밖에 있는 일이었어요. 나의 아버지가—*이방인 여자*하고 씹을 해? 나는 누군가에게 협박을 받으면 아버지가 어머니하고 씹을 했다는 건 인정할 겁니다…… 하지만 *이방인 여자*하고? 그건 아버지가 주유소를 터는 것과 마찬가지로 상상조차 할 수 없는 일입니다.

그런데 왜 어머니가 아버지한테 이렇게 소리를 지르는 거죠? 이 비난과 부인, 질책과 협박과 끝없는 눈물의 장면은 뭐죠…… 아버지가 뭔가 아주 나쁜 짓, 어쩌면 심지어 용서받을 수 없는 짓을 한 게 아니라면 이게 다 뭐란 말입니까? 그 장면은 마치 무거운 가구처럼 내 마음을 차지하고 앉아 꼼짝도 안 해요. 그래서 나는, 그래, 진짜로 있었던 일이구나, 하고 믿게 되는 겁니다. 누나가 어머니 뒤에 숨어 있는 게 보여요. 해너는 어머니 허리를 움켜쥔 채 훌쩍이고 있고, 어머니도 눈물을 펑펑 쏟아 눈물이 얼굴을 타고 리놀륨 바닥까지 떨어집니다. 우는 동시에 아버지한테 고래고래 소리를 질러 핏줄이 튀어나옵니다. 나한테도 소리를 지릅니다. 이 장면을 좀더 자세히 살펴보니, 해너는 어머니 뒤에 숨은 반면, 나는 바로 범인 뒤에 피신해 있습니다. 아, 이건 완전히 공상이에요. 사례집에서 튀어나온 겁니다, 안 그래요? 아니, 아닌데, 저건, 지금 주먹으로 주방 식탁을 내리치며 어머니한테 마주 소리를 지르는 건 다른 사람 아버지가 아니라 내 아버지인데. "나는 그런 짓을 하지 않았어! 그건 거짓말이고 잘못된 거야!" 잠깐만 기다려보세요. "나는 안 그랬어요!" 그렇게 소리를 지르는 건 나네요. 범인은 나로군요! 그런데 어머니가 그렇게 우는 건 아버지가 내 엉덩이를 *때리려*potch 하지 않기 때문입니다. 내가 끔찍한 짓을 했다는 걸 아버지가 아시면 내 엉덩이를 *때릴거라고*, "그것도 흠씬" *때릴거라고* 어머니가 장담했었거든요.

내가 경미한 수준에서 나쁜 짓을 하거나 타락하면 어머니는 직접 나를 다스릴 수 있습니다. 기억하시겠지만—나는 분명히 기억합니다!—내게 코트를 입히고 고무덧신을 신기기만 하면 됩니다. 아, 멋졌어요, 어머니, 그 고무덧신 말이에요! 그리고 나를 집 밖에 가둔(집 밖에 가두는 겁니다!) 다음 문에 대고 다시는 나를 들이지 않을 거라고 선언합니다. 차라리 멀리 떠나 새 삶을 찾는 게 나을 거라고요. 그런 간단하고 신속한 행동만으로도 즉시 나한테서 고백을 이끌어내거나 나 스스로 나 자신을 녹이고 태우게 할 수 있습니다. 만일 어머니가 원한다면 난, 앞으로 평생 100퍼센트 순수하고 선하게 살겠다는 서약서를 쓰고 서명이라도 할 겁니다. 문 안으로, 내 침대와 옷과 냉장고가 있는 곳으로 들여보내주기만 하면요. 하지만 내가 정말로 사악할 때, 너무 악해서 어머니로서는 그저 두 팔을 전능하신 하느님에게 들어올리고 자신이 무슨 짓을 했기에 이런 아이를 낳은 거냐고 물을 수밖에 없을 때, 그런 때는 정의를 수행하기 위해 아버지가 소환되었죠. 어머니는 워낙 예민하고 섬세한 피조물이라 체벌을 내릴 수 없으니까요. 어머니가 클라라 백모에게 설명하는 소리가 들립니다. "그럼 그애보다 내가 더 아파요. 나는 그런 사람이에요. 나는 못해. 못한다고요." 아, 가엾은 어머니.

하지만 보세요, 여기서 도대체 무슨 일이 벌어지고 있는 거죠? 물론, 선생님, 우리는 이 상황을 파악할 수 있을 겁니다. 우리 둘 다 똑똑한 유대인 사내 아닙니까…… 누군가가 끔찍한 행동을 저질렀습니다. 아버지 아니면 내가 저지른 거죠. 다시 말해 잘못을 한 사람은 가족 가운데 음경이 달린 두 사람 중 한 명이라는 거죠. 좋습니다. 여기까지는 아주 좋아요. 자, 그러면 아버지가 사무실의 이방인 출납원의 그 육감적인 두 다리 사이에 씹을 한 걸까요, 아니면 내가 누나의 초콜릿 푸딩을 먹은 걸까요? 보세요, 누나는 그걸 저녁식사 때 먹고 싶지 않아서, 잠자리에 들기 전에 먹으려고 아껴두었던 것 같습니다. 하지만 참 나, 내가 그걸 어떻게 알았겠어, 해너? 배가 고플 때 그런 거 저런 거 다 따지는 사람이 어디 있어? 나는 여덟 살이고 초콜릿 푸딩은 나를 달아오르게 한단 말이야. 냉장고 안에서 초콜릿이 짙게 덮인 표면이 나를 보고 번쩍이면 그때부터 내 인생은 내 게 아니란 말이야. 게다가 나는 그게 남은 건 줄 알았단 말이야! 정말이라니까! 맙소사, 그것 때문에 이렇게 소리를 지르고 울고불고shrying 하는 거야? 내가 한심한 인간의 초콜릿 푸딩을 먹어서? 설사 그랬다 해도, 의도적으로 그런 건 아니잖아! 나는 그게 다른 건 줄 알았단 말이야! 맹세해, 맹세해, 일부러 그런 게 아니라니까! ……그런데 배심원 앞에서 고래고래 자기변호를 하는 사람이 납니까, 아니면 아버지입니까? 당연히 아버지로군요. 아버지가 정말 그랬군요. 좋아, 좋아, 소피, 나 좀 가만 내버려둬. 그래, 했어. 하지만 의도적으로 그런 게 아니었단 말이야! 젠장, 다음에 아버지가 할 말은, 해보니 자기도 그게 마음에 들지 않았다, 그러니 용서를 받을 수 있다, 그런 거겠네요. 무슨 소리야, 의도적으로 그런 게 아니었다는 게, 멍청하긴. 아버지가 그걸 거기에 꽂았잖아요, 안 그래요? 그럼 자신을 옹호하라고요, 남자답게! 어머니한테 말해요, 말하라고요. "맞아, 소피, 내가 그 *이방인 여자*와 잤어. 그 문제에 관해 당신이 어떻게 생각하든 하지 않든 나한테는 아무런 의미가 없어. 혹시 당신이 못 들었을지 몰라 말해두는데, 세상 돌아가는 이치에 따르자면, 여기서 남자는 나고, 따라서 명령을 하는 사람은 나니까!" 필요하다면 한 대 때리세요! 때려눕히란 말이에요, 제이크*! *이방인* 같으면 틀림없이 그럴 거예요, 안 그러겠어

* 잭과 함께, 앨릭스의 아버지 제이컵의 또다른 애칭.

요? 총을 든 그 거물 사슴 사냥꾼들이 제7계명*을 어기다 들켰다고 해서 의자에 주저앉아 울면서 아내한테 용서를 빌 것 같아요? 뭘 용서해달라고 하겠어요? 그게 대체 뭐라구요? 자지를 어디에 갖다놓고 앞뒤로 움직이니까 앞쪽에서 뭐가 나온 것뿐이잖아요. 그런데, 제이크, 뭘 그렇게 야단이에요? 그거 다 하는 데 얼마나 걸렸다고 어머니 입에서 그런 저주를 듣고 있어야 하는 거냐고요. 그 죄책감, 그 재반박과 자기혐오! 아빠, 왜 우리는 이렇게 죄책감에 젖어 여자들에게 쩔쩔매야 하는 거예요, 아빠와 나는—그럴 필요가 없을 때에도! 그러면 안 될 때에도! 집안을 좌지우지해야 하는 건 우리라고요, 아빠! "네 아버지가 끔찍한, 끔찍한 짓을 저질렀어." 어머니가 소리칩니다. 아니, 내 상상인가? 어머니가 진짜로 하는 말은 "아, 앨릭스가 또 끔찍한 짓을 저질렀어요, 앨릭스 아버지—"에 가깝지 않을까요? 어쨌든 어머니가 해너를(하고많은 사람들 가운데 해너를!) 안아올립니다. 나는 정말 그 순간까지 누나가 누군가로부터 진짜 사랑받을 만한 사람이라고 생각해본 적이 없었는데. 어머니는 두 팔로 해너를 안고 그 사랑받지 못하는 슬픈 얼굴에 키스를 퍼붓습니다. 이 넓은 세상에서 어머니가 정말로 믿을 수 있는 사람은 딸아이 하나

* 간음하지 말라. 출애굽기 20장 14절.

뿐이라면서 말입니다…… 내가 여덟 살이면 해너는 열두 살입니다. 게다가 장담하는데, 아무도 해너를 안아올리는 행동은 하지 않습니다. 이 가엾은 아이의 문제는 과체중이거든요. "그것도 대단히"라고 어머니는 말하곤 합니다. 따라서 해너는 초콜릿 푸딩을 먹으면 안 되는 거죠. 그래요, 그래서 내가 먹은 겁니다! 넌 엿 됐어, 해너, 내가 아니라 의사가 명령한 거거든. 내가 너처럼 뚱뚱하고 "굼뜬" 게 아니라 바싹 마르고 똑똑한 건 나도 어쩔 수 없는 일이야. 어머니가 나를 유모차에 태우고 나가면 내가 너무 아름다워서 사람들이 내 눈부신 얼굴punim을 잘 보려고 어머니를 잡아세우는 건 나도 어쩔 수 없는 일이라고. 너도 어머니가 얘기하는 걸 들었잖아. 나하고는 아무 관련 없는 일이라고. 나는 아름답게 태어나고, 너는 추하지는 않아도 어쨌든 사람들이 특별히 보고 싶어하지는 않는 얼굴로 태어났다는 건 그냥 자연적인 사실일 뿐이야. 그것도 내 잘못이야? 너는 내가 세상에 나오기 사 년이나 전에 태어났는데, 어떻게 내 잘못일 수가 있어? 아마 하느님이 이렇게 되기를 원하시는가보지, 해너! 하느님의 책에 적혀 있는 거라고!

하지만 사실 해너가 나에게 책임을 묻는 것 같지는 않습니다. 해너는 그냥 귀여운 남동생에게 계속 잘해주기만 할 뿐, 한 번도 때리거나 욕하지 않습니다. 나는 해너의 초콜릿 푸딩을 먹고, 해너는 내 욕을 먹으면서도 한마디도 항의하지 않아요. 그냥 내가 자기 전에 키스를 해주고, 학교 갈 때 조심스럽게 건널목을 건너게 해주고, 내가 활짝 웃는 부모를 위해 〈앨런즈 앨리〉*에 나오는 모든 목소리를 흉내낼 때면 뒤로 물러나 유순하게 벽 속에 삼켜지지요(그곳이 원래 해너의 자리인 것 같습니다). 또 내 완벽한 성적표가 노스저지의 한쪽 끝에서 반대쪽 끝까지 모든 친척에게 알려질 때도요. 사실 선생님, 나는 벌을 받을 때 외에는 늘 로마 거리를 돌아다니는 교황처럼 집 주위에서 떠받들려 살거든요……

사실 어렸을 때 기억들 중에서 누나와 관련된 건 여남은 개밖에 떠오르지 않습니다. 내 사춘기 때 해너가 그 정신병원 같은 집구석에서 나와 이야기를 나눌 수 있는 유일하게 멀쩡한 사람으로 등장하기 전까지는 대체로 그렇다는 거지요. 해너는 꼭 일 년에 한두 번 보는 사람 같아요. 그 가엾고 뚱뚱한 인물은 하루나 이틀 밤 동안 우리하고 지내면서 함께 식사하고, 우리 침대 가운데 한 곳에서 자고, 그런 뒤에 그냥 행복하게 사라져버리는 사람 같다는 겁니다.

---

* 라디오 프로그램 이름.

하느님(음식과 관련된 일에서 하느님의 지상 대변인은 우리 어머니입니다)은 중국음식점에서는 말 잘 듣는 이스라엘 자손들에게 돼지고기 요리에 대한 금지령을 해제해주면서도, 광둥 바닷가재 요리만큼은 절대 말도 안 된다고 생각합니다. 집에서는 돼지를 먹으면 안 되는데 펠 스트리트에서는 먹어도 되는 이유는……솔직히 아직도 완전히 이해하지 못했습니다만, 당시에는 아마도 그 음식점을 소유한 나이든 남자, 우리끼리는 "슈멘드릭"*이라고 부르는 남자가 우리를 어떻게 보든 걱정할 필요가 없기 때문이 아닌가 생각합니다. 그래요, 내가 보기에 중국인은 세상에서 유대인이 두려워하지 않는 유일한 사람들인 것 같아요. 왜냐하면, 첫째, 그 사람들의 영어에 비하면 아버지의 영어는 체스터필드 경의 영어처럼 들릴 정도이기 때문이죠. 둘째, 어차피 그 사람들 머릿속은 볶음밥으로 채워져 있으니까요. 셋째, 그들에게 우리는 유대인이 아니라 백인이니까요. 어쩌면 앵글로색슨일지도 모르죠. 상상해보세요! 거기에서는 웨이터들이 우리에게 위압감을 주지 못하는 게 당연한 일이에요. 그들에게 우리는 와스프**의 코 큰 변종에 지나지 않으니까요! 이야, 우리도 이걸 먹

* '바보' '멍청이'라는 뜻의 이디시어.

** WASP. 앵글로색슨계 백인 신교도.

는구나! 갑자기 돼지도 위협이 되지 않는구나. 물론 우리한테 나오는 돼지는 아주 잘게 다져지고 가늘게 찢어진 다음, 접시에 담긴 간장 소스의 바다에 둥둥 떠 있기 때문에 돼지 갈빗살이나 넓적다리뼈나 가장 역겨운 소시지(욱!)와는 전혀 닮지도 않았지만…… 하지만 바닷가재는 왜 못 먹는 거죠? 그것도 다른 걸로 위장하면 될 텐데? 논리적인 설명은 우리 어머니에게서 듣도록 하죠. 소피 포트노이가 사용하는 삼단논법입니다, 선생님. 준비되셨나요? 자, 왜 우리가 바닷가재를 못 먹는 겁니까? "그게 널 죽일 수도 있기 때문이지! 내가 한 번 먹어봤는데, 아주 죽을 뻔했다고!"

그래요, 어머니도 어머니 나름으로 위반을 해보기도 했고, 그에 따른 벌도 받았습니다. (모두 내가 어머니를 알기 전에 벌어진 일이지만) 무모했던 젊은 시절 어머니는 아버지와 함께 보스턴 앤드 노스이스턴에서 일하던 도일(이보다 나은 이름이 있을까요?)이라는 이름의 짓궂고 매력적인 주정뱅이 보험 외판원에게 속아넘어가(그러니까 그의 알랑방귀에 우쭐해하는 동시에 부끄러움을 느끼며) 뉴버그식 바닷가재 요리를 먹은 겁니다.

아버지 회사가 애틀랜틱 시에서 연 총회의 시끄러운 고별 연회 때였죠. 웨이터가 어머니의 코르사주 앞에 밀어놓은 접시에서 풍기는 냄새는 전혀 그렇지 않았음에도 도일은 어머니가 그

요리를 치킨 아 라 킹*이라고 믿게 했습니다. 물론 어머니는 그때도 뭔가 수상쩍다는 것을 느꼈습니다. 미남 주정뱅이 도일이 자기 포크로 어머니에게 그걸 떠먹이려 할 때도 그 날개에, 어머니 표현대로, 비극이 도사리고 있다는 생각을 한 겁니다. 하지만 어머니 역시 위스키 사워 두 잔 때문에 흥분한 상태여서 성급하게도 자신의 기다란 유대인 코를 막아 비겁한 수법의 냄새를 무시해버린 겁니다. 그리고—아, 성미 급한 년! 음탕한 왈패! 헤픈 바람둥이!—무모한 방종의 분위기에 완전히 몸을 내맡겨버린 겁니다. 실제로 그런 분위기가 보험 외판원과 그 부인 들로 바글바글한 홀을 지배하고 있었겠죠. 셔벗이 나오고 나서야 도일—어머니는 또 이 사람을 "그 사람 생긴 게 꼭 제2의 에롤 플린** 같은데, 얼굴만 그랬던 게 아니야" 하고 묘사합니다—은 어머니가 실제로 섭취한 게 뭔지 밝혔습니다.

그 결과 어머니는 밤새 변기에 토했습니다. "그것 때문에 내 *내장*까지 다 토했지 뭐니! 정말 못된 장난을 치는 사람이었어! 그래서 이날 입때까지 너한테 말하는 거 아니니, 앨릭스. 못된 장난은 절대 치지 말라고 말이야. 결과가 비극적일 수도 있으니

---

* 닭고기와 야채를 크림 소스에 넣고 끓인 서양 요리.

** 영화배우 이름.

까! 난 아주 아팠단다, 앨릭스." 어머니는 그 격변이 일어나고 나서 오 년, 십 년, 십오 년이 지난 뒤에도 어머니 자신과 나 그리고 아버지에게 기쁜 마음으로 일깨워주곤 했습니다. "그래서 네 아버지, 여기 계신 '용감한 사나이'가 푹 잠든 호텔 의사를 깨워 방으로 오게 했지. 내가 지금 손가락을 어떻게 들고 있는지 보이지? 하도 심하게 토하는 바람에 손가락들이 이렇게 뻣뻣해졌던 거야. 마치 마비된 것처럼 말이야. 네 아버지한테 물어봐라. 잭, 얘한테 말해줘요. 뉴버그식 바닷가재 요리 때문에 내 손가락이 그렇게 된 걸 보고 당신이 무슨 생각을 했는지 어서 말해줘요." "뉴버그식 바닷가재라니?" "당신 친구 도일이 억지로 내 목구멍으로 밀어넣은 것 말이에요." "도일? 도일이 누구야?" "거짓말을 밥 먹듯 해서 사우스저지의 광야로 전근된 그 *주정뱅이 이방인*shicker goy 도일 말이에요. 도일! 꼭 에롤 플린처럼 생긴 사람! 내 손가락이 어떻게 됐는지 앨릭스한테 얘기해주라고요. 내 손가락을 보고 당신이 무슨 생각을 했는지—" "참 나, 무슨 소리를 하고 있는지 모르겠군." 아마 아버지 말이 맞을 겁니다. 어머니는 자신의 인생이 엄청난 드라마 같다고 느끼겠지만 모든 사람들 눈에 그렇게 보이는 건 아니니까요. 게다가 어머니의 이야기가 현실보다는 어머니의 상상과 더 밀접한 관계를 맺고 있을 가능성은 늘 있는 거고요(말할 필요도 없지만, 먹는 것이 금지된 바닷가재보다는 위험한 남자 도일과 더 밀접한 관계가 있다는 얘깁니다). 그리고 당연한 이야기지만 아버지는 매일 일정 분량의 걱정을 해야 하는 사람이라 가끔 자신의 불안 요구량을 채우기 위해 주변의 대화에 귀를 닫을 수밖에 없습니다. 어머니가 하는 말을 사실 한마디도 듣지 않았을 가능성도 높다는 얘깁니다.

하지만 계속되죠, 어머니의 독백은요. 다른 아이들이 매년 스크루지 이야기를 듣거나, 아니면 밤마다 자신이 좋아하는 책의 한 대목을 읽어주는 부모의 목소리에 귀를 기울이듯 내 귀는 어머니의 위태로운 인생의 서스펜스가 가득한 장들로 늘 꽉 찬 shtupped 상태였습니다. 이게, 어머니의 이런 이야기들이 내 유년의 문학입니다. 교과서 외에 집에 있는 진짜 책이라고는 부모님이 병원에 입원중일 때 선물로 받은 것들뿐이거든요. 우리 책의 삼분의 일은 『용의 자손』(어머니가 자궁 절제를 했을 때)(교훈: 아이러니가 없는 것은 없다, 웃음을 터뜨리게 하는 무언가가 늘 어딘가에 숨어 있다), 나머지 삼분의 이는 윌리엄 L. 샤이러의 『아르헨티나 일기』와 (똑같은 교훈이 담긴) 『카사노바의 회고』(아버지가 충양돌기 절제를 했을 때)입니다. 그 외에 우리 책은 모두 소피 포트노이가 쓴 겁니다. 모두 『나를 알잖아, 나도 언젠가는 뭐든 해볼 거야』라는 제목의 유명한 시리즈에 추가되는 것들이죠. 어머니의 작품의 원천이 되고 또 그 특징을 이루는 생각은 어머니가 물불을 안 가리는 사람으로서 새롭고 자극적인 것을 찾아 의욕에 넘쳐 인생에 발을 내디디지만 그 개척자 정신 때문에 줄곧 깨지기만 한다는 것이니까요. 실제로 어머니는 자신이 경험의 극단에 있는 여자, 마리 퀴리, 안나 카레니나, 아멜리아 에어하트*를 눈부시게 합쳐놓은 운명을 타고난 여자라고 생각하는 것 같아요. 어쨌든 어머니가 파자마 단추를 채우고 이불을 덮어주면서, 누나를 가졌을 때 운전을 배웠는데 면허를 딴 바로 그날—"한 시간도 지나지 않아서 말이다, 앨릭스"—"어떤 미치광이"가 어머니의 뒷범퍼를 들이받는 바람에 그 순간부터 한 번도 운전한 적이 없다는 이야기를 해주고 나면, 이 어린 꼬마는 어머니에 대한 그런 로맨틱한 이미지를 품고 잠이 드는 거죠. 아니면 어머니가 열 살 때 뉴욕 주 새러토가스프링스 시에 사는 늙고 병든 숙모에게 병문안 갔다가 웅덩이에서 금붕어를 찾던 중 실수로 넘어져 그 더러운 웅덩이 바닥에 처박혔고, 그뒤로 다시는 물 근처에 안 간다는, 심지어 썰물 때 구조대원이 근무하고 있는 해안에도 안 간다는 이야기. 그리고 그 바닷가재. 어머니는 취한 상태에서도 그것이 치킨 아 라 킹이 아니란 걸 알았지만, 오직 "그 도일이란 자의 입을 다물게 하려고" 억지로 그것을 삼

* 여성 최초로 대서양 횡단에 성공한 비행사.

켰는데, 그 결과 비극에 가까운 일이 벌어졌으며, 물론 그뒤로는 바닷가재와 비슷하게 생긴 것도 먹지 않았다는 이야기. 그리고 나도 먹지 않기를 바란다는 이야기. 절대. 어머니는 나에게 내 몸에 좋은 게 뭔지 안다면 먹지 말라고 말합니다. "세상에는 좋은 음식이 많아, 앨릭스. 바닷가재라는 걸 먹고 평생 손이 마비될 위험을 무릅쓰지 않아도 말이야."

휴! 내가 불만을 품었을까요! 내가 나 자신도 모르는 증오를 품고 있을까요! 이게 과정입니까, 선생님, 아니면 소위 "재료"라고 부르는 겁니까? 나는 만날 불평만 합니다. 혐오감이 바닥을 모르는 것 같아요. 나한테는 이만하면 됐다라는 게 없는 게 아닌가 하는 생각이 들기 시작합니다. 나 자신이 제의祭儀를 거치듯 불평불만에 탐닉하는 소리가 들립니다. 바로 이런 것 때문에, 정신분석을 받는 환자들이 일반 대중에게 악명을 얻게 된 거지만요. 내가 정말로 이런 유년을 싫어하고, 이 가엾은 부모에게 원한을 품었던 걸까요? 현재의 나—그리고 현재의 내가 아닌 나—라는 유리한 지점에서 과거의 나를 돌아보며 지금 원망하는 것만큼 그때도 그랬을까요? 지금 내가 말하고 있는 게 사실일까요, 아니면 그냥 단순한 *불평*kvetching일까요? 나 같은 사람들에게는 *불평*이 진실의 한 형태인 걸까요? 어쨌거나 내 양심은 내 불평이 다시 시작되기 전에, 그 당시의 내 진짜 소년 시절은 지금 내가 이렇게 낯설게 느끼고 원한을 품는 이런 것이 아니었다는 점을 분명히 알리고 싶어합니다. 돌이켜보면 엄청나게 혼란스러웠고 내면의 갈등이 깊었던 것 같지만, 그래도 다른 집에서 다른 사람들과 살기를 바라는 그런 아이였던 기억은 없습니다. 무의식적으로 그런 걸 갈망했는지는 몰라도요. 사실 내가 나의 라디오 방송 흉내를 들어주는 그 두 사람 같은 청중을 달리 어디서 찾겠습니까? 식사 때 두 사람은 나 때문에 폭소를 터뜨리곤 했어요. 어머니는 실제로 오줌을 지린 적도 있다니까요, 선생님. 내가 〈잭 베니 쇼〉의 키첼 씨 흉내를 그대로 내자 히스테리에 걸린 것처럼 웃음을 터뜨리며 화장실로 달려가야 했죠. 또 뭐가 있느냐고요? 산책. 일요일에 아버지와 위퀘이크 공원에 산책을 나가던 것, 그게 아직도 잊히지가 않습니다. 정말이지, 지금도 시골에 가서 땅바닥에서 도토리를 주울 때면 아버지와 함께 산책하던 생각이 나곤 합니다. 이건 간단한 게 아니죠. 거의 삼십 년이 지난 뒤에도 기억난다는 건요.

그리고 내가 혼자 학교에 갈 나이도 안 되었던 시절에 어머니와 둘이 얼굴을 맞대고 쉬지도 않고 대화를 나누었단 얘기는 했던가요? 집 안에 하루종일 우리 둘만 있었던 그 오 년 동안, 정말이지 우리는 인간에게 알려진 거의 모든 주제를 다룬 것 같아요.

어머니는 밤에 아버지가 지쳐서 퇴근하면 말하곤 했어요. "앨릭스하고 이야기하느라 오후 내내 다림질을 하면서도 시간이 가는 줄도 몰랐네요." 보세요, 그때 나는 겨우 네 살이었다고요.

그리고 고함을 지르고, 움츠러들고, 울고 하는 것, 그런 것에도 매력적인 생생함과 흥분이 있었습니다. 더욱이 그 아무것도 아닌 것들이 사실은 그냥 아무것도 아닌 게 아니라 늘 뭔가인 거죠. 아무리 평범한 사건이라도 예고도 없이 끔찍한 위기로 폭발할 수 있는 거잖아요. 내게 삶이란 그런 것이었습니다. 그 소설가, 이름이 뭐더라, 아, 그래, 마크필드는 어딘가에서 열네 살이 되기 전에는 "악화aggravation"가 유대인의 말인 줄 알았다고 썼더군요. 그래요, 나도 우리 어머니가 가장 애용하던 두 명사 "법석tumult"과 "아수라장bedlam"이 그런 줄 알았어요. 또 "주걱spatula"도요. 그때 나는 이미 1학년의 귀염둥이였습니다. 교실에서 벌어지는 모든 경쟁에서 내가 아주 수월하게 남들을 압도할 거라고 다들 생각했지요. 그런데 어느 날 선생님이 나보고 어떤 그림을 본 다음 무엇인지 말해보라고 하는 거예요. 어머니가 그걸 "주걱"이라고 부른다는 거야 잘 알고 있었죠. 하지만 영어로 뭐라고 하는지 도무지 생각이 안 나는 거예요. 나는 더듬거리다 얼굴을 붉히며 포기하고 자리에 앉았죠. 선생님만큼 어리둥절하지는 않았지만, 아마 내가 받은 충격은 선생님만큼 심했을 겁니다…… 내 운명의 뿌리는 거기까지 거슬러올라갑니다. 이렇게 경기 초반부터 내게는 고문에 가까운 생활이 "정상"이었다는 겁니다. 이 경우에는 주방 도구 같은 어처구니없는 것을 두고 그랬지만요.

아, 주걱을 둘러싼 그 모든 갈등, 엄마,

내가 엄마를 어떻게 느낄지 상상해보세요!

우리 가족이 저지 시에 살던 이 즐거웠던 시절, 내가 아직 어머니의 귀여운 아기이던 시절, 아직 어머니의 체취를 킁킁거리는 데 열심이고 어머니의 *쿠겔*kugel과 *그리벤*grieben과 *루겔레크*ruggelech*의 완전한 노예이던 시절, 우리 건물에서 자살 사건이 있었습니다. 같은 건물 여자들이 "제2의 호세 이투르비**"라고 부르며 떠받들던 열다섯 살 난 남자아이 로널드 님킨이 욕실 샤워 꼭지에 목을 맨 겁니다. "그 황금의 손으로!" 여자들은 그렇게 말하며 흐느꼈습니다. 물론 로널드의 피아노 연주를 가리키는 말이었죠. "그런 재능으로!" 또 이런 말이 뒤따랐습니다. "로널드만큼 자기 어머니를 사랑한 아이는 찾아볼 수 없을 거야!"

* 모두 유대식 음식 이름.

** 스페인의 지휘자이자 피아니스트. 1940년대에 여러 편의 할리우드 영화에 출연했다.

맹세하는데, 이건 거짓말도 아니고 차폐기억도 아닙니다. 그 여자들이 정말로 그렇게 말했다니까요. 인간의 고난과 열정이라는 크고 어두운 오페라적 주제들이 그 여자들 입에서 마치 옥시돌이나 델몬트 옥수수 통조림 가격처럼 술술 흘러나왔다니까요! 한 가지 말씀드릴게요. 우리 어머니도 지난여름에 내가 유럽 모험에서 돌아오자 전화로 안부를 물으며 이렇게 말했습니다. "그래, 내 애인은 어떠신가?" 나를 자기 애인이라고 부르다뇨. 자기 남편이 다른 전화기로 듣고 있는데 말이에요! 내가 어머니 애인이라면, 그 사람, 어머니와 함께 살고 있는 그 *멍청이*schmegeggy는 뭐가 되느냐, 하는 건 머리에 떠오르지도 않나보죠? 아니, 선생님, 이 사람들은 굳이 깊이 파볼 필요도 없습니다. 오랜 무의식을 그냥 자기들 소매에 달고 다니는 사람들이니까요!

님킨 부인이 우리 집 주방에서 울고 있습니다. "왜? 왜? 그 아이가 우리한테 왜 이런 거예요?" 들립니까? 우리가 그 아이한테 무슨 짓을 했느냐는 게 아니에요. 아니죠, 절대 그러지 않죠. 그 반댑니다. 그 아이가 우리한테 왜 이러지? 우리한테! 그 아이를 행복하게 해주기 위해서라면, 그뿐 아니라 유명한 콘서트 피아니스트로 만들기 위해서라면 우리 팔다리라도 내주었을 텐데 말이에요! 정말이지, 이 사람들은 어떻게 이렇게 눈이 멀 수 있는 걸까요? 사람들이 이렇게 끝 간 데 없이 멍청한데도 살아갈 수 있는 걸까요? 이게 믿어지세요? 이 사람들이 정말로 그 모든 기관을 갖추고도, 뇌, 척수, 귀와 눈의 구멍 네 개—이런 장비들, 님킨 부인, 거의 컬러텔레비전만큼이나 놀라운 이런 장비들을 갖추고도 자기 자신이 아닌 다른 사람의 감정이나 갈망은 전혀 눈치채지 못하고 살아갈 수 있는 건가요? 님킨 부인, 이런 젠장, 난 당신 기억해, 여섯 살밖에 안 됐지만 당신을 똑똑히 기억한다고. 당신의 로널드, 미래의 콘서트 피아니스트를 죽인 게 뭔지는 아주 분명해. 바로 당신의 좆같은 이기심과 어리석음이야! "레슨도 그렇게 많이 시켜주었는데." 님킨 부인은 웁니다…… 아, 이런, 이런, 내가 왜 계속 이러고 있는 거죠? 어쩌면 그 부인의 의도는 좋은 것일 수도 있잖아요. 당연히 그렇겠죠. 이런 비통한 시기에 이 소박한 사람들에게서 내가 뭘 기대할 수 있겠어요? 내가 이러는 건 이런 괴로운 시기에 그 부인이 이제 시체가 되어버린 사람에게 레슨을 시킨 것에 관해 끔찍한 이야기만 할 줄 알지, 다른 이야기는 할 줄 모른다는 것 때문이에요. 이 사람들, 어린 시절 우리를 키운 이 유대인 여자들은 대체 어떤 사람들입니까? 칼라브리아에 가면 이들처럼 수난을 겪는 여자들이 교회에 돌처럼 앉아 가톨릭의 그 소름끼치는 거짓말을 죄다 받아먹는 걸 볼 수 있어요. 캘커타에서는 거리에서 구걸을 하죠. 운이 좋으면 어디 흙먼지 이는 들판에 나가 쟁기를 몸에 묶고 밭을 갈고요…… 미국에서만, 골든 랍비님, 이 농민들이, 우리 어머니들이, 나이 예순에 머리를 백금빛으로 염색하고, 반바지에 밍크 목도리를 걸치고 플로리다의 콜린스 애비뉴를 걸어다녀요. 그러면서 해 아래 모든 주제에 관해 자기 의견을 내놓죠. 그들에게 말을 할 줄 아는 재주가 주어진 건 그들 잘못이 아니에요. 보세요, 만일 암소들이 말을 할 수 있다면, 똑같이 그런 멍청한 소리를 할 겁니다. 그래요, 그래, 그게 해법일 수도 있겠네요. 그 여자들을 암소라고, 기적적으로 언어와 마작 두 가지를 할 줄 아는 재능이 주어진 암소라고 생각하는 겁니다. 그냥 생각만 하는 건데 자비롭지 못할 이유가 뭐가 있겠습니까, 안 그래요, 선생님?

로널드 님킨의 자살 이야기에서 내가 좋아하는 작은 사실 하나. 샤워 꼭지에 매달려 흔들리던 이 젊은 피아니스트의 짧은 소매 셔츠에 유서가 핀으로 꽂혀 있었다는 겁니다. 이것이 로널드와 관련된 일에서 가장 강하게 기억에 남아 있는 거예요. 그 키 크고 비쩍 마른 십대 긴장병 환자가 그 헐렁한 반소매 스포츠셔츠 속에서 혼자 헤엄치고 있었다는 것, 옷깃은 풀을 먹여 아주 빳빳하게 다림질을 했기 때문에 총알도 못 뚫을 것처럼 보였다는 것…… 그리고 로널드 자신은 등뼈에 팔다리를 모두 꽉 붙들어 매려는 듯 차려 자세를 하고 있어, 누가 건드리면 즉시 콧노래라도 부를 것 같았다는 것…… 그리고 물론 손가락, 그 길고 희고 기괴한 손가락, 물어뜯어 멋지게 다듬어놓은 손톱에 이르기까지 관절이 적어도 일곱 개는 있는 듯한 그 손가락, 그리고 어머니가 나에게 말하던 대로—말하고—또 말하던—어떤 것도 한 번만 말하고 끝나는 경우는 없었기 때문에—어떤 것도!—어쨌든 어머니가 말하던 대로 "타고난 피아니스트의 손"이었던 저 벨라 루고시*의 손.

피아니스트! 아, 피아니스트는 그 여자들이 정말 사랑하던 말 가운데 하나였습니다. 거의 의사만큼이나요, 선생님. 그리고 전문의 실습 기간이라는 말. 그리고 가장 좋아하던 말은, 자기 병원. 그 아이가 리빙스턴에서 자기 병원을 열었대. "시모어 슈먹 기억나니, 앨릭스?" 어머니가 나에게 묻습니다. 아니면 에런 퍼츠나 하워드 슐롱** 등 이십오 년 전 초등학교에 다닐 때는 나도 알았을지도 모르지만 지금은 전혀 기억나지 않는 어떤 얼간이 얘기를 하기도 하죠. "그게, 내가 그애 어머니를 오늘 길에서 만났거든. 그런데 시모어가 지금 서반구 전체에서 가장 훌륭한 뇌 전문의라는구나. 그애는 전부 자연석으로 지은 스플릿레벨 랜치형 집을 리빙스톤에 여섯 채나 갖고 있고, 회당 열한 곳의 이사회에 소속

* 드라큘라 연기의 원조로 손꼽히는 헝가리 출신 배우.

** 슈먹(Schumuck), 퍼츠(Putz), 슐롱(Shlong)은 모두 얼간이 혹은 음경이라는 뜻의 비속어.

되어 있대. 집은 모두 마크 쿠겔이 설계해서 새로 지은 거래. 그리고 작년에는 부인과 어린 두 딸하고, 두 딸아이는 너무 예뻐서 벌써 메트로 영화사와 계약을 맺은데다 아주 똑똑해서 대학에 다녀도 될 정도라는데, 어쨌든 이 두 딸과 아내를 데리고 유럽 7천 개국을 도는 800만 달러짜리 여행을 갔다 왔다는구나. 그 가운데 몇 나라는 너는 들어보지도 못했을 거다. 그 나라들은 그냥 시모어를 기념하려고 만든 거거든. 게다가 워낙 중요인물이라서, 시모어가 말이다, 그래서 그애가 가는 유럽의 도시마다 시장이 직접 나와 아주 어려운 뇌 수술을 해달라고 부탁했대. 시모어를 위해 즉석에서 지은 병원에서 말이야. 그리고 잘 들어, 시모어가 수술하는 동안 수술실에 〈영광의 탈출〉* 주제가를 틀어주었대. 시모어의 종교가 뭔지 모든 사람에게 알리려고 말이다. 네 친구 시모어가 지금은 그렇게 크게 되었다는구나! 그애 때문에 그애 부모는 얼마나 행복하겠니!"

이 말에 함축된 뜻은, 너, 너는 언제쯤이면 결혼을 할 거냐, 입니다. 뉴어크와 그 주변 교외에서는 이게 모든 사람이 입에 올리는 질문이 된 듯합니다. 앨릭잰더 포트노이는 언제나 이기적인 태도를 버리고, 그 훌륭한 부모한테 손자들을 안겨줄까? "있잖

* 2차대전 후 유대인의 이스라엘 정착을 그린 영화.

소." 아버지는 눈물이 그렁그렁해서 말합니다. "있잖소." 아버지는 나를 볼 때마다 묻습니다. "진지하게 사귀는 아가씨는 있는 겁니까, 거물 선생님? 이런 거 물어봐서 실례입니다만, 나는 선생님의 아버지에 불과하잖습니까, 나도 영원히 사는 건 아니거든요, 선생님이, 혹시 선생님께서 가족의 성을 이어가는 일을 잊으셨을까봐 하는 말인데, 혹시 나에게도 비밀 좀 알려주실 수 있을지 궁금하네요."

그래요, 창피하죠, 창피한 줄 알아야죠, 앨릭스 P.는 동창생들 가운데 유일하게 자기 어머니와 아버지를 할머니와 할아버지로 만들어주지 못한 아이니까요. 다른 아이들이 모두 멋진 유대인 아가씨와 결혼해 자식을 낳고 집을 사고 (아버지 표현대로) 뿌리를 내리는 동안, 다른 아들들이 가족의 성을 다음 세대로 전하는 동안, 이 녀석이 한 일은—씹을 쫓아다니는 것이었습니다. 그것도 *이방인 여자*의 씹을! 씹을 쫓아다니고 냄새 맡고 핥고 거기에 자기 걸 *쑤셔박고*shtupping, 그리고 무엇보다도 씹에 관한 생각을 한 거죠! 낮이나 밤이나, 일할 때나 거리에서나—서른세 살 먹고도 여전히 눈이 툭 튀어나온 채 거리를 배회하고 있어요. 그런 상태로 점심 시간에 맨해튼의 주요 동맥을 가로지르는 걸 보면 지금까지 택시에 치여 거리에 찌부러지지 않은 게 용해요. 서른세 살이나 됐는데도 여전히 지하철에서 건너편에 다리를 꼬고 앉아 있는 젊은 여자만 보면 추파를 던지고 백일몽을 꿔요! 단둘이 엘리베이터를 타고 25층까지 올라가면서도 즙이 많아 보이는 젖통 한 쌍에게 아무런 말도 못 거는 자신을 여전히 저주한다고요! 그러다가는 또 정반대의 일을 갖고 자신을 저주하죠! 일요일 아침 텔레비전에 나온 뒤로 계몽된 공중에게는 얼굴이 약간 알려져 있다는 사실에도 불구하고, 지금 저녁을 먹으러 현재의 애인 집으로 가는 중일지도 모른다는 사실에도 불구하고, 이 자식은 거리에서 머리끝부터 발끝까지 품위 있어 보이는 젊은 여자들에게 다가가 한두 번, "저기요, 나하고 우리 집에 가지 않겠습니까?" 하고 중얼거린 적이 있다고 합니다. 물론 여자는 "싫어요" 하고 말할 겁니다. 물론 여자는 "꺼져, 이 자식아!" 하고 소리치거나, "고맙습니다만 나도 좋은 집이 있고, 그 집에 남편도 있어요" 하고 무뚝뚝하게 대꾸할 겁니다. 도대체 이 자식은 지금 자기 자신에게 무슨 짓을 하고 있는 겁니까, 이 바보는! 이 백치! 이 교활한 꼬마! 이 섹스광은! 이 자식은 자지의 불, 뇌의 열, 새롭고 거칠고 생각해본 적도 없고 꿈꾸어본 적도 없는 것—그런 것을 상상할 수 있는 건지 모르겠지만 말입니다—을 향해 내부에서 계속 타오르는 욕망을 도무지 통제하지 못하고, 통제하려고도 하지 않습니다. 열다섯 살 때 교실에서 단단하게 발기된 것을 삼공노트 밑에 감추고 난 뒤에야 자리에서 일어설 수 있었던 때부터 지금까지 이 자식 인생에서는 씹에 관한 문제들이 전혀 줄어들지도 않고, 세련되게 바뀌지도 않았습니다. 이 자식 눈에 보이는 모든 여자아이는 (놀라지 마십시오) 두 다리 사이에 진짜 씹을 달고 다녀요. 세상에! 이럴 수가! 아직까지도 여자만 보면, 지금 몸에 틀림없이 씹을 달고 있을 사람을 보고 있는 거라는 환상적인 생각을 떨쳐버리지 못해요. 그들 모두 씹을 달고 있어요! 드레스 바로 밑에! 씹—좆을 박을 수 있는 씹! 사실 선생님, 재판장님, 뭐라고 불러야 하는지 모르겠지만, 어쨌든 이 가엾은 새끼는 실제로 그게 아무리 많아도 물리지 않는 것 같아요. 이 새끼는 오늘의 보지와 하는 동안에도 내일의 보지를 꿈꾸거든요!

내가 과장하는 건가요? 자기비하를 하는 척하면서 교묘하게 과시하고 있는 건가요? 아니면 혹시 자랑? 내가 정말로 이런 불안, 이런 달아오른 상태를 괴롭다고 느끼는 걸까요? 아니면 일종의 성취로? 둘 다? 그럴지도 모르죠. 아니면 회피 수단에 불과할까요? 보세요, 적어도 나는 삼십대 초반에, 멋진 여자와 결혼했지만 그 여자의 몸에는 이제 관심이 없는 그런 결혼 생활에 갇혀 있지는 않다고요. 욕정이 아니라 대부분은 의무 때문에 씹을 해야만 하는 여자와 매일 밤 침대에 들어야 하는 것은 아니라고요, 적어도. 그러니까 어떤 사람들은 잠자리에 들 때마다 겪어야 하는 악몽 같은 우울증은 없다는 겁니다…… 반면, 그렇기는 해도 어떤 관점에서는 내 상황에도 약간 우울한 면이 있을지도 모른다는 걸 인정하지 않을 수 없겠네요. 물론 모든 걸 가질 수야 없지요. 어쨌든 저는 그렇게 이해하고 있습니다. 하지만 내가 기꺼이 마주하고자 하는 문제는 이런 겁니다. 내가 뭐라도 갖고는 있는가? 내가 얼마나 더 오래 여자들하고 이런 실험을 계속할 것인가? 내가 얼마나 더 오래 이용 가능한 구멍에 이걸 계속 꽂아댈 것인가? 처음에는 이 구멍에, 그러다 이 구멍이 지겨워지면 저기 있는 구멍에……하는 식으로. 이게 언제 끝날 것인가? 아니, 왜 이게 끝나야 해! 부모를 기쁘게 하려고? 규범에 순응하려고? 도대체 내가 왜 몇 년 전만 해도 명예로 여겨지던 독신남이라는 것에 이렇게 방어적이 되어야 하는데? 결국 그게 핵심인 거죠—독신남 생활. 그게 뭐가 죄라는 겁니까? 성적 자유가? 요즘 같은 시대에? 왜 내가 부르주아지에게 허리를 굽혀야 합니까? 내가 그 사람들더러 나한테 허리를 굽히라고 한 적이 있던가요? 어쩌면 나한테 보헤미안의 피가 약간 섞여 있는지도 모르겠습니다—그게 그렇게 끔찍한 겁니까? 내가 내 욕정으로 누구한테 해를 주고 있습니까? 나는 여자들을 협박하지 않아요. 팔을 비틀어서 침대로 끌고 가는 게 아니란 말입니다. 이렇게 말해도 좋을지 모르지만, 나는 정직하고 자비로운 남자예요. 분명히 말하죠, 남자치고 나는…… 그런데 왜 내가 지금 나 자신에 대해 설명해야 하는 거죠! 나 자신을 변명해야 하느냐고요! 왜 내가 정직과 자비로 나의 욕망을 정당화해야 하는 겁니까! 그래요, 나한테는 욕망이 있어요—다만 그게 무한할 뿐이라고요. 무한하단 말입니다! 물론 그게, 그게 큰 축복은 아닐 수도 있겠죠. 잠시 정신분석학적 관점을 취하자면 말입니다…… 하지만 무의식이 할 수 있는 거라고는 어차피, 프로이트 말에 따르자면, 그저 원하는 것뿐이잖아요. 또 원하고! 또 원하고! 오, 프로이트, 나도 알아요! 이 여자는 엉덩이가 멋지지만, 말이 너무 많아요. 반면 여기 이 여자는 말을 전혀 안 해요. 적어도 말이 되는 이야기는 전혀 하지 않아요—하지만, 우와, 빨 줄을 알아요! 대단한 좆 노하우가 있어요! 반면 여기 꿀 같은 여자, 내가 빨아본 것 가운데 가장 부드럽고 가장 분홍빛이고 가장 감동적인 젖꼭지를 가진 여자가 있지만, 이 여자는 내 걸 빨아주지 않아요. 이상하지 않아요? 하지만—정말 사람 속은 알 수 없죠—이 여자는 씹을 하는 동안 내 검지를 자기 항문에 콱 박아놓는 걸 좋아해요. 정말 신비한 일이에요! 구멍들과 열린 곳들에 대한 그 무한한 매혹! 보다시피, 나는 도저히 멈출 수가 없어요! 어느 한 사람에게 얽매일 수도 없어요. 나는 일 년짜리도, 일 년 반짜리도, 또 몇 달짜리 사랑도 해보았어요. 부드러우면서도 관능적인 사랑이었죠. 하지만 결국에는—죽음처럼 불가피한 일이에요—시간이 지나면 욕정이 시들해져요. 결국에는 도저히 결혼으로 발을 내디딜 수 없더란 겁니다. 그런데 왜 결혼을 해야 하는 겁니까? 왜? 앨릭스 포트노이가 누군가의 남편이나 아버지가 되어야 한다는 법이라도 있나요? 선생님, 여자들이 창턱에 올라가 밑의 보도로 떨어지겠다고 협박을 해도, 세코날*을 천장까지 쌓아놓는다 해도—결혼을 결심한 이런 여자들이 지하철 밑에 몸을 던질까 두려워 몇 주 동안 공포 속에 살아야 한다 해도, 나는 도저히 남은 생애 내내 한 여자하고만 잔다는 계약은 맺을 수가 없습니다. 절대 맺지 않을 겁니다. 상상해보세요. 젖통이 탐스럽고 어쩌고 한 A와 내가 그냥 결혼한다 쳐요. 그러다 젖통이 더 탐스러운, 아니면, 어쨌든 더 새롭기는 한 B가 나타나면 어쩌죠? 아니면 내가 경험해보지 못한 특별한 방식으로 엉덩이를 돌릴 줄 아는 C가 나타나면? 아니면 D, 아니면 E, 아니면 F가 나타나면? 나는 지금 솔직하게 말하려고 노력하는 겁니다, 선생님. 섹스에서는 인간의 상상력이 Z까지, 아니 그 이상으로 뻗어나갈 수 있으니까요! 젖통과 씹과 다리와 입술과 입과 혀와 똥구멍! 한때는 맛좋고 자극적이었을지 몰라도, 불가피하게 빵덩어리처럼 나에게 익숙해질 수밖에 없는 한 여자를 위해 어떻게 가져보지도 못한 것들을 포기할 수 있단

* 수면제 상표.

말입니까? 사랑을 위해? 사랑이 뭔데요? 우리가 아는 저 모든 남녀, 굳이 자신이 구속되는 것을 허용하려 드는 그 사람들을 함께 얽매어놓는 게 사랑입니까? 사랑보다는 오히려 허약함에 가깝지 않을까요? 오히려 편의와 냉담과 죄책감이 아닐까요? 오히려 두려움과 피로와 무기력, 아니면 아주 단순하게 그냥 배짱이 없는 것 아닐까요? 결혼 카운슬러와 작사가와 정신치료사 들이 늘 꿈꾸는 그 "사랑"보다는 그쪽에 훨씬, 훨씬 가깝지 않을까요? 제발, "사랑"과 그 지속 기간을 두고 서로 거짓말하지 말자고요. 그래서 내가 묻는 것 아닙니까. 앞으로 오, 육, 칠 년이 지나면 신선한 새 보지를 사냥하러 거리에 나설 걸 뻔히 알면서 내가 어떻게 "사랑"하는 사람과 결혼할 수 있느냐고요. 내가 그러는 동안 나에게 그렇게 멋진 가정 등등을 만들어준 헌신적인 아내는 꿋꿋하게 외로움과 거부를 견뎌야 할 텐데요. 아내의 그 무시무시한 눈물을 어떻게 쳐다볼 수 있단 말입니까? 난 못해요. 내가 사랑하는 자식들 얼굴은 어떻게 봅니까? 그런 다음에는 이혼이겠죠, 그렇죠? 자식 부양. 위자료. 방문권. 생각만 해도 멋지네요, 정말 멋져요. 내가 미래에 대해 눈감지 않기로 했다고 자살하는 여자가 있다면, 글쎄, 그거야 그 여자가 걱정할 문제겠죠—당연히 그래야죠! 내가 미래에 닥칠 좌절과 말다툼을 볼 만큼 지혜롭다는 이유로 자살하겠다고 위협할 필요도 없는 거고, 그게 정당

화될 일도 아니니까요…… 아, 제발, 그렇게 악 좀 쓰지 마. 누가 들으면 당신이 지금 목이 졸려 죽어가는 줄 알겠어. 아, 제발(작년에, 올해에, 내 인생의 매해마다 내가 애원하는 소리가 들립니다!) 넌 괜찮을 거야, 정말이야, 정말 괜찮을 거야. 너는 괜찮을 거고 계속 근사할 거고 훨씬 멋있어질 거야, 그러니까 제발, 이 나쁜 년아, 방 안으로 돌아와. 나 좀 가게 해줘! "너! 너하고 네 더러운 좆!" 가장 최근에 나에게 실망한 (자칭) 미래의 신부, 문맹인 아버지가 웨스트버지니아의 탄광에서 일주일에 버는 돈을 속옷 광고 모델로 한 시간에 벌어들이던 이상하고 홀쭉하고 완전히 제정신이 아닌 한 친구는 그렇게 소리칩니다. "난 네가 잘난 인간일 거라고 생각했어, 이 씹이나 빨아대는 니미 씨팔 개새끼야!" 나를 완전히 잘못 알았던 이 아름다운 여자는 '멍키'입니다. 나를 만나 더 어마어마한 짓을 하기 직전에 벌였던 작은 성도착적인 행동 때문에 그런 별명을 얻었죠. 선생님, 나는 평생 이 여자 같은 사람은 만나본 적이 없어요. 이 여자는 내 사춘기의 가장 음탕한 꿈을 현실로 만들어주었습니다. 하지만 결혼? 이 여자, 진심으로 하는 말일까요? 보다시피, 이 여자는 치장을 하고 향수를 뿌리고 다니긴 해도 자존감이 아주 낮아요. 그와 동시에—이게 우리의 수많은 문제의 원천이지만—나를 터무니없이 높게 평가하고 있죠. 또 동시에 나를 아주 낮게 평가해요! 혼란에 빠진 '멍키'. 안됐지만 별로 똑똑하지도 않아요. "지식인이라고!" 이 여자는 소리를 지릅니다. "교육받은 영적인 사람이라고! 그니까, 불쌍하게 좆이나 세우고 다니는 너는 네가 잘 알지도 못하는 할렘의 검둥이들이 나보다 더 신경쓰인다는 거잖아, 꼬박 일 년 동안 열심히 빨아준 나보다도!" 그녀는 혼란에 빠지고 상심한데다 제정신도 아니에요. 이 모든 소리가 아테네의 우리 호텔 방 발코니에서 나오고 있습니다. 나는 여행가방을 들고 문간에 서서 제발 좀 안으로 들어오라고 애걸합니다. 그래야 비행기를 타고 그곳을 벗어날 수 있으니까요. 그때 성이 난 자그마한 지배인, 온통 올리브기름투성이에 콧수염을 기른 지배인, 우리 때문에 품위를 유린당했다고 생각하는 지배인이 두 팔을 휘저으며 계단을 달려올라옵니다. 그래서 나는 크게 숨을 쉰 다음 말합니다. "야, 뛰어내리고 싶으면 뛰어내려!" 그리고 나갑니다. 내 귀에 마지막으로 들린 것은 내가 이 여자에게, 인용 시작, 강요한, 인용 끝, 퇴폐적인 짓들을 이 여자가 했던 것은 오직 나에 대한 사랑("사랑!" 여자가 악을 씁니다) 때문이었다느니 뭐니 하는 말들입니다.

하지만 이 여자 말은 사실이 아닙니다, 선생님! 전혀 사실이 아니에요! 이 교활한 년은 나를 죄책감으로 고문해 망가뜨리려는 겁니다. 그래서 남편을 얻으려고요. 스물아홉의 이 여자는 그걸 원하거든요, 보시다시피 말입니다. 하지만 그렇다고, 보시다시피, 내가 순순히 따라야 하는 건 아니죠. "이 개자식아, 9월에 나는 서른이 된단 말이야!" 맞아, 멍키, 맞아! 바로 그렇기 때문에 네 기대와 네 꿈을 책임져야 할 사람은 내가 아니라 너라는 거야! 이해했어? 너라고! "네 얘기를 온 세상에 다 퍼뜨릴 거야, 이 냉혈한 같으니! 네가 얼마나 더러운 변태인지 다 말할 거야. 네가 나한테 시킨 지저분한 짓들을 다 말할 거라고!"

씨발년! 정말이지 그 관계에서 죽지 않고 빠져나온 게 다행입니다. 정말로 빠져나온 거라면 말입니다!

하지만 다시 부모님 이야기로 돌아가죠. 내가 독신으로 사는 것이 이 사람들에게도 비탄만을 가져다주는 것처럼 보이는 상황으로요. 내가 막, 어머니 그리고 아버지, 내가 막 시장이 임명한 뉴욕 시 인간기회위원회의 부감독관이 되었다는 사실이 성취와 지위라는 측면에서 두 분에게는 젠장 아무런 의미도 없는 것 같네요. 하지만 실제로는 그렇지 않다는 걸 난 알고 있습니다. 솔직히 말해서 요즘 내 이름이 〈타임스〉의 기사에 나올 때마다 두 분은 그 기사를 오려 살아 있는 모든 친척에게 돌리거든요. 아버지의 퇴직연금 절반이 우푯값으로 날아가버리고, 어머니는 며칠 동안 계속 전화를 붙들고 있어 정맥주사로 영양제를 맞아야 합니다. 그래도 어머니 입은 어머니의 앨릭스 이야기를 하느라 아주 빠른 속도로 움직이죠. 사실 예전과 똑같아요. 두 사람은 내가 엄청나게 성공한 사람이고 천재라는 사실에서 벗어날 수가 없는 거죠. 내 이름이 신문에 나고, 이제 매력적인 새 시장의 동료가 되고, '진리와 정의'의 편에 서고, 슬럼의 악덕 집주인이나 고집통이나 파렴치한의 적이 되고("평등한 대우를 장려하고 차별을 막고 상호이해와 존중을 증진시키기 위해—" 이것이 시의회 조례가 선포한 우리 위원회의 인도적인 목적입니다)…… 하지만 그래도, 내가 무슨 말을 하는지 아시겠죠, 그래도 어떻게 된 일인지 완전하게 완벽하지는 못한 겁니다.

하긴 뱀의 이빨*이 어련하겠어요? 어쨌든 그들은 나를 위해 그 모든 걸 희생하고 나를 위해 그 모든 걸 해주었는데, 또 그들은 내 자랑을 하고, 이 세상 어떤 아이도 가져보지 못한 최고의 홍보회사가 되어주었는데(두 사람은 그렇게 말합니다), 나는 여전히 완벽해지지 않으려 하는 겁니다. 선생님은 살면서 이런 얘기 들어보신 적 있습니까? 나는 완벽해지는 걸 그냥 거부해버립니다. 얼마나 짜증나는 아이입니까.

---

* 셰익스피어의 『리어 왕』에서 리어는 배은망덕한 자식은 뱀의 이빨보다 날카로운 상처를 남긴다고 말했다.

두 분이 아들을 찾아옵니다. "어디서 이런 러그를 구했니?" 아버지가 물으며 얼굴을 찌푸립니다. "고물상에서 구한 거냐, 아니면 누가 준 거냐?"

"저는 마음에 드는데요."

"무슨 소리냐?" 아버지가 말합니다. "다 낡아빠진 건데."

명랑하게. "낡기는 했지만 빠지지는 않았잖아요. 안 그래요? 됐죠?"

"앨릭스, 제발." 어머니가 말합니다. "아주 낡은 거잖아."

"저기에 발이 걸릴 거다." 아버지가 말합니다. "넘어져서 무릎이 망가질 거고, 그럼 정말 골치 아파져."

"네 무릎으로는." 어머니가 의미심장하게 말합니다. "그게 즐거운 일은 아닐걸."

이런 기세라면 이제 두 사람은 당장이라도 그 러그를 둘둘 말아 창밖으로 밀어낼 것 같습니다. 그런 뒤에 나를 집으로 데려가는 거죠!

"러그는 괜찮아요. 내 무릎도 괜찮고요."

"전에는 괜찮지 않았어." 어머니가 얼른 치고 나옵니다. "네가 엉덩이까지 기브스를 했을 때 말이다, 애야. 재가 그걸 *질질 끌고*shlep 다니던 걸 생각하면! 얼마나 안쓰럽던지!"

"그땐 열네 살이었어요, 어머니."

"그랬지. 그리고 네가 그걸 풀었을 때는," 아버지가 말합니다. "다리를 구부리지도 못했어. 나는 네가 영영 절름발이가 되는 줄 알았다. 내가 재한테 말했잖아. '구부려봐! 좀 구부려보라고!' 아침, 낮, 밤 할 것 없이 저애한테 애원하다시피 했어. '너 평생 절름발이로 살고 싶니? 그 다리 좀 구부려!'"

"우리는 네 무릎 때문에 무서워서 하늘이 깜깜해질 정도였어."

"하지만 그건 1947년 일이에요. 지금은 1966년이고요. 기브스를 푼 지 거의 이십 년이나 지났다고요!"

우리 어머니의 설득력 있는 대답은 뭘까요? "두고 봐라, 언젠가 너도 부모가 되면 알게 될 거야. 그럼 너도 네 가족을 조롱하지는 못할 거다."

유대인의 동전 앞면에—모든 유대인 아이의 몸에!—새겨진 글은 우리는 하느님을 믿는다가 아니라 언젠가 너도 부모가 되면 알게 될 거야입니다.

"혹시," 빈정거리기 좋아하는 아버지가 묻습니다. "우리 생전에는 될 것 같으냐, 앨릭스? 내가 무덤에 들어가기 전에 그런 일이 일어날 것 같긴 한 게냐? 아니, 재는 차라리 낡아빠진 러그에 운을 걸걸!" 빈정거리기 잘할 뿐만 아니라 논리도 확고하시지! "그러다 머리가 깨져버릴 거야! 그러니 다른 걸 좀 물어보자, 내 독립적인 아들아. 네가 바닥에 쓰러져 피를 흘리며 죽어갈 때 네가 여기 있다는 걸 누가 알기라도 할 것 같으냐? 네가 전화를 안 받을 때마다 태반은 너한테 무슨 알 수 없는 문제가 생겨 여기 누워 있는 모습이 떠올라. 그럴 때 널 돌봐줄 사람이 누가 있니? 너한테 수프 한 그릇이라도 갖다줄 사람이 누가 있느냐고? 그런 일은 없어야겠지만, 혹시 끔찍한 일이 일어났을 때 말이다."

"제 몸은 제가 알아서 돌볼 수 있어요! 나는 어떤 사람들처럼—" 이야, 아직도 노인네한테 상당히 세게 나가는데, 안 그래, 앨*? "—내가 아는 어떤 사람들처럼 늘 엄청난 재앙이 벌어질 거라고 생각하며 살지는 않는다고요!"

"두고 봐라." 아버지가 처량하게 고개를 끄덕이며 말합니다. "너도 몸이 아플 거야." 그러더니 갑자기 분노의 속편을 보여줍니다. 갑자기 나에 대한 절대적 증오 때문에 흐느끼는 거죠! "너도 늙을 거야. 그럼 그때는 너도 이런 독립적인 거물 노릇을 할 수는 없단 말이다!"

"앨릭스, 앨릭스." 어머니가 입을 엽니다. 아버지는 마음을 가라앉히려고 창가로 걸어가면서 "이 아이가 살고 있는 동네"를 경멸하는 말을 던집니다. 나는 뉴욕을 위해서 일하는데, 아버지는 여전히 내가 아름다운 뉴어크에서 살기를 바라는 겁니다!

---

* 앨릭잰더의 애칭.

"어머니, 저는 서른셋이에요! 뉴욕 시 인간기회위원회의 부감독관이라고요! 법대를 일등으로 졸업했어요! 기억나세요? 내가 들어간 모든 학교를 다 일등으로 졸업했다고요! 스물다섯에 이미 미합중국 하원 소위원회의 특별 법률 고문이었다고요, 어머니! 미국 하원에서 말이에요! 저는 월 스트리트에 가고 싶으면, 어머니, 당장이라도 월 스트리트에 갈 수 있어요! 저는 제 분야에서 아주 존경받는 사람이에요. 이건 분명히 아셔야 해요! 바로 지금도, 어머니, 저는 뉴욕에서 건물을 거래할 때 불법적으로 자행되는 차별적 관행을 조사하고 있어요—인종차별을요! 철강노조의 비밀을 캐내려 하고 있어요, 어머니! 그게 바로 오늘 제가 한 일이에요! 보세요, 저는 텔레비전 퀴즈와 관련된 스캔들을 해결하는 것도 도왔잖아요, 기억나세요—?" 아, 내가 왜 계속 이렇게 늘어놓는 거죠? 왜 내가 사춘기 때의 목 졸린 듯한 높은 목소리로 계속 이렇게 늘어놓는 겁니까? 맙소사, 부모가 살아 있는 유대인 남자는 열다섯 살 난 애예요. 부모가 죽기 전에는 계속 열다섯 살 난 애라고요!

어쨌든 이때쯤 소피는 내 손을 잡고 눈을 내리깐 채, 내가 머리에 떠오르는 나의 마지막 업적, 나의 마지막 훌륭한 행동까지 침을 튀기며 다 말하기를 기다렸다가 입을 엽니다. "하지만 우리한테는, 우리한테 넌 여전히 아기란다, 얘야." 그다음에는 소곤거리는 목소리가 나옵니다. 소피의 유명한 소곤거림이죠. 방 안의 모든 사람이 귀를 쫑긋 세우지 않아도 다 들을 수 있는 소곤거림입니다. 정말 사려 깊은 사람이에요. "아버지한테 죄송하다고 말씀드려. 그리고 뽀뽀해드려. 네 뽀뽀 한 번이면 세상이 바뀔 거야."

내 뽀뽀 한 번이면 세상이 바뀐다고! 선생님! 선생님! 내가 조금 전에 열다섯 살이라고 그랬던가요? 미안합니다, 사실은 열 살이었어요! 다섯 살이었습니다! 영 살이었습니다! 부모가 살아 있는 유대인 남자는 반은 무력한 갓난아기예요! 보세요, 나 좀 도와주세요, 네—얼른이요! 유대인의 우스갯소리에서 내가 맡고 있는 이 숨막히는 아들 역할에서 나 좀 빼내주세요! 서른셋이나 되다보니 이제 좀 물리기 시작했거든요! 또 알다시피, 아프잖아요. 고통이 있다고요. 내가 이렇게 말해도 좋을지 모르지만, 인간의 고난이 약간 느껴진다고요. 샘 레벤슨*은 생략해버리는 부분이기는 하지만! 그래요, 그들은 콩코드의 카지노에 앉아 있죠. 여자들은 밍크를, 남자들은 번쩍거리는 양복을 입고 있어요. 그리고 이야, 사람들이 웃음을 터뜨립니다. 웃고 웃고 또 웃죠. "살려줘요, 살려줘, 우리 의사 아들이 물에 빠졌어요!" 하 하 하, 하

---

* 미국의 유머 작가.

하 하. 하지만 고통은 어떻게 하나요, 마이런 코언*! 진짜로 물에 빠진 사람은 어떻게 되느냔 말입니다! 부모의 무자비함이란 바다 밑으로 진짜로 가라앉는 사람은! 그 사람은 어떡할 겁니까—그 사람이 하필이면, 마이런 코언, 바로 난데요! 선생님, 제발, 나는 천박한 나이트클럽 광대 같은 사람이 의미와 특질을 부여하는 세계에서는 더이상 살 수가 없습니다. 어떤—어떤 블랙 유머 작가가 그려놓는 세계에서는요! 블랙 유머 작가들이 바로 그런 사람들이잖아요—당연하죠! 저기 파운틴블로에서 사람들이 폭소를 터뜨리게 하는 헤니 영맨이나 밀턴 벌스 같은 사람들. 뭘로? 살인과 절단 이야기로! "살려줘요." 마이애미 해변의 모래밭을 달리는 여자가 소리칩니다. "살려줘요, 우리 의사 아들이 물에 빠졌어요!" 하 하 하—우리 환자 아들이라고 하셔야죠, 부인! 그리고 그애는 실제로 물에 빠졌습니다! 선생님, 이 사람들 좀 나한테서 멀리 떼어내주세요, 제발요. 죽음을 주제로 한 얘기는 무대에서는 아주 웃겨요—하지만 그걸 살아내는 건 웃기지 않다고요, 사양하겠습니다! 그러니 방법만 말해주세요, 그렇게 하겠습니다! 뭐라고 말만 해주세요, 그럼 그 사람들 면전에 대고 그 얘기를 하겠습니다! 쉿, 소피! 씨발 꺼지란 말이야, 잭! 얼른

* 미국의 코미디언.

내 옆에서 꺼지라고!

예를 들어 이런 우스갯소리가 있어요. 유대인 세 명이 길을 걷고 있습니다. 어머니, 아버지, 나예요. 지난여름 일이죠. 내가 휴가를 떠나기 직전이에요. 우리는 저녁을 먹고("생선 한 토막 있소?" 내가 다 컸다는 걸 보여주려고 부모님을 고급 프랑스 레스토랑에 데려갔는데 아버지가 웨이터에게 그렇게 묻습니다. "네, 손님Oui, monsieur, 있습니다—" "좋아, 나는 생선 한 토막 주쇼." 아버지는 그렇게 말합니다. "반드시 뜨겁게"), 어쨌든 그렇게 저녁을 먹은 다음 두 사람을 택시에 태워 포트 오소리티 버스 터미널까지 보내기 전에 티트랄락을 씹으며(위산과다를 진정시키려고요) 함께 좀 걷습니다. 아버지가 곧바로 내가 오 주나 찾아오지 않았다는 이야기를 꺼냅니다(레스토랑에서 어머니가 웨이터에게 소곤거리는 목소리로 우리 "빅 보이"—납니다, 여러분!—의 생선은 꼭 잘 익혀달라고 말하는 동안 아버지와 그 이야기는 이미 다 끝낸 줄 알았는데). 이제 내가 또 꼬박 한 달을 외국에 나갔다 온다니, 이러다 당신네 아들을 언제 볼 수 있겠느냐는 거죠. 딸, 그리고 딸의 자식들은 봅니다. 그것도 드물지 않게. 하지만 그것도 만족스럽지 않습니다. "그 사위 녀석은," 아버지는 말합니다. "자기 아이들한테 심리학적으로 올바른 걸 이야기하지 않으면, 내가 다른 사람도 아닌 내 손녀들한테 심리학을 똑바로 이야기하지 않으면, 나를 감옥에 넣고 싶어해! 자기가 스스로 뭐라고 부르는지야 내 알 바 아니지만, 내가 보기에 그 녀석은 여전히 공산주의자처럼 생각해. 내 손녀들인데, 내가 하는 모든 얘기를 검사받아야 해, 그 검열관한테!" 이제 그들의 딸은 페이비시 부인이고, 손녀들도 페이비시라는 성을 쓰죠. 아버지가 꿈꾸던 포트노이 사람들은 어디 있을까요? 내 불알 속이죠. "보세요." 나는 특유의 목이 졸린 듯한 목소리로 외칩니다. "지금 보고 계시잖아요! 바로 지금 이 순간 나하고 함께 계시잖아요!" 하지만 아버지는 이미 주절주절 이야기를 늘어놓고 있습니다. 이제 아버지는 생선뼈가 목에 걸릴까 걱정할 필요가 없기 때문에, 누구도 아버지가 이야기하는 걸 말릴 수 없습니다. 슈먹 부부에게는 아들 시모어와 아름다운 며느리와 그들이 낳은 똑똑하고 아름다운 자식이 칠천 명 있는데, 그들은 매주 금요일 밤마다 부모를 보러 온다는군요. "저기요, 저는 아주 바쁜 사람이라고요! 제 서류가방은 중요한 일로 넘쳐난단 말이에요—!" "왜 이러느냐." 아버지가 대답합니다. "너도 먹기는 할 것 아니냐. 일주일에 한 번 식사하러 올 수는 있잖아. 어차피 여섯시가 되면 식사는 할 테니까—어떠냐, 안 그러냐?" 그 순간 다름 아닌 소피가 갑자기 소리를 지릅니다. 자신이 어렸을 때 가족이 늘 이래라저래라 했는데 가끔 그것 때문에 언짢고 화가 나기도 했다면서, 아버지도 나에게 강요하지 말아야 한다는 겁니다. 왜냐하면, 어머니의 결론에 따르면, "앨릭잰더는 빅 보이잖아요, 잭. 이 아이도 이제 자기 스스로 결정을 내릴 권리가 있다고요. 나는 늘 그렇게 얘기해요." 늘 뭘 한다고요? 방금 뭐라고 한 거예요?

아, 왜 계속 이래야 하는 거죠? 왜 이렇게 강박에 사로잡혀 살아야 하는 거냐고요? 왜 이렇게 쩨쩨한 거예요? 왜 샘 레벤슨처럼 털털하게 웃으며 다 털어버리지 못하는 거예요—네?

내가 먼저 끝내는 수밖에. 그래야 두 사람이 택시를 탈 테니까. "아버지한테 뽀뽀해드려." 어머니가 소곤거립니다. "멀리 유럽까지 갈 거잖니."

물론 아버지 귀에도 다 들립니다. 그래서 어머니가 목소리를 낮춘 거죠. 우리 모두 들으라고. 아버지는 공포에 사로잡힙니다. 매년 9월부터 아버지는 다음 8월의 계획이 뭐냐고 계속 묻습니다. 그랬는데도 또 자신이 당했다는 걸 깨닫습니다. 내가 한밤중 비행기를 타고 다른 대륙으로 떠나는 것만으로도 심각한데, 더 심각한 것은 자신이 내 여행 일정을 전혀 모른다는 겁니다. 내가 해낸 겁니다! 성공한 겁니다!

"—그런데 유럽 어디냐? 유럽은 지구의 반이잖아—" 아버지가 소리칩니다. 나는 밖에서 택시 문을 닫으려 합니다.

"말씀드렸잖아요. 모른다고."

“그게 무슨 소리냐? 당연히 알아야지! ‘모르면서’ 거기에 어떻게 간다는 거야—”

“죄송해요, 죄송해요—”

내가 문을 쾅 닫자, 아버지의 몸이 어머니의 몸 위로 절망적으로 기울어집니다. 이런oy, 손가락이 끼면 안 되는데, 제발! 맙소사, 이런 아버지라니! 쭉 이런 아버지를 두고 살았다니! 아침이면 변기에 앉아 푹 잠든 아버지의 모습을 보곤 했습니다. 파자마는 무릎에 걸려 있고, 턱은 가슴에 늘어져 있었죠. 변소에서 방해받지 않는 한 시간을 확보하기 위해 아침 여섯시 십오 분 전에 일어난 겁니다. 자신의 장에 이렇게 친절하게, 이렇게 사려 깊게 행동하면, 장이 회개할 거라는, 장이 굴복할 거라는, 마침내 “알았어, 잭, 네가 이겼다” 하고 외칠 거라는, 이 가엾은 새끼에게 조그만 똥덩어리나 대여섯 개 선물로 주자, 하고 말할 거라는 열렬한 희망을 품고 말입니다. “어이쿠, 맙소사!” 내가 학교에 가기 위해 씻으려고 깨우면 아버지는 그렇게 신음을 토합니다. 그제야 일곱시 반이 다 된 걸 깨닫는 거죠. 변기 위에서 한 시간을 잔 겁니다. 운이 좋으면 변기 안에 잔뜩 성난 표정의 조그만 갈색 덩어리, 토끼의 직장에서나 나올 법한 덩어리가 한 개 들어 있기도 합니다. 꽉 막힌 채 열두 시간을 일해야 하는 인간의 엉덩이에서 나올 만한 건 아니죠. “일곱시 반? 왜 아무 소리도 안

했어!" 붕, 쏜살같이 옷을 입고 모자를 쓰고 코트를 걸치고, 한 손에는 수금책을 들고, 자두 스튜와 밀기울 플레이크를 급히 먹고, 보통 사람이 먹으면 이질에라도 걸릴 것 같은 마른 과일 한 줌을 호주머니에 채웁니다. "솔직히, 엉덩이에 수류탄이라도 꽂아야겠다." 아버지가 내 귀에 대고 소곤거립니다. 어머니는 화장실을 차지하고 있고, 누나는 학교에 가려고 누나의 "방", 즉 일광욕실에서 옷을 입고 있습니다. "뱃속에 올-브랜을 잔뜩 처넣었더니 전함이라도 띄울 수 있을 것 같아. 맙소사, 목으로 밀고 넘어오려고 해." 이 대목에서 내가 낄낄거리기 때문에, 또 아버지 스스로도 자신의 빈정대는 방식을 즐기고 있기 때문에, 입을 벌리더니 엄지로 목구멍 안을 가리키기까지 합니다. "한번 봐라. 어디서부터 시커메지는지. 그냥 시커먼 게 아니야. 전에 편도선이 있던 자리까지 자두가 밀고 올라오고 있잖아. 편도선을 없애버렸기 망정이지, 하마터면 자리가 모자랄 뻔했구나."

"말 한번 아주 잘하네요." 어머니가 화장실에서 소리칩니다. "애 앞에서 말 한번 잘해요."

"말?" 아버지가 소리칩니다. "이건 진실이야." 그러더니 곧바로 성난 듯이 집 안을 쿵쿵 돌아다니면서 소리칩니다. "내 모자, 늦었어, 내 모자 어딨어? 누가 내 모자 못 봤어?" 어머니는 주방으로 오더니 참을성 있고 영원하고 모든 것을 다 아는 스핑크스 같은 표정으로 나를 봅니다…… 그리고 기다립니다…… 곧 아버지가 현관으로 돌아옵니다. 중풍에 걸린 사람처럼 신음을 토하고 있습니다. 비탄에 젖은 듯한 모습입니다. "내 모자 어딨어? 모자 어디 있느냐고!" 마침내 어머니가 모든 것을 다 아는 영혼의 깊은 곳에서 울려나오는 작은 소리로 말합니다. "멍청하긴. 당신 머리 위에 있잖아요." 한순간 아버지의 눈에서 인간의 경험과 이해의 모든 표지가 사라지는 듯합니다. 그냥 거기 서 있습니다. 한 장의 백지, 하나의 사물입니다. 똥만 가득찬 몸뚱어리입니다. 이윽고 의식이 돌아옵니다. 그래요, 어쨌든 세상으로 나가야 하잖아요. 이제 모자도 찾았으니. 하고많은 곳 가운데 자기 머리 위에서. "아, 그렇군." 아버지는 놀라 손을 위로 뻗어봅니다. 그리고 집을 나가 카이저에 들어가죠. 이렇게 슈퍼맨은 어두워질 때까지 사라지는 겁니다.

카이저, 이제 카이저 이야기를 할 때군요. 전쟁이 끝난 뒤에 아버지가 39년산 닷지를 팔고 새 자동차, 새 제품, 새 모델, 새로운 모든 것을 사러 당당하게 나를 데리고 간 이야기. 미국인 아버지가 미국인 아들에게 감동을 주기 위한 완벽한 방법! 말을 빨리하는 영업사원, 좆이나 빨 그놈은 차에 달 작은 액세서리를 팔려고 이것저것 제시했지만 아버지가 "싫다"고 할 때마다 자기 귀를 못 믿겠다는 듯, 도무지 믿을 수가 없다는 듯한 표정을 지었습니다. "자, 이게 얼마나 가치가 있는 것인지 제 의견을 말해 보겠습니다." 그 가치 없는 개자식이 말합니다. "이 차는 화이트월 타이어*를 달면 200퍼센트 멋져 보일 겁니다—그렇게 생각하지 않니, 어린 친구? 아버지가 적어도 이런 타이어는 달고 다니는 걸 보고 싶지 않아?" 적어도. 아, 이 미끄덩거리는 비열한 새끼! 그런 식으로 나를 이용해 우리 아버지를 자극하려 하다니. 가엾은 하등동물처럼 도둑질이나 하는 개새끼! 씨발 네가 도대체 뭔데 우리한테 이렇게 으스대는 거야? 염병할 카이저-프레이저 영업사원 주제에! 지금은 어디 있지, 이 사람이나 으르고 다니는 새끼야? "아니, 화이트월은 안 합니다." 겸손한 아버지는 중얼거립니다. 나는 나와 우리 가족에게 인생의 아름다운 것들을 제공하지 못하는 아버지의 무능력이 창피해서 그냥 어깨만 으쓱하고 말죠.

어쨌든, 어쨌든—라디오도 없고 화이트월 타이어도 없는 카이저를 타고 아버지는 출근하고, 거기서 청소부가 문을 열어주면 사무실로 들어갑니다. 자, 한 가지 묻겠습니다. 왜 아버지가 아침에 그 사무실에서 블라인드를 올려야 하는 겁니까? 왜 아버지가 역사상 어느 보험 외판원보다 더 오랜 시간 일을 해야 하는

* 측면을 하얗게 칠한 타이어.

겁니까? 누구를 위해? 나? 아, 만일 그렇다면, 그렇다면, 그게 이유라면, 그럼 정말이지 좆같이 너무 비극적이어서 견딜 수가 없네요. 오해가 너무 크군요! 나를 위해? 부탁인데 나를 위해 그러지 마세요! 제발 당신 삶이 지금 이 모양인 이유를 찾아 두리번거리다 앨릭스를 내밀지 말아주세요! 나는 모든 사람의 존재의 이유가 아니니까요! 나는 내 평생 그 짐을 *이고 다니*는 걸 거부합니다! 내 말 들려요? 거부한다고요! 아버지도 이제 예순여섯이 되어, 매일 아침 〈타임스〉에서 제일 처음 읽는 기사의 내용처럼 언제 쓰러질지 모르는 상황인데, 내가 유럽으로, 수천 마일 떨어진 곳으로 날아가야 한다는 걸 도무지 이해 못하겠다는 표정은 짓지 마세요. 아버지 나이의 사람도, 그보다 어린 사람들도 다 죽습니다. 한순간 살아 있다가, 다음 순간에 죽지요. 아마 아버지 생각에는 내가 대서양이 아니라 허드슨 강만 건너는 거라면…… 보세요, 아버지는 대체 무슨 생각인 걸까요? 내가 아버지 옆에 있기만 하면 그런 일은 절대 일어나지 않는다고? 내가 옆에서 손을 잡고 달려주면 아버지가 생기를 회복할 수 있을까요? 정말로 나에게 어떤 식으로든 죽음을 파괴할 힘이 있다고 믿는 걸까요? 내가 부활이요 생명이라고? 우리 아버지야말로 진짜 믿음이 깊은 기독교인이네요! 자기가 그렇다는 걸 모르지만!

아버지의 죽음. 아버지의 죽음과 아버지의 내장. 사실 나는 아버지만큼이나 그 두 가지에 몰두해 있습니다. 자정이 지나 전보가 오거나 전화가 걸려오면 마치 세면대처럼 뱃속이 싹 비워지는 느낌을 받는데 그때마다 나는 큰 소리로 중얼거립니다. "아버지가 죽었구나." 나 역시 믿기 때문입니다. 어떻게든 내가 아버지를 소멸로부터 구할 수 있다고—구할 수 있고, 구해야 한다고요. 하지만 우리 모두 어디서 이런 터무니없고 말도 안 되는 생각을 갖게 된 겁니까! 내가 그 정도로……강력하다는, 모든 사람의 생존에 그 정도로 중요하고, 그 정도로 필요하다는 생각을 어쩌다 갖게 된 거냐고요! 이 유대인 부모들은 다 어떻게 된 겁니까—나 혼자만 이 보트에 탄 게 아니거든요. 아, 아니죠, 나는 물 위에 뜬 가장 큰 수송선에 타고 있어요…… 현창으로 들여다보면 우리가 보일 거예요. 칸막이벽에 층층이 설치한 침상에 웅크린 채 우리 자신이 너무 안쓰러워 끙끙거리며 신음을 토하고 있네요. 유대인 부모의 아들들, 슬퍼서 눈물이 그렁그렁한 아들들이 말이에요. 이 죄책감의 거친 바다를 흔들흔들 헤쳐나가느라 지긋지긋한 멀미에 시달리면서요—나는 가끔 우리를 그렇게 그려봅니다. 나와 나처럼 울부짖는 사람들을, 우울증 환자들을, 지혜로운 사람들을 말입니다. 조상들처럼 여전히 가장 싼 객실에 있는 우리들을 말입니다. 아, 멀미를 해요. 개처럼 심하게 멀미를 합니다. 우리는, 우리 가운데 한두 명은 간간이 외칩니다.

"아빠, 어떻게 아빠가 이럴 수가?" "엄마, 엄마는 도대체 왜?" 그리고 큰 배가 전후좌우로 흔들릴 때 우리가 하는 이야기들, 우리의 경쟁들—누구 어머니가 가장 거세를 잘하나, 누구 아버지가 가장 미개한가. 나는 너하고 붙을 수 있어, 이 나쁜 새끼, 모욕에는 모욕으로, 수치에는 수치로…… 식사 후 변기에 대고 하는 구역질, 침상에서 들리는 히스테리에 사로잡힌 임종의 웃음소리, 그리고 눈물. 여기에는 회한에 젖어 흘린 눈물의 웅덩이, 저기에는 분노에 젖어 흘린 눈물의 웅덩이. 눈 깜짝할 새에 (소년의 뇌를 가진) 남자의 몸이 무력한 분노에 사로잡혀 일어나서는 위의 매트리스를 때려댑니다. 그러나 곧 다시 쓰러지며 책망으로 자신을 채찍질하죠. 오, 나의 유대인 남성 동지들이여! 죄책감에 시달리는 입이 더러운 나의 형제들이여! 나의 연인들이여! 나의 동료들이여! 이 좆같은 배가 과연 뒷질을 멈출 것인가? 언제? 우리는 언제쯤 멀미가 심하다고 불평하기를 그치고 저 시원한 데로 나아가 살 것인가!

슈필포겔 선생님, 남에게 책임을 전가하는 것으로는 아무것도 나아지지 않습니다. 남 탓을 하는 건 아직도 병들었다는 겁니다. 물론이죠, 물론입니다. 그런데도 이 유대인 부모들은 어떻게 생겨먹었기에, 어떻게 된 사람들이기에, 우리 어린 유대인 소년들에게 한편으로는 우리가 왕자라는, 우리가 유니콘처럼 유일무이

하고 천재에다 세상 그 누구보다 똑똑하고 그리고 어린아이들의 역사상 누구보다 아름다운 존재라는, 또 구원자이자 완벽한 존재라는 믿음을 심어주면서, 동시에 다른 한편으로는 남 탓이나 하는, 무능하고 생각 없고 무력하고 이기적이고 악한 조그만 똥 덩어리들, 배은망덕한 인간들이라는 믿음을 심어준 겁니까!

"하지만 유럽 어디―?" 택시가 갓돌에서 떠날 때 아버지가 돌아보며 소리칩니다.

"나도 어딘지 몰라요." 나는 아버지에게 소리치며 즐겁게 손을 흔들어 작별 인사를 합니다. 나는 서른셋이고, 마침내 어머니와 아버지에게서 자유를 얻었습니다! 한 달 동안.

"그럼 우리가 네 주소를 어떻게 알아?"

기쁨! 순수한 기쁨! "알 수 없을 거예요!"

"하지만 그동안에 혹시―?"

"혹시 뭐요?" 나는 웃음을 터뜨립니다. "혹시 뭘 걱정하시는 건데요?"

"혹시―?" 맙소사. 아버지가 정말로, 실제로 그 말을 택시 창밖에 대고 외치는 건가요? 아버지의 두려움, 아버지의 탐욕, 아버지의 요구, 나에 대한 아버지의 믿음이 너무 크기 때문에 진짜로 뉴욕 거리에 대고 그 말을 외치는 건가요? "혹시 내가 죽으면?"

내 귀에는 그렇게 들렸거든요, 선생님. 그게 내가 유럽으로 날아가기 전에 들은 마지막 말입니다—멍키와 함께 날아가기 전에. 물론 부모님한테는 철저하게 비밀로 했죠. "혹시 내가 죽으면?" 그 말을 듣고 나는 해외로 난교 휴가를 떠납니다.

……자, 내가 들은 말이 실제로 아버지가 한 말이냐 아니냐 하는 것은 또다른 문제입니다. 내 귀에 그렇게 들린 것이 아버지에 대한 동정심 때문이냐, 아니면 이 끔찍한 사건, 아버지의 죽음이라는 사건의 불가피성에 대한 나의 고뇌 때문이냐, 아니면 그 사건에 대한 나의 열렬한 기대 때문이냐 하는 것도 또다른 문제입니다. 하지만 이 문제는 물론 선생님이 잘 아실 겁니다. 그럼요, 이건 선생님의 생계 수단이니까요.

로널드 님킨의 자살에서 가장 매력적으로 느꼈던 부분은 그의 어머니가 발견한 유서, 그 헐렁한 구속복, 깨끗하게 빨아 빳빳하게 다림질한 멋진 스포츠셔츠에 핀으로 꽂아둔 유서라는 이야기를 하던 중이었죠. 거기 뭐라고 쓰여 있었는지 아세요? 알아맞혀 보세요. 로널드가 자기 엄마한테 보낸 마지막 메시지가 뭔지? 한번 알아맞혀보세요.

블루멘탈 부인이 전화했어요. 오늘밤 마작할 때 어머니가 적어둔 마작 규칙 좀 가져오래요.

로널드

자, 마지막 한 방울까지 좋다*는 게 바로 이런 거예요. 착한 아이, 사려 깊은 아이, 친절하고 예의바르고 행실이 바른 아이, 어느 누구도 부끄러워할 이유가 없는 멋진 유대인 아이가 바로 이런 아이인 겁니다. 고맙다고 말해야지, 얘야. 괜찮습니다 하고 말해야지, 얘야. 죄송합니다 하고 말해야지, 앨릭스. 죄송하다고 말하라니까! 사과해! 네, 그런데 뭐가 죄송하죠? 이번에는 내가 무슨 짓을 했는데요? 보세요, 나는 침대 밑에 숨어 있습니다, 등을 벽에 붙이고 있어요. 죄송하다는 말을 안 하려고, 나가서 책임지는 것을 거부하려고. 거부! 그러면 어머니는 비를 들고 쫓아옵니다. 내 썩은 시체를 밖으로 쓸어버리려는 거죠. 이야, 그레고르 잠자**가 생각나네요! 안녕, 앨릭스, 잘 가요, 프란츠! "나한테 잘못했다고 말하는 게 좋을 거야, 응. 그러지 않으면! 혹시 봐줄 거라고 생각하지 마!" 나는 다섯 살, 어쩌면 여섯 살입니다. 그런데 어머니는 집 밖에 이미 총살형 집행 부대가 거리를 따라

* 미국 맥스웰 커피의 광고문구.

** 프란츠 카프카의 『변신』의 주인공.

줄을 지어 대기하고 있고 신문이 내 처형 소식을 준비하고 있기라도 한 것처럼 그러지 않으면이라느니, 봐주지 않는다느니 하고 있어요.

이제 아버지가 등장합니다. 자기가 살아 있는지 아닌지조차 자신하지 못하는 흑인들에게 생명보험을 파는 즐거운 하루를 보낸 뒤 퇴근해보니, 집에는 히스테리를 부리는 아내와 변신한 자식이 있습니다. 왜냐하면 내가 한 짓 때문인데, 아니, 선한 영혼인 내가 무슨 짓을 한 거죠? 믿을 수 없어요. 도저히 믿기지 않아요. 하지만 내가 어머니 정강이를 찼거나, 아니면 어머니를 문겁니다. 자랑하는 것처럼 들리지 않았으면 좋겠지만, 사실은 둘 다였다고 생각합니다.

"왜 그랬어?" 어머니는 알고 싶어 다그치며, 바닥에 무릎을 꿇고 앉아 내 눈에 전등을 비춥니다. "왜 그런 짓을 한 거야?" 아, 간단하죠. 왜 로널드 님킨이 자신의 영혼과 피아노를 포기했겠습니까? 더는 견딜 수 없으니까! 좆같은 유대인 어머니가 좆같이 견디기 힘드니까! 프로이트가 레오나르도에 관해 쓴 글을 읽었습니다, 선생님. 내 오만을 용서해주세요. 하지만 그건 바로 내 공상이에요. 내 몸을 완전히 덮어버릴 정도로 커다란 새가 내 얼굴과 입 주위에서 미친듯이 날개를 퍼덕이는 바람에 나는 숨도 제대로 쉬지 못합니다. 우리는, 나와 로널드와 레오나르도는 무엇을 원하는 걸까요? 혼자 내버려둬달라는 것! 단 삼십 분만이라도! 우리를 훌륭해지라고 *다그치지*hock 말라는 것! 착해지라고 *다그치지* 말라는 것! 우리가 평화롭게 우리의 작은 자지 좀 만지고 별것 아닌 이기적인 생각들 좀 하게, 염병할, 가만 내버려둬달라는 것! 우리 손과 우리 엉덩이와 우리 입을 품위 있게 만들려 하지 마! 좆같은 비타민과 간유는 집어치우라고! 그냥 우리한테 매일 우리가 일용할 살이나 줘! 그리고 우리의 일탈은 그냥 눈 좀 감아달라고—그런 건 일탈도 아니잖아!

"—이 꼬맹이가 자기 어머니 정강이나 차는 놈이 되고 싶은 거야—?" 아버지가 말하고 있습니다…… 아버지 팔 좀 보세요. 전에는 이 남자 팔뚝이 이렇게 굵은지 정말이지 미처 몰랐습니다. 화이트월 타이어도 사지 못하고 고등학교도 나오지 못했을지 모르지만 팔은 장난이 아니네요. 게다가, 맙소사, 화가 났습니다. 하지만 왜? 이런 얼간이, 내가 저 여자를 걷어찬 건 너를 위해서이기도 하다고!

"—사람한테 물리는 게 개한테 물리는 것보다 심각해, 그거 알아, 응? 그 침대 밑에서 나와! 내 말 듣고 있는 거냐? 네가 네 어머니한테 한 짓은 개가 하는 짓보다도 나쁜 거라고!" 얼마나 크게 소리를 질렀는지, 또 그 말이 얼마나 설득력이 있었는지, 평소에는 차분한 누나가 큰 소리로 비명을 질러 입 밖으로 공포를 분출하며 주방으로 달려갑니다. 그러더니 지금은 태아 자세라고 부르는 자세로 냉장고와 벽 사이에 웅크립니다. 어쨌든 내 기억에는 그랬던 것 같습니다. 계속 침대 밑에 숨어 있었으면서 주방에서 벌어진 일을 어떻게 아느냐고 물으면 할말이 없기는 하지만요.

"물린 건 그런가보다 할 수 있어. 정강이는 그런가보다 할 수 있어." 어머니는 나를 동굴에서 나오게 하려고 계속 빗자루로 무자비하게 찔러대고 있습니다. "하지만 미안하단 소리조차 하지 않으려는 아이는 어떻게 해야겠니? 자기 어머니한테 잘못했다고, 앞으로 다시는, 다시는 그런 짓 않겠다고, 절대 안 하겠다고 말하려 하지 않는 아이는? 이런 아이가 집에 있는데 우리가 어떻게 살아요, 앨릭스 아버지!"

어머니가 농담을 하나? 진심인가? 내가 정말 그렇게 교정 불가능하다면 왜 경찰을 불러 나를 소년원으로 보내지 않는 거야? "앨릭잰더 포트노이, 나이 다섯 살, 너는 위와 같이 네 어머니에게 미안하다는 말을 하지 않으려 한 죄로 죽을 때까지 목을 매다는 형에 처한다." 우유를 핥아먹고 욕조에서 오리나 보트와 함께 목욕을 하는 아이가 미국에서 가장 악질적인 범죄자라도 되는 것 같잖아요. 사실 우리가 그 집에서 연기하고 있는 건 『리어왕』의 소극笑劇 버전이고, 나는 코딜리아 역을 맡은 건데! 어머니는 전화에 대고 듣지도 않는 상대방에게 자신의 가장 큰 잘못은 너무 착하다는 거라고 끝도 없이 이야기를 늘어놓습니다. 상대방은 듣지 않을 게 분명해요. 취학 전의 아이라도 알 수 있는 이런 빤하고 이기적인 헛소리를 고개를 끄덕여가며 전화기 옆의 수첩에 받아 적지는 않을 게 분명하잖아요. "나의 가장 큰 잘못이 뭔지 알아요, 로즈? 내 입으로 이런 말 하기는 싫지만, 내가 너무 착하다는 거야." 실제로 그렇게 말했어요, 선생님. 오랫동안 내 뇌 속에 녹음되어 있던 말이라고요. 지금도 그 말만 들으면 죽을 것 같아요! 이게 저 로즈와 소피와 골디와 펄이 매일 서로 전달하는 진짜 메시지라고요! "나는 내 모든 걸 다른 사람들에게 주고 있어." 어머니는 그렇게 고백하며 한숨을 쉽니다. "그리고 그 대가로 입이나 걷어차이고—내 잘못은 아무리 따귀를 맞아도 착한 걸 어쩌지 못한다는 거야."

젠장, 소피, 한번 해봐요, 해보는 게 어때요? 우리 모두 해보는 게 어때요? 악해지는 것, 어머니, 그거 진짜 노력해야 되는 일이거든요. 악해지고—또 그걸 즐기는 것! 그런 게 우리 같은 아이들을 남자로 만든다니까요, 어머니. 이른바 내 양심이 내 성욕, 내 자발성, 내 용기에 무슨 짓을 했나 보세요! 내가 벗어나려고 그렇게 애썼던 몇 가지는 이야기하지 말죠—내가 벗어나지 못했다는 사실에는 변함이 없으니까요. 도로 지도처럼 나한테는 머리

끝부터 발끝까지 억압들이 표시되어 있어요. 수치와 억제와 공포의 고속도로를 타고 내 몸을 종횡으로 돌아다닐 수 있어요. 보세요, 나도 아주 착해요, 어머니. 너무 도덕적이어서 터져버릴 지경이라고요. 꼭 어머니처럼 말이에요! 내가 담배를 피우려고 한 걸 본 적 있어요? 나는 베티 데이비스*처럼 생겼어요. 요즘에는 남자애 여자애 할 것 없이 성인식도 안 치른 애들이 마리화나를 페퍼민트 사탕처럼 빨아요. 하지만 나는 지금까지도 러키스트라이크 한 대 피울 주변머리도 없다고요. 그래요, 나는 그 정도로 착해요, 엄마. 담배도 못 피우고 술도 거의 안 마시고 마약도 안 하고 돈도 안 꾸고 카드도 안 치고 거짓말을 할라치면 적도를 통과하는 것처럼 땀을 흘리기 시작한다고요. 그래요, 씨발이란 말은 많이 해요. 하지만 장담하는데, 그게 내가 일탈을 시도해서 성공을 거둔 전부예요. 내가 멍키를 어떻게 했는지 보세요. 포기했어요, 무서워서 달아났어요. 평생 꿈에서라도 핥고 싶었던 씹이 달린 여자인데도. 왜 조금만 교란이 생겨도 내 능력으로는 감당하지 못하게 되는 거죠? 왜 품위 있는 관습에서 조금만 벗어나도 내 속에 지옥이 나타나는 거냐고요? 나는 그 좆같은 관습들을 싫어하는데! 그렇다고 금기를 어길 정도로 어리석지도 않은데! 선

* 미국의 여배우.

생님, 의사 선생님, 어떻게 생각하세요. 이드ID*를 유대인놈YID 속에 도로 좀 집어넣자고요! 이 착한 유대인 소년의 리비도를 해방시켜주세요, 제발 좀. 필요하다면 진료비를 올리세요—얼마라도 낼게요! 깊고 어두운 쾌락 앞에서 움츠러드는 건 지금까지만으로도 충분해요! 엄마, 엄마, 그런데 엄마는 나를 뭐로 만들고 싶었던 거예요? 로널드 님킨처럼 걸어다니는 좀비로 만들고 싶었어요? 내가 평생 할 수 있는 가장 훌륭한 일이 순종이라는 생각은 어디서 얻은 거예요? 꼬마 신사로 만들고 싶었다고요? 욕정과 욕망을 가진 피조물을 대상으로 그 모든 갈망 가운데 하필이면 그런 갈망을! "앨릭스." 위퀘이크 다이너를 나오면서 어머니는 말하죠—아, 오해하지 마세요. 나는 그걸 다 그대로 받아들여요. 칭찬은 칭찬이니까 어떤 식이든 다 받아들여요. "앨릭스." 어머니는 클립을 끼운 타이에 두 가지 색깔이 배색된 "로퍼"**재킷까지 다 차려입은 나에게 말하죠. "고기를 잘 자르던데! 구운 감자를 먹을 때도 하나도 흘리지 않고! 뽀뽀라도 해주고 싶었단다. 자그마한 냅킨을 무릎에 그렇게 예쁘게 펼쳐놓은 꼬마 신사는 본 적이 없거든!" 호모예요, 어머니. 어머니가 본 건 꼬마 호모

* 정신분석에서 말하는 개인의 본능적 충동의 원천.

** 'loafer'에는 '게으름뱅이'라는 뜻도 있다.

라고요. 훈련 프로그램이 만들어내려는 게 바로 그런 거라고요. 당연하죠! 당연해요! 진짜 수수께끼는 내가 어떻게 로널드 님킨처럼 죽지 않을 수 있었느냐가 아니에요. 어떻게 토요일 아침이면 블루밍데일 백화점에서 함께 손을 잡고 걸어다니는 그 모든 멋진 젊은 남자들 틈에 끼지 않을 수 있었느냐 하는 게 수수께끼죠. 어머니, 파이어 섬 해변은 비키니를 입고 일광욕을 하는 착한 유대인 소년들의 몸으로 뒤덮여 있어요. 그애들도 다 레스토랑에선 꼬마 신사였어요. 틀림없어요. 또 월요일 밤에 부인들이 마작을 하러 오면 자기 어머니가 마작 패를 준비하는 걸 돕던 아이들이었죠. 맙소사! 그 오랜 세월 동안 그 패를 준비했는데도—원 뱀! 투 크랙! 마작!—이렇게 보지의 세계로 진입하는 게 어쩌다 가능했는지, 그게 수수께끼예요. 나는 눈을 감습니다. 그렇게 어렵지도 않아요—셸던이라는 이름의 눈 화장을 한 남자와 오션 비치*의 집에서 함께 살고 있는 내 모습이 바로 떠오르네요. "아, 씨발, 셸리, 쟤들은 네 친구들이잖아. 마늘빵은 네가 만들어." 어머니, 그 꼬마 신사들이 이제 다 커서, 저기 라벤더색 비치타월에 누워 있네요. 광포한 나르시시즘에 빠져서 말이에요. 그런데 *어이쿠*oy Gut, 한 사람이 소리치네요—나한테! "앨릭스?

* 미국 캘리포니아 주 샌프란시스코의 서쪽 해안.

알렉산드로스대왕? 내 사철쑥 어디에 두었는지 못 봤어?" 엄마, 저기 있네요, 엄마의 꼬마 신사가요. 셸던이라는 이름의 남자 입에 키스를 하고 있네요! 그가 만든 허브 드레싱 때문에! "〈코즈모폴리턴〉에 무슨 글이 실렸는지 알아요?" 어머니가 아버지에게 말합니다. "여자들 중에도 동성애자가 있대요." "뭔 소리야." 아빠 곰이 툴툴거립니다. "그게 무슨 헛소리야. 무슨 쓰레기 같은 소리냐고—?" "잭, 아니라니까, 내가 꾸며낸 게 아니라니까요. 〈코즈모〉에서 읽었다고요! 내가 그 글을 보여줄게요." "여보, 그게 다 팔아먹으려고 하는 수작이야—" 엄마! 아빠! 그것보다 훨씬 심한 일도 있어요—닭하고 붙어먹는 사람들도 있다고요! 시체와 붙어먹는 사람들도 있고요! 어떤 미친 새끼가 생각해낸 "착하다"는 말에 갇혀 십오 년, 이십 년씩 징역을 산 것이 사람들에게 어떤 영향을 주는지 두 분은 상상도 못할 거예요! 그러니 내가 정강이를 걷어찼다 해도, 엄마, 내가 손목을 꽉 물어 뼈가 드러났다 해도, 그저 복이거니 생각하세요! 내가 그걸 다 내 안에 쌓아두었다면, 정말이지, 어머니도 어느 날 집에 왔을 때 사춘기 여드름투성이의 시체가 아버지 허리띠에 매달려 욕조 위로 흔들리는 걸 봤을지도 모르니까요. 더 심하게는 이번 여름에, 멀리 유럽으로 달아나는 아들 때문에 *애도*하는 대신 파이어 섬에 있는 나의 "갑판식 발코니"에 나가 식사를 하게 되었을지도 몰라요—두 분하고 나, 그리고 셸던까지 함께 말이에요. 그 *이방인*의 바닷가재가 어머니의 *내장*에 어떤 짓을 했는지 기억하신다면, 셸리의 베아르네즈 소스를 먹고 토하지 않으려고 애쓰는 게 얼마나 끔찍한 일일지도 한번 상상해보세요.

그러니 그만.

내 물건을 바깥 공기에 드러낸 그날 밤, 그걸 가리기 위해 자일론 재킷을 벗어서 무릎에 쑤셔넣느라 얼마나 같잖은 팬터마임을 해야 했던지. 그건 다 운전기사 때문이었습니다. 그 폴란드인이 버스 천장의 불을 켜기만 해도, 늘 공책은 깔끔하게 정리하고 좋은 성적을 거두고 하루에 두 번 칫솔질을 하고 과일 한 조각도 철저하게 씻어먹었던 지난 십오 년간의 노력이 순식간에 물거품이 될 수 있었으니까요…… 이 안이 덥지 않나요! 휴, 덥네요! 이런, 오 이런, 재킷을 벗어 여기 무릎에 단정하게 올려놓는 게 나을 것 같네요…… 내가 지금 도대체 뭘 하고 있는 거죠? 아버지는 나한테 이야기했습니다. 폴란드인은 그 크고 멍청한 발로 유대인의 뼈를 잘근잘근 밟기 전에는 하루를 마감하지 않는다고. 그런데 나는 왜 그런 철천지원수 앞에서 이런 모험을 하고 있는 거죠? 들키면 어떻게 될까요!

지퍼를 소리 없이 내리는 동안 버스는 터널을 반이나 지나갑니다. 그러자 그게 다시 나타납니다. 다시 위로 툭 튀어나옵니다. 늘 그렇듯 부풀어올라 있습니다. 요구로 가득차 터질 것 같아요. 어떻게 해도 충족될 수 없는 멍청한 요구를 해대 부모의 삶을 비참하게 만드는 머리 큰 백치 같습니다.

"어서 싸게 해줘." 그 미끌미끌한 괴물이 나에게 말합니다. "여기서? 지금?" "당연히 여기서 지금이지. 언제 다시 이런 기회가 오겠어? 네 옆에서 자고 있는 여자가 어떤 여잔지 모르는 거야? 저 코 좀 봐." "무슨 코?" "바로 그거야. 코라고 할 게 거의 없잖아. 저 머리카락은 어떻고. 물레에서 풀려나온 것 같잖아. 학교에서 배운 '아마亞麻 섬유'라는 말 기억나? 저게 인간의 아마 섬유야! 이런 얼간이, 이게 진품the real McCoy이야. 진짜 *이방인 여자*라고! 게다가 자고 있잖아! 어쩌면 자는 척하는 걸지도 몰라. 그럴 가능성이 아주 높아. 자는 척하는 거지. 그러면서 속으로는 이러는 거야. '어서, 빅 보이, 늘 하고 싶어했던 지저분한 걸 전부 다 해봐.'" "그럴 수 있을까?" "얘야." 내 좆이 노래를 부르듯 말합니다. "이것부터 해주면 좋겠다고 이 여자애가 너한테 바라는 수많은 지저분한 짓들을 내가 하나하나 말해주지. 이 여자애는 우선 네가 자기의 단단하고 자그마한 *이방인 여자*의 젖통을 움켜쥐어주기를 바라." "이 여자애가?" "그리고 자기가 기절할 때까지 네 손가락으로 자기의 *이방인 여자* 씹을 쑤셔주기를 바라."

"오 하느님. 기절할 때까지!" "다시는 오지 않을 기회야. 네가 죽을 때까지." "아, 하지만 그게 문제야. 내가 얼마나 오래 살 수 있을까? 운전사 이름에 X자하고 Y자가 잔뜩 들어 있던데. 아버지 말이 맞는다면, 이 폴란드 사람들은 황소의 직계 후손이야!"

하지만 딱딱하게 선 물건과 논쟁을 해서 누가 이길 수 있겠습니까? *자지가 서면 뇌는 땅에 묻힌다*Ven der putz shteht, ligt der sechel in drerd! 그 유명한 속담 아세요? 자지가 서면 뇌는 죽은 거나 마찬가지다! 정말 그래요! 자기가 알아서 펄쩍 뛰어올라요. 링을 통과하는 개처럼, 내가 이 일에 제공하는, 가운뎃손가락과 검지와 엄지로 만드는 팔찌 안에 뛰어드는 겁니다. 세 손가락으로 뿌리부터 위로 스타카토를 넣어 0.5인치씩 치는 것—이게 버스에서는 최고일 겁니다. 이렇게 하면 (바라건대) 내 자일론 재킷이 들썩이고 펄럭이는 걸 최소화해줄 테니까요. 물론 이런 기법을 구사하려면 민감한 끝 쪽은 포기해야 하죠. 하지만 인생에서 그 정도는 희생하고 살아야 하는 거 아닙니까. 아무리 섹스광이라 해도 그 정도의 자제를 나 몰라라 할 수는 없는 거죠.

세 손가락 딸딸이는 내가 공공장소에서 딸딸이를 치기 위해 고안해낸 겁니다. 이미 뉴어크 시내의 엠파이어 벌레스크 하우스에서 시도해보았습니다. 어느 일요일 아침, 나의 톰 소여인 스몰카가 했던 대로, 야구 글러브를 들고 집을 나가 휘파람을 불며 학교 운동장으로 갑니다. 그러다 아무도 보지 않을 때 (물론 나 자신도 거의 믿을 수 없는 상황이죠) 얼른 텅 빈 14번 버스에 올라타, 내내 의자에 웅크리고 있습니다. 일요일 아침에 벌레스크 하우스 앞에 사람들이 얼마나 많은지 상상하실 수 있을 거예요. 뉴어크 시내는 사하라 사막처럼 생명체도 없고 움직임도 없는데, 오직 엠파이어 앞만 예외예요. 꼭 괴혈병에 걸려 배에서 내린 뱃사람들이 모여 있는 것 같아요. 거기 들어가는 내가 미친 건가요? 그런 곳의 좌석에서 무슨 병이 옮을지는 하느님만 아시는 거죠! "그냥 들어가, 씨발 병은 무슨." 내 자키팬티 안의 마이크에 대고 이야기하는 미치광이가 말합니다. "안에 들어가면 뭘 볼 수 있는지 모르는 거야? 여자 사타구니라고." "사타구니?" "그래, 전부 다. 뜨겁고 물이 뚝뚝 떨어지고 당장이라도 터져버릴 것 같은 사타구니." "하지만 표만 만져도 매독에 걸릴 것 같은데. 내 운동화 바닥에 묻혀 집 안까지 가져갈 것 같은데. 어떤 미치광이가 갑자기 꼭지가 돌아 내 지갑 속의 트로전*을 빼앗으려고 나를 칼로 찔러 죽일 거야. 경찰이 오면 어떡해? 권총을 휘두르고 누군가 도망가고 그러다 실수로 나를 쏘면! 나는 미성년잔데. 내가 살해당하면 어떡해—아니, 더 심각한 경우로, 체포당

* 콘돔 상표.

하면! 우리 부모님은 어떡해!" "야, 씹을 보고 싶은 거야, 안 보고 싶은 거야?" "보고 싶어! 보고 싶어!" "저 안에 들어가면 창녀가 있어, 꼬마야. 그 창녀는 보지를 내놓고 커튼과 씹을 한다니까." "좋아. 매독에 걸릴 각오를 하겠어! 내 뇌가 엉겨서 평생 정신병동에서 내 똥으로 핸드볼을 할 각오를 하겠어. 하지만 내 사진이 〈뉴어크 이브닝 뉴스〉에 실리면 어떡해! 경찰이 갑자기 불을 켜고 '좋아, 이 색골들, 단속이다!' 하고 소리지르면 어떡해. 그러면서 플래시가 팡팡 터지면 어떡해! 그래서 나를 데려가면 어떡해. 나는 벌써 고등학교 2학년에 국제관계클럽 회장인데! 초등학교를 두 학년이나 월반했는데! 흠, 1946년에 메리언 앤더슨*이 컨벤션 홀에서의 공연을 거부당했을 때, 8학년 전체를 이끌고 D.A.R.**가 후원하는 연례 애국 글짓기 대회에 참가하는 것을 거부했는데. 이렇게 편협한 태도와 반목에 용기 있게 맞선 공로로, 열두 살 나이에 뉴어크의 에식스 하우스에서 열리는 C.I.O.*** 정치행동위원회 대회에 참석하라는 초대를 받았고 지금도 받고 있는데. 거기 가서 단상에 올라가 내가 매일 읽는 〈PM〉의 칼럼을 쓰는 유명한 프랭크 킹던 박사와 악수도 했는데. 그런

* 미국의 흑인 가수.

** 미국독립전쟁 참가자 자손들의 부인애국단체.

*** 산업별노동조합.

내가 어떻게 이 타락한 사람들과 함께 벌레스크 하우스에 들어가 예순 먹은 여자가 석면 덩어리와 사랑을 나누는 척하는 걸 구경할 생각을 할 수 있겠어. 에식스 하우스 무도장 무대에서 프랭크 킹던 박사가 나와 악수도 해주었는데. D.A.R.에 맞선 내 행동에 P.A.C.* 전체가 갈채를 보내는 동안 킹던 박사가 "젊은이, 자네는 오늘 아침 이곳에서 민주주의가 행동하는 것을 보게 될 걸세"라고 내게 말해주었는데. 그리고 장차 매형이 될 모티 페이비시와 함께 미국 참전용사위원회 회의에 참석해, 의장인 모티가 지부 회의를 열기 위해 접의자를 놓는 걸 도와주기도 했는데. 하워드 패스트가 쓴 『시민 톰 페인』도 읽었는데. 벨러미의 『뒤를 돌아보며』도 읽고, 필립 와일리의 『핀리 렌』도 읽었는데. 누나와 모티와 함께 씩씩한 붉은 군대 합창단의 행진곡 레코드도 들었는데. 랭킨과 빌보와 마틴 다이즈, 제럴드 L. K. 스미스와 코글린 신부, 이 모든 파시스트 개새끼들이 나의 불구대천의 원수들인데. 그런데도 나는 벌레스크 하우스의 보조 좌석에서 도대체 뭘 하고 있는 거지? 야구 글러브에 대고 딸딸이나 치면서. 폭력이 발생하면 어떡해요! 병균이 있으면 어떡해!

그래, 하지만 어떡해, 나중에, 쇼가 끝난 뒤, 저기 있는 저 젖

---

* 정치행동위원회.

통이 거대한 여자가, 만일…… 육십 초 후 나는 초라한 호텔방의 셔닐 천 시트 위에서 우리가 완전히 타락한 삶, 충만하고 놀라운 삶을 함께 영위하는 것을 상상하고 있었습니다. 나('아메리카 퍼스트'*의 원수)와 더리얼 맥코이**가. 더리얼 맥코이는 코러스 라인에서도 가장 헤퍼 보이는 헤픈 여자에게 내가 붙인 이름입니다. 알전구 밑의 우리의 삶은 얼마나 멋진지(우리 창문 바로 밖에 '호텔'이라는 글자가 번쩍거리고 있습니다). 더리얼은 드레이크의 데어데블 컵케이크(초콜릿맛이고, 속에 하얀 크림이 들어 있죠)를 내 좆 위에 꽂고 그걸 한 겹 한 겹 먹어들어옵니다. 로그캐빈 캔에 든 메이플 시럽을 내 부드러운 불알 위에 쏟은 다음 핥아, 어린 아기의 불알처럼 깨끗하게 만들어줍니다. 더리얼이 애송하는 영어 산문 구절은 걸작입니다. "이 좆같이 생긴 놈아, 내 보지에 박아줘, 기절할 때까지." 내가 욕조에 들어가 방귀를 뀌면, 더리얼은 벌거벗은 채 타일 바닥에 무릎을 꿇고 내 쪽으로 몸을 기울여 거품에 입을 맞춥니다. 내가 똥을 눌 때는 내 좆 위에 앉아 톨하우스 쿠키만한 젖꼭지를 내 입에 쿡 쑤셔넣습니다. 그러고는 내내 내 귀에 대고 자기가 아는 모든 더러운 말을 사악

* 미국의 2차대전 참전을 반대한 집단.

** 진품이라는 뜻의 'the real McCoy'를 사람 이름처럼 'Thereal McCoy'로 합친 것.

하게 소곤거리죠. 혀와 입술이 얼얼해질 때까지 입에 얼음 조각을 넣고 있다가 내 걸 빨아줍니다. 그런 뒤에 이번에는 뜨거운 차를 입에 묾니다! 그 모든 것, 내가 생각한 모든 것, 더리얼도 생각했고 또 해줄 모든 것. 사상 최대의 창녀whore(뉴어크에서는 가난하다poor와 운을 맞추어 발음하죠). 그 여자가 바로 내 겁니다! "오, 더리얼, 나 쌀 것 같아, 쌀 것 같아, 이 좆같은 창녀야." 이렇게 해서 나는 뉴어크의 엠파이어 벌레스크 하우스에서 야구 글러브에 사정을 한 유일한 사람이 됩니다. 아마도.

엠파이어에서 대단한 건 모자입니다. 내가 앉은 자리에서 통로를 따라 아래로 내려가보면 나와 같은 중독자, 하지만 나보다 쉰 살은 많은 중독자 한 명이 모자에 정액을 쏟아내고 있습니다. 모자에 말입니다, 선생님! 윽oy, 역겹습니다. 소리치고 싶어요. 모자에는 하지 마, 이 *좆같은 인간아*shvantz, 그걸 다시 머리에 써야 하잖아! 지금 그걸 쓰고 밖에 나가 뉴어크 시내를 걸어다니면 이마로 좆물이 뚝뚝 떨어질 거 아냐. 그 모자를 쓰고 어떻게 점심을 먹으려고 그래!

마지막 방울이 내 글러브로 떨어지는 순간 얼마나 비참하던지요. 나는 우울감에 휩싸였습니다. 심지어 내 좆도 창피한지, 한 마디도 대꾸를 안 하더라고요. 나는 벌레스크 하우스에서 나오면서 나 자신을 가혹하게 몰아세우며 신음을 토합니다. "아, 아냐, 이건 아냐." 신발 바닥이 개똥 무더기 위로 쭉 미끄러지는 걸 느낀 사람과 다르지 않습니다. 신발 바닥sole. 말장난*을 눈여겨보세요. 하지만 뭔 상관이야, 뭔 상관이야…… 악! 역겨워! 모자에다가, 맙소사. *자지가 서면! 자지가 서면!* 머리에 쓰는 모자에 대고!

어머니가 서서 오줌 누는 법을 가르쳐줬던 게 갑자기 기억나요! 보세요, 어쩌면 이게 우리가 기다리던 정보일지도 모릅니다. 나의 성격을 결정한 열쇠, 내가 이런 곤경 속에서, 나의 양심에 거슬리는 욕망과 나의 욕망에 거슬리는 양심이라는 갈등 속에서 살고 있는 원인인지도 모른단 말이에요. 자, 이제 내가 어른처럼 변기에 오줌을 누는 걸 어떻게 배웠는지 말씀드릴게요. 잘 들어보세요!

나는 조그만 아기 고추를 귀엽게 내밀고 둥그런 물 위에 서 있습니다. 엄마는 변기 옆의 욕조 가장자리에 앉아, 한 손으로는 욕조 수도꼭지(거기에서 물이 졸졸 흘러내리는데, 내가 그걸 흉내내야 하는 겁니다)를 조절하고, 다른 손으로는 내 자지 아래쪽을 간질입니다. 반복하겠습니다. 내 고추를 간질입니다! 아마 그렇

* 발바닥을 뜻하는 'sole'과 영혼을 뜻하는 'soul'은 발음이 같다.

게 해야 그 물건 앞쪽에서 나올 게 나온다고 생각하는가봅니다. 정말이지, 이 여자 생각이 옳습니다. "멋지게 쉬 좀 해봐, *아가* bubala. 엄마를 위해 멋지게 쉬를 해." 엄마는 나에게 노래를 불러줍니다. 실제로는 엄마의 손이 내 자지에 닿은 상태에서 내가 거기 서서 만들고 있는 게 나의 미래일 가능성이 아주 높은데 말입니다! 상상해보세요! 이 우스꽝스러움을! 한 사람의 성격이 만들어지고 있습니다. 하나의 운명이 형성되고 있다고요…… 아, 어쩌면 아닐지도 모릅니다…… 어쨌든, 가치가 있는 정보인지 아닌지는 몰라도, 나는 다른 사람이 옆에 있을 때는 오줌을 누지 못해요. 지금까지도요. 방광이 수박만큼 부푼다 해도, 오줌 줄기가 뿜어져나오기 전에 다른 사람의 방해를 받으면 (얘기를 마저 다 듣고 싶은 거죠, 좋아요, 다 얘기하겠습니다) 그러니까 로마에서, 선생님, 멍키하고 내가 길거리에서 흔한 창녀를 골라 함께 침대에 들어갔다는 겁니다. 자, 드디어 그 얘기가 나왔군요. 시간이 좀 걸린 것 같네요.

버스, 버스, 버스에서 무엇이 끼어들었기에 그 잠자는 *이방인 여자*의 팔에 싸지 못했을까—나도 모르겠습니다. 상식? 그렇게 생각하세요? 일반적인 품위? 흔히 하는 말로, 제정신이 들었던 걸까요? 그렇다면 바로 그날 오후 학교에서 돌아왔을 때 어머니는 집에 없고 냉장고에 커다란 자줏빛 간 조각이 들어 있다는 것을 알았을 때 내 제정신은 어디에 있었던 겁니까? 내가 정육점에서 사온 간, 그 간을 성인식 교육을 받으러 가는 길에 광고판 뒤에서 내 물건으로 쑤셔댄 일은 이미 고백한 것 같군요. 하지만 이제 몽땅 털어놓고 싶습니다, 교황 성하. 그때 쑤셔댄 그게—그녀가—그것이 나의 첫 간 조각은 아니었습니다. 내가 우리 집의 사적인 공간에서 손에 들었던 첫번째 간 조각은 세시 반에 화장실에서 내 좆 둘레에서 꿈틀대다가, 다섯시 반에는 포크 끝에 올라가 있었어요. 가엾고 순진한 우리 집 다른 식구들도 함께 있는 자리였죠.

자, 이제 내가 저지른 최악의 일을 알게 되셨네요. 나는 우리 가족의 저녁식사와 씹을 한 겁니다.

물론, 내가 살아오면서 저지른 가장 극악무도한 범죄는 그리스에서 자기를 버린 거라는 멍키의 주장을 선생님이 받아들이신다면 얘기가 다르지만요. 두번째로 극악무도한 범죄는? 로마에서 그 삼자동맹에 멍키를 끌어들인 것. 멍키의 평가—참 대단한 평가였죠!—에 따르면 그런 3인 가족을 만든 책임은 모두 나에게 있다는군요. 내가 더 강하고 도덕적인 성격이라서요. "'위대한 인도주의자'라고!" 멍키가 소리칩니다. "가난하고 가난한 사람들을 집주인들로부터 보호하는 게 직업인 사람이라고! 너, 나

더러 그 『U.S.A.』를 읽으라고 준 너! 내가 헌터 칼리지 지원서를 얻어온 게 바로 너 때문인데! 내가 누군가의 어리석고 멍청한 엉덩이 이상의 존재가 되려고 죽어라 노력하고 있는 게 바로 너 때문인데! 근데 이제 네가 나를 무슨 혹에 불과한 것처럼 취급하려고 해? 이용하려고, 네가 하고 싶어하는 온갖 변태적인 이상한 짓에 이용하려고 해? 그러면서도 네가 우월한 지식인처럼 굴 수 있어! 좆같은 교육용 텔레비전에 나가는 사람처럼!"

보다시피 멍키의 이런 평가에서 나는, 멍키를 그 경박성과 낭비, 변태와 난폭과 욕정의 심연에서 끌어내는 사명을 가진 사람입니다. 나 자신은 평생 그 심연으로 가라앉아보려고 했지만 잘 안 됐는데 말이죠. 그런데 멍키는 내가 그토록 오랜 기간 굴복하려고 안간힘을 썼던 바로 그 유혹에서 자기를 구출해야 한다는 겁니다! 침대에서는 멍키 자신도 나만큼이나 열렬하게 그런 조합을 공상해왔다는 사실, 그런 건 하나도 중요하지 않은 겁니다. 선생님, 하나 물어볼게요, 애초에 그런 제안을 한 사람이 누구였을까요? 우리가 처음 만난 날 밤 이후로, 도대체 누가 누구를 유혹했을까요? 우리 침대에 다른 여자를 들이자고 말입니다. 믿어주세요, 나는 지금 내가 뒤집어쓴 오물에서 슬그머니 빠져나오려는 게 아닙니다. 그 안으로 슬그머니 들어가려는 거라고요! 하지만 이거 하난 정말 분명히 해둘 필요가 있습니다. 멍키한테는 아니어도 선생님과 나한테는요. 이 구제불능의 신경증에 걸린 여자, 이 한심하고 제정신이 아니고 촌스러운 씨발년을 나의 피해자라고 부르기는 힘들다는 겁니다. 나는 그 피해자니 뭐니 하는 똥 같은 소리에 절대 굴복하지 않을 겁니다! 지금 멍키는 서른이고, 결혼해서 어머니가 되고 싶어해요. 품위 있는 사람이 되어 남편과 함께 집에서 살고 싶어합니다(무엇보다도 보수를 많이 받는 그녀의 화려한 시절이 막 끝나려 하고 있습니다). 하지만 멍키가 자신을 박탈당하고 착취당하는 피해자로 상상한다 해서(멍키의 삶을 길게 보면 그렇다고 할 수도 있겠습니다만), 그렇다고 해서 나한테 그 책임을 물으려 하면 안 되죠. 내가 멍키를 서른 살이나 먹게 한 것도 아니고 독신으로 살게 한 것도 아니잖아요. 내가 멍키를 개인적으로 책임지겠다며 웨스트버지니아의 탄광에서 끌고 온 것도 아니고요. 게다가 내가 멍키를 그 창녀와 함께 침대에 집어넣은 것도 아니란 말입니다! 우리 렌터카에서 밖으로 몸을 내밀고, 이탈리아의 최신 유행어로 그 창녀에게 우리가 원하는 게 무엇이고 얼마를 주겠다고 이야기한 건 바로 멍키라고요. 나는 그냥 운전대를 잡고, 곧바로 달아나려는 사람처럼 가속 페달에 발을 얹고 있었단 말입니다…… 그리고, 정말이지, 그 창녀가 뒷자리에 탔을 때 나는, 안 돼, 하고 생각했습니다. 호텔에 도착해, 호텔 술집을 통해 그 창녀를 혼자 우리 방에 올려보내는 데 성공했을 때도 다시, 안 돼, 하고 생각했습니다. 안 돼! 안 돼! 안 돼!

못생기지는 않았습니다. 그 창녀 말이에요. 둥글둥글하고 땅딸막한 편이었죠. 이십대 초반에 얼굴이 크고 쾌활하고 정직해 보였어요. 그리고 젖통이 엄청나게 컸고요. 우리가 차를 타고 비아 베네토를 천천히 오르락내리락 퍼레이드하면서 상품들을 살피다가 그 여자를 찍은 게 바로 그것 때문이었습니다. 그 창녀, 이름이 리나였는데, 그 창녀는 방 한가운데 서서 옷을 벗었습니다. 속에 "메리 위도" 코르셋을 입었더군요. 그 코르셋의 위쪽 끝에는 젖가슴들이 거품처럼 둥실 솟아올라 있고, 다른 쪽 끝에는 풍만하다는 말로는 다 표현할 수 없는 허벅지가 물결치며 퍼져나가고 있었죠. 나는 그 옷, 그리고 그 연극적 분위기에 깜짝 놀랐습니다. 사실 모든 것에 놀랐죠. 무엇보다도 몇 달 동안 이야기만 나누다가 드디어 내처 저질러버렸다는 데 놀랐습니다.

멍키는 짧은 슈미즈를 입고 화장실에서 나왔습니다(보통은 보기만 해도 후끈 달아올라요, 아름다운 멍키가 그 크림색 비단 슈미즈를 입으면요). 한편 나는 옷을 다 벗고 침대 끝에 벌거벗은 채 앉아 있었습니다. 리나가 영어를 한마디도 못한다는 점 때문에 멍키와 나 사이에 밀물과 썰물처럼 오가기 시작한 감정은 더 강렬해졌죠. 일종의 억제된 사디즘이라고나 할까요. 우리는 서로 말을 할 수 있으므로, 그 창녀는 이해하지 못하는 비밀과 계획을 주고받을 수 있었기 때문입니다. 마찬가지로 그 창녀와 멍키도 이탈리아어로 소곤거릴 수 있었고, 그러면 나는 그들이 무슨 말을 하고 무슨 음모를 꾸미는지 알 수가 없었습니다…… 리나가 먼저 말했고 멍키가 나한테 통역해주었습니다. "리나가 네 물건이 크대." "틀림없이 모든 남자한테 그 소리를 할 거야." 내가 그렇게 대꾸하자 그들은 속옷 차림으로 그 자리에 서서 내 쪽을 보았습니다. 기다리는 거였죠. 하지만 나 또한 기다리고 있었습니다. 나는 심장이 두근거렸습니다. 드디어 벌어졌구나, 두 여자와 나…… 자, 이제 어떻게 될까? 하지만 보다시피, 나는 속으로는 여전히 혼잣말을 하고 있습니다, 안 돼!

"리나가 알고 싶대." 리나가 두번째로 말하자 멍키가 말했습니다. "자기가 어디서부터 시작하기를 시뇨레*가 원하는지." 내가 말했습니다. "시뇨레는 리나가 처음부터 시작하기를 바라……" 아, 아주 재치 있는 대답이었죠. 정말 태평하기도 하고. 그렇지만 우리는 계속 거기에 꼼짝도 않고 앉아 있었습니다. 나하고 내 딱딱해진 물건이 말입니다. 완전히 벌거벗은 채 오도 가도 못하는 상태였죠. 마침내 우리 욕정을 가동시키기 시작한 사

* 영어의 미스터(Mr)에 해당하는 이탈리아어.

람은 멍키입니다. 멍키는 리나에게 다가가더니 그 앞에 우뚝 섭니다(오 하느님, 멍키로 충분하지 않을까? 내 욕구를 해결하는 데는 정말 멍키만으로 충분한 거 아닐까? 내가 좆이 몇 개가 되는 것도 아니고). 멍키는 창녀의 다리 사이에 손을 넣습니다. 우리는 이미 아주 오래전부터 그 모든 가능성을 상상했고, 말로 그 모든 걸 꿈꾸어왔습니다. 그랬는데도 멍키의 가운뎃손가락이 리나의 씹 속으로 사라지는 광경에 나는 정신이 멍해집니다.

그뒤에 내가 처한 상태는 바쁜 상태의 연속이라고밖에 묘사를 못하겠습니다. 이야, 정말 바빴어요! 그러니까 할 일이 아주 많았다는 겁니다. 너는 이리로 가고 나는 저리로 가고—좋아, 이번에는 네가 이리로 가고 나는 저리로 가고—됐군, 이제 저 여자가 저쪽으로 내려가고, 나는 이쪽으로 올라가고, 너는 이 위에서 반쯤 돌고……하는 식이었죠, 선생님. 내가 세번째이자 마지막으로 쌀 때까지요. 멍키는 그때 침대에 등을 댄 자세였습니다. 나는 상들리에(그리고 카메라, 라는 생각이 잠깐 스쳐갔습니다)를 향해 엉덩이를 들어올린 자세였고요—그리고 우리 창녀는 중간에서 자기 젖통을 멍키의 입에 물려주고 있었죠. 내가 누구의 구멍에, 어떤 구멍에, 마지막 물을 쌌는가는 온전히 추측에 맡기겠습니다. 마지막에는 내가 흠뻑 젖은 이탈리아 음모와 미끈거리는 미국 엉덩이와 완전히 썩어빠진 침대 시트의 축축하고 구린 내 나는 조합과 씹을 하고 있었을 수도 있으니까요. 이윽고 나는 일어서서 화장실로 갔습니다. 그리고 모두 반가워할 만한 소식입니다만, 저녁 먹은 것을 도로 게워냈습니다. 나의 *내장*까지, 어머니—변기에 다 토했어요. 착한 아이 아닙니까?

화장실에서 나왔을 때 멍키와 리나는 서로 부둥켜안은 채 자고 있었습니다.

멍키의 애처로운 흐느낌, 반박, 비난은 리나가 옷을 입고 떠난 직후에 시작되었습니다. 내가 자기를 악으로 끌어들였다는 것이었습니다. "내가? 그 여자 사타구니에 손가락을 집어넣어 일을 시작한 건 너야! 네가 그 여자의 좆같은 입술에 키스했잖아—!" "왜냐면," 멍키가 악을 썼습니다. "난 뭔가 할 거면, 확실하게 해버리는 게 좋기 때문이야! 그렇다고 그게 내가 그걸 하고 싶어한다는 뜻은 아니라고!" 그러더니, 선생님, 멍키는 리나의 젖통을 갖고 나를 야단치기 시작했습니다. 내가 그걸 충분히 갖고 놀지 않았다는 겁니다. "네가 늘 말하고 생각하는 게 젖통이잖아! 다른 사람들의 젖통! 내 건 너무 작고, 네 눈에 띄는 세상 다른 모든 여자 건 엄청나게 크다며. 그래서 마침내 대단한 젖통 한 쌍을 갖게 됐잖아. 근데 네가 한 게 뭐야? 아무것도 안 했잖아!" "아무것도 안 했다는 건 과장이야, 멍키. 사실은 네가 중간에 있어서 너를 지나서 거기까지 가기가 쉽지 않았어—" "나는 레즈비언이 아니야! 나를 레즈비언이라고 부를 생각도 하지 마! 만일 내가 레즈비언이라면, 네가 그렇게 만든 거야!" "아, 맙소사, 아니야—" "나는 너를 위해 한 거라니까, 그렇다니까—그런데 이제 너는 그것 때문에 나를 미워해!" "그럼 이제 다시는 하지 말자, 나를 위해서, 됐지? 이런 좆같이 우스꽝스러운 결과가 벌어질 거라면 하지 말자고!"

하지만 다음날 우리는 저녁식사 자리에서 둘 다 아주 뜨겁게 달아올랐습니다. 멍키는 라니에리 레스토랑에서 화장실에 갔다가 손가락에 보지 향기를 묻혀 왔어요. 연애 초기에 그랬던 것처럼요. 나는 그 손가락을 내 코밑에 갖다대 냄새를 맡고, 음식이 나올 때까지 거기에 키스를 했죠. 그리고 도니에서 브랜디를 두 잔 마신 뒤 리나가 나와 있는 곳으로 다시 찾아가, 두번째로 판을 벌이기 위해 그녀를 데리고 호텔로 갔지요. 하지만 이번에는 내가 직접 리나의 속옷을 벗겼고, 화장실에 간 멍키가 침실로 돌아오기도 전에 리나 위에 올라탔습니다. 할 거면 확실하게 한다! 나는 그렇게 생각했습니다. 끝까지! 전부 다! 그리고 토하지도 않는다! 너는 이제 위퀘이크 고등학교 학생이 아니다! 뉴저지하고는 멀고도 먼 곳에 와 있다!

화장실에서 나온 멍키는 이미 시합이 진행중인 것을 보고 기분이 상했습니다. 멍키는 침대 가장자리에 앉았죠. 작은 이목구비가 그 어느 때보다 작아 보였습니다. 멍키는 판에 끼라는 초대를 거부하고 내가 오르가슴에 이르고 리나가 오르가슴을 꾸며대는 짓을 끝낼 때까지 말없이 지켜보기만 했습니다. 리나는 자상하게—정말이지 착하게—내 애인의 긴 두 다리 사이로 갔지만, 멍키는 리나를 밀어내고 침대에서 일어나 부루퉁하게 창가 의자에 앉더군요. 그러자 리나는 사람 사이의 갈등에 그다지 민감하지 않은 성격인 듯 내 옆의 베개에 드러눕더니 우리에게 자기 이야기를 하기 시작했습니다. 리나에게 삶의 독은 낙태였습니다. 리나는 한 아이, 사내아이의 어머니였고, 아들과 함께 몬테 마리오에 살았습니다("아름다운 새 건물에" 산다고 멍키가 통역해주었습니다). 안타깝게도 리나는 한 아이 이상을 감당할 수 없는 상황인지라—"아이들을 사랑하긴 하지만"—늘 낙태 의사 진료실을 들락거렸습니다. 유일한 예방 장치는 별로 신뢰할 만하지 못한 살정자 세척제인 것 같았습니다.

페서리나 피임약에 대해 들어보지도 못했다는 게 믿어지지 않았습니다. 나는 멍키에게 현대적인 피임 수단을 설명해주라고 했습니다. 약간의 창의력만 있으면 리나도 얼마든지 이용할 수 있을 게 틀림없었으니까요. 하지만 내 애인은 얼굴을 잔뜩 찌푸리더군요. 창녀는 이야기를 듣기는 했지만 회의적이었습니다. 그 여자가 자신의 건강과 관련된 문제에 그렇게 무지하다는 것 때문에 나는 상당히 괴로웠습니다(침대 위에서 리나의 손가락들은 나의 축축한 음모 안을 헤집고 있었습니다). 그 좆같은 가톨릭교회, 하고 나는 생각했습니다……

그래서 리나는 그날 밤 우리 방을 나갈 때 핸드백에 내가 준 만 5천 리라만이 아니라 멍키의 에노비드 한 달치도 담아 갔습니다. 내가 줬죠.

"어이구, 구세주 납셨네!" 리나가 떠난 뒤에 멍키가 소리를 질렀습니다.

"그럼 리나가 어떻게 하기를 바라는데? 두 주마다 애를 뱄으면 좋겠어? 그게 말이 돼?"

"저 여자가 어떻게 되든 내가 왜 신경을 써야 되는데!" 멍키가 말했습니다. 목소리가 촌스럽고 비열하게 바뀌고 있었습니다. "저 여자는 창녀야! 네가 정말로 하고 싶었던 일은 저 여자와 붙어먹는 거였어! 너는 그걸 하고 싶어 내가 화장실에서 나오는 것도 못 기다렸다고! 그랬는데 내 피임약까지 줘버렸어!"

"그게 무슨 뜻이야, 응? 대체 무슨 말을 하려는 거야? 너도 알다시피, 멍키, 네가 늘 보여주지 못하는 것 가운데 하나는 추론의 재능이야. 솔직해지는 재능, 그래 그건 있어. 하지만 추론하는 재능, 그건 없다고!"

"그럼 헤어져! 네가 원하는 걸 얻었잖아! 이제 가라고!"

"갈지도 몰라!"

"어차피 너한테 나는 또다른 리나일 뿐이야! 너, 입으로는 거창한 말에 개똥 같은 거룩한 이상을 늘어놓지만, 네 눈에 나는 그저 씹일 뿐이야. 그리고 레즈비언이고! 그리고 창녀고!"

싸움 얘긴 넘어가죠. 지루하니까요. 일요일입니다. 엘리베이터에서 내리는데, 호텔 현관문으로 누가 들어오나 했더니 다름 아닌 우리 리나 아닙니까. 일고여덟 살쯤 되는 아이와 함께입니다. 설화 석고로 빚은 것처럼 뚱뚱하고 자그마한 사내아이예요. 프릴에 벨벳에 에나멜로 치장을 했더라고요. 리나는 머리를 풀었고, 막 교회에서 나온 거무스름한 눈은 이탈리아 사람들한테서 흔히 볼 수 있는 애도하는 표정입니다. 정말 잘생긴 사람이더군요. 착한 사람이고요(나는 이걸 모른 척하지 못해요!). 리나는 자기 아이bambino를 자랑하러 온 겁니다! 어쨌든 그렇게 보입니다.

리나는 자기 아들을 가리키며 멍키에게 소곤거립니다. "아주 우아하지, 안 그래Molto elegante, no?" 리나는 차까지 우리를 따라나옵니다. 그러더니 아이가 문지기의 제복에 몰두해 있는 동안, 혹시 오늘 오후에 몬테 마리오에 있는 자기 아파트에서 다 같이 다른 남자와 할 생각이 있느냐고 묻습니다. 친구가 있다는 겁니다—아, 물론 다 통역을 통해 파악한 겁니다. 친구가 있는데, 틀림없이 이 시뇨리나*하고 씹을 하고 싶어할 거라는 얘깁니다. 멍키의 선글라스 밑으로 눈물이 미끄러져내리는 것이 보입니다. 그러면서도 멍키는 나에게 말합니다. "자, 뭐라고 대답할까, 한다고 해, 안 한다고 해?" "당연히 안 하지. 분명히 안 해." 멍키는 리나와 몇 마디를 나누더니 다시 나를 봅니다. "리나 말이 돈 때문이 아니래. 그냥—"

"안 해! 안 해!"

빌라 아드리아나까지 가는 내내 멍키는 웁니다. "나도 애가 있으면 좋겠어! 가정도! 남편도! 나는 레즈비언이 아니야! 나는 창녀가 아니야!" 그러더니 나에게 지난봄 어느 날 저녁 내가 멍키를 브롱크스에 데려갔던 일을 이야기합니다. H.O.위원회**에서 "동등한 기회의 밤"이라고 부르는 행사가 열렸거든요. "슈퍼마켓에서 바가지를 쓰는 그 모든 가엾은 푸에르토리코 사람들! 너는 스페인어로 이야기를 했고, 아, 나는 정말 감명받았지! 형편없는 위생 상태 얘기, 쥐와 해충 얘기, 경찰의 보호 얘기! 차별은 법에 어긋난다는 것! 징역 일 년 또는 벌금 500달러! 그러니까 그 가엾은 푸에르토리코 사람이 일어서서 소리쳤지. '그 두 가지

* 영어의 미스(Miss)에 해당하는 이탈리아어.

** 인간기회위원회.

벌을 다 줘야 됩니다!' 아, 너는 가짜야, 앨릭스! 이 위선자, 사기꾼! 멍청한 스페인계 놈들한테야 거물 똥덩어리로 보이겠지만, 나는 진실을 알아, 앨릭스! 너는 여자를 창녀와 자게 하잖아!"

"나는 누구한테도 그 사람이 원치 않는 일을 시키지 않아."

"인간기회! 인간! 너는 그 말을 무척 사랑하지! 하지만 그 말의 뜻을 알기나 해, 이 뚜쟁이 개자식아! 내가 그 뜻을 가르쳐줄게! 차 세워, 앨릭스!"

"미안하지만, 안 돼."

"돼! 돼! 나는 내릴 거야! 전화기를 찾을 거야! 존 린지한테 장거리 전화를 걸어 네가 나한테 시킨 일을 이야기할 거야."

"하긴 뭘 해, 씨발."

"널 폭로할 거야, 앨릭스—지미 브레즐런*한테 전화를 할 거라고!"

그러더니 아테네에서는 결혼해주지 않으면 발코니에서 뛰어내리겠다고 협박합니다. 그래서 나는 떠나지요.

*이방인 여자*들! 소아마비 균들이 겨울잠을 자기 때문에 학기

---

* 존 린지는 뉴욕 시장을 역임한 정치인이고, 지미 브레즐런은 퓰리처상을 받은 신문기자.

가 끝날 때까지 철제 호흡보조기 없이도 생존할 수 있다고 자신할 수 있는 겨울이면 나는 어빙턴 파크의 호수에서 스케이트를 탑니다. 주중에는 오후의 마지막 빛을 받으며, 그리고 부서질 듯 반짝이는 토요일과 일요일에는 하루종일 어빙턴에 사는 *이방인 여자*들 뒤에서 계속 둥글게 원을 그리며 스케이트를 탑니다. 어빙턴은 내가 사는 안전하고 친근한 유대인 거주지구의 거리와 집 들에서 도시 경계선을 넘어야 나오는 소도시죠. 나는 어느 집 어머니가 창에 거는 커튼만 보아도 그 집이 *이방인 여자*가 사는 곳이라는 걸 알 수 있습니다. 또 *이방인*은 자신이나 군대에 간 아들을 기려 앞쪽 창문에 별이 그려진 희고 작은 천을 내걸기도 하지요. 아들이 살아 있으면 파란 별, 죽었으면 황금 별입니다. "황금 별 어머니입니다." 랠프 에드워즈*는 〈진실 또는 결과〉에서 시합에 참여한 사람을 소개하며 엄숙하게 말합니다. 이 어머니는 바로 이 분 후에는 탄산수를 받아들다가 꽉 움켜쥐는 바람에 물이 뿜어져나와 놀라고, 곧이어 주방에 놓을 새 냉장고를 얻게 되죠…… 위층의 클라라 백모 역시 '황금 별 어머니'입니다. 하지만 차이점이 있죠. 클라라 백모는 창문에 황금 별을 달아놓지 않거든요. 백모의 죽은 아들은 백모에게 자랑스럽거나 고귀하

---

* 미국의 방송 진행자.

다는 감정을 남기지 않았습니다. 사실 아무런 감정도 남기지 않았죠. 오히려, 우리 아버지 표현대로라면, 그 아들 때문에 백모는 평생 "신경증 환자" 신세를 벗어나지 못했습니다. 헤시가 노르망디 공격에서 전사한 뒤로 클라라 백모가 매일 거의 대부분의 시간을 침대에서 심하게 흐느끼며 보내는 바람에, 이지 선생님이 가끔 들러 히스테리를 진정시킬 주사를 놔주곤 했어요…… 하지만 커튼—커튼만큼은 레이스로, 또는 우리 어머니가 조롱하듯이 "*이방인 취향*"이라고 묘사하는 뭔가 다른 방법으로 "화려하게" 꾸몄습니다. 학교에 가지 않아 밤에 조명 아래에서 스케이트를 탈 수 있는 크리스마스에는 이방인의 커튼 뒤에서 트리가 깜빡이는 게 보입니다. 우리 블록은 그렇지 않은데—하느님 맙소사!—레슬리 스트리트, 슐리 스트리트, 심지어 페이비언 플레이스도 그렇지 않아요. 하지만 어빙턴 경계선에 다가가면 여기도 *이방인*, 저기도 *이방인*, 저기에 또 *이방인*입니다. 그러다 어빙턴에 들어가면, 정말 끔찍하죠. 응접실마다 트리가 요란하게 번쩍이고 있을 뿐 아니라, 기독교를 광고하는 색색의 전구들이 집의 윤곽을 따라 달려 있습니다. 전축은 거리에 대고 〈고요한 밤〉을 시끄럽게 뿜어댑니다. 마치—마치?—그게 국가國歌라도 되는 것처럼요. 그리고 눈 덮인 잔디밭에는 구유 장면을 묘사한 나무판을 세워두었습니다. 정말이지 구역질이 나오기에 충분한 장면이에요. 어떻게 그런 똥 같은 이야기를 믿을 수 있는 걸까요? 애들뿐 아니라 어른들도 눈 덮인 잔디에서 마리아와 요셉과 아기예수라고 부르는 15센티미터 높이의 나뭇조각들을 둘러싸고 그것을 내려다보며 웃음을 짓습니다. 나뭇조각으로 만든 작은 소와 말도 웃음을 짓고요! 맙소사! 유대인의 어리석음이 일 년 내내 이어지다가, 이 명절에는 이제 *이방인*의 어리석음이 등장하는 겁니다! 대단한 나라예요! 이러니 우리 모두가 반미치광이인 것도 놀랄 일이 아니죠.

하지만 *이방인 여자*들, 아, *이방인 여자*들은 역시 다릅니다. 난방을 과하게 한 보트 창고에서 축축한 톱밥과 젖은 양모 냄새를 맡으면서, 다른 한편으로는 머릿수건이나 모자 밖으로 쏟아져내리는 신선하고 서늘한 금발을 보면서 나는 환희에 젖습니다. 얼굴을 붉히고 깔깔거리는 소녀들 사이에서 나는 힘이 빠져 떨리는 손가락으로 스케이트 끈을 묶은 다음 차가운 곳으로 나가 그 소녀들을 따라 움직입니다. 뒤꿈치를 들고 나무 배다리를 건너, 파닥거리는 소녀들 무리—꽃다발 같은 *이방인 여자*들, 화환 같은 이방인 소녀들—을 따라 얼음 위로 나섭니다. 나는 경외감에 사로잡힌 나머지 발기를 넘어선 욕망의 상태에 들어가 있습니다. 할례를 한 내 작은 자지는 숭배심 때문에 오그라들었습니다. 어쩌면 두려움인지도 모르죠. 어떻게 이 소녀들은 이렇게 화려하고, 이렇게 건강하고, 이렇게 금발인 겁니까? 그들이 믿는 것을 경멸하던 마음은 그들의 생김새, 그들이 움직이고 웃음을 터뜨리고 말하는 모습—그들이 그 *이방인* 커튼 뒤에서 영위할 삶!—에 대한 동경심 때문에 사그라지고 맙니다. 어쩌면 *이방인 여자*들의 자부심을 동경하는 마음이라고 하는 게 더 정확할지도 모릅니다—아니면 *이방인 남자아이*들shkotzim의 자부심을 동경하는 걸까요? 이 소녀의 오빠들은 노스웨스턴과 텍사스 크리스천과 UCLA라고 부르는 대학 축구팀의 매력적이고 선량하고 자신감 넘치고 깨끗하고 재빠르고 강력한 하프백들이니까요. 그들의 아버지들은 머리가 희고 목소리는 저음이며 이중부정은 절대 쓰지 않는 남자들이고, 어머니들은 다정하게 미소를 짓고 훌륭한 태도를 보여주는 여자들, "빵 바자회에서 우리가 케이크를 서른다섯 개 팔았다고 믿어 의심치 않아요, 메리" 같은 말을 하는 여자들입니다. "너무 늦지 말거라, 얘야." 이 여자들은, 불룩한 호박단 드레스를 입고 남자아이들과 저학년 무도회에 가는 귀여운 튤립 같은 딸에게 노래를 하듯 그렇게 다정하게 말하죠. 남자애들 이름은 초등학교 교과서에서 튀어나온 것 같아요. 에런이나 아널드나 마빈이 아니라 조니나 지미나 토드죠. 포트노이나 핀커스가 아니라 스미스나 존스나 브라운이죠! 이 사람들이 바로 미국인입니다, 선생님. 헨리 올드리치나 호머 같은 사람들, 위대한 길더슬리브나 그의 조카 리로이 같은 사람들, 콜리스와 버로니커 같은 사람들, 〈주디와의 데이트〉에서 제인 파월의 창 밑에서 노래를 부르는 "우기 프링글" 같은 사람들—바로 이런 사람들을 위해 냇 "킹" 콜이 크리스마스 때마다 노래를 부르는 거예요. "모닥불에서 밤나무가 타고, 차가운 날씨에 코가 얼고……" 모닥불요? 우리 집에요? 아니요, 없어요. 냇 "킹" 콜이 말하는 코도 그들의 코죠. 그의 넓적한 검은 코나 길고 울퉁불퉁한 내 코가 아니라, 날 때부터 콧구멍이 자동적으로 북쪽을 가리키는 그 아주 작고 콧마루도 없는 경이로운 코 말입니다. 평생 그대로인 코! 꼭 색칠하기 책에서 걸어나온 듯한 아이들. 뉴저지 주 유니언에서 우리가 지나가며 보는 표지판—어린이가 놀고 있습니다, 조심해서 운전하세요, 우리는 우리의 어린이를 사랑합니다—에서 말하는 어린이는 바로 이런 아이들이에요. "옆집next door"에 사는 여자애와 남자애 들, 늘 "고물 자동차jalopy"를 사달라고 하고, "곤경jam"*에 빠졌다가도 마지막 광고가 나오기 전에 다시 거기에서 빠져나오는 애들은 바로 이런 애들이라고요. 실버스틴 부부나 란다우 부부가 아니라, 피버 맥기와 몰리, 오

* 셋 다 유대인이 아닌 사람들이 자주 사용하는, 그들의 문화를 나타내는 구어적 표현.

지와 해리엇, 에설과 앨버트, 로렌조 존스와 그의 부인 벨, 잭 암스트롱을 이웃으로 두고 있는 아이들! 잭 암스트롱이야말로 미국 국가대표 *이방인*이에요! 존의 애칭인 잭 말입니다, 우리 아버지의 이름 제이크의 애칭인 잭 말고요…… 보세요, 우리는 후식을 먹을 때까지 라디오가 계속 쨍쨍 울려대는 가운데 식사를 했습니다. 라디오 방송국을 표시하는 노란 띠에서 나오는 빛이 내가 매일 밤 잠들기 전에 보는 마지막 빛이었죠. 그러니 우리도 다른 사람들과 마찬가지로 잘사는 것 아니냐고, 우리도 다른 사람들과 마찬가지로 미국인이 아니냐고 말하지 말아주세요. 그렇지 않습니다. 저 금발의 기독교도가 이 땅의 정당한 거주자이자 소유자입니다. 저들은 자신들이 원하는 노래는 아무거나 거리에 뿜어댈 수 있고, 그렇게 해도 아무도 그들을 저지하지 않습니다. 오 미국! 미국! 우리 조부모에게는 미국이 길거리에 굴러다니는 황금이었는지도 모르겠습니다. 우리 아버지와 어머니에게는 모든 집의 냄비마다 닭 한 마리*였는지도 모르고요. 하지만 나에게, 기억 속의 가장 오래된 영화가 앤 러더퍼드와 앨리스 페이의 영화인 아이에게 미국은 팔에 고이 감싸여 사랑 사랑 사랑 사랑 사랑을 소곤거리는 *이방인 여자*입니다.

---

* 허버트 후버의 미국 대선 캐치프레이즈.

그랬기 때문에 어떤 낯선 *이방인 여자*의 북슬북슬한 빨간 귀마개와 나풀거리는 노란 고수머리 뒤에서 스케이트를 탈 때 도시 공원의 얼어붙은 호수에 깔리던 어스름은 나에게 갈망이라는 단어의 의미를 가르쳐줍니다. 그것은 분노가 가득한 열세 살짜리 조그만 유대인 마마보이로서는 감당하기 힘든 것이죠. 너무 여기에 탐닉하는 것 같아 미안합니다만, 내가 지금 말하고 있는 내 삶에서 이때가 아마 가장 가슴 저미는 시간들이었을 겁니다. 이때 나는 갈망이라는 단어의 의미를 배웁니다. 번민이라는 단어의 의미를 배웁니다. 귀여운 것들이 둑으로 올라가더니, 상록수들 사이에 삽으로 눈을 치워 만든 길을 따라 딱딱 소리를 내며 달려갑니다. 그래서 나도 그곳으로 갑니다(감히 용기를 낼 수 있을 때면요!) 해는 거의 졌습니다. (나의 이야기를 포함해) 모든 것이 자줏빛입니다. 나는 적당한 거리를 유지하며 따라갑니다. 마침내 아이들이 스케이트를 신은 채 거리를 건너고, 깔깔거리며 공원 옆 작은 과자가게로 들어갑니다. 이제 나도 용기를 내어 문을 통과합니다. 틀림없이 모든 눈이 나를 향하겠지요! 아이들은 이미 머플러를 풀고 재킷의 지퍼를 내리고, 뜨거운 초콜릿이 든 컵을 보드랍게 달아오른 두 뺨 사이로 올리고 있습니다. 그리고 신비 중의 신비인 그 코! 그 코 하나하나가 초콜릿과 마시멜로가 가득한 컵 안으로 완전히 사라졌다가 액체에 전혀 더럽혀지지 않은 채 들어갔던 곳 맞은편에서 나옵니다. 맙소사, 이 아이들이 전혀 죄책감 없이 간식을 먹는 걸 보세요! 정말 대단한 여자애들이에요! 제정신이 아닌 상태에서, 충동적으로 나도 초콜릿을 하나 주문합니다. 그렇게 저녁 입맛을 망치는 거죠. 꼭두각시처럼 춤을 추는 우리 어머니가 다섯시 반 정각에, 아버지가 "굶주린" 몸으로 퇴근할 때 차리는 저녁을 먹어야 하는데. 나는 그 아이들을 따라 다시 호수로 갑니다. 그 아이들을 따라 호수를 돕니다. 마침내 거기서 나의 환희는 끝이 납니다. 아이들이 문법이 정확한 아버지와 차분한 어머니와 자신감이 넘치는 오빠가 있는 집으로 돌아가거든요. 이들은 *이방인*의 커튼 뒤에서 소녀들과 함께 조화와 행복을 누리며 살아갑니다. 나는 뉴어크로, 이제 알루미늄 "베니션블라인드", 어머니가 오랫동안 생활비를 절약해서 산 블라인드 뒤에서 살고 있는 우리 가족과의 두근거리는 삶으로 돌아갑니다.

그 블라인드 덕분에 우리 가족의 사회적 계급이 얼마나 올라갔는지! 어머니는 우리가 상류사회로 직행했다고 느끼는 듯합니다. 이제 어머니의 생활의 많은 부분이 블라인드 널을 털고 광택을 내는 데 할애됩니다. 어머니는 낮에는 블라인드 뒤에서 그것을 닦고, 어스름이면 깨끗한 널들 사이로 눈발이 가로등 불빛을 가로질러 내리기 시작하는 것을 보며 걱정 기계에 펌프질을 하기 시작합니다. 그리고 보통은 몇 분 이내에 적당히 광적인 상태로 진입합니다. "도대체 어디 있는 거야?" 어머니는 거리를 쓸고 가는 전조등 한 쌍의 주인이 아버지가 아닐 때마다 신음을 토합니다. 우리 오디세우스는 어디, 오 어디에! 위층 하이미 백부도 집에 왔고, 길 건너 란다우도 집에 왔고, 옆집 실버스틴도 집에 왔습니다. 아버지만 빼고 모두 다섯시 사십오분에 집에 왔습니다. 라디오에서는 눈보라가 북극에서 뉴어크를 향해 내려왔다고 말합니다. 자, 이제 의심의 여지가 없습니다. 터머먼 앤드 파버 장례식장에 전화해 장례 준비를 하고 조객들을 초대하는 게 좋을 듯합니다. 그래요, 도로가 얼음으로 조금만 미끈거려도, 저녁식사에 십오 분 늦은 아버지는 어디 전신주에 부딪혀 자신의 피가 고인 웅덩이에 죽어 넘어져 있다는 가설이 성립합니다. 주방으로 들어오는 어머니의 얼굴은 이제 엘 그레코의 그림을 닮았습니다. "굶주린 아르메니아인들 같구나." 어머니가 갈라지는 목소리로 말합니다. "먹어라, 어서, 얘들아—먼저 시작해, 기다려봐야 소용없다—" 누군들 비통하지 않겠습니까? 앞으로 살아갈 세월을 생각해보세요. 아버지 없는 두 아기, 부양자인 남편이 없는 어머니 자신. 이 모든 것이 그 가엾은 남자가 집으로 오는 도중에 갑자기 뿌리기 시작한 눈, 하필이면 그때 내려야만 했던 눈 때문입니다.

한편 나는, 아버지가 죽으면 방과 후와 토요일에 일을 해야 하는 거 아닐까, 그래서 어빙턴 파크에서 스케이트 타는 건 포기해야 하는 거 아닐까, 생각합니다. 아직 어떤 *이방인 여자*하고도 말 한마디 못해봤는데 스케이트 타는 걸 그만두어야 하다니. 사실 입을 열기가 두렵습니다. 말이 안 나올지 몰라서, 아니면 엉뚱한 말이 나올까봐. "포트노이, 그래, 오래된 프랑스 성이야. 검은 문이나 대문을 뜻하는 포르트 누아르porte noir가 전와한 거야. 아마 중세 프랑스에서 우리 가족 장원의 문 색깔이……" 기타 등등. 안 돼, 안 돼. 포트노이 끝의 '오이'*라는 음절을 듣는 순간 이야기는 끝일 거야. 그럼 앨 포트, 아니, 앨 파슨스로! "처음 뵙겠습니다, 매코이 양. 함께 스케이트를 타도 괜찮을까요? 내 이름은 앨 파슨스입니다—" 하지만 앨런도 앨릭잰더만큼이나 유대인이나 외국인 느낌을 주지 않나요? 물론 앨런 래드**가 있다는 건 알죠. 하지만 우리 소프트볼팀에서 유격수로 뛰는 내 친구도 앨런 루빈이거든요. 어쨌든 내가 위퀘이크 출신이라는 이야기를 여자애가 듣게 될 때까지 버텨봅니다. 아, 하지만 뭐가 달라지겠어요? 이름도 거짓으로 말할 수 있고 학교도 거짓으로 말할 수

---

* 이디시어 감탄사 'oy'와 음가가 같다.

** 미국의 영화배우.

있지만, 이 좆같은 코를 어떻게 거짓으로 꾸며낼 수 있겠습니까? "아 좋은 분 같네요, 포르트-누아르 씨. 그런데 왜 얼굴 한가운데를 그렇게 가리고 다니시는 거예요?" 갑자기 날아가버렸기 때문입니다. 내 얼굴 한가운데가! 내 유년의 단추가 사라졌기 때문입니다. 사람들이 유모차 안에서 살펴보던 그 예쁘고 귀여운 것이. 보라, 얼굴 한가운데가 하느님을 향해 쭉쭉 뻗어나가고 있도다! 포르트-누아르라고? 파슨스라고? 웃기고 있네. 야, 네 얼굴 한가운데에 '유-대-인' 하고 써 있잖아. 아이고, 저 코shnoz 좀 봐! 저건 코가 아니야, 호스지! 꺼져, 유대인 녀석! 여기 여자애들 건드리지 말고 얼음판에서 꺼지란 말이야!

사실입니다. 나는 주방 식탁에 머리를 박고 아버지 사무실에서 쓰는 편지지에 연필로 내 옆얼굴을 그리고 있습니다. 정말 끔찍하네요. 유모차 안에서 그렇게 빛나던 나에게 어쩌다 이런 일이 일어난 거죠, 어머니! 이마와 닿는 코허리 부분은 하늘을 목표로 삼기 시작했지만, 반쯤 내려가 연골이 끝나는 곳은 다시 입 쪽으로 구부러지기 시작합니다. 이 년만 더 있으면 나는 먹지도 못할 거야. 이게 음식이 가는 길을 막아버릴 테니까! 안 돼! 안 돼! 그럴 수는 없어! 나는 화장실로 들어가 거울 앞에 서서 손가락 두 개로 콧구멍을 위로 밉니다. 옆에서 보면 그렇게 나쁘지 않습니다. 하지만 앞에서 보면, 윗입술이 있던 곳에, 이제 이와 잇몸만 있습니다. *이방인*은 무슨. 꼭 벅스 버니처럼 보이는데! 나는 세탁소에서 찾아온 셔츠 뒤에 들어 있는 판지를 작게 잘라 코 양쪽에 스카치테이프로 붙입니다. 그렇게 해서 옆모습에서 내가 어린 시절 내내 자랑했던……그러나 지금은 사라진, 위를 향한 멋진 곡선을 복원하는 겁니다! 정말이지 내 코에 부리가 생기기 시작한 건 바로 어빙턴 파크에서 스케이트를 타는 *이방인 여자*들을 발견한 후부터인 것 같습니다. 내 코뼈가 내 부모님의 대리인 노릇을 하기로 한 것 같다는 거죠! *이방인 여자*들하고 스케이트를 타? 한번 해봐라, 이 똑똑한 척하는 녀석아. 피노키오 기억나? 그래, 그건 너한테 일어날 일과 비교하면 아무것도 아니야. 여자애들이 마구 웃음을 터뜨리고 소리를 지르고 야유를 퍼부을 거야. 그리고 더 나쁜 건 덤으로 그애들이 너를 골드버그라고 부르는 바람에 네가 분노와 원한에 불타오르며 집에 돌아오게 된다는 거야. 왜 그애들이 지금 계속 낄낄거린다고 생각해? 바로 너 때문이야! 비쩍 마른 유대인 녀석과 그 코가 매일 오후마다 얼음판 위에서 자기들을 따라다니니까—말도 못 붙이면서! "제발, 네 코 좀 작작 만지작거려." 어머니가 말합니다. "나는 그 안에서 자라는 거엔 관심 없어, 앨릭스. 저녁식사 시간에는 말이야." "하지만 너무 크잖아요." "뭐? 뭐가 너무 커?" 아버지가 말합니다. "내 코요!" 내가 소리를 지릅니다. "제발, 그게 너한테 품격을 주는 거야.” 어머니가 말합니다. “그러니까 가만 내버려둬!”

하지만 누가 품격을 원한데요! 나는 더리얼 매코이를 원한다고요! 파란 파카를 입고 빨간 귀마개를 하고 크고 하얀 장갑을 낀 미스 아메리카를. 스케이트를 탄 미스 아메리카를! 그 아이의 겨우살이와 플럼 푸딩*(그게 뭐든), 그리고 난간과 계단이 있는 한 가구 주택, 그 안에서 사는 고요하고 인내심 있고 위엄 있는 부모, 또 모터를 분해할 줄 알고 “큰 신세를 졌습니다” 하고 말할 줄 알고 몸으로 하는 것은 뭐든 두려워하지 않는 오빠 빌리. 아, 더리얼이 앙고라 스웨터를 입고 격자무늬 치마 밑으로 두 다리를 뒤로 가지런히 모은 채 소파에서 내 옆에 붙어 앉는 모습. 문간에서 나를 돌아보며 말하는 모습. “멋진, 아주 멋진 저녁을 보내게 해줘서 정말정말 고마워.” 그러면서 이 놀라운 피조물, 누구한테도 “*조용히 해*shah!” 또는 “너도 딱 너 같은 자식 낳아서 고생 좀 해봐라!” 같은 말을 들어본 적이 없는 이 완벽하고 또 완벽한 낯선 소녀, 커스터드처럼 부드럽고 빛이 나고 서늘한 소녀가 나에게 키스를 할 겁니다. 잘빠진 종아리 하나를 뒤로 들어올

* 겨우살이는 크리스마스 장식으로 많이 쓰이는 상록 식물이고, 플럼 푸딩은 대표적인 크리스마스 음식이다.

리며. 그러면 내 코와 내 이름은 하나도 중요하지 않게 될 겁니다.

보세요, 나는 세상을 달라는 게 아닙니다. 그저 왜 내가 우기 프링글이나 헨리 올드리치 같은 얼간이보다 인생에서 적은 걸 얻어야 하는지 모르겠다는 겁니다. 나도 제인 파월을 원한다고요, 염병할! 콜리스와 버로니커도. 나도 데비 레이놀즈의 남자친구가 되고 싶다고요. 내 안의 에디 피셔*가 밖으로 나오는 거예요, 그뿐입니다. 우리 같은 가무잡잡한 유대인 남자애들 안에 있는, *이방인 여자*라고 부르는 그 부드러운 금발의 이국적 존재에 대한 갈망이…… 다만 내가 이 열에 들뜬 시절에 미처 몰랐던 것은 데비 같은 여자를 향한 모든 에디적인 갈망에 상응하는 갈망, 즉 에디 같은 남자를 향한 데비적인 갈망도 존재한다는 것이었죠. 아서 밀러를 향한 메릴린 먼로**의 갈망 같은 거 말입니다. 심지어 필 해리스를 향한 앨리스 페이***의 갈망 같은 거라고도 할 수 있겠네요. 기억하시죠, 심지어 제인 맨스필드****도 그런 남자와 막 결혼하려다 갑자기 자동차 사고로 죽은 거? 누가 알았겠어요, 보시다시피, 그때 누가 알았겠어요, 〈녹원의 천사〉를 보면서 이 엄

---

* 미국의 연예인. 유대인이자, 데비 레이놀즈의 남편이었음.

** 미국의 극작가와 영화배우 부부. 밀러는 유대인.

*** 미국의 연예인 부부. 해리스는 유대인.

**** 미국의 영화배우.

청난 자주색 눈의 소녀*가, 그 누구보다 *이방인으로서* 재능이 뛰어났던 여자, 용기를 알고 (다른 사람, 예를 들어 나에게 앨릭스라는 이름을 물려준 넝마 장수처럼 남에게 마차를 끌게 한 것이 아니라) 벌떡 일어나 말을 타고 달리는 법을 알았던 여자가, 승마바지를 입고 말을 타고 다니며 완벽한 발음을 구사하는 이 여자가, 우리가 그 여자 같은 부류에게 욕정을 품듯 우리 부류에게 욕정을 품고 있다고 누가 믿을 수 있었겠습니까? 마이크 토드**가 어떤 사람인지 다 아는데—위층 우리 하이미 백부의 싸구려 판박이 아닙니까! 제정신을 가진 사람이라면 어떻게 엘리자베스 테일러가 하이미 백부에게 후끈 달아오를 수 있다고 믿겠습니까? *이방인 여자*의 마음(과 밑구멍)을 얻는 비법이 *이방인*의 매부리코 변종, 그 여자의 오빠만큼이나 따분하고 멍청한 변종인 척하는 게 아니라는 걸, 죽은 거나 다름없는 얼음처럼 찬 *이방인 사내놈*shaygets을 흉내내는 유대인이 되는 게 아니라는 걸, 폭격기 조종사처럼 생기고 생각하고 느끼고 말하는 지미나 조니나 토드를 애처롭게 흉내내는 것이 아니라, 자기 백부처럼, 자기 아버지처럼 되는 것, 내가 뭔지는 몰라도 그냥 나 자신이 되는 것

* 미국 영화배우 엘리자베스 테일러를 가리킴.

** 미국의 영화 제작자. 엘리자베스 테일러의 남편이며 유대인.

이라는 걸 누가 알았겠어요?

멍키, 나의 오랜 친구이자 공범자 멍키를 보세요. 선생님, 이 여자 이름을 말하는 것만으로도, 이 여자를 떠올리는 것만으로도, 이 자리에서 그냥 서버려요! 하지만 다시는 연락하거나 보면 안 된다는 걸 알고 있습니다. 이년은 미쳤거든요! 섹스에 발광한 이년은 제정신이 아니에요! 정말 골칫덩이입니다!

하지만 내가, 내가 이 여자의 유대인 구원자가 아니라면 대체 뭐가 되어야 했던 걸까요? 자기가 성에 갇혀 있다고 상상하는 어린 소녀들이 자신을 구해주러 올 거라고 꿈꾸는 그 '빛나는 갑옷'을 입은 사람, '커다란 백마를 탄 기사'죠. 어떤 *이방인 여자* 무리(멍키가 멋진 예죠)에게는 이 기사가 다름 아닌 머리 좋고 대머리에 매부리코인 유대인, 사회적 양심이 강하고 불알에 검은 털이 난 유대인, 술도 안 마시고 도박도 안 하고 코러스걸을 옆에 끼고 다니지도 않는 유대인이 되기도 합니다. 기를 어린애와 읽을 카프카를 줄 거라는 보장이 되어 있는 남자—진짜 가정의 메시아죠! 물론 자신의 반항적인 사춘기에 일종의 경의를 표시하는 방법으로 집에서 똥이니 씹이니 하는 말을 자주 하기는 하죠. 심지어 아이들 앞에서도요. 하지만 논란의 여지가 없고 마음이 따뜻해지는 사실은 그가 늘 집에 있다는 겁니다. 술집에도 안 가고, 매음굴에도 안 가고, 경마장에도 안 가고, 라켓 클럽(유행을 따라 살았던 과거 덕분에 그녀도 잘 아는 곳이죠)에서 밤새 주사위놀이도 안 하고, 저 아래 '미국재향군인회'(비열하고 지저분했던 젊은 시절 덕분에 그녀가 잘 기억하는 곳이죠)에서 시도 때도 없이 맥주를 마시지도 않습니다. 아니, 정말 안 갑니다—신사 숙녀 여러분, 지금 우리 앞에 있는 사람, 자신의 가족과 기록적으로 오랜 교전을 벌이다 곧장 이 자리에 나온 이 사람은 모든 세포 하나하나가 가족에게 '착하게 책임감 있게 의무를 이행하려고' 죽어라 노력하는 유대인 소년입니다. 해리 골든의 『단돈 2센트』*를 제공한 사람들이 다시 여러분에게 제공하는, 앨릭스 포트노이 쇼! 여러분이 *이방인 여자*들의 구원자로서 아서 밀러를 좋아하셨다면 틀림없이 이 앨릭스를 사랑하게 되실 겁니다! 보시다시피 내 출신 배경은, 휠링에서 남쪽으로 18마일 떨어진 조그만 탄광도시 마운즈빌에서 멍키가 견뎌야 했던 것과는 정반대입니다. 멍키에게 중요한 의미가 있는 모든 면에서 정반대죠. 내가 감상적인 음악에 푹 빠진 뉴저지에서 성장하는 동안(멍키라면 유대인의 "온기" 속에서 축 늘어진 상태로 성장했다고 표현하겠죠), 멍키는 저 아래 웨스트버지니아에서 거의 얼어죽을

* 뉴욕 빈민가 유대인의 삶을 다룬 소설.

뻔했죠. 실제로 아버지의 가재도구나 다름없는 존재로서 말이에요. 하지만 멍키의 말에 따르면, 그녀의 아버지도 노새의 사촌에 불과했다더군요. 멍키는 또 어머니에게는 파악할 수 없는 요구들의 보따리 같은 존재였답니다. 멍키의 어머니는 앨러게니 산맥에서 한 세대 전에 건너온 촌사람치고는 크나큰 선의를 가지고 있었지만, 글을 읽을 줄도 쓸 줄도 모르고 큰 수는 세지도 못하고, 무엇보다도 어금니가 하나도 남아 있지 않았대요.

멍키의 이야기 가운데 나한테 강한 인상을 준 게 있어요(멍키가 들려준, 그 잔인, 무지, 착취를 주제로 한 이야기들이 모두 이 앨릭스 포트노이라는 신경증 환자의 관심을 끈 것은 아니거든요). 멍키가 열한 살이었을 때 한번은 아버지 뜻을 거스르고 토요일에 (모리스 씨라는) 그 동네의 자칭 "예술가"가 여는 발레 교실에 몰래 간 적이 있답니다. 그러자 아버지가 허리띠를 들고 쫓아와 집으로 돌아오는 길 내내 허리띠로 발목을 때리고 집에 와서는 그날 내내 옷장에 가두었대요. 덤으로 두 발까지 묶어서요. "한 번만 더 그 호모 자식 옆에 있다 걸리면, 너, 그때는 묶는 걸로 끝나지 않을 줄 알아. 그 이상이 될 테니까 알아서 해!"

멍키는 처음 뉴욕에 왔을 때 열여덟이었고, 어금니라고 할 만한 건 하나도 남아 있지 않았습니다. 마운즈빌의 치과의사가 모두 뽑아버렸거든요(멍키는 아직도 그 이유를 모르겠다고 하더라고요). 멍키 말로는 치과의사로서의 재주가 모리스 씨의 댄서로서의 재주 정도밖에 안 되는 사람이었답니다. 우리 둘이 만났을 때, 거의 일 년 전 일인데, 멍키는 이미 결혼과 이혼을 다 겪어본 몸이었습니다. 남편은 쉰 살 먹은 프랑스 기업가였는데, 피렌체의 피티 궁에서 열린 쇼에 모델로 참가한 멍키를 보고 일주일 만에 구애와 결혼을 끝냈습니다. 결혼 후 남편의 성생활은 아름답고 젊은 신부와 잠자리에 드는 것, 그리고 42번가에서 공수한 〈가터벨트〉라는 잡지에 대고 딸딸이를 치는 것으로 이루어졌습니다. 멍키는 멍청하고 비열하고 촌스러운 콧소리를 낼 줄 알아 가끔 써먹곤 하는데, 재계 거물의 부인으로서 자기가 목격해야 했던 무도한 일들을 묘사할 때면 어김없이 그 콧소리로 빠져들곤 했습니다. 멍키는 그자와 보낸 열네 달을 아주 재미있게 이야기해주더군요. 아마 실제로는, 무시무시한 정도까지는 아니어도 꽤나 모진 경험이었을 텐데 말이에요. 하지만 그자는 결혼 뒤에 멍키를 런던에 보내 5천 달러짜리 치과 치료를 받게 해주기도 했습니다. 그런 뒤에는 파리에서 멍키의 목에 수십만 달러짜리 목걸이를 걸어주기도 했죠. 멍키 말에 따르면, 아주 오랫동안 이것 때문에 그자한테 충실해야겠다는 생각을 하고 살았답니다. 멍키는 이렇게 말했죠(내가 멍키에게 그니까, 얌마, 날라리, 미쳐, 째져 같은 말을 다시는 쓰지 말라고 금지하기 전의 일입니다). "그건,

그니까 윤리 같은 거잖아."

멍키가 마침내 앗 뜨거워라 하고 달아나게 된 건 그자가 〈가터 벨트〉(아니면 〈스파이크트 힐스〉였나?)에 대고 딸딸이를 치는 게 두 사람 모두에게 지겨워진 뒤 마련한 난잡한 파티 때문이었습니다. 여자, 그것도 흑인이면 더 좋은데, 여자를 아주 많은 돈을 주고 불러, 벌거벗고 유리 탁자 위에 쭈그리고 앉아 똥을 누게 했답니다. 그 재계 거물은 그 탁자 밑에서 딸딸이를 치고요. 멍키가 사랑하는 남자의 코에서 6인치 위의 유리에 똥이 철퍼덕 깔리는 동안 멍키, 우리 가엾은 멍키는 옷을 다 차려입고 빨간 다마스크 소파에 앉아 코낙을 홀짝이며 그걸 지켜봐야 했습니다.

뉴욕으로 돌아오고 나서 이 년 뒤—아마 스물넷이나 다섯쯤 되었을 때일 겁니다—멍키는 면도날로 손목을 그어 자살을 좀 해보려고 했습니다. 그것은 오로지 르 클럽 또는 엘 모로코, 또는 어쩌면 렝테르디에서 멍키의 당시의 남자친구, 세계에서 가장 옷을 잘 입는 남자 백 명 안에 들어갈 만한 그 남자친구가 멍키를 대하는 태도 때문이었습니다. 그렇게 해서 멍키는 유명한 닥터 모리스 프랑켈에게까지 가게 되었죠. 이 고백에서는 이제부터 '하포'라고 부를 사람입니다. 멍키는 지난 오 년 동안 하포의 상담실 소파에서 몸부림을 쳤습니다. 자기가 뭘 해야만 누군가의 아내이자 누군가의 어머니가 될 수 있는지 하포가 말해주기를 기다리면서요. 왜죠? 멍키는 하포에게 외칩니다. 왜 나는 늘 남자가 아니라 이런 섬뜩하고 냉정한 똥덩어리들하고만 얽혀야 하는 거예요? 왜? 하포, 얘기 좀 해봐요! 나한테 뭐라고 말 좀 해보라고요! 뭐라도! "아, 나도 그 사람이 살아 있다는 건 알아." 멍키는 그 작은 이목구비를 일그러뜨려 고민하는 표정을 지으며 말하곤 했습니다. "나도 그냥 알 수 있다고. 그러니까, 죽은 사람이 전화응답 서비스를 하는 거 봤느냐는 거야." 이런 식으로 멍키는 치료(이게 치료인지는 몰라도)를 받다 말다 했습니다. 어떤 새로운 똥덩어리 때문에 상심할 때마다 치료를 받았고, 다시 그럴듯한 기사騎士가 등장하면 중단했습니다.

나는 "돌파구"였습니다. 내가 돌파구가 될 수도 있다고 멍키가 말했을 때 하포는 물론 그렇다고 대꾸하지는 않았습니다. 하지만 아니라고 하지도 않았어요. 기침은 했는데, 멍키는 이걸 인정한 걸로 받아들입니다. 하포는 때때로 기침을 하고, 때로는 툴툴거리고, 때로는 트림을 하고, 가끔씩은 방귀를 뀝니다. 의도적인지 아닌지야 모르지만. 어쨌든 나는 방귀는 음성전이 반응으로 해석되어야 한다고 보는 쪽입니다. "브레이키*, 넌 정말 똑똑해!" 멍키가 나의 섹시한 파트너이자 고양이일 때 나는 "브레이

* '돌파구'를 뜻하는 'breakthrough'를 애칭처럼 부른 것.

키"죠. 그리고 멍키가 살려고 발버둥칠 때도요. "이 커다란 유대인 개자식! 나는 결혼해서 인간이 되고 싶단 말이야!"

그렇게, 나는 멍키의 돌파구가 되어야 했습니다…… 하지만 멍키도 내 돌파구가 되어야 했던 것 아닐까요? 나한테 멍키 같은 사람이 나타난 적이 있었나요? 앞으로 다시 나타날까요? 물론 내가 멍키 같은 여자가 나타나게 해달라고 기도를 안 해서 안 나타났던 건 아닙니다. 하죠, 기도하고 기도하고 또 기도하죠. 변기 시트라는 제단에서 하느님에게 열렬하게 기도를 올려보내죠. 사춘기 내내 하느님에게 정액이라는 산 제물을 갤런 단위로 바치죠. 그러다가 어느 날 밤 자정쯤, 렉싱턴 애비뉴와 52번가가 만나는 모퉁이에, 서른두 살을 먹도록 혼자 상상만 해오던 피조물이 실제로 존재할 거라는 믿음을 정말이지 잃어버릴 찰나였는데, 바로 거기에 그런 피조물이 있는 겁니다. 황갈색 바지 정장 차림에 택시를 잡으려고 손을 흔들면서요. 몸은 호리호리하고, 숱이 많은 머리는 거무스름하고, 자그마한 이목구비 때문에 표정은 사나워 보이는데, 엉덩이는 정말 환상적입니다.

왜 안 돼? 잃을 게 뭐가 있다고? 하지만 얻을 건 또 뭐야? 어서, 이 수갑에 족쇄까지 찬 개자식아, 저 여자한테 말을 걸어. 저 여자는 세상에서 가장 완벽한 복숭아처럼 부풀어오르고 갈라진 엉덩이를 가졌잖아! 말을 걸어!

"저기요." 작게, 하지만 약간 놀란 것 같은 목소리로, 전에 어딘가에서 만난 적이 있는 것처럼……

"뭐예요?"

"술 한잔 사려고요." 내가 말했습니다.

"진짜 날라리네." 여자가 비웃으며 말했습니다.

비웃었다고요! 불과 이 초 사이에 두 번의 모욕이라니! 이 도시 전체를 위한 인간기회위원회 부감독관에게! "네 보지를 먹고 싶어서 그래, 베이비. 이건 어때?" 하느님! 이러다 경찰을 부르는 거 아냐! 경찰은 나를 시장한테 넘기겠지!

"그게 낫네." 여자가 대답했습니다.

그래서 택시가 와서 멈추었을 때 우리는 여자의 아파트로 갔습니다. 여자는 옷을 벗더니 말하더군요. "먹어봐."

믿을 수 없었죠! 이런 일이 나한테 일어나고 있다니! 그래서 먹었습니다! 갑자기 내 인생이 몽정을 하는 것 같았습니다. 거기에 내가 있었습니다. 내가 처음으로 내 자지에 손을 댄 이래 내 머릿속에서 제작해온 그 모든 포르노 영화 속 스타의 밑구멍을 빨면서요…… "이제 내 차례야." 여자가 말했습니다. "선행을 하면 선행을 돌려받을 자격이 있지." 그러더니, 선생님, 이 처음 본 여자는 입으로 할 수 있는 모든 놀라운 걸 배우러 특별한 대학에라도 다닌 것 같은 솜씨로 나를 빨아주기 시작했습니다. 이런 희한한 일이 있나. 나는 생각했습니다. 뿌리까지 다 들어가다니! 내가 도대체 어떤 입에 빠져든 거야! 이게 바로 기회야! 그리고 동시에—여기서 나가! 어서! 이 사람이 도대체 누구고 뭐 하는 사람이겠어!

나중에 우리는 성도착에 관해 길고 진지하고 매우 자극적인 대화를 나누었습니다. 이 여자는 남자와 해본 적이 있느냐는 것부터 묻더군요. 나는 없다고 했습니다. 나는 여자한테 다른 여자와 해본 적이 있느냐고 물었습니다(물어봐주기를 원하는 것 같아서요.)

"……아니."

"……하고 싶어?"

"……내가 하면 좋겠어?"

"……뭐 어떻겠어, 해봐."

"……보고 싶어?"

"……그런 것 같은데."

"……그럼 자리를 마련할 수 있을지도 몰라."

"……그래?"

"……그래."

"……어, 좋을 것 같은데."

"아." 여자는 멋지게 비꼬는 가락을 섞어 말했습니다. "그럴 거라고 생각해."

그러더니 여자는 불과 한 달 전에 있었던 일을 이야기해주었습니다. 여자가 바이러스 때문에 아파서 누워 있는데, 알고 지내는 한 커플이 저녁을 만들어주겠다며 찾아왔답니다. 그런데 그들은 저녁을 먹고 나더니 자기들이 하는 걸 구경해달라고 하더랍니다. 그래서 구경을 했답니다. 여자는 열이 39도까지 올라가 침대에 앉아 있는데, 두 사람은 옷을 벗고 침실 러그 위에서 열심히 일을 치렀다는군요. "그런데 걔네들이 내가 어떻게 해주기를 원했는지 알아? 자기들이 그걸 하는 동안?"

"몰라."

"주방 카운터에 바나나가 몇 개 있었어. 나더러 그걸 하나 먹으라는 거야. 구경하면서."

"불가해한 상징주의 때문이겠군, 틀림없이."

"불—뭐?"

"왜 너더러 바나나를 먹으라고 한 거야?"

"암마, 나도 모르지. 아마 내가 진짜로 거기 있다는 걸 확인하고 싶었나보지. 내가 소리를 내기를 바랐던 거야. 씹는 소리를. 야, 그냥 빨기만 할래, 아니면 씹도 할래?"

진품이었습니다! 엠파이어 벌레스크의 내 걸레였습니다—젖통은 작지만, 아주 아름다운!

"씹도 할 거야."

"어, 나도."

"기막힌 우연 아니야?" 내가 말했습니다. "우리가 그렇게 만난 거."

그러자 여자는 처음으로 웃음을 터뜨렸습니다. 하지만 나는 그 웃음 때문에 마침내 편안해진 게 아니라, 오히려 갑자기 알게 되었습니다. 침실 옷장에서 칼을 든 커다란 검둥이 하나가 튀어나와 내 심장을 향해 달려들 거라는 걸. 아니면 여자 자신이 난폭해질 거라는 걸. 웃음이 폭력적인 히스테리로 폭발해버릴 거라는 걸. 그뒤에 무슨 재앙이 뒤따를지 하느님만 아실 따름이었습니다. 에디 웨이트커스!*

이 여자는 콜걸일까? 미치광이일까? 이 여자와 공모한 푸에르토리코인 마약 밀매업자가 곧 내 인생으로 들이닥칠까? 내 인생으로 들이닥쳐, 지갑 속의 40달러와 코벳**에서 산 손목시계를 챙기려고 내 인생을 끝장낼까?

"이봐." 나는 머리를 굴려가며 이야기를 풀어갔습니다. "이걸 대체로, 늘 하는 거야……?"

---

* 여성 팬에게 총을 맞은 미국 야구선수.

** 1948년 뉴욕에서 처음 개점한 대형 할인점.

"무슨 그따위 질문이 있어! 그게 무슨 똥 먹는 소리야! 너도 심장이 없는 새끼였던 거야? 나한테도 감정이 있다는 생각은 안 해?"

"미안해. 사과할게."

그러다 갑자기, 격분과 폭력이 있었던 곳에, 이제는 눈물만 남습니다. 이 여자가, 전혀 과장하지 않고, 심리적으로 약간 별나다는 증거가 달리 더 필요했겠습니까? 제정신을 가진 사람이라면 틀림없이 일어서서 옷을 입고, 말짱할 때 죽어라 그곳을 빠져나왔을 겁니다. 내가 받은 축복을 헤아리면서요. 하지만 모르시겠어요—내 제정신은 곧 나의 두려움을 가리키는 말이기도 하다는 걸요! 내 제정신은 그저 나의 우스꽝스러운 과거에서 가져온 공포의 유산에 불과해요! 그 압제자, 나의 슈퍼에고, 그 자식은 목을 매달아야 해요, 그 개자식은. 그 자식의 좆같은 돌격대원 군화 끈으로 죽을 때까지 목을 매달아야 한다고요! 거리에서 부들부들 떨었던 사람이 누굽니까? 납니까, 그 여잡니까? 나예요! 누가 대담하고 과감하고 배짱 있습니까? 납니까, 그 여잡니까? 그 여자예요! 씨발 그 여자라고요!

"야." 여자가 베갯잇으로 눈물을 훔치며 말했습니다. "야, 아까는 너한테 거짓말한 거야. 네가 관심이 있을까봐. 네가 이걸 글로 쓰거나 어떻게 하고 싶을까봐."

"그래? 무슨 거짓말?" 여기서 그자가 나오는구나. 나는 생각했습니다. 흑인이, 옷장에서. 눈, 이, 면도날을 번쩍이며! 기사 제목은 이렇겠죠. 인간기회위원회 부감독관 고고 댄서 아파트에서 목 없는 시체로 발견!

"내 말은 그니까 내가 왜 좆같이 거짓말을 했겠냐는 거야, 너한테?"

"무슨 소리를 하는지 모르겠어. 그래서 대답을 할 수 없는데."

"내 말은 걔들이 나더러 바나나를 먹으라고 하지 않았다는 거야. 걔들은 나더러 바나나를 먹으라고 하지 않았는데, 내가 먹고 싶었던 거야."

그리하여—멍키*가 된 겁니다.

왜 거짓말을 했을까, 나한테? 내 생각에는 그것이 멍키가 즉각적으로—아마도 반무의식적으로—어쩌다가 더 높은 유형의 인간을 우연히 만났다는 사실을 자신에게 알리는 방법이었던 것 같습니다. 거리에서 오다가다 만났음에도, 침대에서 온 마음으로 빨아댔음에도, 그뒤에 가슴 떨리는 삼킴이 이어졌고, 또 성도착에 관한 이야기가 이어졌고……그랬음에도 멍키는 자기를 성적인 무절제나 모험에 완전히 빠진 사람은 아니라고 내가 생각해

* 원숭이.

주기를 사실은 바랐던 겁니다…… 나를 흘끗 보는 것만으로도 어떤 삶, 앞으로 멍키의 것이 될지도 모르는 삶을 곧바로 상상하게 되었던 듯합니다…… 이제 카르댕 양복을 입은 플레이보이는 싫어. 코네티컷에서 날아와 하룻밤 묵어가는 안달복달하는 유부남 광고회사 임원은 싫어. 세렌디피티에서 점심을 먹으려고 브리티시 워머를 입는 동생애자들도 싫고, 밤에 르 파비용에서 100달러짜리 저녁을 먹으며 침을 흘리는 화장품업계의 나이 든 호색가도 싫어…… 싫어, 이제 마침내 오랜 세월 멍키의 꿈의 심장부에 살던 인물이 나타났는데(결국 그렇게 된 것이었습니다), 아내와 자식들에게 잘해줄 것 같은 남자가 나타났는데…… 유대인. 얼마나 대단한 유대인인가! 우선 여자를 먹고, 그런 다음, 그 직후, 미끄러지듯 올라와 이야기를 시작하고, 이것저것 설명을 하고, 왼쪽인지 오른쪽인지 판단을 내리고, 무슨 책을 읽고 어디에 투표할지 충고하고, 인생을 어떻게 살고 살지 말아야 할지 이야기해주고. "그걸 어떻게 알아?" 멍키는 경계하는 태도로 묻고 나서 덧붙이곤 했습니다. "내 말은 그게 그냥 네 의견일 뿐이라는 거야." "의견이라니 무슨 소리야? 이건 내 의견이 아니야, 이 아가씨야, 이건 진리야." "내 말은, 그게 그니까 모두 아는 거냐는 거야…… 아니면 너만?" 뉴욕 시의 가난한 사람들의 복지를 걱정하는 유대인 남자가 내 보지를 먹다니! 교육용 텔레비전에 나온 사람이 내 입안에 싸다니! 선생님, 멍키는 순식간에 그걸 다 파악한 게 틀림없습니다—그런데 그럴 수가 있나요? 여자들이란 그렇게 계산적입니까? 내가 정말 씹에 관해 순진한 겁니까? 멍키가 렉싱턴 애비뉴의 바로 그 자리에서 한눈에 모든 걸 파악하고 계획을 세운 걸까요? ……책이 줄줄이 꽂힌 시골집의 거실에서는 따사로운 난롯불이 타오르고, 어머니가 아이들을 재우기 전에 아일랜드계 보모가 목욕을 시켜주고, 버드나무 같은 전직 모델, 제트족, 성도착자, 웨스트버지니아 광산과 공장의 딸, 여남은 명의 진짜 나쁜 새끼한테 당할 대로 당한 자칭 피해자가 이제 여기에서는 생 로랑 파자마를 입고 구깃구깃한 질감을 살린 새끼 염소 가죽으로 만든 장화를 신고, 생각에 잠긴 표정으로 사뮈엘 베케트의 소설에 얼굴을 묻고 있는 겁니다…… 여기에서는 남편, '사람들의 입에 오르내리는' 남편, '뉴욕 시의 가장 성스러운 감독관'인 남편과 함께 모피 러그 위에 있는 겁니다…… 여기에서 남편은 파이프를 입에 물고 있는데, 유대인의 검은 곱슬머리는 숱이 줄었지만, 유대인의 메시아적인 열정과 매력은 여전히 넘쳐나고 있습니다……

드디어 어빙턴 파크에서 벌어진 일을 이야기할 때가 왔군요. 토요일 오후 늦게 얼어붙은 호수에서 귀여운 열네 살짜리 *이방*

*인 소녀*shikseleh와 거의 단둘이 있게 된 일 말입니다. 나는 점심을 먹고 난 후부터 그애가 팔자를 그리는 연습을 하는 걸 쭉 지켜보고 있었죠. 마거릿 오브라이언*의 중간계급적인 매력이 느껴지는 아이였습니다. 반짝이는 눈과 주근깨가 있는 코 주위에서 느껴지는 그 괄괄함과 귀여움 말이에요. 또 그와 동시에 소박하고 꾸밈없고 접근하기 쉬운 하층계급적인 측면, 거기에 페기 앤 가너의 긴 금발 생머리까지 보여주었죠. 보시다시피, 다른 사람들한테는 그냥 영화배우겠지만, 나에게는 각기 다 다른 부류의 *이방인 여자*였습니다. 나는 영화관에서 나오면서 만일 진 크레인(과 그 가슴골) 또는 캐스린 그레이슨(과 그 가슴골)이 내 또래라면 뉴어크의 어느 고등학교에 다닐지 궁리해보곤 했습니다. 또 진 티어니 같은 *이방인 여자*를 어디에서 찾을 수 있을까 궁리해보기도 했죠. 사실 진 티어니는 진짜로 중국인의 피가 섞여 있는 게 아니라면 유대인일지도 모른다고 생각하곤 했거든요. 한편 페기 앤 오브라이언은 마지막 팔자를 그린 뒤 느긋하게 보트 창고 쪽으로 얼음을 지쳐가고 있었습니다. 나는 그 아이에게 아무 짓도 한 적이 없습니다. 사실 거기 있는 여자아이들 누구에게도요. 겨울 내내 아무 짓도 안 했고, 이제 3월이 다가오

* 미국의 영화배우. 이 단락에 나오는 다른 여자들 역시 영화배우이다.

고 있습니다. 공원에서 빨간 스케이트 깃발이 거두어지고, 우리는 다시 소아마비 철로 들어가게 됩니다. 어쩌면 다음 겨울까지 살아남지 못할지도 모르는 겁니다. 그러니 내가 뭘 기다리겠습니까? "지금이야! 아니면 영영 끝이야!" 그래서 그 아이를 쫓아—그 아이가 안전하게 시야에서 사라진 뒤에—나는 미친듯이 스케이트를 타기 시작합니다. "실례지만." 나는 그렇게 말할 겁니다. "너를 집까지 데려다주면 하는데." 데려다줬으면인가 데려다주면인가—어느 게 더 정확하지? 완벽한 영어를 구사해야 하는데. 유대인 말은 한마디도 섞으면 안 되는데. "핫초콜릿 안 마실래? 전화번호 좀 알 수 있을까? 나중에 저녁때 전화하려고. 내 이름? 나는 앨턴 피터슨이야." 이 이름은 내가 직접 에식스 카운티 전화번호부의 몽클레어 구역에서 고른 겁니다. 틀림없이 완전히 *이방인*이고, 거기에 덤으로 한스 크리스티안 안데르센처럼 들리기도 하죠. 얼마나 멋집니까! 나는 겨울 내내 몰래 "앨턴 피터슨"이라고 쓰는 연습을 했습니다. 열심히 연습한 다음 방과 후에 공책에서 찢어내 태워버렸죠. 그래야 집에 가서 누구한테 설명해야 하는 일이 안 생기니까요. 나는 앨턴 피터슨이다, 나는 앨턴 피터슨이다—앨턴 크리스티안 피터슨? 이건 너무 나가는 거 아닐까? 앨턴 C. 피터슨? 내가 되고 싶은 사람이 누구인지 잊지 않으려고 너무 몰두하다가, 그 아이가 스케이트를 갈아 신는 동안에 보트 창고에 도착해야 한다고 너무 안달하다가—또 그 아이가 내 얼굴 한가운데에 관해 물으면, 어떻게 된 거냐고 물으면 뭐라고 대답할까 궁리하다가(옛날에 하키를 하다 부상당했다고 할까? 어느 일요일 아침 교회에 갔다 와서 폴로를 하다 말에서 떨어졌다고 할까—아침에 소시지를 너무 많이 먹어서, 하하 하!), 생각했던 것보다 조금 일찍 한쪽 스케이트 날 끝이 호숫가에 닿고 맙니다. 그래서 얼어붙은 땅으로 고꾸라져 앞니 하나가 부러지고, 정강이뼈의 결절 부위가 깨지고 맙니다.

그 바람에 오른쪽 다리를 발목에서 엉덩이까지 육 주 동안 깁스합니다. 의사가 오스굿 슐라터병病이라고 부르는 것에 걸린 겁니다. 깁스를 푼 다음에도 마치 상이용사처럼 다리를 질질 끌고 다닙니다. 그걸 보고 아버지가 소리를 지르죠. "구부려! 평생 그러고 다니고 싶니? 구부려! 자연스럽게 걸어, 알았어? 그 오스카 섀터드* 다리를 너무 좋아하지 마라, 앨릭스. 그러다 평생 절름발이로 살게 될 거야!"

가명으로 스케이트를 타고 *이방인 여자*들을 따라다닌 죄로 나는 평생 절름발이가 되는 겁니다.

---

* '오스굿 슐라터(Osgood Shlatter)'를 쉽게 영어식으로 바꾸어 부른 것. '섀터드(Shattered)'는 '박살났다'는 뜻.

나는 이런 인생을 살아가고 있습니다, 선생님. 꿈이 필요한 사람이 누구겠습니까?

버블스 지라디. 힐사이드 고등학교에서 쫓겨난 뒤 올림픽 파크 수영장에서 재단사의 아들이자 호색한인 내 급우 스몰카 옆에 둥둥 떠 있던 열여덟 살짜리 여자아이……

억만금을 준다 해도 나는 그 수영장에는 가까이 가지 않을 겁니다. 그곳은 피부, 두피, 똥구멍의 병은 말할 것도 없고, 소아마비와 척수막염의 온상이니까요. 심지어 위퀘이크에 사는 어떤 아이가 탈의실과 수영장 사이에 있는 발 씻는 물에 들어갔다 나와보니 발톱이 다 빠져 있더라는 소문도 도니까요. 그래도 그곳은 밑을 대주는 여자애들을 볼 수 있는 곳입니다. 모르시겠어요? '뭐든지 해주는' *이방인 여자*들을 찾을 수 있는 곳이라고요! 수영장에서 소아마비에 걸리고, 발 씻는 물에서 괴저에 걸리고, 핫도그를 먹고 프토마인에 중독되고, 비누와 수건에서 상피병을 옮을 위험만 무릅쓰면 떡을 한 번 칠 수도 있다는 겁니다.

우리는 주방에 앉습니다. 우리가 갔을 때 버블스는 그곳에서 다리미질을 하고 있었습니다—슬립 차림으로요! 맨들과 나는 〈링〉 과월호를 넘깁니다. 거실에서는 스몰카가 특별 부탁이라며 버블스에게 자신의 두 친구한테 좀 해주라고 설득하고 있습니다. 전에 낙하산 부대원이었다는 버블스의 오빠에 대해서는 걱정할 필요 없다고 스몰카가 우리를 안심시킵니다. 그는 지금 특별 행사로 열리는 권투시합에 조니 "제로니모" 지라디라는 이름으로 참가하러 호보컨에 가고 없다는 겁니다. 버블스의 아버지는 낮에는 택시를 몰고, 밤에는 '마피아'를 위해 차를 몹니다. 갱들을 태우고 어디 나가 있어, 새벽녘까지는 돌아오지 않을 겁니다. 어머니도 걱정할 필요가 없는 것이 이미 죽었거든요. 완벽해, 스몰카, 완벽해. 이렇게 마음이 편할 수가. 이제는 너무 오래 지갑에 넣어 가지고 다니는 바람에 은박지 포장 안의 물건이 반쯤은 곰팡이한테 먹혀 사라졌을 것 같은 트로전 외에는 전혀 걱정할 게 없습니다. 한번 싸면 전부 조각조각 버블스 지라디의 밑구멍 안으로 날아가버릴 겁니다. 진짜로 그렇게 되면 어떡하지?

압박을 받는 상황에서도 트로전이 정말로 견디는지 확인하기 위해 나는 우리 집 지하실에 내려가 일주일 내내 물을 1리터씩 채워본 적이 있습니다. 비싼 것이기는 하지만 딸딸이를 칠 때도 사용해보았습니다. 씹을 하는 상황을 흉내낸 조건에서도 버티는가 보려는 것이었죠. 그때까지는 괜찮았습니다. 다만 이제 내 지갑에 자신의 형태로 지울 수 없는 자국을 남긴 이 성스러운 것, 내가 떡을 한 번 치기 위해 아껴둔 아주 특별한 것, 끝에 윤활제를 바른 이것이 어떻게 되었느냐 이겁니다. 거의 여섯 달 동안

학교에서 깔고 앉아놓고—지갑 안에 넣은 채 짓이겨놓고—어떻게 손상이 없을 거라고 생각할 수 있겠습니까? 제로니모가 밤새 호보컨에 있을 거라고 누가 장담합니까? 갱들이 어떤 사람을 죽이러 갔는데 이미 그 사람이 겁에 질려 제풀에 죽어버려, 지라디 씨가 집에서 푹 자려고 일찌감치 돌아오면 어쩝니까? 여자애가 매독에 걸렸으면 어쩝니까! 그렇다면 스몰카도 틀림없이 걸렸을 텐데! 늘 다른 애들의 크림소다 병을 빼앗아 빨아먹고, 손으로 남의 자지를 움켜쥐는 스몰카도! 우리 어머니 말에 따르면 그런 걸로도 충분히 걸릴 수 있다는데! 어머니의 그 잔소리는 끝이 날 줄을 모릅니다! "앨릭스, 발밑에 감추고 있는 게 뭐니?" "아무것도 아니에요." "앨릭스, 어서, 분명히 딸랑 하는 소리를 들었는데. 네 바지에서 떨어진 게 뭐야? 지금 네가 밟고 있는 거? 네 좋은 바지에서 나온 거!" "아무것도 아니에요! 내 신발밖에 없어요! 나 좀 가만히 놔두세요!" "이 녀석아, 너는 어쩌자고—어머나, 맙소사! 잭! 얼른 와봐요! 봐요—얘 신발 옆에 뭐가 있는지 좀 봐요!" 아버지는 바지를 무릎까지 내린 채, 부고란이 펼쳐져 있는 〈뉴어크 뉴스〉를 손에 쥔 채, 화장실에서 주방으로 달려옵니다—"이번엔 또 뭐야?" 어머니는 비명을 지르며 (그게 어머니의 대답입니다) 의자 밑을 가리킵니다. "저게 뭡니까, 아저씨—요새 똑똑한 고등학생들은 이런 장난을 치시나?"

아버지가 화가 나서 다그칩니다. "저 검은 플라스틱 물건이 주방 바닥에서 뭘 하고 있는 겁니까?" "그건 플라스틱이 아니에요." 나는 그렇게 말하고 나서 울음을 터뜨립니다. "제 거예요. 힐사이드의 열여덟 살 난 이탈리아 여자애한테서 매독이 옮았어요. 그래서 이제, 이제, 저는 서-서-성기가 없어요!" "저애의 귀여운 게." 어머니가 비명을 지릅니다. "쉬를 시키려고 간질여주곤 하던 게—" "만지지 마 아무도 움직이지 마." 아버지가 소리칩니다. 어머니가 남편 무덤에 뛰어들려는 여자처럼 바닥으로 몸을 던지려는 것처럼 보이기 때문입니다. "연락해—동물애호협회에—" "광견병에 걸린 개가 있을 때처럼요?" 어머니가 웁니다. "소피, 달리 뭘 어쩌겠어? 어디 서랍에 잘 둘 거야? 저애 자식들한테 보여줄 거야? 저애는 이제 자식도 낳을 수 없을 텐데!" 어머니가 애처롭게 소리를 지르기 시작합니다. 슬퍼하는 짐승이 따로 없습니다. 아버지는……하지만 이 장면은 금방 희미해집니다. 몇 초 만에 내 눈이 멀기 때문입니다. 한 시간도 안 되어 내 뇌의 밀도는 뜨거운 전분과 같은 지경에 이릅니다.

지라디네 집 싱크대 위에는 예수그리스도가 분홍색 나이트가운을 입고 둥둥 떠서 하늘로 올라가는 그림이 붙어 있습니다. 어쩜 인간들이 이렇게 역겨울 수 있죠! 나는 유대인의 편협함, 독선적인 태도를 경멸하는 사람입니다. 혈거인이나 다름없는 부모나 친척들의 어디서 나왔는지 알 수 없는 그 믿을 수 없을 정도로 괴상한 우월감을 경멸해요. 하지만 번지르르한 싸구려라는 면에서 보자면, 고릴라도 창피하게 여길 믿음이라는 면에서 보자면, 이 *이방인*들을 도저히 따라갈 수가 없습니다. 이 사람들은 도대체 얼마나 저열하고 뇌도 없는 얼간이이기에, 첫째 존재하지도 않았고, 둘째 존재했다 해도 저 그림에서처럼 틀림없이 '팔레스타인의 팬지*'처럼 생겼을 게 틀림없는 사람을 섬길 수 있는 겁니까. 급사 같은 머리에 팜올리브 광고에 나오는 사람 같은 안색—거기에 지금 보니 할리우드의 프레더릭스** 물건인 게 뻔한 가운! 하느님이니 뭐니 하는 말도 안 되는 헛소리는 이제 그만! 종교와 인간의 굴종을 타도하자! 사회주의와 인간의 존엄을 드높이자! 사실 내가 지라디의 집을 찾아간 것은 그 집의 딸과 떡을 치려는 게 아니라—하느님 제발!—헨리 월리스와 글렌 테일러***를 대신하여 복음을 전하려는 겁니다. 당연하죠! 지라디 집안 사람들이 민중이 아니면 누가 민중입니까? 나하고 미래의 매형은 결국 그들의 권리와 자유와 존엄을 위해 매주 일요일 오후마다 우리의 가망 없을 정도로 무지한 노인들(민주당에 투표하고

* 꽃 이름이지만 남자 동성애자라는 뜻도 있음.

** 미국의 유명한 여성 속옷 가게.

*** 둘 다 미국의 진보 정치가.

네안데르탈인처럼 생각하는), 우리 아버지나 백부와 논쟁을 벌이는 것 아닙니까? 그 사람들은 말합니다. 여기가 마음에 안 들면, 모든 게 그렇게 멋있다는 러시아로 가지 그러냐? "자네 그러다 그 아이를 공산주의자로 만들겠군." 아버지가 모티에게 경고합니다. 그러면 나는 소리를 지릅니다. "아버지는 이해 못해요! 모두가 형제라고요!" 맙소사, 인간의 우애를 그렇게 모르다니, 그 자리에서 아버지 목이라도 조를 수 있을 것 같습니다.

이제 모티는 누나와 결혼할 예정이기 때문에 우리 백부를 위해 트럭을 몰고 창고에서 일을 합니다. 어떤 의미에서는 나도 마찬가지입니다. 삼 주 연속 토요일마다 새벽에 일어나 모티와 함께 뉴저지가 포코노 산맥과 만나는 황량한 시골의 잡화점에 스퀴즈 상자를 배달하러 갑니다. 나는 나의 스승인 노먼 코윈*과 그의 유럽전승일 기념 축하극인 〈승리의 목소리로〉(모티가 내 생일 선물로 대본을 한 권 사주었습니다)에서 영감을 받아 라디오 드라마를 썼습니다. 그렇게 적은 빌헬름슈트라세 뒷골목에서 쓰러져 죽었다. 갈채를 받으라, 병사여, 갈채를 받으라, 범부여…… 그냥 그 리듬만으로도 살에 잔물결이 이는 듯합니다. 의기양양한 적군赤軍의 행진곡 박자처럼요. 또 전시에 우리가 초등학교에서 배운 노

* 미국의 극작가.

래, 우리 선생님들이 "중국 국가"라고 부르던 노래처럼요. "일어나라, 너희, 노예가 되기를 거부하는 자들이여! 우리의 살과 피로"—아, 이 도전적인 운율! 나는 그 영웅적인 단어 하나하나를 다 기억합니다!—"새로운 만리장성을 건설하리라!" 그뒤에 내가 가장 좋아하는 행, 내가 영어에서 가장 좋아하는 단어로 시작되는 행이 나옵니다. "분-노가 우리 모든 동-포의 가슴에 가득하다, 일-어나라! 일-어나라! 일-어나라!"

나는 내 희곡의 첫 페이지를 펼치고 모티에게 소리내어 읽어주기 시작합니다. 우리 트럭은 어빙턴, 오렌지 산맥을 거쳐 서부로 갑니다—일리노이! 인디애나! 아이오와! 아, 나의 미국이여. 평원과 산과 골짜기와 강과 협곡이여…… 바로 그런 애국적 주문을 왼 뒤 나는 밤에 잠을 청하기 시작합니다. 양말에 딸딸이를 친 뒤에. 내 라디오드라마의 제목은 〈자유가 울려퍼지게 하라!〉입니다. 이것은 도덕극으로(지금 보니 그렇네요), 두 주요 등장인물의 이름은 프레주디스와 톨러런스*입니다. 이 극본은 내가 "산문시"라고 부르는 형식으로 쓰였습니다. 톨러런스가 검둥이들의 냄새를 변호하기 시작하는 순간 우리는 뉴저지 주 도버의 식당에 차를 세웁니다. 로제의 『유의어사전』(누나의 생일 선

* '편견'과 '관용'이라는 뜻.

물이었습니다) 덕분에 거의 알아들을 수 없을 정도로 과장된 채 내 입에서 흘러나오는 나 자신의 인도적이고 동정적이고 라틴어적이고 두운체적인 화려한 글—거기에 새벽, 그리고 새벽에 내가 밖에 나와 있다는 사실이 보태져—거기에 모티가 "치프"라고 부르는 문신을 한 식당 점원이 보태져—평생 처음 아침으로 홈프라이드 포테이토를 먹는 것이 보태져—거기에 리바이스에 럼버재킷에 모카신 차림(간선도로에 나오니 고등학교 복도에서 입고 다니던 의상과는 완전히 달라 보입니다)으로 몸을 날려 트럭 앞좌석에 다시 탄다는 사실이 보태져—해가 막 나의 주, 뉴저지의 구릉지 농장들을 비추기 시작한다는 사실이 보태져!—나는 다시 태어납니다! 부끄러운 비밀들로부터 자유로워졌다는 느낌이 듭니다! 아주 깨끗한 느낌, 아주 강하고 고결해진 느낌입니다—아주 미국적인 사람이 된 느낌입니다! 모티는 다시 간선도로를 탑니다. 그때 그 자리에서 나는 잘못을 바로잡는 데, 짓밟히고 혜택받지 못하는 사람들을 끌어올리는 데, 부당하게 감옥에 갇힌 자들을 해방하는 데 내 인생을 바치겠다고 서약합니다. 맹세합니다. 모티가 나의 증인이 됩니다. 그는 내가 새로 발견한, 좌파 성향의 사내다운 형兄입니다. 인류와 야구를 둘 다 사랑하는 것이 가능하다는 살아 있는 증거입니다(그리고 우리 누나도 사랑합니다. 나도 누나가 우리 둘에게 제공한 비상구 때문에 이제 누나를 사랑할 준비가 되어 있습니다). 모티는 A.V.C.*를 통해 코윈이나 하워드 패스트와 마찬가지로 나의 영웅인 빌 말딘** 에게 나를 연결시켜줍니다. 나는 눈에 사랑의 눈물(모티를 위해, 나를 위해)을 글썽이며 모티에게 이제 내가 '민중'이라고 생각하는(그 생각에 소름이 돋았습니다) 사람들을 불의와 착취, 수모와 가난과 무지에서 해방하기 위해 "펜의 힘"을 사용하겠다고 서약합니다.

나는 두려움으로 얼음처럼 차가워집니다. 그 여자와 여자의 매독에 대한 두려움으로! 여자의 아버지와 아버지의 친구들에 대한 두려움으로! 여자의 오빠와 오빠의 주먹에 대한 두려움으로! (아무리 *이방인*들의 일이라 하지만 스몰카는 전혀 믿을 수 없는 걸 우리더러 믿으라고 했습니다. 즉 버블스가 "걸레"라는 걸 오빠와 아버지도 알지만, 아무 관심도 없다는 거였지요.) 또 층계에서 발소리만 들려도 튀어나가려고 보아둔 주방 창문 너머에 쇠말뚝 담장이 있어, 거기 엎어지면 말뚝이 몸을 관통할 거라는 두려움도 있습니다. 물론 내가 생각하고 있는 담장은 라이언스

---

* 미국 참전용사위원회.

** 미국의 만화가.

애비뉴에 있는 가톨릭 고아원을 둘러싼 겁니다. 하지만 이제 나는 환각과 혼수상태 중간쯤에 와 있습니다. 그리고 아주 오래 굶은 것처럼 약간 멍하기도 합니다. 〈뉴어크 뉴스〉에 나온 사진이 보입니다. 내 피가 고인 보도의 시커먼 웅덩이와 그 담장을 찍은 사진입니다. 우리 가족은 그 사진에 달린 설명이 준 충격에서 결코 헤어나오지 못합니다. 보험인의 아들 죽음으로 뛰어내리다.

내가 이글루에 앉아 차갑게 얼어붙는 동안 맨들은 자기가 흘린 땀에 버터구이가 됩니다. 냄새까지 풍기면서요. 검둥이의 몸 냄새를 맡으면 나의 마음에는 동정심, "산문시"가 가득찹니다. 그러나 맨들에게는 그렇게 관대하지 못합니다. (어머니가 그애를 두고 말하듯이) "그애 때문에 구역질이 나려고 합니다". 그렇다고 나에게 최면을 거는 듯한 피조물이라는 면에서 맨들이 스몰카보다 못하다는 이야기는 아닙니다. 나처럼 열여섯이고 유대인이지만, 우리의 닮은 점은 그게 끝입니다. 맨들은 머리를 덕테일*로 길렀고, 구레나룻은 턱뼈까지 내려오고, 원버튼 롤 슈트에 끝이 뾰족한 검은 구두로 멋지게 치장하고, 빌리 엑스타인**식 칼라는 진짜 빌리 엑스타인의 칼라보다 더 큽니다! 하지만 유대인

---

* 십대 소년들이 양쪽 옆머리를 길게 길러 오리 꼬리처럼 뒤로 합친 머리 모양.

** 미국의 재즈 연주가.

이죠. 믿어지지 않습니다! 어떤 도덕주의자인 척하는 선생이 우리한테 아널드 맨들은 아이큐는 천재 수준인데 훔친 차를 타고 담배를 피우고 맥주를 마시고 토하는 걸 좋아한다고 슬쩍 흘린 적도 있습니다. 믿어지세요? 유대인 남자애가? 스몰카의 부모가 양복점에서 노예처럼 일하는 동안 맨들은 방과 후에 스몰카네 거실에서 커튼을 쳐놓고 집단 딸딸이를 치는 데도 참여한다고요. 그 얘기를 듣긴 했지만 나는 아직도(나 자신의 페티시즘은 말할 것도 없고 자위, 노출증, 관음증에도 불구하고) 그 얘기를 믿을 수도 없고 믿지도 않을 겁니다. 애들 너덧 명이 두당 1달러씩 판돈을 내고 바닥에 둥그렇게 둘러앉아 스몰카의 신호에 따라 딸딸이를 치기 시작하고, 제일 먼저 싸는 애가 돈을 갖는다는 이야길요.

돼지들.

맨들의 행동은 오직 그애가 겨우 열 살 때 아버지가 죽었다는 사실로만 설명될 수 있을 겁니다. 물론 나는 무엇보다도 이 점에 매혹되었죠. 아버지 없는 소년.

그럼 스몰카의 과감한 행동은 어떻게 설명할 수 있을까? 스몰카의 어머니는 일을 합니다. 우리 어머니는, 기억하시죠, 마치 게릴라 부대가 자신의 영향권 아래에 있는 시골 영토를 이동하듯이 우리 아파트의 방 여섯 개를 순찰합니다. 내 옷장이나 서랍

가운데 어머니가 그 내용물을 샅샅이 파악하지 못한 곳은 없습니다. 반면 스몰카의 어머니는 그애 아버지의 가게 구석에 있는 작은 의자의 작은 불 옆에서 하루종일 앉아 솔기를 뜯느라, 밤에 집에 돌아온 뒤 자식이 모아놓은 겉이 오톨도톨한 소름끼치는 콘돔들을 찾아내기 위해 가이거계수기를 들고 다닐 기운은 없는 겁니다. 이해하시겠지만, 스몰카네 집은 우리 집만큼 부자가 아닙니다. 거기에 결정적인 차이가 있는 거죠. 일을 나가고, 베니션블라인드도 없는 어머니…… 그래요, 나에게는 이게 모든 걸 충분히 설명해줍니다—왜 스몰카가 늘 다른 아이들의 자지를 움켜쥐느냐는 것뿐 아니라, 왜 올림픽 파크에 수영하러 다니느냐 하는 것까지도요. 스몰카는 호스티스 컵케이크와 자신의 재주를 먹고삽니다. 나는 따뜻한 점심을 먹는 대신 거기에 따르는 모든 억제도 먹죠. 하지만 오해하지 마세요(오해가 가능하지도 않겠지만), 겨울에 눈보라가 칠 때 점심시간에 뒤쪽 층계참에서 질척한 눈을 발로 밀어 없애며 주방 라디오에서 흘러나오는 〈제니 아주머니〉를 듣고, 스토브에서 보글거리는 토마토 수프의 크림 냄새를 맡는 것보다 흥미진진한 일이 뭘까요? 일 년 사시사철 깨끗하게 세탁해서 다림질한 파자마를 입고, 늘 가구 광택제 냄새가 나는 침실에서 자는 것보다 나은 일이 뭘까요? 스몰카처럼 완전히 잿빛이 된 속옷들이 내 서랍 안에 뒤범벅이 되어 있으면 내가 좋아할까요? 안 좋아할 겁니다. 발가락이 없는 양말을 좋아할까요? 목이 따끔거리는데 꿀을 탄 뜨거운 레모네이드를 가져다주는 사람이 없으면 좋아할까요?

거꾸로 버블스 지라디가 스몰카의 침대에서 스몰카에게 해주듯이, 오후에 우리 집에 와서 내 걸 빨아주면 내가 좋아할까요?

약간 아이러니하면서도 재미있는 일. 지난봄, 나는 워스 스트리트에서 바로 집단 딸딸이의 주인공 맨들 씨와 우연히 마주치게 됩니다. 탈장대脫腸帶, 부목, 지지대 등이 가득한 샘플 상자를 들고 가더라고요. 그런데 아세요? 그애가 지금까지 살아 숨쉰다는 것 자체가 나한테는 엄청나게 놀라운 일이라는 걸. 도저히 충격에서 벗어날 수가 없었습니다—사실, 아직도 못 벗어났어요. 심지어 결혼도 해서 아내와 두 어린 자식과 함께 가정적으로 살더라고요—뉴저지 주 메이플우드의 "랜치" 주택에서요. 맨들은 살아 있고, 또 그의 말에 따르면 기다란 정원 호스와 바비큐와 조개탄도 소유하고 있습니다! 푸피 캄포와 티토 발데스*를 경외해, 고등학교를 그만둔 다음날 시청으로 가서 이름을 공식적으로 아널드에서 바-바-루로 바꾼 맨들, 맥주 "여섯 캔 팩"을 마

* 둘 다 가수 이름.

셨던 맨들이 말이에요! 이건 기적이에요. 이럴 수는 없는 겁니다! 도대체 어떻게 천벌이 맨들을 피해가는 일이 있을 수 있습니까? 맨들은 매년 챈슬러 애비뉴와 레슬리 스트리트가 만나는 모퉁이에 무식함을 뚝뚝 흘리며 심드렁하게 서 있었고, 오리 궁둥이를 하늘에 드러낸 채 봉고 드럼 위에 뺀질이처럼 앉아 있었는데—어떤 벼락도 어떤 신도 그를 내려치지 않다니! 그래서 살아남아, 이제 나처럼 서른세 살이고, 뉴어크의 마켓 스트리트에서 의료기상을 하는 장인 밑에서 영업을 하다니. 너는 어떠냐. 맨들이 묻습니다. 너는 뭐 해 먹고살아? 정말 모르는 걸까? 이 녀석은 우리 부모의 우편물 수취인 명부에 들어 있지 않은 걸까? 내가 인도적이고 동정적인 이상을 품고 살며, 순수한 동기에 따라 행동하는, 뉴욕 전체에서 가장 도덕적인 사람이라는 건 이제 모두 다 아는 사실 아니었나? 내가 선하다는 거 하나로 먹고사는 사람이라는 걸 이 녀석은 모르나? "공무원이야." 나는 대답하며 길 건너 워스 30번지를 가리켰습니다. 겸손의 표본 아닙니까.

"지금도 애들 만나?" 바-바-루가 물었습니다. "결혼은 했어?"

"아니, 아니."

새로 생긴 군턱 안에서, 그 옛날의 교활한 라틴아메리카 뺀질이의 모습이 나타납니다. "그럼, 어, 보지 쪽으로는 어떻게 해?"

"사귀는 애들이 있지. 내 걸 직접 주물러대기도 하고."

실수다. 나는 즉시 생각합니다. 실수야! 이 자식이 〈데일리 뉴스〉에 나불거리면 어쩌지? 인간기회위원회 부감독관 수음을 즐기다, 또 죄악에 빠져 살고 있다고 옛 동창이 밝히다.

신문의 표제들. 늘 내 더러운 비밀을 드러내 세상을 충격에 빠뜨리고 못마땅한 표정을 짓게 만드는 표제들.

"이봐." 바-바-루가 말했습니다. "리타 지라디 기억나? 버블스 말이야. 우리를 다 빨아줬던 애?"

"……그애가 뭐?" 목소리 좀 낮춰, 바-바-루! "그애가 어쨌는데?"

"〈뉴스〉에서 못 읽었어?"

"—무슨 〈뉴스〉?"

"〈뉴어크 뉴스〉."

"이제 뉴어크 신문들은 안 봐. 그애가 어떻게 됐는데?"

"살해당했어. 호손 애비뉴의 한 술집에서. 아넥스에서 조금 내려가면 나오는 데야. 어떤 검둥이하고 같이 있었는데 다른 검둥이가 들어와서 두 사람 머리를 쐈대. 어떻게 생각해? 씨발, 검둥이들 때문에 죽다니."

"와." 진심이었다. 그러다 갑자기—"야, 바-바-루, 스몰카는 어떻게 됐어?"

"모르겠어." 바-바-루가 말한다. "그 자식, 교수 아닌가? 교수란 얘길 들은 것 같은데."

"교수? 스몰카가?"

"무슨 대학 선생일 거야."

"에이, 그럴 리가." 나는 우월감을 드러내며 조롱합니다.

"맞아. 누가 그랬는데. 프린스턴이라고."

"프린스턴?"

그럴 리가! 얼어붙을 듯한 오후에 점심으로 뜨거운 토마토 수프도 못 먹었는데? 그 악취 나는 파자마를 입고 잤는데? 파리 여자들을 미치게 만드는 거라고 자랑하던, 성난 작은 돌기가 박힌 그 빨간 고무장화들의 소유자가? 스몰카, 올림픽 파크 수영장에서 수영을 하던 스몰카, 그 녀석도 살아 있다고? *게다가*noch 프린스턴 교수라고? 무슨 과야? 고전언어야 천체물리학이야? 바-바-루, 너 꼭 우리 어머니처럼 말하는구나. 교수가 아니라 배관공이나 전기공이겠지. 나는 그 얘기 안 믿을 거니까! 내 말은 내 *내장* 깊은 곳에서는, 내 깊은 감정과 내 오랜 믿음으로는, 물론 나도 겉으로야 랜치 주택과 전문직이 이 행성에 사는 모든 사람들에게 열려 있는 것이고 스몰카와 맨들이 앞으로도 계속 그걸 누리며 살 수 있다는 걸 아주 잘 알지만, 속으로는 이 두 문제아들의 중간계급적 성공은 말할 것도 없고 생존조차도 도저히 믿을 수가 없다는 겁니다. 정말이지, 그 녀석들은 감옥에 있어야 합니다—아니면 시궁창에. 그놈들은 숙제도 안 했단 말입니다, 젠장! 스몰카는 스페인어 시험을 볼 때 내 걸 베꼈고, 맨들은 커닝조차 안 할 만큼 시험에 좆도 관심도 없었습니다. 음식을 먹기 전에 손을 씻었느냐 하면…… 이해 못하겠습니까? 이 두 아이는 죽었어야 한다고요! 버블스처럼요. 그래요, 말이 좀 되는 인생이 적어도 하나는 있네요. 인과응보에 관한 내 생각을 확인해주는 사례가 하나는 있어요! 충분히 나빴고, 충분히 썩었고, 그래서 좆이나 빨던 머리가 검둥이들한테 날아간 겁니다. 세상은 그렇게 돌아가야 마땅한 거라고요!

스몰카가 주방에서 돌아와 버블스가 하고 싶어하지 않는다는 말을 전합니다.

"우리도 떡을 칠 수 있을 거라며!" 맨들이 소리칩니다. "빨아줄 거라고 했잖아! 즙을 짜고 증기를 넣고 드라이클리닝을 할 거라고, 네가 그렇게 말했다고!"

"씨발, 집어쳐." 내가 말합니다. "해주지도 않는데 누가 저런 애를 원하겠어. 가자고—"

"난 일주일 내내 이 생각만 하며 딸딸이를 쳤다고! 나는 아무데도 안 가! 이게 도대체 무슨 거지 같은 짓이야, 스몰카? 손으로 딸딸이도 쳐주지 않겠대?"

나, 나는 내 후렴구만 반복합니다. “참, 야, 해주지 않겠다는데 그냥 가자—”

하지만 맨들이 말합니다. “씨발, 지가 뭔데 감히 남자한테 손으로도 안 해주겠다는 거야? 그깟 손장난을. 우리가 뭐 이 세상 전부라도 달라는 거야? 난 저년이 빨아주거나 잡아주기 전에는 안 갈 거야. 하느냐, 마느냐, 둘 중 하나라고! 저년한테 달렸어, 좆같은 창녀 같으니라고!”

그래서 스몰카는 다시 회의를 하러 들어가고, 거의 삼십 분이 지난 다음 여자애가 마음을 바꿔먹었다는 소식을 들고 돌아옵니다. 단, 한 애만 딸딸이를 쳐주는데, 바지는 입고 있어야 하고, 그 이상은 안 된다면서요. 우리는 동전을 던집니다—그리고 내가 매독에 걸릴 권리를 따냅니다! 맨들은 동전이 천장에 스쳤다고 주장합니다. 나를 죽이기라도 할 기세입니다. 내가 상을 받으러 거실로 들어가는 순간에도 여전히 그 녀석은 반칙이라고 소리를 지르고 있습니다.

그애는 리놀륨을 깐 거실 저쪽 끝의 소파에 슬립 차림으로 앉아 있습니다. 몸무게가 170파운드는 나갈 것 같고, 콧수염도 기르는 것 같습니다. 앤서니 페루타. 그애가 물어보면 그게 내 이름이 될 겁니다. 하지만 그애는 묻지 않습니다. “야.” 버블스가 말합니다. “분명히 해두는데, 너한테만 해주는 거야. 너로 끝이야.”

"무조건 네가 하자는 대로 할게." 내가 정중하게 말합니다.

"좋아, 바지에서 꺼내. 하지만 바지는 내리지 마. 내 말 들었지? 이미 쟤한테 말했으니까. 누구든 불알에는 아무것도 안 해줄 거야."

"좋아, 좋아. 좋을 대로 해."

"그리고 내 몸에도 손대면 안 돼."

"야, 네가 가라면 나는 갈게."

"어서 꺼내기나 해."

"좋아. 그게 네가 원하는 거라면, 자…… 자." 나는 그렇게 말하지만, 너무 성급했습니다. "그전에-먼저-이걸-좀—" 내 물건은 도대체 어디에 숨은 걸까? 교실에서 나는 가끔 의식적으로 죽음, 병원, 끔찍한 교통사고 같은 것을 생각하곤 합니다. 종이 치기 전에 그런 생각들이 내 "딱딱한 녀석"을 수그러들게 해 자리에서 일어설 수 있기를 바라면서요. 칠판으로 다가가거나 버스에서 내리려고 할 때 물건이 벌떡 서서 눈앞에 있는 모든 사람에게 말할 것만 같습니다. "안녕! 나 좀 봐요!" 그런데 지금은 어디에서도 찾을 수가 없는 겁니다.

"자!" 마침내 나는 외칩니다.

"그게 다야?"

"어." 나는 얼굴을 붉히며 대답합니다. "단단해지면 커져……"

"어, 알다시피 난 밤새도록 해줄 수 있는 게 아냐."

예의바르게. "아, 나도 밤새도록일 거라고는—"

"누워!"

버블스는 석연치 않은 표정으로 등받이가 딱딱한 의자에 앉고, 나는 버블스 옆의 소파에 몸을 뻗습니다. 갑자기 버블스가 내 물건을 쥡니다. 하지만 내 불쌍한 좆은 마치 무슨 기계에 물린 것 같습니다. 기운차게—약하게 표현하는 겁니다만—시련이 시작됩니다. 마치 해파리에 대고 딸딸이를 치는 것 같습니다.

"왜 이래?" 버블스가 마침내 말합니다. "너 못 싸?"

"보통은 싸, 쌀 수 있어."

"그럼 나한테만 의지하지 마."

"안 그래. 노력하고 있단 말이야, 버블스—"

"내가 지금부터 쉰까지 셀 텐데, 그때까지 못 싸면 그건 내 책임이 아냐."

쉰? 쉰 셀 동안 내 물건이 내 몸에 그대로 붙어 있으면 다행이다싶습니다. 천천히 좀. 나는 소리를 지르고 싶습니다. 거기 주변을 그렇게 거칠게 하지 말고, 제발! "열하나, 열둘, 열셋." 나는 혼자 생각합니다. 다행이야, 이제 곧 끝나겠지. 버텨, 이제 사십 초밖에 안 남았어. 그러나 당연한 얘기지만 안도감과 동시에 실망감도 찾아옵니다. 강렬한 실망감입니다. 내가 열세 살 때부터 밤낮으로 꿈꾸어온 게 고작 이런 거라니. 속을 파낸 사과도 아니고, 바셀린을 바른 우유병도 아니고, 마침내 슬립을 입은 여자애, 젖통과 씹이 달린 여자애가 제 눈앞에 있는 거라고요. 콧수염은 있지만, 내가 뭐라고 까다롭게 굴겠어요? 나 혼자 쭉 상상해오던 게 현실이 되었는데……

그때 어떻게 하면 좋을지 떠오릅니다. 내 물건을 잡아뜯고 있는 게 버블스의 주먹이라는 걸 잊는 겁니다—나 자신의 주먹인 척하는 겁니다! 그런 다음 어두운 천장을 뚫어져라 봅니다. 그러면서 평소에 딸딸이를 칠 때처럼 내가 지금 여자와 떡을 치고 있다고 생각하지 않고, 딸딸이를 치고 있다고 생각하는 겁니다.

그러자 곧 효과가 나타나기 시작합니다. 그러나 안타깝게도 내가 막 원하는 곳에 이르려 할 때 버블스의 노동시간이 끝납니다.

"됐어, 끝이야." 버블스가 말합니다. "쉰." 그리고 끝!

"안 돼!" 나는 소리칩니다. "조금만 더!"

"야, 있잖아, 너희들이 여기 오기 전에 나는 다리미질을 두 시간이나 했어—"

"딱 하나 셀 동안만 더! 이렇게 애원할게! 둘 셀 동안만 더! 제발!"

"안-돼!"

그 순간 (늘 그렇듯이!) 좌절, 그리고 박탈감과 실망감을 견딜 수 없어 나는 손을 뻗어 내 물건을 움켜쥡니다. 그러자 팡!

내 눈으로 볼 때는 정당할 따름입니다. 주인의 손이 직접 한 번 채찍처럼 쳐주자 거품이 내 몸에서 솟아오른 겁니다. 정말 묻고 싶은데, 나 자신만큼 내 딸딸이를 잘 쳐주는 사람이 누가 있겠습니까? 다만, 누워 있었기 때문에 발사물이 내 자지를 떠나 수평으로 내 몸통을 따라 쭉 거슬러올라오다 내 눈에 걸쭉하게 철퍽 떨어지며 축축하고 따끔거리는 느낌을 안겨준 게 문제지요.

"이 유대인 새끼, 개새끼!" 버블스가 소리칩니다. "좆물이 소파에 다 묻었잖아! 벽에도! 그리고 전기스탠드에도!"

"내 눈에도 맞았어! 그리고 나한테 유대인 새끼라고 하지 마, 너!"

"너 유대인 새끼 맞잖아, 이 유대인 새끼야! 사방에 다 떨어졌어, 이 미친 개새끼야! 저 꽃병 받침 좀 봐!"

우리 부모님이 경고한 대로였습니다. 아무리 사소한 일이라 해도 일단 불화가 생기면 *이방인 여자* 머릿속에는 더러운 유대인이라는 말밖에 안 떠오른다는 겁니다. 얼마나 끔찍한 발견입니까—늘 틀리던 부모님이……옳다는 게 말입니다! 그리고 내 눈, 마치 불에 덴 것 같은 내 눈—이제 그 이유를 알게 됩니다. 악마의 섬에서는 경비병들이 죄수의 눈에 정액을 발라 장님으로 만들면서 논다던 스몰카의 이야기가 기억난 겁니다. 나는 눈이 머는 거야! *이방인 여자*가 내 자지를 맨손으로 만지는 바람에 이제 나는 영원히 장님이 되는 겁니다! 선생님, 내 심리, 이건 초등학생 교과서만큼이나 이해하기가 쉽죠? 대답해주세요. 왜 굳이 꿈이 필요합니까? 프로이트씩이나 필요할 일이 있겠습니까? 〈뉴욕 포스트〉의 로즈 프란츠블라우 정도의 지식이면 나 같은 사람은 쉽게 분석할 수 있을 텐데!

"개 같은 유대인!" 버블스가 소리를 지릅니다. "엿 같은 유대인! 자기 손으로 자기 물건을 만지지 못하면 싸지도 못하는, 이 싸구려 호모 유대인 새끼야!"

이봐, 그만하면 됐잖아, 너는 동정심도 없어? "근데 내 눈!" 나는 주방으로 달려갑니다. 가보니 스몰카와 맨들이 웃겨죽겠다며 벽 앞에서 데굴데굴 구르고 있습니다. "—정통으로"—맨들이 소리치더니 배를 잡고 바닥에 쓰러져 두 주먹으로 리놀륨을 때려댑니다—"정통으로 좆같은—"

"물 줘, 이 거지 같은 새끼들아, 나 눈먼단 말이야! 눈에 불났어!" 나는 전속력으로 맨들의 몸을 넘어가, 수도꼭지 밑에 머리를 밀어넣습니다. 싱크대 위에서는 여전히 예수가 분홍색 잠옷을 입고 위로 올라가고 있습니다. 쓸모없는 개새끼! 나는 예수가 기독교인들을 동정심 많고 친절한 사람들로 바꾸어놓은 줄 알았습니다. 다른 사람들의 고난을 안쓰러워하라고 이야기한 줄 알았습니다. 다 거짓말! 내가 눈이 먼다면 그건 당신 탓이야! 그래요,

어떻게 된 일인지 예수가 이 모든 통증과 혼란의 궁극적 원인이라는 생각이 듭니다. 그리고 오, 맙소사, 찬물이 얼굴을 따라 흘러내리자, 부모님한테 내가 눈이 먼 걸 어떻게 설명해야 하나 하는 생각이 듭니다. 우리 어머니는 실제로 내 똥이 만들어지는 과정을 확인하며 내 엉덩이 주변에서 반평생을 보내다시피 한 사람입니다. 그런데 어떻게 내가 앞이 보이지 않는다는 사실을 감출 수 있겠습니까? "똑, 똑, 똑, 나예요, 어머니, 이 착하고 큰 개가 나를 집에 데려다주었어요. 지팡이도 도움이 되었지만요." "개? 우리 집에? 개 때문에 온 집 안이 더러워지기 전에 어서 데리고 나가! 잭, 집 안에 개가 들어왔어요. 방금 주방 바닥을 닦았는데 말이에요!" "하지만, 엄마, 이 개는 여기 살러 온 거예요. 살아야만 해요. 맹도견이거든요. 나는 눈이 멀었어요." "오, 하느님! 잭!" 어머니는 화장실에 대고 소리칩니다. "잭, 앨릭스가 개를 집에 데려왔어요—걔가 눈이 멀었대요!" "개가, 눈이 멀어?" 아버지가 대답합니다. "개가 눈이 멀다니 말도 안 되는 소리! 밤새도록 전깃불을 켜놓고 사는 앤데." "어쩌다가?" 어머니가 비명을 지릅니다. "어쩌다가? 말 좀 해봐, 어쩌다가 이런 일이—"

어머니, 어쩌다가요? 달리 뭐가 있겠어요? 기독교도 여자애들하고 사귀다 이렇게 된 거죠.

다음날 맨들은 내가 발광하며 떠난 지 삼십 분도 안 돼, 좆같은 이탈리아년 버블스가 무릎을 꿇고 앉아 자기 좆을 빨아줬다고 말해줍니다.

나는 뚜껑이 열립니다. "버블스가 정말?"

"그래, 그 좆같은 이탈리아년이 바로 무릎을 꿇고," 맨들이 말합니다. "얼간이, 집에는 왜 가냐?"

"버블스가 나보고 유대인 새끼라고 했단 말이야!" 나는 독선적인 태도로 말합니다. "눈이 먼 줄 알았다고. 야, 그애는 반유대주의자야, 바-바-루."

"그래서 그게 뭐?" 맨들은 그렇게 대꾸합니다만, 사실은 반유대주의가 무슨 말인지도 모르는 것 같습니다. "내가 아는 건 내가 떡을 쳤다는 거야, 두 번이나."

"그래? 장화를 신고?"

"씨발, 아무것도 안 썼어."

"그러다 임신할 텐데!" 나는 소리를 지릅니다. 그리고 괴로워합니다. 마치 책임질 사람이 바로 나인 것처럼.

"뭔 상관이야?" 맨들이 대꾸합니다.

그런데 왜 나는 걱정을 할까? 왜 나 혼자만 지하실에서 트로전을 몇 시간씩 검사할까? 왜 나 혼자만 매독에 대한 끔찍한 공포 속에서 살고 있을까? 왜 나는 영원히 눈이 멀 거라고 상상하며 충혈된 눈으로 집으로 달려갈까? 삼십 분 뒤면 버블스가 무릎을 꿇고 입으로 좆을 삼켜줄 건데! 집으로—엄마에게로! 톨하우스 쿠키와 우유 한 잔이 있는 곳으로, 우리 집의 훌륭하고 깨끗한 침대로! 아, 문명과 그 불만! 바-바-루는 버블스가 어떤 식으로 해주었는지 나에게 말하고, 이야기하고, 떠들어대는데! 사실 나는 그걸 알아야만 합니다. 자세하게—모든 세부사항을! 그애 젖통은 어때? 젖꼭지는 어때? 허벅지는 어때? 허벅지로 어떻게 해, 바-바-루? 빨간 책에 나오는 것처럼 허벅지로 네 엉덩이를 감싸? 아니면 내 꿈에서처럼 비명을 지르고 싶을 정도로 허벅지로 네 좆을 꽉 조여? 그리고 그 아래 털은 어때? 음모와 그 냄새, 어서 전부 다 말해줘. 전에 다 들은 거라도 상관없어. 정말로 그애가 꿇어앉은 거야, 아니면 나한테 뻥치는 거야? 정말로 무릎을 꿇고 앉은 거야? 이는 어때? 이는 어디로 가? 그걸 빨아, 아니면 불어, 아니면 어떤 식으로인지는 모르지만 둘 다야? 오, 맙소사, 바-바-루, 너 그애 입에 쌌어? 오, 맙소사! 그애가 그걸 그냥 삼켰어, 아니면 뱉었어, 아니면 화를 냈어—말해줘! 네 뜨거운 물이 나올 때 그애는 어떻게 했어! 네가 쌀 거라고 미리 말했어, 아니면 그냥 싸버리고 그애한테 알아서 하라고 했어? 그리고 누가 그걸 집어넣었어—그애가 넣은 거야, 아니면 네가 넣은 거야, 아니면 그게 그냥 저 혼자 빨려들어갔어? 네 옷은 다 어디 있었어? 소파에? 바닥에? 정확히 어디야? 자세한 내용을 알고 싶단 말이야. 자세하게! 진짜 있었던 대로 자세하게! 그애 브래지어는 누가 벗겼어, 팬티는 누가 벗겼어—그애 팬티—네가 벗겼어? 그애가 벗었어? 그애가 빨아주고 있을 때, 바-바-루, 옷을 하나라도 걸치고 있었어? 그애 엉덩이 밑에 베개는? 우리 부모님 결혼 교본에 나와 있는 대로 엉덩이 밑에 베개를 받쳤어? 그애 안에 싸고 나서 어떻게 됐어? 그애도 뿅 갔어? 맨들, 내가 알아야 하는 걸 분명하게 말해봐—여자들도 싸? 뭔가를? 아니면 그냥 신음만 잔뜩 토해—아니면 뭐야? 그애가 어떻게 뿅 가? 어떤 식인데? 미쳐버리기 전에 어떤지 알아야겠단 말이야!

성생활에 가장 널리 퍼진 타락의 형태

멍키의 필체가 나의 심리적 평정에 미치던 불안정한 영향에 관해서는 이야기하지 않은 것 같네요. 얼마나 구제불능인 필체이던지! 꼭 여덟 살짜리가 쓴 것 같았죠. 그걸 보면 나는 거의 꼭지가 돌아요! 대문자도 없고 구두점도 없고—삐뚤빼뚤한 커다란 글자들이 종이를 따라 아래로 기울다가, 물방울처럼 똑똑 떨어지며 사라져버립니다. 게다가 인쇄체입니다. 초등학교 1학년 때 우리가 자그마한 손에 들고 집에 가져가던 그림에 적힌 글자처럼 요! 또 그 철자. "깨끗한clean" 같은 간단한 말도 같은 종이에 쓰였는데 철자가 세 종류나 돼요. 왜 있잖아요, "깨끗한 인물" 같은 경우에요. 세 번 가운데 두 번은 k로 시작합니다. k로! "조지프 K"할 때처럼요. 편지 인사말에 쓰는 "친애하는dear"은 말할 것도 없어요. 이건 d-e-r-e입니다. 아니면 d-e-i-r거나. 맨 처음에는(이건 그래도 마음에 듭니다) d-i-r였습니다. 우리가 그레이시 맨션에서 저녁을 먹기로 한 저녁이었죠. D! I! R! 그러니 나는 스스로 물어볼 수밖에요. 서른이 다 되어서도 "dear"가 세 글자라고 생각하는 여자와 연애를 하다니 내가 뭐 하고 있는 거지!

렉싱턴 애비뉴에서 만난 지도 이미 두 달이 지났는데, 보시다시피, 여전히 똑같은 감정의 흐름이 내 등을 떠밀고 있습니다. 하나는 욕망, 광란의 욕망(내 평생 그렇게 방종한 여자는 만나본 적이 없거든요!)이고, 또하나는 경멸에 가까운 무엇입니다. 정정하겠습니다. 바로 며칠 전에 우리는 버몬트로 여행을 갔고, 멍키를 경계하는 듯한 나의 태도—모델 같은 매력, 야만적인 출신, 무엇보다도 성적 무모함이 자극하는 불안 때문에요—가, 그 모든 두려움과 불신이 그 주말에 걷잡을 수 없는 부드러움과 다정함으로 바뀌고 말았습니다.

지금 이 순간 나는 「성생활에 가장 널리 퍼진 타락의 형태」라는 에세이의 영향하에 있습니다. 짐작하셨을지 모르지만, 나는 프로이트의 『논문 전집』을 샀고, 유럽에서 돌아온 후로 매일 밤 여자 없는 내 침대에 들어가 고독한 유폐 상태에서 손에 프로이트를 쥐고 잠이 들었습니다. 때로는 프로이트를 손에 쥐고, 때로는 앨릭스를 손에 쥐고—물론 둘 다 손에 쥐는 경우가 흔했지만요. 그래요, 파자마 버튼을 풀어놓은 채 혼자 누워 어린아이처럼 멍한 백일몽 상태에서 그걸 만지작거리고 있죠. 잡아당기고 비틀고 비비고 주물럭거리면서, 동시에 홀린 듯 「사랑의 심리학에 관하여」를 읽어나가는 겁니다. 나의 환상이나 고착이라고 부름직한 것들로부터 나를 해방해줄 문장, 구절, 단어에 전에 없이 주의를 기울이면서 말입니다.

「타락」 에세이에 "감정의 흐름"이라는 구절이 나오더군요. 프로이트에 따르면 "사랑에서 완전하게 정상적인 태도"(이 "완전하게 정상적인"이라는 말은 의미론적으로 정밀 조사를 받을 만합니다만, 일단 계속하기로 하죠)—사랑에서 완전하게 정상적인 태도를 갖추려면 두 가지 감정의 흐름이 결합될 필요가 있습니다. 즉 부드럽고 다정한 감정과 관능적인 감정이 결합되어야 한다는 겁니다. 안타까운 일이지만, 많은 경우 이런 결합은 이루어지지 않습니다. "그런 경우 사람들은 사랑을 하지만 욕망을 품지 않으며, 욕망을 품지만 사랑할 수는 없다."

질문: 나 자신이 파편화된 다수 가운데 하나라고 생각해야 할까요? 분명하고 간단한 말로 하자면, 앨릭잰더 포트노이의 관능적 감정은 근친상간적 환상에 고착되어 있는 겁니까? 어떻게 생각하세요, 선생님? 내 대상 선택에 그런 애처로운 제한이 가해지고 있는 겁니까? 나의 경우에는 성적 대상이 타락 상태여야 한다는 조건이 충족되어야만 관능적 감정이 자유롭게 풀려날 수 있다는 게 사실인가요? 보세요, 이게 내가 *이방인 여자*에게 몰두하는 이유를 설명해주는 겁니까?

그래요. 하지만 그렇다면, 그렇다면, 버몬트에서 보낸 주말은 어떻게 설명하죠? 근친상간 장벽이라는 댐이 무너졌거든요. 적어도 그렇게 보였거든요. 그러면서 관능적 감정이 그전에는 몰랐던 순수하고 깊은 애정의 흐름과 쉬익 하고 섞여들었거든요! 정말이지, 두 흐름의 합류는 무척 멋졌습니다! 멍키 안에서도 마찬가지였고요! 심지어 멍키도 그렇게 말했단 말입니다!

아니면 우리 둘을 부드럽게 녹인 것이 그저 색색의 잎들이라고, 우드스톡의 여관 식당 난로에서 타오르던 불 때문일 뿐이라고 생각하세요? 우리가 경험한 것은 서로에 대한 애정이었을까요? 아니면 조롱박을 부풀리는 가을(존 키츠), 단순한 관광을 선하고 소박한 삶에 대한 환희에 찬 노스탤지어로 몰아가며 자기 역할을 다한 가을이었을까요? 우리는 그저 탈색한 청바지를 입고 크림을 싸대며 고색창연한 뉴잉글랜드를 돌아다니고, 컨버터블 렌터카를 타고 다니며 그 옛날의 농경 생활을 꿈꾸는, 정글에 사는 뿌리 없는 두 색정광에 불과했던 걸까요? 아니면 버몬트에서 멍키와 보낸 그 화창한 며칠 동안 내가 생각했던 대로, 사랑에서 완전하게 정상적인 태도가 나에게도 가능해진 걸까요?

도대체 무슨 일이 일어난 걸까요? 음, 우리는 많은 시간 운전을 했습니다. 그리고 구경을 했죠. 골짜기, 산, 들판의 불빛. 그리고 물론 나뭇잎들. 우와, 와아 하고 많이도 감탄했죠. 한번은 차를 멈추고 멀리서 누군가가 사다리를 타고 높이 올라가 헛간 측면에 망치질을 하는 걸 구경하기도 했습니다. 그것도 재미있었습니다. 아, 그리고 렌터카. 우리는 비행기를 타고 러틀랜드로 가 컨버터블을 빌렸습니다. 컨버터블입니다. 상상이 됩니까? 그게 내가 미국 남자로 삼십 년을 살면서 처음으로 몰아본 컨버터블이라니. 왜인지 아세요? 보험인의 아들은 그런 기계를 타고 돌아다니는 것이 얼마나 위험한 모험인지 다른 애들보다 잘 알거든요. 끔찍한 보험 통계를 자세히 알고 있는 거죠! 컨버터블은 도로에서 다른 차 범퍼만 들이받아도 그걸로 끝입니다. (지나치게 생생하게 묘사하려는 의도는 아닙니다만) 좌석에서 몸이 붕 떠 간선도로에 두개골부터 떨어집니다. 운이 좋으면 평생 휠체어를 타게 되죠. 만일 컨버터블이 뒤집힌다—그럼 인생하고는 작별 키스를 하는 거죠. 이건 통계입니다(아버지가 말해줬어요). 아버지가 재미있자고 지어낸 터무니없는 이야기가 아니고요. 보험사는 손해보는 사업을 하지 않아. 그 사람들이 무슨 말을 하면, 앨릭스, 그건 사실이야! 그러자 지혜로운 아버지에 이어 어머니가 말합니다. "제발, 내가 사 년 동안 밤에 잠을 잘 수 있도록 한 가지만 약속해다오. 네 엄마의 이 소원 한 가지만 들어줘. 그럼 다시는 너한테 어떤 것도 요구하지 않으마. 오하이오에 가거든 지붕이 열리는 컨버터블은 타지 않겠다고 약속해줘. 그래야 내가 밤에 잠을 잘 수 있지, 앨릭스. 미친 사람처럼 네 두 손에 네 생명을 맡기지 않겠다고 약속해다오." 다시 아버지가 말합니다. "넌 자두처럼 중요한 아이니까, 앨릭스!" 아버지는 이제 곧 내가 집을 떠난다는 사실 때문에 당황해 눈물을 쏟으며 말합니다. "우린 그 자두가 익기도 전에 나무에서 떨어지는 걸 바라지 않는단 말이다!"

1. 절대 컨버터블은 타지 않겠다고 약속해라, 자두야. 별거 아니잖니. 그걸 약속한다고 너한테 무슨 해가 되겠니?

2. 실비아의 조카인 하워드 슈거먼을 찾아가봐라. 멋진 아이야. 게다가 힐렐*의 회장이라는구나. 그애가 너를 안내해줄 거다. 꼭

* 대학의 유대인 센터.

그애를 찾아가봐.

3. 우리 귀여운 자두, 세상의 빛, 네 사촌 헤시 기억하지? 그애가 그 여자애 때문에 그애 자신과 가족에게 준 고통을 기억하지? 그애를 광기에서 구해내려다가 하이미 백부가 어떤 일을 겪어야 했니? 기억하지? 제발. 우리가 더 말할 필요가 있니? 내 말뜻 알겠지, 앨릭스? 너 자신을 값싸게 내버리지 말거라. 진짜 아무것도 아닌 것 때문에 빛나는 미래를 버리지 말라고. 더 말할 필요는 없을 것 같은데. 그렇지? 너는 아직 아기야. 열여섯 살이고, 이제 막 고등학교를 졸업했어. 그럼 아직 아기야, 앨릭스. 너는 세상에 퍼져 있는 증오를 몰라. 우리가 더 말할 필요는 없을 거야. 너같이 똑똑한 아이한테는. 다만 조심해가며 인생을 살아야 해! 생지옥에 몸을 던지면 안 돼! 우리가 하는 말을 들어야 해, 얼굴 찌푸리지 말고, 고맙구나, 그리고 똑똑한 척 말대꾸도 하지 말고! 우리는 알아! 우리는 살아봤어! 우리는 봤어! 그렇게는 안 된다, 아들아! 그 사람들은 완전히 다른 부류의 인간들이야! 너를 갈기갈기 찢어버릴 거야! 하워드한테 가라, 그애가 힐렐에 너를 소개해줄 거야! 무작정 금발 여자애한테 달려들지 마라, 제발! 너한테서 가치 있는 걸 다 빼앗은 다음에 피 흘리는 너를 하수구에 버릴 테니까! 너처럼 똑똑하고 순진한 아기는 산 채로 삼켜버릴 테니까!

금발 여자가 나를 산 채로 삼킨다고?

아, 하지만 우리는 복수를 했습니다. 우리 똑똑한 아기들이, 우리 자두들이 말이에요. 물론 이 우스갯소리는 아시겠죠—미군 병사 밀티가 일본에서 전화하는 얘기요. "엄마, 밀턴이에요, 좋은 소식이 있어요! 정말 괜찮은 일본 여자를 만나 오늘 결혼했어요. 제대하는 대로 집으로 데려가고 싶어요, 엄마. 엄마도 한번 만나보시라고요." 어머니가 말합니다. "그래, 당연히 데려와야지." "아, 멋져요, 엄마. 멋져요—다만 한 가지 궁금한 게 있었어요. 엄마 아파트는 작은데, 나하고 밍 토이는 어디서 자죠?" "어디서?" 어머니가 말합니다. "당연히 침대에서 자지. 거기가 아니면 네가 네 신부와 어디에서 잔단 말이냐?" "하지만 우리가 침대에서 자면 엄마는 어디에서 자요? 엄마, 정말 공간이 충분한 거예요?" "밀티, 귀여운 아들아, 다 괜찮아, 아무것도 걱정할 거 없어. 공간은 네가 원하는 대로 얼마든지 있어. 나는 전화를 끊는 즉시 자살할 거니까."

순진한 우리 밀티! 저 멀리 요코하마에서 그런 말을 듣고 얼마나 놀랐을까요! 착하고 수동적인 밀턴, 너는 파리 한 마리도 해치지 못하지, 안 그러냐, *귀여운 아이야*? 너는 피 흘리는 걸 싫어하잖아. 다른 사람을 죽이기는커녕 때리는 것조차 꿈도 못 꾸잖아. 그러니 그 게이샤 여자애가 너 대신 하게 해! 똑똑하구나, 밀티,

똑똑해! 네 어머니는 그 게이샤 여자애한테 받은 충격에서 쉽게 회복되지 못할 거야. 게이샤 여자애한테서 받은 충격으로 *쓰러질*plotz 거야! 하 하! 해냈구나, 밀탈레*, 그것도 손가락 하나 까닥하지 않고 말이야! 당연하지! 너 대신 *이방인 여자*가 죽이게 해야지! 너, 너는 그저 순진한 방관자야! 십자포화에 걸려든 방관자! 피해자지, 그렇지, 밀트?

멋지지 않아요, 침대의 일이라는 게?

도싯에 있는 여관에 도착한 뒤 나는 멍키에게 대여섯 개의 반지 가운데 하나를 적당한 손가락에 끼우라고 말합니다. "남들 앞에서는 신중해야 해." 그러면서 나는 아널드 맨들 부부의 이름으로 방을 예약했다고 말합니다. "과거 뉴어크의 영웅이었지." 나는 그렇게 설명합니다.

내가 수속을 하는 동안 (뉴잉글랜드에서는 극단적으로 에로틱해 보이는) 멍키는 로비를 돌아다니며 판매용으로 내놓은 버몬트의 작은 기념품들을 살핍니다. "아널드." 멍키가 부릅니다. 나는 고개를 돌립니다. "응, 여보." "어머님 드릴 메이플 시럽 좀 사야겠어요. 아주 좋아하시잖아요." 그러면서 멍키는 수상쩍어

* 'Milty'와 '귀여운 아이'라는 의미의 이디시어 'taleleh'를 합친 말.

하는 점원에게 일요일자 〈타임스〉 속옷 광고에 나올 만한 신비롭고 매혹적인 미소를 짓습니다.

얼마나 멋진 밤이었는지! 그렇다고 멍키가 몸부림, 머리채 흔들기, 열정적인 소리 지르기를 평소 이상으로 보여주었다는 건 아닙니다. 드라마는 내가 이제 막 익숙해지고 있던, 평소와 같은 바그너적인 높이에 올라가 있었습니다. 새롭고 멋졌던 것은 감정의 흐름이었죠. "아, 너하고는 아무리 해도 모자라!" 멍키가 소리쳤습니다. "내가 색녀인가, 아니면 결혼반지 때문인가?" "나는 '여관'이 주는 부정한 느낌 때문이라고 생각하고 있었는데." "아, 그것도 정말 그래! 나 정말, 정말 돌아버릴 것 같아…… 그리고 마음이 정말 따뜻해져—당신을 볼 때면 미치도록 따뜻해져! 아, 베이비. 아까부터 계속 눈물이 날 것 같아. 나 정말 행복해!"

토요일에 우리는 샘플레인 호수까지 차를 몰고 갑니다. 멍키가 미녹스 카메라로 사진을 찍을 수 있게 도중에 차를 세우기도 합니다. 오후 늦게 지름길로 우드스톡으로 가다 우리는 입을 다물지 못하고 탄성을 지르고 한숨을 쉽니다. 멍키는 나에게 달라붙습니다. 이미 아침에 (호숫가 근처의 풀이 높이 자란 들판에서) 성교를 했는데, 그날 오후 버몬트 중부 산악지대 어딘가의 비포장도로에서 멍키가 또 말하더군요. "아, 앨릭스, 차 세워, 지금—네가 내 입안에 쌌음 좋겠어." 그래서 멍키는 날 빨아줍니다—차 지붕은 내려놓은 채로요!

내가 무슨 말을 하려는 걸까요? 그러니까 우리가 뭔가 느끼기 시작했다는 겁니다. 느낌을 느낀다는 것! 성적 욕구는 조금도 줄지 않은 상태에서!

"내가 아는 시가 있어." 마치 술에 좀 취한 것처럼, 누구와 붙어도 이길 수 있을 것처럼 내가 말했습니다. "지금 암송해줄게."

멍키는 내 허벅지에 엎드려 있습니다. 눈은 여전히 감고 있고, 내 물렁물렁해지고 있는 물건이 작은 병아리처럼 그녀의 뺨에 닿아 있습니다. "아, 싫어." 멍키가 신음을 토합니다. "지금은 하지 마. 나는 시 이해 못해."

"이건 이해할 거야. 씹하는 것에 관한 시니까. 백조가 아름다운 소녀와 씹을 하는 거야."

멍키가 고개를 들더니 가짜 속눈썹을 깜빡거립니다. "아, 신난다."

"하지만 심각한 시야."

"흠." 멍키는 내 자지를 핥으며 말했습니다. "심각한 범죄겠지."

"아, 사랑스러워, 재치 있는 남부의 미녀들은—특히 너처럼 기다랄 때는."

"허풍 떨지 마, 포트노이. 어서 그 지저분한 시나 외어봐."

"포르트-누아르라니까." 나는 그렇게 말하고 암송하기 시작했습니다.

"갑작스러운 급습—커다란 날개들이
비틀거리는 소녀 위로 여전히 퍼덕이고, 검은 물갈퀴는
소녀의 허벅지를 애무하고, 부리는 소녀의 목덜미를 물고,
자신의 가슴에 소녀의 무력한 젖가슴을 짓누르고 있다."

멍키가 물었습니다. "그런 건 어디서 배웠어?"
"쉬이이잇. 아직 남았어.

겁에 질려 제멋대로 움직이는 손가락들이 어떻게
힘이 빠져나가는 허벅지에서 그 깃털 달린 영광을 밀어낼 것인가?"

"이야!" 멍키가 소리쳤습니다. "허벅지!"

"그 하얀 돌진에 쓰러진 몸이 어떻게
그의 품안에서 생소한 심장박동을 느끼지 않을 수 있을까?
사타구니가 떨리면서 그곳에서
벽이 무너지고, 지붕과 탑이 불타오르고

아가멤논이 죽는다.

허공을 나는 짐승의 피에

그렇게 사로잡혔을 때, 그렇게 정복당했을 때,

소녀는 그의 힘과 더불어 그의 지식을 얻었을까,

이제 무관심해진 부리에서 밑으로 떨어져내리기 전에?

끝이야." 내가 말했습니다.

휴지休止. "누가 쓴 건데?" 힐난. "너야?"

"윌리엄 버틀러 예이츠가 쓴 거야." 나는 그렇게 말하다가 내가 얼마나 눈치가 없었는지, 얼마나 둔감하게 우리 사이의 간극을 확연하게 드러냈는지 깨달았습니다. 나는 똑똑하고 너는 멍청하다. 그것이 삼십삼 년 동안 내가 우연히 외운 시 세 편 가운데 한 편을 이 여자에게 암송한 것의 의미였던 겁니다. "아일랜드 시인이야." 내가 어설프게 늘어놓았습니다.

"그래?" 멍키가 말했습니다. "그걸 어디서 배웠어? 그 사람 무릎에서? 네가 아일랜드 사람인 줄 몰랐는걸."

"대학에서." 내가 대학에서 알던 여자애한테서. 그애는 또 「푸른 도화선 속으로 꽃을 몰아가는 힘」*도 가르쳐주었습니다. 하

* 딜런 토머스의 시.

지만 그걸로 됐습니다—뭐하러 한 여자를 다른 여자와 비교하겠습니까? 왜 한 여자를 그냥 그 여자로 내버려두면 안 되는 겁니까? 얼마나 멋진 생각입니까! 여자를 있는 그대로 사랑한다는 것! 그 모든 불완전함 그대로—사실 이것이야말로 인간적인 것이라고 할 수도 있을 텐데!

"흠." 멍키는 여전히 '트럭 운전사' 역을 하고 있었습니다. "나는 대학에 다닌 적 없는데." 이어 '남부의 얼뜨기' 역을 하더군요. "그리고 저 아래 우리 고향 마운즈빌에서 우리가 아는 시는 「나는 런던을 보네, 나는 프랑스를 보네, 나는 메리 제인의 팬티를 보네」뿐이었는데. 물론 나는 팬티를 입지 않았지만…… 내가 열다섯 살 때 뭘 했는지 알아? 내 사타구니 털을 봉투에 넣어 말런 브랜도한테 보냈어. 그런데 치사한 놈이 받았다고 알려주는 예의조차 없더라고."

침묵. 우리는 이렇게 어울리지 않는 두 사람이 함께 무엇을 하고 있는 건지 파악하려 애쓰고 있습니다—아직도 버몬트에서.

이윽고 멍키가 말합니다. "좋아, 아가멤논이 뭐야?"

그래서 내 능력껏 설명을 합니다. 제우스, 아가멤논, 클리타임네스트라, 헬레네, 파리스, 트로이…… 아, 기분이 엿 같아집니다—사기꾼이 된 느낌입니다. 이야기를 하는 도중에 이미 내가 잘못 가고 있다는 걸 압니다.

하지만 멍키는 놀랍습니다. "좋아—이제 다시 다 읊어봐."

"진심이야?"

"그럼 진심이지! 다시! 하지만, 제발, 천천히."

그래서 다시 암송합니다. 그러는 내내 내 바지는 계속 차 바닥에 내려가 있고, 도로에서 안 보이도록 차를 세워놓은 좁은 길, 눈에 띄게 잎이 무성한 곳 밑은 점점 어두워집니다. 실제로 잎이 차 안으로 떨어지고 있습니다. 멍키는 곱셈 문제를 익히려는 아이 같은 표정입니다. 하지만 멍청한 아이는 아닙니다—아니죠, 눈치 빠르고 영리한 여자애입니다! 전혀 멍청하지 않습니다! 이 여자는 정말 아주 특별해. 거리에서 오다가다 만났지만 말이야!

암송을 마치니까 멍키가 어떻게 했는지 아세요? 내 손을 잡더니, 자기 다리 사이로 이끄는 겁니다. 메리 제인은 여전히 팬티를 안 입고 있죠. "만져봐. 그 시 때문에 내 보지가 완전히 젖었어."

"이야! 그 시를 이해했구나!"

"그러언 것 같아아!" 스칼릿 오하라*가 외칩니다. 그러더니 덧붙입니다. "그래, 맞아! 내가 시를 이해했어!"

"그것도 다름 아닌 네 씹으로."

"내 돌파구 베이비! 너는 이 멍청이 보지를 천재로 만들고 있

* 『바람과 함께 사라지다』의 여주인공으로, 남부 출신이다.

어! 오, 브레이키, 달링, 나를 먹어줘." 멍키가 외치며 손가락들을 내 입안으로 밀어넣습니다. 그러더니 내 아래턱을 잡아 자기 쪽으로 끌면서 소리칩니다. "아, 내 교육받은 씹을 먹어줘!"

목가적이죠, 안 그래요? 빨갛고 노란 잎들 밑에서 이러고 있으니 말이에요.

저녁을 먹으러 가기 전 우드스톡의 방에서 내가 면도를 하는 동안 멍키는 뜨거운 물과 사르도*에 몸을 푹 담급니다. 그 늘씬한 몸에 얼마나 많은 힘을 저장해놓았는지, 그녀는 내 자지 끝에 매달린 채 멋진 곡예를 보여주곤 합니다! 멍키가 환희에 사로잡혀 상체를 침대 너머까지 뒤로 젖히는 걸 보면 저러다 척추가 부러지지싶어요! 이야! 멍키가 다니는 체조 수업에 감사할 따름입니다! 내가 얼마나 멋진 씹을 하고 있는지! 얼마나 대단합니까! 하지만 멍키도 인간이기도 하다는 사실이 드러납니다. 그래요, 실제로 그럴지도 모른다는 징후를 빠짐없이 보여주고 있죠! 인간! 사랑받을 수 있는 인간!

하지만 나한테서?

안 될 게 뭐야?

정말?

---

* 목욕 용품 상품명.

안 될 게 뭐야!

"그거 알아?" 멍키가 욕조에서 말합니다. "내 작은 구멍이 너무 쓰라려서 숨도 제대로 못 쉬고 있어."

"가엾은 구멍."

"야, 저녁 거창하게 먹자. 와인도 잔뜩 마시고 초콜릿 무스도 먹고. 그런 다음 여기에 올라와 이백 년 된 침대에 들어가—씹은 하지 않는 거야!"

"어때, 안*?" 나중에 불이 다 꺼진 다음에 멍키가 물었습니다. "이거 재밌지, 안 그래? 꼭 여든 살이 된 것 같아."

"아니면 여덟 살이거나." 내가 말했습니다. "너한테 보여주고 싶은 게 있어."

"싫어. 아널드, 싫어."

한밤중에 잠에서 깬 나는 멍키를 내 쪽으로 끌어당깁니다.

"제발." 멍키가 신음을 토합니다. "내 남편을 위해 나를 아끼고 있단 말야."

"그건 백조한테는 좆도 아무런 의미가 없습니다, 아가씨."

"아, 제발, 제발, 좆도 꺼져주세요—"

"내 깃털을 느껴봐."

---

* 아널드의 애칭.

"아아아." 내가 그걸 손에 쥐여주자 멍키는 입을 떡 벌립니다. "유대인-백조! 야." 멍키는 소리를 지르더니 다른 손으로 내 코를 쥐었습니다. "무관심한 부리! 방금 그 시를 더 많이 이해했어! ……안 그래?"

"이야, 너는 정말 놀라운 여자야!"

그 말에 멍키는 흠칫 놀랍니다. "어머, 내가 정말?"

"그래!"

"내가 정말?"

"그래! 그래! 그래! 이제 씹해도 돼?"

"아, 자기, 달링." 멍키가 소리를 질렀습니다. "구멍을 파, 아무 구멍이나, 난 네 거야!"

아침을 먹고 우리는 우드스톡 주위를 산책했습니다. 멍키는 화장한 뺨을 내 재킷 팔에 꼭 붙이고 있었죠. "그거 알아?" 멍키가 말했습니다. "나 이제 너 안 미워하는 것 같아."

우리는 늦은 오후에 집으로 출발했습니다. 주말의 느낌을 좀 더 음미하고 싶어 뉴욕까지 쭉 차를 몰았죠. 차를 탄 지 한 시간밖에 안 지났을 때 멍키는 WABC 방송국을 찾아내더니 의자에 앉은 채 록 음악에 맞추어 몸을 움직이기 시작했습니다. 그러다가 갑자기 "아, 좆나게 시끄럽네" 하고 말하더니 라디오를 꺼버렸습니다.

멋지지 않을까. 멍키가 말했습니다. 돌아갈 필요가 없다면?

언젠가 시골에서 진짜로 좋아하는 사람과 산다면 멋지지 않을까?

날이 밝으면 에너지가 꽉 찬 상태에서 일어나고, 어두워지면 녹초가 되어 잠이 들면 멋지지 않을까?

책임을 잔뜩 떠안고 하루종일 돌아다니며 그 일을 처리하면서도 그게 책임이라는 걸 깨닫지 못하면 멋지지 않을까?

하루종일, 몇 주 내내, 몇 달 내내 쭉 자신에 관해 생각을 하지 않으면 멋지지 않을까? 낡은 옷을 입고 화장도 안 하고 늘 강인해 보일 필요가 없다면?

시간이 흘렀습니다. 멍키가 휘파람을 불었습니다. "이럼 괜찮지 않을까?"

"이번엔 뭐야?"

"어른이 된다면. 안 그래?"

"놀라워." 내가 말했습니다.

"뭐가?"

"거의 사흘이 되었는데, 촌티 나는 말투는 들은 적이 없어. 베티-붑-멍청이-씨발년이 평소에 쓰는 말도, 팝송을 좋아하는 어린애의 뻔한 짓거리도—"

내가 칭찬을 늘려가자 멍키는 모욕을 느꼈습니다. "암마, 그건 '짓거리'가 아니야, 말투도 아니야—그게 그냥 나라고! 내가 행동하는 방식이 너한테 안 좋게 느껴지면, 씨발 할 수 없는 거고요, 감독관님. 네가 그렇게 중요한 인물 행세를 하는 저 좆같은 도시에 다가간다고 해서 내 입을 막으려 하지는 말란 말야, 알았어?"

"나는 단지 네가 창녀처럼 행동할 때 입 밖에 내는 소리보다 똑똑한 이야기를 하고 있다고 말하는 것뿐이야. 그뿐이야."

"헛소리. 네 머릿속에 있는 나만큼 어리석은 사람이 실제로 세상에 존재하는 건 인간적으로 거의 불가능할걸!" 그러면서 멍키는 몸을 앞으로 기울이더니 〈착한 녀석들〉을 틀었습니다. 주말이 차라리 없었느니만 못하다는 생각이 들었습니다. 멍키는 모든 노래의 모든 가사를 알았습니다. 그리고 그 사실을 반드시 나에게 알리려 했습니다. "예 예 예, 예 예 예." 주목할 만한 공연이었습니다. 소뇌에 경의를 표하는 공연이었죠.

어두워질 무렵 나는 하워드 존슨 레스토랑에 차를 댔습니다. "그니까 먹자고." 내가 말했습니다. "그니까 음식을. 얌마, 그니까 양분을."

"야," 멍키가 말했습니다. "나는 내가 뭐 하는 인간인지 모를지도 몰라. 하지만 너 역시 네가 뭐가 되고 싶은지 모른다고! 그거 잊지 마!"

"째지네, 얌마."

"비열한 놈! 내 인생이 어떤지 안 보여? 너는 내가 아무것도 아닌 인간이라는 걸 나 스스로도 좋아한다고 생각하지? 내 공허한 인생이 좋아서 날뛴다고 생각하지? 아냐, 싫어! 뉴욕도 싫어! 그 하수구에 돌아가고 싶지 않아! 나는 버몬트에 살고 싶어요, 감독관님! 나는 너하고 버몬트에 살고 싶어. 그리고 어른이 되고 싶어. 젠장, 어른이 뭔지 몰라도 그게 되고 싶어! 나는 내가-존경할-수-있는-사람의 부인이 되고 싶어. 그리고 사모할 수 있는 사람의 부인! 그리고 귀 기울일 수 있는 사람의 부인!" 멍키는 울고 있었습니다. "내 머릿속을 좆도 엉망으로 만들려고 하지 않는 사람! 아, 너를 사랑하는 것 같아, 앨릭스. 정말로 그런 것 같아. 아, 나한테 좋은 일이 많이 생길 것만 같아!"

말을 바꾸면: 나는 혹시 멍키를 사랑한다고 생각했을까? 답: 아니. 내가 생각한 건(여기에 재미를 느끼실 겁니다), 내가 생각한 건 '내가 멍키를 사랑하나?' 또는 심지어 '내가 멍키를 사랑할 수 있을까?'가 아니었습니다. 그거라기보다는: '내가 멍키를 사랑해야 하나?'였지요.

레스토랑에서 내가 할 수 있는 최선은 멍키에게 시장의 공식 만찬파티에 함께 가고 싶다고 말하는 것뿐이었습니다.

"아널드, 연애하자, 응?"

"—무슨 뜻?"

"아, 조심스럽게 굴지 마. 무슨 뜻이냐면 너는 어떻게 생각하느냐는 거야? 연애. 나는 너하고만 씹을 하고 너는 나하고만 씹을 하는 거야."

"그게 다야?"

"어, 물론, 거의 다지. 또 내가 낮에 전화도 많이 할 거야. 들러붙을 거란 얘기야—'들러붙는다'는 말, 이것도 쓰면 안 되나? 알았어—강박이라고 할게. 됐어? 내가 하고 싶은 말은 그니까 나도 어쩔 수 없다는 거야. 내 말은 네 사무실로 전화를 많이 할 거라는 거야. 내가 누군가에게 속해 있다는 걸 모두에게 알리고 싶으니까. 그게 내가 그 머리 고치는 의사한테 5만 달러를 주고 배운 거야. 내 말은 어떤 일을 시작할 때마다, 그니까 너한테 연락을 할 거라는 거야. 그리고 사랑한다고 말할 거야. 지금 이거 일관성 있는 얘기야?"

"그럼."

"내가 그걸 정말로 바라거든. 정말 일관성 있기를. 오, 브레이키, 너를 숭배해. 어쨌든, 야." 멍키가 소곤거렸습니다. "냄새 좀 맡고 싶어? 정신이 뽕 갈 만한 걸?" 멍키는 여종업원이 근처에 있지나 않은지 확인하더니, 탁자 밑으로 손을 뻗어 스타킹을 매만지려는 것처럼 몸을 앞으로 숙였습니다. 잠시 후 멍키는 손가락

끝을 내 쪽으로 내밀었습니다. 나는 그걸 내 입에 갖다댔죠. "나의 죄야, 베이비." 멍키가 말했습니다. "피클 통에서 바로 꺼낸 거야……널 위해! 오직 너만을 위해!"

그러니 계속, 이 여자를 사랑해라! 용감해져라! 여기 너에게 현실이 되게 해달라고 애원하는 환상이 있다! 정말 에로틱하다! 정말 음탕하다! 정말 찬란하다! 번지르르할지 모르지만, 그럼에도 미인이다! 우리가 함께 걸어가면 사람들이 빤히 쳐다본다. 남자들은 탐을 내고 여자들은 수군거린다. 어느 날 밤 시내 레스토랑에서 어떤 사람이 말하는 소리가 들린다. "저 여자가 그 여자 아냐, 이름이 뭐더라? 〈달콤한 인생〉에 나온 여자?" 나도 보려고 고개를 돌린다. 누구를 보려고 고개를 돌리느냐고? 당연히 아누크 에메*지. 하지만 그들은 우리를 보고 있다. 나와 함께 있는 멍키를 보고 있다. 허영심 아니냐고? 뭐 어때! 얼굴은 그만 붉혀. 수치심은 묻어버려. 너는 이제 네 어머니의 장난꾸러기 꼬마가 아니야! 욕구에 관한 한, 삼십대 남자는 다름 아닌 자기 자신에게만 책임을 지는 거야! 그게 어른이어서 좋은 점이야! 갖고 싶어? 그럼 가져! 조금 타락하라고, 제발 좀! 너 자신을 부정하지 마! 진실을 부정하지 마!

* 이탈리아 영화 〈달콤한 인생〉의 여주인공 역을 맡았던 프랑스 영화배우.

아, 하지만 (우리 고개를 숙입시다) "나의 존엄", 나의 평판을 고려해야 합니다. 사람들이 어떻게 생각할까. 나는 어떻게 생각할까. 선생님, 이 여자는 한때 돈을 위해 그짓을 했습니다. 돈! 그래요! 사람들은 그걸 "매춘"이라고 부르는 것 같습니다! 어느 날 밤 나는 멍키를 칭찬하려고(어쨌든 그게 내 동기였다고 생각했습니다) 말했습니다. "너는 이걸 시장에 내다 팔아야 돼. 한 사람이 감당하기에는 벅차." 그냥 기사도 정신을 발휘한 거죠, 보시다시피……아니면 직관을 발휘한 건가? 어쨌든 멍키는 "판 적 있어" 하고 대답합니다. 나는 그게 무슨 뜻인지 설명할 때까지 가만 놔두지 않았습니다. 처음에는 그냥 재치 있어 보이려 했을 뿐이라고 말하더군요. 하지만 나의 반대신문에 부딪히자, 마침내 이런 이야기, 진실이라는 느낌이 드는 이야기, 또는 적어도 그 일부는 진실이라는 느낌이 드는 이야기를 했습니다. 파리에 살다가 이혼한 직후 (멍키의 말에 따르면) 어떤 영화의 배역 테스트를 받으러 할리우드로 날아왔습니다(하지만 그 역을 얻지는 못했습니다. 내가 영화 제목이 뭐냐고 다그치자, 잊어버렸다고, 결국 만들지 못했다고 주장합니다). 캘리포니아에서 뉴욕으로 돌아오는 길에 멍키 그리고 멍키와 함께 있던 여자("그 여자가 누구야?" "그냥 여자야. 여자 친구." "왜 다른 여자하고 여행을 했어?" "그냥 했어!"), 멍키와 이 다른 여자는 구경을 하려고 라스베이거스에 잠깐 들릅니다. 멍키는 거기에서 만난 어떤 남자와 잠자리에 들었습니다. 아무런 사심이 없었다고 멍키는 주장합니다. 그랬는데 아침에 남자가 "얼마야?" 하고 묻는 바람에 멍키는 깜짝 놀랐다는 겁니다. 그래서 멍키는 그냥 입에서 나오는 대로 말했습니다—"얼마든 값어치만큼, 멋쟁이 아저씨." 그러자 남자는 멍키한테 300달러를 내밀었습니다. "그래서 받았어?" 내가 물었습니다. "나는 스무 살이었어. 당연히 받았지. 기분이 어떤지 보려고. 그뿐이야." "그래, 기분이 어땠어, 메리 제인?" "기억 안 나. 하나도. 아무 느낌도 없었어."

자, 선생님은 어떻게 생각하십니까? 멍키는 그 일이 십 년 전에 딱 한 번 있었다고 주장하고, 그때도 남자의 오해와 멍키의 엉뚱함이 "우연히" 결합해 생긴 일일 뿐이라고 합니다. 그 말이 믿어지세요? 내가 그걸 믿어야 합니까? 이 여자가 잠시 비싼 콜걸 노릇을 했을지도 모른다고 생각하면 절대 안 되는 걸까요? 오, 맙소사! 이 여자를 받아들이면, 나는 혼자 생각합니다, 나는 진화의 사다리에서 보자면, 코파*에 줄을 선 여자들 가운데서 자기 여자를 고르는 갱이나 백만장자와 같은 높이에 있는 사람이 되는 거야. 사실 멍키는 보통 마피아나 영화배우의 팔에 매달려 있으

* 뉴욕의 유명한 나이트클럽인 코파카바나.

면 딱 어울리는 여자지, 1950년에 위퀘이크 고등학교에서 졸업생 대표를 했을 것 같은 여자는 아니거든요. 『컬럼비아 법률 평론』의 편집자도 아니고요! 시민의 자유를 옹호하는 고결한 정신의 소유자도 아니에요! 자, 창녀건 아니건 직시합시다. 이 여자는 분명히 파티나 쫓아다닐 여자예요, 맞죠? 나와 함께 있는 이 여자를 본 사람이라면 내가 이 삶에서 추구하는 게 뭔지 정확하게 알 수 있을 겁니다. 우리 아버지가 예전에 "바람난 년"이라고 부르곤 하던 그런 여자죠. 당연합니다! 그런데 내가 바람난 년을 집으로 데려갈 수 있습니까, 선생님? "엄마 아빠, 여기 내 아내 바람난 년이에요. 엉덩이가 빵빵하니 끝내주는 년 아니에요?" 멍키를 내 여자로 완전히 받아들이면, 보시다시피, 온 동네가 마침내 내 더럽고 작은 마음의 비밀을 알게 될 겁니다. 이른바 천재의 돼지 같은 성향과 상스러운 욕망이 몽땅 드러날 거라는 얘깁니다. 화장실 문이 활짝 열리고(잠겨 있지 않았던 겁니다!), 보라, 거기에 인류의 구원자가 침을 질질 흘리고 눈은 완전히 풀린 채 자지로 전구를 쏘며 앉아 있는 겁니다! 마침내 웃음거리가 되는 겁니다! 나쁜 아이! 영원히 가족에게 *수치*shande가 되는 거죠! 그래요, 그래요, 다 보입니다. 어느 날 아침 잠을 깨보니 나는 지옥의 변기에 사슬로 묶여 있습니다. 나의 혐오스러운 행위 때문에요. 바람난 년 쫓아다니는 세상의 다른 남자들과 함께 묶여 있어요. "악당들shtarkes." 악마는 우리에게 희디흰 셔츠, 술카* 타이를 나누어주면서 그렇게 말하겠죠. 우리에게 멋 들어진 새 비단 양복을 입히면서 말입니다. "모든 *거물들*gantze k'nockers, 다리 긴 여자들과 함께 있는 거물들. 환영한다. 인생에서 정말 많은 걸 이루었다, 네 녀석들은. 정말로 눈에 띄는 존재가 되었다. 그래, 그랬다. 특히 너." 악마는 내 쪽을 향해 냉소적으로 눈썹을 추켜올립니다. "열두 살에 고등학교에 들어갔고, 뉴어크 유대인 공동체가 세상에 내보내는 사절이 되었지—" 아하, 알겠어. 이건 흔히 말하는 악마가 아닙니다. '뚱뚱이 워쇼' 랍비입니다. 건장하고 오만한 나의 영적 지도자! 화려한 발음에 입에서는 펠멜 담배 냄새를 풍기는 사람 말입니다! 조온경받는 랍비! 내 성인식 때입니다. 나는 그의 옆에 수줍게 서서 그 냄새를 육즙처럼 빨아들이며, 축성을 받는 것에 무척 흥분해 있습니다. 정말입니다. 앨릭잰더 포트노이-어쩌구, 앨릭잰더 포트노이-저쩌구. 정말 솔직히 말해서, 그 랍비가 음절 단위로 말하고, 작은 단어를 큰 단어로 만들고, 큰 단어를 그 자체로 온전한 문장으로 만드는 것, 그게 평소와는 달리 솔직히 그렇게 신경에 거슬리지 않는 느낌입니다. 아, 화창한 토요일 아침이 천천히 구불구불

* 넥타이 상품명.

흘러가는 동안 랍비는 모여 있는 친척과 친구들에게 음절 단위로 끊어가며 나의 장점과 성취를 나열합니다. 저 사람들 앞에서 잔뜩 칭찬 좀 해줘요, 워쇼. 자랑 좀 늘어놔줘요. 나 때문에 서둘 것 없어요, 제발. 나는 젊어요. 필요하다면 하루종일 여기 서 있을 수도 있어요. "……충실한 아들, 사랑하는 남동생, 놀라운 우등생, 탐욕스러운 신문 독자(시사 문제를 모조리 알고 있고, 대법원 판사와 각료 전체, 또 상하원의 야당과 여당 지도자, 또 의회의 주요 위원회 위원장의 이름과 성도 다 압니다)인 이 소년은 열두 살에 위퀘이크 고등학교에 들어갔고, 아이큐가 158, 일배액하고도, 어, 오, 어, 시입파-알입니다. 그리고 이제." 랍비는 경외감을 느끼며 활짝 웃는 사람들에게 말합니다. 그들의 숭배심이 고동치며 올라와 제단에 있는 나를 감싸는 게 느껴집니다. 하긴, 랍비의 말이 끝났을 때 사람들이 마치 토라라도 모시는 것처럼 나를 안아올려 회당 주위를 돌아다니고, 엄숙하게 통로를 오르내리고, 그러는 동안 회중은 내 새로 맞춘 파란 오르바흐 양복의 한 귀퉁이에라도 입을 맞추어보려고 안간힘을 쓰고, 노인들은 그들의 탈리스*를 내 반짝거리는 런던 캐릭터 구두에 갖다대려고 앞으로 밀고 나온다 해도 나는 전혀 놀라지 않을 겁니다.

* 유대교도 남자가 아침예배 때 어깨에 걸치는 옷.

"나 좀 앞으로 나가자! 좀 만지게 해줘!" 내가 세계적인 명성을 얻으면 그들은 손자들에게 말할 겁니다. "그래, 내가 그 자리에 있었지. 내가 포트노이 대법원장의 성인식에 참석했단다"—"사절使節입니다." 워쇼 랍비가 말합니다. "이제 우리의 특별한 사절—" 오직 곡조만 바뀌었습니다! 이렇게 말입니다! "이제," 랍비는 나에게 말합니다. "뚜쟁이의 정신밖에 없으니! 경마장 기수 정도의 인간적 가치밖에 없으니! 그에게 수준 높은 인간 경험이 무엇이겠습니까? 다리가 긴 *창녀*kurveh와 팔짱을 끼고 레스토랑에 들어가는 것! 보디 스타킹을 입은 헤픈 여자와!" "아, 그만 좀, 조온경받는 랍비님, 나도 이제 다 컸다고요. 그러니 랍비들이 항상 늘어놓는 독선적인 말은 그만 좀 하세요. 게임이 이쯤 진행되면 그게 좀 우스꽝스럽다는 건 이미 다 들통났거든요. 우연히 나는 추하고 싸늘한 여자보다 아름답고 섹시한 여자를 더 좋아한 거예요. 그게 왜 비극이죠? 왜 나를 라스베이거스의 건달로 포장하느냐고요? 왜 나를 변기에 영원히 묶어놓습니까? 잘빠진 여자를 사랑하기 때문에요?" "사랑한다고? 네가? 자기나 사랑하겠지, 아이야, 나라면 그렇게 말하겠다! 큼지막하게 자기라고 써서! 네 심장은 텅 빈 냉장고야! 네 피는 각빙角氷이 되어 흐르고 있어! 걸어다닐 때 달가닥달가닥 소리가 안 나는 게 놀랍구나! 이른바 잘빠진 여자라는 걸—정말이지 잘빠졌구나!—네 자지에 매단 크고 널찍한 깃털처럼 자랑하는 거냐. 그리고 그것이 그 여자의 의미의 전부냐, 앨릭잰더 포트노이! 네가 너의 장래성을 가지고 한 짓을 봐라! 역겹구나! 사랑? 차라리 요옥정이라고 해라! 자아기라고 해!" "하지만 나는 감동을 느꼈습니다. 하워드 존슨 레스토랑에서—" "자지에 느꼈겠지! 아무렴!" "아닙니다!" "아니긴! 거기가 네가 평생 감동이란 걸 느껴본 유일한 곳이야! 이 불평쟁이! 원한으로 똘똘 뭉친 녀석! 하긴, 너는 1학년 때부터 너 자신한테만 매달렸어, 나 원 참!" "안 그랬어요!" "그랬어! 그랬어! 이게 밑바닥의 진실이야, 이 친구야! 고난받는 인류는 너에게 똥만큼의 의미도 없어! 그건 구실이야, 이 친구야. 다른 식으로 너 자신을 속이지 마! 봐라, 하고 너는 네 형제들에게 소리를 지르지. 봐라, 내가 내 자지를 어디에 박고 있는지—내가 누구하고 씹을 하고 있는지 봐라. 15미터짜리 패션모델이야! 다른 사람들은 300달러나 내야 하는데 나는 공짜로 얻고 있다고! 이야, 이게 인간 승리 아니냐, 응? 300달러에 네가 별로 흥분하지 않는다고는 생각하지 마—실제로 흥분하고 있으니까! 그렇게 계속, 내가 사랑하고 있는 게 뭔지 봐라, 하고 떠벌리지그래, 포트노이!" "제발, 〈뉴욕 타임스〉도 안 보세요? 나는 어른이 되고 나서부터 평생 무방비 상태에 있는 사람들의 권리를 보호해왔어요! ACLU*와 함께 오 년을 보내면서 거의 무보수로 선한 싸움을 했어요. 그전에는 의회 위원회에 있었고요! 내가 개업을 하면 그 돈의 두 배, 세 배도 벌 수 있었을 겁니다. 하지만 난 안 합니다. 안 해요! 이제 나는 임명되었거든요—신문도 안 보세요!—이제 나는 인간기회위원회 부감독관이에요! 건물 거래시의 차별에 관한 특별 보고서를 준비하고—" "헛소리. 씹 감독관이겠지. 그게 너야! 인간 기회주의자들의 감독관! 아, 이런 딸딸이 예술가 같으니라고! 이 발달지체자! 모든 게 허영이야, 포트노이. 너 정말 대단하구나! 아이큐가 158인데, 그 모든 게 하수구로 들어가고 있어! 초등학교를 두 학년 월반한 게 정말 큰 도움이 되었구나, 이 멍청아!" "뭐라고요?" "네 아버지는 너를 앤티오크 대학에 보내느라 돈을 들였어—그럴 형편도 안 됐는데! 모든 결함은 부모에게서 나오는 거지, 그렇지, 앨릭스? 잘못된 건 다 부모가 한 거고, 잘한 건 다 너 혼자 이룬 거고! 이 무지한 녀석아! 심장이 냉장고 같은 놈아! 네가 왜 변기에 묶여 있는 거냐고? 내가 그 이유를 말해주지. 시적 정의正義다! 네가 네 자지를 세상이 끝날 때까지 주물럭거릴 수 있도록! 네 귀중한 자지로 무한히 딸딸이를 칠 수 있도록! 자, 어서, 딸딸이를 치세요, 감독관님. 그게 네가 진정으로 네 마음을 쏟아부은 유일한 일이잖아—이 악취 나는

* 미국 자유인권협회.

자지야!"

텍시도를 입고 도착하니 멍키는 아직 샤워중입니다. 문은 잠겨 있지 않습니다. 아마 귀찮게 하지 말고 그냥 들어오라는 뜻이겠지요. 멍키는 이스트 에이티즈*의 커다란 현대식 건물 꼭대기 층에 살고 있습니다. 누구든 복도를 지나가다 나처럼 쑥 들어올 수 있다고 생각하니 짜증이 납니다. 그래서 샤워 커튼 너머로 멍키에게 주의를 줍니다. 멍키가 물에 젖은 작은 얼굴을 내 뺨에 갖다댑니다. "누가 그런 짓을 하겠어?" 멍키가 말합니다. "내 돈은 다 은행에 있는데."

"그건 만족스러운 답이 아닌데." 나는 그렇게 대꾸하고 화를 내지 않으려고 애쓰며 거실로 나옵니다. 커피 탁자에 종이가 한 장 놓여 있는 게 보입니다. 어린아이가 왔다 갔나? 아니, 아닙니다. 그냥 멍키의 손글씨와 처음 마주친 것뿐입니다. 청소부에게 전하는 메시지입니다. 하지만 나는 그걸 처음 보았을 때 청소부가 쓴 메시지가 틀림없다고 생각합니다.

틀림없다고? 왜 "틀림없을까"? 멍키가 "내 것"이기 때문에?

* 뉴욕 이스트 80번가부터 89번가까지를 통틀어 일컫는 말. 호화로운 고층건물 주거지역이다.

치내하는 윌라 화장실 옆에 바닥 쫌 따까줘여. 그리고 창문 안족도 이찌 마라줘여 메리 제인 r

나는 이 문장을 세 번 통독합니다. 어떤 텍스트들이 그렇듯이 읽을 때마다 미묘한 의미와 함의가 새롭게 드러나고, 읽을 때마다 나에게 앞으로 찾아올 시련의 전조가 드러납니다. 왜 이 "연애"가 더 동력을 얻도록 놓아두어야 하지? 버몬트에서 내가 무슨 생각을 하고 있었던 거지? 아, 저 z. "쫌pleze"의 두 e 사이의 z. 이건 깊이가 영화관 차양 정도밖에 안 되는 정신입니다! 그리고 "이찌furget"! 딱 매춘부가 할 법한 철자 실수입니다! 하지만 나에게 가망 없을 정도로 한심하다는 느낌을 준 것은 그 "친애하는dear"의 난도질이었습니다. 애정을 표현하는 그 부드러운 음절이 "치내하는dir"의 소문자 세 개로 붕괴해버리다니. 관계라는 것이 얼마나 부자연스러울 수 있는 것인지! 이 여자는 교육이 불가능하고 교화가 불가능합니다. 그녀와는 대조적으로 나는 어린 시절을 교양 수준이 높은 보스턴에서 보냈습니다. 우리 둘이 도대체 어떤 종류의 일을 함께할 수 있겠습니까? 멍키 비즈니스*겠

* 말 그대로 옮기면 '원숭이 일'이지만 '사기' '장난' '바보 같은 짓'이라는 뜻도 있다.

죠! 아무 일도 못할 거라고요!

전화, 예를 들어 나는 그 전화를 견딜 수가 없습니다! 늘 전화하겠다고 경고했을 때는 매혹적인 소녀 같았죠—하지만 놀랍게도, 그게 진심이었던 겁니다! 나는 사무실에 있습니다. 정신이상인 아이의 가난한 부모가 시립병원이 자기네 자식을 조직적으로 굶겨 죽이고 있다고 설명하고 있습니다. 그들이 보건부가 아니라 우리한테 민원을 제기한 것은, 브롱크스의 한 똑똑한 변호사가 그들의 자식이 분명히 차별의 피해자라고 말해주었기 때문입니다. 그 병원의 선임 정신과의사한테 전화해보았더니 아이가 어떤 음식도 섭취하려 하지 않는다고 합니다. 몇 시간 동안 입에 넣고는 있지만 삼키지는 않는다는 겁니다. 따라서 나는 이 사람들에게 그들의 자식도 또 그들도, 그들이 생각하는 방식으로 또는 그들이 생각하는 이유로 피해를 당하고 있는 것은 아니라고 말해야만 합니다. 하지만 그들은 내가 식언을 한다고 생각합니다. 내 귀에도 식언으로 들립니다. 나는 속으로 생각합니다. '우리 어머니 같았으면 음식을 삼키게 할 텐데.' 그러면서도 나는 그들의 곤경에 공감을 표시합니다. 하지만 그들은 "시장"을 보기 전에는 내 사무실에서 나가지 않겠다고 합니다. 내 사무실에 오기 전에는 사회복지사 사무실에서 "감독관"을 만나기 전에는 나가지 않겠다고 했듯이. 아이 아버지는, 푸에르토리코 사람이라는 이유만으로 아무 힘 없는 어린아이가 굶어 죽어가는 데 책임을 져야 하는 다른 모든 사람들과 함께 나도 해고시키고야 말겠다고 말합니다! "그것은 모든 사람의 차별을 반대하는 법률에 위배되며Es contrario a la ley discriminar contra cualquier persona—" 그들은 두 가지 언어로 쓴 CCHO 안내서를 나에게 읽어줍니다. 바로 내가 쓴 건데 말입니다! 그 순간 전화벨이 울립니다. 푸에르토리코 사람은 나에게 스페인어로 소리를 지르고 있고, 유년 시절의 어머니는 나에게 칼을 휘두르고 있고, 비서는 리드 양이 통화하고 싶어한다고 말합니다. 이날만 벌써 세번째입니다.

"보고 싶어, 아널드." 멍키가 속삭입니다.

"미안하지만 지금은 바쁜데요."

"진짜 진짜 사랑해."

"그래, 좋아요, 나중에 이 이야기를 다시 해도 될까요?"

"그 길고 매끄러운 좆을 내 안에 얼마나 넣고 싶은지—"

"그럼 안녕히 계세요!"

이왕 이야기가 나왔으니 말인데, 멍키에게 또 무슨 문제가 있을까요? 멍키는 뭘 읽을 때 입술을 움직입니다. 사소한 겁니까? 그렇게 생각하세요? 연애하고 있다고 하는 여자—스물아홉 먹은 사람입니다—와 함께 식탁을 가운데 두고 마주앉아 있을 때 여자가 두 사람이 함께 볼 영화를 고르느라 신문 영화면을 보면서 입술을 움직이는 걸 지켜본 적 있으세요? 나는 멍키가 이야기를 해주기도 전에 무슨 영화를 상영하는지 압니다—멍키의 입술을 읽고! 그리고 내가 갖다주는 책을 멍키는 토트백에 넣고 일하는 곳마다 갖고 다닙니다—읽으려고? 아니죠! 다면적인 성격을 드러내 어떤 동성애자 사진작가에게 강한 인상을 주려는 거죠! 길에 지나가는 사람들, 처음 보는 사람들에게 강한 인상을 주려는 거라고요! 저 빽 가는 엉덩이를 가진 여자 좀 봐—책을 갖고 다녀! 진짜 글이 적혀 있는 책! 버몬트에서 돌아온 다음날 나는 『이제 유명한 사람들을 칭찬하자』를 한 권 사서 선물 포장을 한 다음 카드에 "경이로운 여자에게"라고 써서 그날 밤 선물로 주었습니다. "읽을 만한 책 좀 말해줘, 응?" 우리가 도시로 돌아오던 날 밤 멍키가 나에게 그렇게 감동적으로 청원했거든요. "그니까 네가 말하는 것처럼 내가 그렇게 똑똑하다면 내가 왜 멍청하게 살아야 돼?" 그래서 에이지*의 책부터 시작해보자 이거였죠. 워커 에번스의 사진도 도움이 될 테니까. 멍키 자신의 유년기에 관해 말해줄 책, 멍키의 출신 배경(물론 프롤레타리아 소녀 자신에게보다는 멋진 좌파 유대인 소년에게 훨씬 매력적으로 보이는 출신 배경이죠)에 관한 시야를 확대해줄 책이었죠. 내가 그

* 제임스 에이지. 미국의 소설가 겸 영화 평론가.

도서 목록을 얼마나 진지하게 작성했던지! 이야, 내가 멍키의 정신을 향상시키는구나! 에이지 다음에는 애더믹의 『다이너마이트』를 줘볼까! 내가 대학 때 사서 종이가 누렇게 바랜 걸로. 내가 대학 다닐 때 줄을 쳐놓은 부분을 참고해 멍키가 중요한 것과 사소한 것의 차이, 일반화와 예시 등을 이해하게 되는 과정을 나는 상상했습니다. 나아가서 이 책은 아주 쉽게 쓴 것이기 때문에, 바라건대, 내가 다그치지 않아도 스스로 고무되어 내가 권한 장들, 즉 멍키 자신의 과거(내가 상상하는 과거)와 직접적인 관련이 있는 장들—몰리 머과이어* 단원들이 일으킨 탄광의 폭력 사태나 워블리**들에 관한 장—만이 아니라, 멍키의 출신 배경을 이루는 미국 노동계급이 자행한, 또 그들이 당한 잔혹행위와 테러의 역사 전체를 읽을지도 모릅니다. 멍키는 『U.S.A.』라는 제목의 책을 읽은 적이 없을까? 모티머 스너드***가 하는 말이 들리는 것 같아요. "얼랄라, 나는 암것도 읽어본 적이 없걸랑요, 버긴 씨." 그래서 나는 멍키에게 모던 라이브러리 출판사에서 펴낸 더스패서스의 책을 사주었습니다. 양장본으로요. 쉽게 가자. 나는 생각

* 주로 아일랜드인과 미국인 광부들로 구성되었던 19세기의 비밀결사.

** 세계산업노동조합의 조합원.

*** 미국의 영화배우이자 복화술사인 에드거 버긴과 파트너를 이루어 쇼에 등장한 복화술 인형.

했습니다. 계속 쉽게 가자. 하지만 교육적이고, 정신을 향상시킬 수 있어야 해. 아, 내가 무슨 꿈을 꾸는지 분명히 아시겠죠? 교재요? W. E. B. 듀보이스의 『흑인의 영혼』, 『분노의 포도』, 『미국의 비극』. 내가 좋아하는 셔우드 앤더슨의 책 『가난한 백인』(나는 그 제목이 멍키의 관심을 자극할지도 모른다고 생각했습니다). 볼드윈의 『토박이의 글』. 강좌 제목요? 아, 모르겠습니다—포트노이 교수의 "수모를 겪는 소수자들, 입문반." "미국의 증오의 역사와 기능." 목적? 멍청한 *이방인 여자*를 구원하는 것. 그 여자에게서 그녀가 속한 족속의 무지를 없애는 것. 이 냉혹한 억압자의 딸이 고난과 억압을 공부하는 사람이 되게 하는 것. 이 여자에게 동정심을 가르치는 것, 세상의 슬픔을 위해 약간이라도 피를 흘리게 하는 것. 이제 이해하시겠습니까? 완벽한 한 쌍 아닙니까. 멍키는 유대인놈에게 이드를 돌려주고, 나는 *이방인*goy에게 *어머*oy를 돌려주는 겁니다.

어디까지 얘기했더라? 아, 턱시도. 나는 저녁 행사에 대비해 아주 세련된 옷차림이었죠. 그런 내 손에서 "치내하는 윌라"가 여전히 지글지글 타오르고 있는데, 멍키 또한 오늘 행사를 위해 특별히 구입한 원피스를 입고 나타납니다. 무슨 행산데? 도대체 우리가 어디를 간다고 생각하는 거야? 지저분한 영화라도 찍으러 가는 줄 아는 거야? 선생님, 그 옷이라는 것이 엉덩이만 간신히 가리더라고요! 황금색의 금속성 실 같은 걸로 뜬 옷인데, 멍키가 신은 피부색 보디스타킹만 간신히 가릴 정도였다니까요! 그런데 더욱 가관인 것은 그게 수수한 옷차림이라고 생각했는지 〈고아 소녀 애니〉에게서 영감을 받은 듯한 가발까지 쓰고 나타났다는 겁니다. 코르크스크루처럼 구불구불한 검은 고수머리로 이루어진 커다란 후광 사이로 화장을 진하게 한 멍청한 얼굴이 툭 튀어나온 모습이라니. 그 얼굴에 달린 입이 얼마나 천하고 작아 보이는지! 멍키는 정말로 웨스트버지니아 출신으로 보입니다! 네온사인의 도시에 온 광부의 딸! 나는 생각합니다. '저런 꼴로 나하고 시장 집에 가겠다는 건가? 저런 스트리퍼 같은 차림으로? 어이쿠dear. 멍키는 이것도 세 글자로 dir라고 쓰겠지! 일주일 동안 에이지 책은 두 페이지도 안 읽었겠지! 사진은 몇 장이라도 봤으려나? 흥, 그럴 리가! 아, 이건 아니야.' 나는 멍키가 쓴 메모를 기념품으로 호주머니에 넣으며 생각합니다. 다음날 25센트를 주고 코팅할지도 모릅니다. '이건 아냐! 이 여자는 내가 길거리에서 오다가다 만난 사람이야! 내 이름을 알기도 전에 내 걸 빨아준 사람이야! 다른 데서는 몰라도 적어도 라스베이거스에서는 엉덩이를 팔아먹은 적이 있는 사람이야! 저 꼴을 봐—완전히 창녀잖아! 인간기회위원회 부감독관의 창녀! 내가 지금 어떤 꿈속에 살고 있는 거지? 내가 이런 사람하고 같이 있다니 완전히 잘못된 일이야! 무-의-미-해! 모든 사람의 에너지와 인격과 시간의 낭비야!'

"좋아." 멍키가 택시에서 말합니다. "뭐 때문에 괴로워하는 거야, 맥스?"

"아무것도 아니야."

"내 모습이 싫은 거구나."

"말도 안 돼."

"기사 아저씨—펙 앤드 펙*으로 가요!"

"닥쳐. 그레이시 맨션으로 갑시다, 기사님."

"네가 발산하는 것 땜에 방사능에 중독되고 있어, 앨릭스."

"젠장, 나는 아무것도 발산하고 있지 않아! 아무 말도 안 했어."

"암마, 너한테는 그 시커먼 유대인놈 눈이 달려 있다고. 그 눈이 너 대신 말하고 있어. 까칠한 새끼!"

"흥분하지 마, 멍키."

"너나 흥분하지 마!"

"흥분하지 않았어!" 하지만 나의 사내다운 결심은 일 분 정도만 지속됩니다. "정말이지, 메리 린지한테 씹 얘기는 하지 마!"

---

* 뉴욕의 양장점.

"뭐?"

"들었잖아. 거기 도착하면, 누가 문을 열어주든 그 사람한테 네 젖은 보지 이야기는 꺼내지 말라고! 적어도 거기 가서 삼십분이 지나기 전까지는 커다란 자지를 잡으려 하지 말란 말이야, 알았어?"

그 말에 기사한테서 에어 브레이크 소리 같은 쉭 소리가 납니다. 그러자 멍키가 격분해서 뒷문에 몸을 던집니다. "나는 뭐든 내 마음대로 말하고, 행동하고, 입을 거야! 여기는 자유국가야, 이 꽉 막힌 유대인놈아!"

우리가 내릴 때 택시기사였던 매니 샤피로 씨가 우리를 보고 어떤 표정을 지었는지 보셨어야 하는데. "병신 같은 연놈들!" 그가 고함을 지릅니다. "나치 같은 년!" 그러더니 고무 타는 냄새를 남기고 부리나케 내뺍니다.

우리는 그레이시 맨션의 불빛이 보이는 칼 슈츠 파크의 벤치에 앉아 있습니다. 새로운 행정부의 다른 구성원들이 도착하는 것을 지켜보며 멍키의 팔을 쓰다듬고, 이마에 입을 맞추고, 울 이유는 없다고, 내가 잘못한 거라고, 그래, 그래, 나는 꽉 막힌 유대인놈이라고 말합니다. 사과하고, 사과하고, 또 사과합니다.

"—너는 항상 나를 야단쳐—그냥 표정만으로도 야단을 칠 수 있다고, 앨릭스! 밤에 문을 열 때면 나는 네가 보고 싶어 죽을 지경이야. 하루종일 네 생각만 해. 그런데 그 좆같은 네 눈알이 벌써 내 잘못된 점들을 하나하나 찾아내고 있어! 그렇지 않아도 불안정한데, 불안정이 내 문제의 전부인데, 너는 내가 입을 여는 순간부터 얼굴 전체가 그 표정이야. 내 말은 내가 지금이 몇시인지 말하기만 해도 그런 표정을 짓는다는 거야. 이런 젠장, 저 돌대가리 등신 같은 년이 또 멍청하고 얼빠진 얘기를 하는구나, 하는 표정. 내가 '일곱시 오 분 전이야' 하고 말하면 넌 이렇게 생각해. '저년은 씨발 왜 저렇게 멍청할까!' 글쎄, 좆같은 하버드를 못 나왔다고 내가 돌대가리인 것도 아니고 등신 같은 년인 것도 아니잖아! 린지 부부 앞에서 이렇게 저렇게 행동하라는 좆같은 얘긴 더 하지 마. 씨발 린지 부부가 도대체 누군데? 염병할 시장, 그리고 그 부인! 좆같은 시장! 혹시 잊었을까봐 말해두는데, 나는 겨우 열여덟 살 때 프랑스에서 제일 큰 부자하고 결혼했어. 네가 아직 저기 뉴저지 주 뉴어크에서 네 조그만 유대인 여자친구 씹을 손가락으로 쑤시고 있을 때 나는 알리 칸*의 저녁식사에 손님으로 초대를 받았다고!"

이게 네가 생각하는 연애야? 멍키는 가련하게 흐느끼며 물었습니다. 여자를 문둥이처럼 대하는 게?

* 이슬람교 이스마일파의 수반.

나는 말하고 싶었습니다. "이건 연애가 아닐지도 몰라. 이런 걸 바로 실수라고 부르는 건지도 모르지. 어쩌면 우리는 서로 좋은 마음으로 각자 갈 길을 가는 게 좋을지도 몰라." 하지만 나는 그렇게 말하지 못했습니다. 멍키가 자살할까봐 걱정이 돼서요! 바로 오 분 전에도 택시 뒷문 밖으로 몸을 던지려 하지 않았습니까? 그러니 내가 "이봐, 멍키, 이걸로 끝이야" 하고 말했다고 칩시다. 멍키가 공원을 가로질러 달려가 이스트 강으로 뛰어들어 자살하는 걸 무슨 수로 막을 수 있겠습니까? 선생님, 내 말을 믿으셔야 합니다. 그건 충분히 벌어질 수 있는 일이었다고요. 그래서 내가 아무 말도 못한 거예요. 순간 멍키가 두 팔로 내 목을 끌어안았습니다. 그러더니, 아, 멍키가 내 대신 콸콸 말을 쏟아내더군요. "사랑해, 앨릭스! 널 숭배하고 사모해! 그러니까 날 깔아뭉개지 마, 제발! 감당할 수 없단 말이야! 넌 내가 이제까지 알았던 사람들 중에 제일 훌륭한 남자고 여자고 아이니까! 동물의 왕국 전체에서! 오, 브레이키, 넌 뇌도 크고 좆도 커. 널 사랑해!"

그러더니 린지 부부의 저택에서 200피트밖에 안 떨어진 벤치에서 멍키는 가발을 쓴 자기 머리를 내 허벅지에 들이대더니 내 걸 빨려고 하는 겁니다. "멍키, 안 돼." 내가 애원했습니다. "안 돼." 멍키는 열정적으로 내 검은 바지의 지퍼를 내리고 있었습니다. "여기에는 사방에 사복이 있단 말이야!" 그레이시 맨션과 그 주변을 경찰이 돌고 있다는 얘기였습니다. "우리를 다 잡아갈 거야. 공연음란죄로. 멍키, 경찰이—" 그러나 멍키는 열린 지퍼에서 야망에 찬 입을 들어올리더니 소곤거렸습니다. "네 상상에서만 그럴 뿐이야." (재치 있어 보이려 했던 것인지는 모르겠지만, 어쨌든 재치 있지 못하다고는 할 수 없는 반박이었습니다.) 그러더니 다시 털이 덥수룩한 작은 동물이 집을 찾는 것처럼 파고들었습니다. 그리고 입으로 나를 정복했습니다.

만찬석상에서 멍키가 시장에게 낮에는 모델 일을 하고 밤에는 헌터 칼리지에서 강의를 듣는다고 말하는 소리가 들렸습니다. 내가 아는 한 자기 썹에 관해서는 한마디도 하지 않았습니다. 다음날 멍키는 헌터에 갔고, 그날 밤 놀랍게도 입학처에서 얻어온 지원서 양식을 보여주었습니다. 나는 칭찬해줬죠. 물론 멍키는 그 양식을 채우지 않았습니다. 나이만 빼고. 29.

마운즈빌에서 고등학교를 다니던 시절 멍키의 공상 하나. 다른 아이들이 읽고 쓰기를 배우는 동안 멍키가 빠져 있던 백일몽인 셈이죠.

웨스트포인트에 들어가고 싶어하는 웨스트버지니아의 모든 남자아이들이 딱딱한 차려 자세로 커다란 회의 탁자에 빙 둘러앉아 있습니다. 탁자 밑에는 우리의 멍청한 십대 문맹 메리 제인 리드가 벌거벗은 채 네 발로 기어다니고 있습니다. 웨스트포인트에서 나온 대령은 등뒤의 지휘봉으로 딱딱 소리를 내며 탁자를 돌면서 젊은이들의 얼굴을 꼼꼼히 살피고 있습니다. 그동안 보이지 않는 곳에서 메리 제인은 후보자들을 하나하나 찾아가 바지 지퍼를 내리고 빨아주고 있습니다. 야만적이고 무지한 무기라고 할 수 있는 메리 제인의 입안에 싸면서도 엄격하고 위엄 있는 군인다운 자세를 가장 꿋꿋하게 유지하는 아이가 사관학교에 선발될 것입니다.

열 달. 믿어지지 않습니다. 그 기간 동안 단 하루도—아니, 단 한 시간이라고 할 수도 있을 겁니다—자문하지 않고 보낸 날이 없습니다. "왜 이 사람과 계속 만나는 걸까? 야수가 되어버린 이 여자와! 이 상스럽고, 고통받고 있고, 자기혐오에 시달리고, 어리둥절해하고, 어찌할 바를 모르고, 정체성이 없고—" 등등. 목록은 끝이 없었습니다. 나는 끝도 없이 그것을 살폈습니다. 그리고 거리에서 얼마나 쉽게 그녀를 꼬였는지 기억해내고(내 평생 최고의 성적 승리죠!), 아, 역겨움에 신음이 새어나왔습니다. 추론과 판단과 행동이라는 면에서 도저히 존경할 수 없는 사람과 내가 어떻게 계속할 수가 있는 것인지? 이 사람만 보면 못마땅함을 참지 못해 매일 폭발할 지경인데! 매 시간 천둥처럼 질책하고 싶은 마음에 어쩔 줄을 모르겠는데! 그리고 설교하고 싶어서! 아, 내가 어쩌다 이런 꼰대가 된 걸까. 예를 들어 멍키가 내 생일에 그 이탈리아제 로퍼를 사주었을 때 내가 늘어놓았던 그 일장 연설!

"이봐." 나는 가게에서 나온 뒤 말했습니다. "쇼핑 조언 좀 해줄까? 돈과 물건을 바꾸는 아주 간단한 일을 하러 다닐 때는 지평선 이쪽에 있는 모든 사람에게 네 사타구니를 보여줄 필요가 없어. 알았어?"

"뭘 보여줘? 누가 뭘 보여줬다는 거야?"

"너, 메리 제인이! 네 은밀해야 할 곳을!"

"안 그랬어!"

"왜 이래, 네가 일어설 때마다, 네가 앉을 때마다, 직원의 코에 네 보지가 걸리는 줄 알았다니까."

"마압소사, 나도 앉아야 하고, 나도 일어서야 해, 안 그래?"

"하지만 말을 타고 내리는 자세로 그럴 필요는 없는 거잖아!"

"참 나, 뭐 땜에 그렇게 신경을 쓰는지 모르겠네. 어차피 그 직원은 호모던데."

"내가 '신경을 쓰는' 건 이제 네 두 다리 사이의 공간을 본 사람이 〈헌틀리와 브링클리〉*를 보는 사람보다 많다는 거야! 그러

* 텔레비전 뉴스 프로그램.

니까 아직 챔피언일 때 이제 그만 인사하고 퇴장하는 게 어때, 응?" 그러나 그렇게 힐난하면서도 나는 속으로 말하고 있었습니다. "아, 그만해, 리틀 보이 블루*—씹 대신 숙녀를 원하면 그런 숙녀를 구하면 되잖아. 누가 너를 말리는데?" 아시다시피 이 도시는 메리 제인 리드 양과는 완전히 다른 여자들, 장래가 유망하고 흠 없고 더럽혀지지 않은 젊은 여자들, 진짜로 젖 짜는 여자처럼 건강한 여자들로 활기가 넘치잖아요. 나도 잘 알죠. 멍키 전에는 그런 여자들을 만났으니까요. 그 여자들로 만족을 못해서 그렇지. 그 여자들한테도 문제가 있었거든요. 슈필포겔 선생님, 정말입니다, 나도 해봤습니다. 노력해봤다고요. 그 여자들이 만든 냄비 요리도 먹어보고 그 여자들 집 화장실에서 면도도 해봤습니다. 방범용 자물쇠를 여는 열쇠를 복제한 것도 받아봤고, 화장실 장의 선반도 하나 차지해봤고, 그 여자들 고양이하고도, 스피노자니 클리타임네스트라니 캉디드니 하는 고양이, 심지어 그냥 캣**이라는 이름을 가진 고양이들하고도 사귀어봤다고요. 그래요, 그래요, 영리하고 박식한 여자들이죠. 섹스 모험을 막 성공적으로 끝냈고, 건전한 아이비리그 대학에서 장학금도 받았죠.

* 자장가의 주인공.

** '고양이'라는 뜻.

활기가 넘치고 똑똑하고 자존심 있고 자신만만하고 행동이 바른 젊은 여자들 말입니다. 사회복지사와 연구보조원, 학교 교사와 편집자, 함께 있어도 비천해지거나 부끄럽다는 느낌이 들지 않는 여자들, 내가 아버지나 어머니 노릇을 하거나, 교육시키거나 구원할 필요가 없는 여자들. 하지만 그 여자들하고도 잘 풀리지 않았다고요!

케이 캠벨. 앤티오크 대학에서 사귀었던 여자친구예요. 이보다 더 본보기가 될 만한 사람이 있을까요? 꾸밈없고 성정이 곱고 병적인 면이나 이기주의는 흔적도 찾아볼 수 없는 여자. 정말 칭찬할 만하고 훌륭한 인간이죠. 그런데 지금 그 여자는 어디 있습니까, 그 횡재 같은 여자는! 안녕, 펌킨*! 미국 중부에서 어떤 운 좋은 *이방인 남자*의 훌륭한 아내가 되었을까요? 다른 길이 있겠습니까? 문예지 편집을 했고, 영문과에서 가뿐하게 우등생이 되었고, 옐로스프링스**에서는 검둥이를 손님으로 받지 않는 이발소 앞에서 나를 비롯한 여러 성난 친구들과 함께 피켓을 들었던 사람인데. 건강하고 온화하고 마음이 넓고 엉덩이도 넓은 여자

---

* '호박'이라는 뜻.

** 미국 오하이오 주 그린 카운티에 있는 마을. 앤티오크 대학 소재지.

였죠. 착한 아기 같은 얼굴에 머리카락은 노랗고, 젖통은 작았습니다. 안타깝게도 말입니다(그런데 기본적으로 젖통이 작은 여자들이 내 운명인 것 같습니다—도대체 왜 그럴까요? 이 문제와 관련해서 어디 내가 읽어볼 만한 글이 있습니까? 이게 의미가 있는 겁니까? 아니면 그냥 계속할까요?). 아, 그리고 그 농부 같은 다리! 또 늘 치마의 등허리 쪽에 블라우스가 삐져나와 있었죠. 그런 무심함에 내가 얼마나 감동을 받았는지 모릅니다! 그리고 하이힐을 신으면 나무 위에 달라붙은 고양이처럼 보인다는 사실, 난처하고 자기 본령에서 벗어나 있고 완전히 잘못된 것처럼 보인다는 사실에서도 그랬고요. 봄이면 늘 앤티오크의 님프들 가운데 제일 먼저 수업에 맨발로 들어갔죠. "펌킨." 나는 그렇게 불렀습니다. 그 여자의 색소와 궁둥이 크기를 기념한 별명이었죠. 또 그 견고함도. 도덕적인 원칙 문제에서는 조롱박처럼 단단했거든요. 내가 질투하고 사모할 수밖에 없는 방식으로 아름답게 고집을 부렸습니다.

펌킨은 논쟁에서 결코 목소리를 높이지 않았습니다. 열일곱 살의 나, '잭과 소피 포트노이 부부의 토론 모임'과 맺은 계약에서 막 풀려난 나에게 그것이 얼마나 강한 인상을 주었는지 상상하실 수 있나요? 논쟁에 그런 식으로 접근할 수도 있다는 이야기를 들어나봤겠습니까? 절대 상대를 조롱하지 않고! 또는 상대의 생각 때문에 상대를 증오하는 것처럼 보이지 않고! 아하, 그러니까 *이방인*의 자식이라는 게 바로 이런 거구나. 뉴저지가 아니라 아이오와 고등학교에서 고별사를 읽는 학생은 이렇구나. 그래, 뭔가가 있는 *이방인*은 이런 거야! 권위. 성질을 부리지 않고 미덕이 있으면서도 자화자찬하지 않고. 자신감 있으면서도 으스대거나 생색내지 않고. 자, 공정하게 *이방인*에게도 인정해줄 건 인정해주자고요, 선생님. 이 사람들도 감동적일 때는 정말 감동을 주잖아요. 아주 건전하고! 그래요, 그게 사람을 홀리죠—기운차고 억세고. 한마디로 호박 같은 거죠. 건강하고 엉덩이가 푸짐하고 립스틱을 안 바르고 맨발로 다니는 나의 *이방인 여자*, 지금 어디 있는 거야, 케이-케이? 애는 몇이나 낳았어? 결국 정말 그렇게 뚱뚱해졌어? 아, 그래서 뭐! 네가 몸이 집채만큼 커졌다고 해보자고—너한테는 그 성격을 전시할 큰 진열장이 필요하잖아! 중서부인의 가장 좋은 면만 모은 사람. 그런데 왜 내가 그 여자를 놔버렸을까요? 아, 곧 그 얘기를 할 겁니다, 걱정 마세요. 늘 기억 하나만 건너가면 혹독한 자기비판이 나오죠. 이제 우리도 그걸 알잖아요. 그러니 그전에 펌킨의 실팍함이나 좀 그리워하도록 하겠습니다. 그 버터 같은 피부! 빗지 않아도 물이 흐르는 듯 찰랑찰랑한 머리카락! 게다가 이건 1950년대 초의 일이에요, 물이 흐르는 듯 찰랑찰랑한 머리카락이 유행하기 전 말이에요! 이건 그냥 자연스러운 거였습니다, 선생님. 둥글고 크고, 피부색이 해 같은 케이! 아마 지금쯤은 틀림없이 아이 대여섯은 그 여자의 푸짐한 궁둥이(멍키의 단단하고 작고 손에 쥘 수 있을 것 같은 모델 엉덩이와는 다르죠!)에 매달려 있을 겁니다. 틀림없이 빵은 직접 구워 먹겠지, 그렇지? (그 더운 봄밤, 내 옐로스프링스 아파트에서 하프 슬립과 브래지어만 걸치고, 귀에 밀가루를 묻히고 이마 위쪽은 땀에 젖은 모습으로 빵을 구웠을 때처럼—기억나? 그 더운 날씨에도 불구하고 진짜 빵이 어떤 맛인지 나에게 보여준 거? 너는 내 심장을 반죽으로 사용했던 건지도 몰라, 그래서 그렇게 부드럽게 느껴졌던 건지도!) 틀림없이 지금도 공기가 오염되지 않고 아무도 문을 잠그지 않는 곳에서 살고 있겠지—돈이나 소유에는 똥을 보듯 관심도 없는 곳에서. 야, 나도 마찬가지야, 펌킨. 아직 그런 거나 그와 관련된 중간계급 문제로 오염되지 않았어! 아, 몸매가 완벽하게 불균형한 여자! 길쭉한 마네킹이 아닌 너! 그래, 젖통이 작았지, 그게 뭐 어때서? 흉곽에서 목에 이르기까지 나비처럼 작았어. 하지만 그 밑은 곰처럼 뿌리를 박고 있었어! 뿌리를 내리는 거, 그게 내가 목표로 삼고 있는 거야! 그 라인맨*의 다리 같은 단단한 다리와 결합되어 이 미

* 풋볼에서 공격의 최전방에서 뛰는 선수.

국 땅에 뿌리를 내리는 거!

2학년 때 스티븐슨*을 지지하러 초인종을 울리며 그린 카운티를 돌 때 케이 캠벨이 한 말을 선생님이 들어보셨어야 하는데. 공화당원의 가장 무서운 편협함과 마주쳤을 때도, 한 정신을 완전히 굴복시킬 수 있는 영혼의 인색함이나 황량함과 마주쳤을 때도, 펌킨은 결코 숙녀다움을 잃지 않았습니다. 나는 야만인이었죠. 아무리 침착하게 이야기를 시작해도(또는 생색을 내며 말을 시작해도—그런 식으로 말이 나와버리더라고요), 어김없이 땀을 흘리고 격분했습니다. 조롱하고 모욕하고 비난했고, 그 끔찍하게 옹색한 사람들과 주먹다짐을 했고, 그들이 사랑하는 아이크**를 문맹에다 정치적으로 보나 도덕적으로 보나 얼간이 같은 인간이라고 불렀습니다. 아마 애들레이가 오하이오에서 그렇게 참패한 데에는 나도 누구 못지않게 책임이 있을 겁니다. 하지만 펌킨은 반대편의 관점에도 흠 하나 없이 완벽하고 친절하게 관심을 기울였기 때문에, 나는 가끔 그애가 나를 돌아보며 이렇게 말할 것 같은 느낌을 받기도 했습니다. "어머, 앨릭스, 요켈 씨 말이 맞는 것 같아. 애들레이는 진짜 공산주의에 너무 무

* 애들레이 스티븐슨 2세. 1950년대 미국 대통령 후보.

** 드와이트 아이젠하워의 애칭.

른 걸지도 몰라." 하지만 그러지 않았죠. 우리 후보의 "사회주의적인" 그리고/또는 "빨갱이" 사상에 대한 멍청한 비난이 끝나면, 그의 유머 감각에 대한 비난이 끝나면, 펌킨은 예의바르게 또 (정말 대단한 일이었죠!) 전혀 비꼬는 기색을 드러내지 않고, 마치 파이 굽기 대회의 심사위원이라도 된 것처럼 침착함과 쾌활함을 완벽하게 결합하여 요켈 씨의 사실 오류와 논리 오류를 교정해나가기 시작했고, 심지어 그의 데데한 도덕성을 그 스스로 돌아보게 하기까지 했습니다. 묵시록의 뒤틀린 구문이나 절망의 무례한 어휘에 부담을 느끼지도 않고, 코밑에 땀방울이 솟지도 않고, 목이 좁아지거나 산소 부족을 느끼지도 않고, 혐오감으로 이마가 붉어지지도 않은 펌킨은 아마 카운티의 대여섯 명의 표는 바꾸어놓았을 겁니다. 이야, 그래요, 정말 훌륭한 *이방인 여자*였어요. 그런 사람과 평생을 보내면서 뭔가 배울 수도 있었을 텐데. 그래요, 그렇게 될 수도 있었겠죠—내가 뭔가를 배울 수 있다면 말이에요! 내가 펠라티오와 간음에 대한 강박에서, 로맨스와 공상과 복수에서, 반드시 앙갚음을 하려는 태도에서 어떻게든 벗어날 수 있다면! 꿈의 추구에서! 오래전 옛날에 대한 이 가망 없고 의미 없는 충성에서 벗어날 수 있다면!

1950년, 막 열일곱이 되었을 때, 그리고 뉴어크를 등진 지 두 달 반이 되었을 때(아, "등졌다"는 말은 정확하지 않은 것 같네요. 아침에 기숙사에서 일어나면 손에 잡힌 담요가 낯설고, "나의" 창문 하나가 사라져 당황하곤 했으니까요. 어머니가 내 침실을 이렇게 예고도 없이 바꾸어놓았다고 생각해 몇 분 동안 답답하고 미칠 것 같았습니다), 내 평생 가장 노골적인 반항을 했습니다. 대학 첫 방학 때 집으로 가는 대신 기차를 타고 아이오와로 가서 펌킨과, 그리고 펌킨의 부모와 함께 추수감사절을 보낸 겁니다. 그 9월까지만 해도 나는 서쪽으로는 뉴저지 주 호팟콩 호수보다 멀리 가본 적이 없었습니다. 그런데 이제 아이오와로 가게 된 겁니다! 그것도 금발 여자와 함께! 기독교도 여자하고! 이런 탈주에 누가 더 놀랐을까요? 나일까요, 우리 가족일까요? 얼마나 대담합니까? 아니면 그저 몽유병자가 대담하게 구는 수준이었을까요?

펌킨이 성장한 하얀 비늘판벽 목조 주택은 그것이 내 안에서 끌어낸 감정으로 보자면 타지마할이라고 해도 좋을 것 같았습니다. 아마 발보아*는 내가 집 앞쪽 포치의 천장에 묶인 그네를 처음 보았을 때 뭘 느꼈을지 알고 있을 겁니다. 펌킨이 이 집에서 자랐구나. 기숙사 문간에서 내가 브래지어를 풀게 허락해주고, 옷을

* 태평양을 발견한 스페인 탐험가.

입은 채 아래를 비벼대게 해준 여자애가 이 하얀 집에서 자랐구나. 저 *이방인*의 커튼 뒤에서! 봐, 셔터가 달렸잖아!

"아버지, 어머니." 대븐포트 기차역에 내리자 펌킨이 말합니다. "주말 손님이에요. 제가 편지에 썼던 학교 친구요—"

내가 "주말 손님"이라고 부르는 존재인가? 내가 "학교 친구"인가? 도대체 펌킨이 어느 나라 말을 하는 거지? 나는 "*장난꾸러기*"에 "*역겨운 놈*vantz"이고, 나는 보험인의 아들이야. 워쇼랍비에게 나는 사절이라고! "반가워요, 앨릭스." 물론 나는 그 말에 "고맙습니다" 하고 대꾸합니다. 아이오와에서 처음 스물네 시간 동안 나는 누가 나한테 무슨 말을 하든 "고맙습니다" 하고 대꾸합니다. 심지어 생명 없는 물건에게도. 나는 의자로 걸어가, 바로 의자에게 말합니다. "실례합니다, 고맙습니다." 냅킨을 바닥에 떨어뜨리면 얼굴을 붉히며 허리를 굽혀 그것을 집어들며, 나도 모르게 냅킨에게 "고맙습니다" 하고 말합니다. 아니, 바닥에게 말하는 건가? 우리 어머니가 봤으면 이 꼬마 신사를 얼마나 자랑스러워했겠습니까! 가구한테까지 예의바르다니!

영어에 "좋은 아침good morning"이라는 표현이 있잖습니까? 어쨌든 그런 게 있다고 들었는데, 이 표현은 그동안 나에게 아무 쓸모가 없었습니다. 사실 무슨 쓸모가 있었겠습니까? 집에서 아침식사를 할 때 나는 다른 동거인들에게 "투덜이"나 "심술쟁이"

로 알려져 있는데요. 그런데 갑자기 여기 아이오와에 오니까 나도 현지인을 모방해 좋은 아침을 뿜어내는 간헐천이 되어버립니다. 그곳에서는 누구나 그 말을 하는 법을 압니다. 사람들이 얼굴에 햇빛을 느끼는 순간 그 햇빛은 바로 일종의 화학반응을 일으킵니다. 좋은 아침! 좋은 아침! 좋은 아침! 사람들은 서로 다른 여남은 곡조에 맞게 노래를 부릅니다! 그런 다음 모두 서로에게 "잘 잤느냐"고 물어보기 시작합니다. 나한테도 물어봅니다! 내가 잘 잤을까? 사실 잘 모르겠습니다. 생각을 해봐야 합니다. 그 질문이 기습처럼 다가오기 때문입니다. 내가 잘 잤나? 아, 그래요! 그런 것 같습니다! 어—선생님은? "통나무처럼 잤지." 캠벨 씨가 대답합니다. 그 순간 평생 처음으로 직유의 힘을 제대로 경험합니다. 이 사람, 부동산 중개업자이자 대븐포트 시의회 의원인 이 사람이 통나무처럼 잤다고 말하는 순간, 실제로 눈에 통나무가 보이는 겁니다. 그렇구나! 꼼짝도 않고, 묵직하게, 통나무처럼! "좋은 아침." 그가 말합니다. 그러자 그가 사용하는 "아침"이라는 단어는 구체적으로 오전 여덟시부터 정오 열두시 사이의 시간들을 가리킨다는 생각이 듭니다. 전에는 한 번도 그런 식으로 생각해본 적이 없었는데. 그는 여덟시부터 열두시 사이의 시간들이 좋기good를 바랍니다. 즉 즐겁고 유쾌하고 유익하기를 바라는 겁니다. 우리 모두 서로서로 네 시간 동안 기쁜 마음으로 많은 것을 이루기를 바라는 겁니다. 이야, 훌륭하지 않습니까! 보세요, 정말 멋있잖아요! 좋은 아침! 똑같은 것이 "좋은 오후"에도 적용됩니다! 또 "좋은 저녁"에도! 또 "좋은 밤"에도! 이럴 수가! 영어가 소통의 한 형식인 겁니다! 대화가 단지 십자포화 역할만 하는 게 아닌 겁니다! 내가 쏘고 또 내가 맞기도 하는 현장이 아닌 겁니다! 목숨을 구하려고 고개를 숙이고, 죽이려고 겨냥을 해야 하는 현장이 아닌 겁니다! 말이 폭탄이나 총알이 아닌 겁니다—그런 게 아니고, 의미가 담긴 작은 선물인 겁니다!

기다리세요, 아직 안 끝났어요—*이방인*의 커튼 밖이 아니라 안에서 지내보는 경험만으로는 나를 압도할 수 없다는 듯, 매 시간 집 안 가득한 *이방인*들에게 즐거운 시간 보내라고 내 입으로 말하는 믿어지지 않는 경험만으로는 나를 어리둥절하게 만들 수 없다는 듯, 나에게 방향감각 상실의 환희를 안겨주는 것이 있습니다. 바로 캠벨 하우스가 자리잡은 거리, 내 여자친구가 자라고! 뛰어다니고! 스케이트를 타고! 돌차기 놀이를 하고! 썰매를 타던 거리의 이름입니다. 그동안 내내 나는 펌킨의 삶이, 사람들 말로는 같은 나라라고 하지만 사실은 천 500마일쯤 떨어진 곳에서 이루어지고 있다고 상상하고 있었습니다. 그런데 거리 이름이 뭐냐고요? 재너두*가 아닙니다. 아니지요. 그보다도 멋져요. 아, 훨씬 파격적인 거죠. 바로 엘름elm**입니다. 엘름! 보세요, 우리 집의 오래된 제니스 라디오의 주황색 셀룰로이드 주파수 표시줄 너머로 걸어가, 바로 "한 남자의 가족"이라는 프로그램 속으로 들어가 있는 듯한 느낌입니다. 엘름. 나무들이 자라는 곳—그 나무는 느릅나무일 수밖에 없겠지요!

솔직히 말해서, 수요일 저녁 캠벨의 차에서 내리자마자 곧바로 그런 결론을 끌어낼 수는 없었다는 걸 인정해야겠습니다. 사실 떡갈나무를 알아보는 데만도 십칠 년이 걸렸는데, 지금도 도토리가 없으면 긴가민가합니다. 풍경에서 처음 내 눈에 들어오는 것은 식물이 아니에요, 정말입니다. 동물이에요. 씹을 하고 씹을 당하는, 인간의 대응물이란 말입니다. 녹색식물은 새나 벌에게 맡겨둡니다. 그들에게는 그들의 걱정거리가 있겠죠. 나에게는 내 걱정거리가 있고요. 집에서야 우리 집 앞의 보도에서 자라는 게 뭔지 누가 그 이름을 압니까? 그냥 나무죠—그걸로 끝입니다. 종류는 전혀 의미가 없습니다. 그게 머리 위로 쓰러지지 않는 한 무슨 종류인지 전혀 관심이 없죠. 가을에는 (아니, 봄인가? 선생님은 이런 분야를 좀 아세요? 어쨌든 겨울이 아닌 건 확실합니다) 가지에서 긴 초승달 모양의 꼬투리가 떨어지는데, 그

* '도원경(桃源境)'이라는 뜻.

** '느릅나무'라는 뜻.

안에 작고 단단한 알갱이가 들어 있습니다. 좋습니다. 우리 어머니 소피 린네*가 전수하는 우리 나무에 관한 과학적 사실을 말씀드리죠—그 알갱이를 스트로에 넣어 불면 누군가의 눈이 뽑혀 평생 장님으로 살 수 있다. (그러니까 절대 그러지 마! 장난으로라도! 그리고 누가 너한테 그러면, 당장 나한테 얘기해!) 이것이 대체로 내가 갖고 있던 식물학적 지식의 전부입니다. 그 일요일 오후에 우리가 캠벨의 집을 떠나 역으로 가 아르키메데스와 같은 경험을 하기 전까지 말입니다. 엘름 스트리트……그렇다면……느릅나무로구나! 얼마나 간단한가! 내 말은, 이 세상을 이해하는 데는 아이큐가 158일 필요도 없고, 천재일 필요도 없다는 겁니다. 정말이지 간단하기 짝이 없는 겁니다!

내 평생 잊지 못할 주말이었습니다. 인간 역사에서 인류가 석기시대 전체를 통과한 것과 맞먹는다고 말할 수 있을 것 같습니다. 캠벨 씨가 자기 부인을 "메리"라고 부를 때마다 내 체온은 급속히 올라갔습니다. 나는 그곳에서 메리라는 이름의 여자가 두 손으로 만진 접시로 음식을 먹고 있었습니다. (내가 왜 응징할 때가 아니면 멍키를 본명으로 부르는 것에 그렇게 저항했는지 여기에서 실마리를 찾을 수 있을까요? 아닌가요?) 제발, 캠벨의

* 어머니의 이름에 스웨덴의 식물학자 린네의 성을 붙인 것.

집에 예수그리스도의 그림이 없게 해주세요. 나는 서쪽으로 가는 기차에서 기도합니다. 예수의 애처로운 얼굴을 보지 않고, 십자가를 목에 건 사람을 상대하지 않고 이번 주말을 보낼 수 있게 해주세요! 추수감사절 저녁식사에 온 친척들 가운데 제발 반유대주의자가 없게 해주세요! 만일 누군가가 "뻰뻰스런 유대인"이라고 말을 꺼내거나, "유대인 새끼"라고 말하거나 "유대인처럼 후려친다"고 말하면—나는 유대인으로서 당연히 그들을 후려칠 테니까요. 그놈들의 좆같은 이빨을 후려쳐 목구멍으로 넘겨버릴 테니까요! 아니, 폭력은 안 되죠(마치 내 안에 그런 게 있기라도 한 것 같네요). 그 사람들이야 폭력적으로 나오라지요. 그건 그 사람들 방식이니까. 그래요, 나는 자리에서 일어설 겁니다—그리고 (*어디 가려고*vuh den?) 이야기할 겁니다. 그들의 생각이 편견에 사로잡혔다고 이야기해 그들이 수치와 모욕을 느끼게 할 겁니다. 그들이 내놓은 설탕에 절인 얌을 앞에 두고 독립선언문을 인용할 겁니다! 나는 물을 겁니다. 추수감사절을 소유했다고 생각하다니, 씨발 너희는 대체 누구냐!

그런데 기차역에서 펌킨의 아버지가 말합니다. "반갑네, 젊은이." 물론 나는 "고맙습니다" 하고 대답합니다. 이 사람이 왜 이렇게 착하게 나오는 거지? 미리 이야기를 들어서일까(그것을 모욕으로 받아들여야 할지 축복으로 받아들여야 할지 모르겠습니다), 아니면 아직 몰라서일까? 그럼 말해버릴까? 차에 타기 전에? 그래, 말해야 돼! 계속 거짓되게 살아갈 수는 없어! "어, 여기 대븐포트에 오니 정말 좋네요, 캠벨 씨, 캠벨 부인. 저는 유대인이고 해서 말입니다." 어쩌면 제대로 전달이 안 된 건지도 모르지. "어, 케이의 친구로서, 캠벨 씨, 캠벨 부인, 그리고 유대인으로서 저는 저를 초대해주신 것에 감사를 드리고 싶습니다—" 모호하게 굴지 마! 그럼 어떡하라고? 이디시어라도 할까? 어떻게? 내가 아는 이디시어 단어는 스물다섯 개인데, 그 반은 지저분한 말이고, 나머지는 발음도 제대로 하지 못합니다! 젠장, 그냥 입 다물고 차에 타. "고맙습니다, 고맙습니다." 나는 말하면서 내 가방을 듭니다. 우리 모두 스테이션왜건 쪽으로 갑니다.

케이와 나는 뒷자리에 올라탑니다. 개와 함께. 케이의 개입니다! 케이는 마치 사람을 대하듯 개와 말을 합니다! 우와, 케이는 정말 *이방인*이네요. 얼마나 멍청한 짓입니까, 개와 말을 하다니—물론 케이는 멍청하지 않지만요! 사실 나는 케이가 나보다 똑똑하다고 생각합니다. 그런데 개와 이야기를 한다? "개에 관해 말하자면, 캠벨 씨, 캠벨 부인, 우리 유대인은 대체로—" 아, 그만해. 불필요해. 너는 네 코라는 이름의 부속품이 네가 유대인이라는 걸 다 알아서 말해주고 있다는 사실을 무시하고 있군(아니면 무시하려고 끔찍하게 열심히 노력하거나). 아프리카계 유대인의 머리카락은 말할 것도 없고. 저 사람들도 당연히 알지. *이봐*bubi, 미안하지만 운명을 벗어날 수는 없어, 한 인간의 연골 조직은 그 사람의 운명이야. 하지만 나는 벗어나고 싶지 않아! 뭐, 그것도 멋진 말이야—어차피 벗어날 수 없으니까. 아, 하지만 나는 벗어날 수 있어—내가 원하기만 하면! 하지만 벗어나고 싶지 않다며. 하지만 원한다면 말이야!

나는 집으로 들어가자마자 코를 킁킁거리기(몰래, 하지만 나 자신도 놀랐습니다만) 시작합니다. 냄새가 어떨까? 매시트포테이도? 할머니의 옷? 새로 바른 시멘트? 나는 계속 코를 킁킁거립니다. 냄새를 맡으려고요. 그래! 이게 그거야? 내가 지금 맡은 게 기독교 냄새야? 아니면 그냥 개 냄새야? 뭔가를 보고 맛보고 만질 때마다 생각합니다. '*이방인답군!*' 첫날 아침 나는 케이의 어머니나 아버지가 그들의 *이방인* 어금니를 닦는 칫솔을 갖다댔을 수도 있는 곳에 내 칫솔을 갖다대기가 싫어, 펩소던트 치약을 0.5인치쯤 짜서 하수구로 내려보냅니다. 맞아! 싱크의 비누는 누군가가 손으로 만져 거품이 보글보글 붙어 있습니다. 누구 손이지? 메리인가? 그냥 쥐고 씻어야 하나? 아니면 안전을 위해 먼저 물로 좀 씻어내야 하나? 하지만 뭐로부터 안전하려고? 멍청이, 이러다 비누를 씻어낼 비누를 구하려고 하겠다! 나는 뒤꿈치를 들고 변기로 걸어가 고개를 뽑고 변기 안을 들여다봅니다. "그래, 이거구나, 이야, 진짜 *이방인* 변기야. 진품이야. 네 여자친구 아버지가 이방인의 똥을 떨어뜨리는 곳. 어떻게 생각해, 응? 아주 인상적이지." 강박이라고요? 아뇨, 매혹된 거죠!

그다음에는 변기 시트에 뭘 깔지 말지 결정해야 합니다. 이건 위생의 문제가 아닙니다. 나는 이곳이 깨끗하다고 확신합니다. 방부제를 이용하는 그들 나름의 *이방인* 방식으로 말입니다. 문제는 그 앉는 곳이 캠벨 집안 사람의 둔부 때문에 아직 따뜻하면 어쩌냐는 겁니다. 케이의 어머니 때문에! 메리! 예수그리스도의 어머니이기도 하잖아요! 우리 가족을 위해서라도, 어쩌면 나는 가장자리에 종이를 약간 깔아야 할지 모릅니다. 돈이 드는 일도 아니잖아요. 게다가 누가 알겠어요?

내가 알지! 내가 알아요! 그래서 그냥 앉습니다—실제로 따뜻합니다! 이런, 열일곱 살에 적과 엉덩이를 비비고 있다니! 9월 이후로 내가 얼마나 멀리 떠나온 것인지! 우리가 바빌론의 여러 강변 거기에 앉아서 시온을 기억하며 울었도다!* 그래요, 맞습니다! 변소에서 나는 의심과 후회의 포위공격을 받아, 갑자기 온 마음으로 고향을 그리워하고 있습니다…… 이제 아버지가 유니언 쪽에 있는 도로변 농산물 직판장에서 "진짜 사과즙"을 사기 위해

* 시편 137편 1절.

차를 몰고 나갈 때, 나는 아버지와 함께 있지 못할 겁니다! 웃음보를 터뜨려줄 내가 없는데 해너와 모티는 어떻게 추수감사절 아침에 위퀘이크-힐사이드 게임에 갈 수 있을까요? 맙소사, 나는 우리가 이기기를 바랍니다(즉 21점 차 이하로 지기를 바란다는 겁니다). 힐사이드를 무찔러라, 이 새끼들아! 더블 유, 더블 이, 큐 유 에이, 에이치 아이 시! 버니, 시드니, 리언, "어시", 가자, 후위, 싸워라!

그래—그래 유—대애인—노옴kikes,
아무도 우리를 좋아하지 않아,
우리는 위퀘이크 고교 사나이들—
그래, 그래 우리는 유—대애인—노옴
*내 엉덩이에 키스나 해*Kish mir in tuchis,
우리는 위퀘이크 고교 사나이들!

가자—라인을 지켜라, 점수를 내라, 그놈들 *내장*을 걷어차라, 가자 우리 팀 가자!

보세요, 나는 지금 관중석에서 영리하고 재치 있는 모습을 보여줄 기회를 놓치고 있습니다! 비꼬고 조롱하는 데 일가견이 있는 말솜씨를 과시할 기회를요! 그리고 시합 뒤에는, 우리 어머니, 그 주근깨 많고 머리가 붉은 폴란드 유대인의 후손이 차려주는 역사적인 추수감사절 식사를 놓치고 있어요! 아, 그들의 얼굴에서는 피가 흐르고, 죽음 같은 침묵만 흐르겠지요. 어머니는 거대한 칠면조 다리를 들어올리고 외칠 겁니다. "자! 누구를 위한 건지 알아맞혀봐!" 그런데 그 답이 되는 사람은 지금 탈영병이 되어 있는 겁니다! 왜 나는 가족을 버렸을까요? 물론 우리가 식탁에 둘러앉은들 노먼 록웰*의 그림처럼 보이지는 않겠지요. 하지만 우리도 즐거운 시간을 보낸단 말입니다, 걱정 마시라고요! 물론 우리는 플리머스 록**을 찾아가보지는 않습니다. 우리가 아는 한 어떤 인디언도 우리 가족에게 옥수수를 가져온 적이 없어요—하지만 그 칠면조 뱃속에 든 소 냄새를 맡아보세요! 그리고 보세요, 식탁 양끝에 크랜베리 소스 통이 있잖아요! 게다가 칠면조의 이름은 "톰"입니다! 그런데도 왜 난 내가 미국에서 저녁을 먹고 있다는 걸 믿을 수 없죠? 아버지와 내가 11월마다 진짜 추수감사절 사과즙을 구하러 뉴저지 주 유니언의 그 촌뜨기 부부(그들 둘 다 가슴받이가 달린 작업복 차림입니다)에게 가듯이 언젠가 가게 될 어떤 다른 곳이 아니라, 내가 지금 있는 곳이 바로

* 미국의 화가.

** 메이플라워호를 탄 사람들이 상륙한 곳에 있는 바위.

미국이라는 걸.

“아이오와에 갈 거예요.” 나는 우리 층의 공중전화로 부모에게 말합니다. “어디?” “아이오와 주 대븐포트요.” “대학 첫 방학인데?!” “—알아요, 하지만 좋은 기회라 거절할 수가 없어요—” “기회? 뭘 할 기회?” “그래요, 빌 캠벨이라는 아이의 가족과 추수감사절을 함께 보낼 기회요—” “누구?” “캠벨요. 수프 이름 있잖아요. 우리 기숙사에 사는 애예요—” 하지만 부모는 나를 기다리고 있습니다. 모두가 기다리고 있습니다. 모티는 시합 입장권을 준비해두고 있습니다. 그런데 내가 지금 무슨 이야기를 하고 있는 건가요? 기회? “밑도 끝도 없이 캠벨이라니, 그 아이가 누구냐?” “제 친구요! 빌 말이에요!” “하지만,” 아버지가 말합니다. “사과즙은.” 맙소사, 일이 벌어지고 말았습니다. 이렇게 되게 하지 않겠다고 맹세했는데! 나는 울고 있습니다. “사과즙”이라는 작은 말이 효과를 발휘한 겁니다. 이 아버지란 사람은 타고났습니다. 그루초 마르크스*에게 가서 비밀 단어를 맞혀 큰돈을 딸 겁니다. 이 사람은 내 비밀 단어를 맞힙니다, 매번! 그리고 내 회한이라는 판돈을 따갑니다! “무를 수가 없어요. 죄송해요. 이미

---

* 미국의 코미디언. 마르크스 브라더스의 한 명으로, 유명한 TV 퀴즈쇼를 진행했다.

간다고 했어요—갈 거예요!" "간다고? 어떻게, 앨릭스—나는 이 계획을 전혀 이해 못하겠구나." 어머니가 끼어듭니다—"어떻게 간다는 거니, 내가 이렇게 물어봐도 좋다면 말이다. 그리고 어디로? 그리고 컨버터블을 타고 간다는 거니, 그것도 한다는—" "아니에요!" "그리고 고속도로에 얼음이 덮였으면, 앨릭스—" "어머니, 우리는 셔먼 탱크를 타고 갈 거예요! 됐어요? 됐어요?" "앨릭스." 어머니가 엄하게 말합니다. "네 목소리를 들으니 알겠다. 네가 솔직하게 말하지 않는다는 걸 알겠어. 너는 히치하이크를 해서 컨버터블을 타거나 다른 미친 짓을 하려는 거야. 집에서 두 달 떨어져 있더니, 겨우 열일곱 살밖에 안 됐는데 벌써 난폭해지려고 해!"

십육 년 전에 그런 전화를 했습니다. 지금 나이의 반보다 약간 많았을 때입니다. 1950년 11월에—여기, 내 손목에 문신이 되어 있습니다. 내가 '해방 선언'을 한 날이거든요. 내가 부모님한테 집에 안 간다고 처음 전화를 걸 때 아직 태어나지도 않았던 아이들이 이제 막 대학에 입학했겠지요—그런데도 저는 지금도 부모한테 전화해 집에 안 간다고 말하고 있습니다! 가족을 피하려고 싸우고 있어요, 지금까지도! 초등학교 때 두 학년을 월반하고 다른 모든 사람 위로 그렇게 뛰어오르는 게 무슨 소용이 있습니까. 결과적으로 이렇게 뒤처져 있는데. 어렸을 때 내가 보여줬던 가능성은 전설입니다. 초등학교 땐 모든 연극에 출연했어요! 열두 살에 DAR의 인기를 독차지했다고요! 그런데 왜 지금 혼자 살고 자식도 없는 거죠? 불합리한 추론non sequitur이 아닙니다, 이 질문은요! 물론 내 직업에서 나는 뭔가 이룰 겁니다. 그렇다고 해도 개인적으로는—나 자신에 관해서는 보여줄 게 뭐가 있습니까? 지금쯤 나를 닮은 아이들이 이 땅에서 놀고 있어야 합니다! 왜 그렇게 안 됩니까? 전망창과 차고를 가진 모든 *악취 나는 인간들*shtunk에게 자식이 있는데, 왜 나는 없는 겁니까? 말이 안 됩니다! 생각해보세요. 경주는 반이 끝나버렸는데, 나는 아직도 여기 출발선에 서 있단 말입니다. 제일 먼저 배내옷을 벗고 체육복을 입었던 내가! 아이큐가 158인데 여전히 규례 문제를 놓고 당국과 싸우고 있습니다! 달리는 경로를 놓고 대립하고 있어요! 육상경기위원회의 적법성에 의문을 제기하고 있습니다! 그래요, "심술쟁이"가 맞아요, 어머니! "투덜이"가 완벽하게 어울려요. '코쟁이'의 코를 정통으로 갈기는 말입니다!* "발작적 히스테리 아저씨"—그게 바로 납니다c'est moi!

이것도 내가 어린 시절 내내 "유대인 말"이라고 생각했던 겁

* right on The Nose's nose. 원래 '코를 정통으로 때린다(right on the nose)'라는 말은 '정확하다'라는 뜻이다.

니다. 발작. "어서, 발작적 히스테리를 부려봐." 어머니는 그렇게 충고하곤 했습니다. "그래서 뭐가 바뀌는지 한번 봐라, 이 똑똑한 아들아." 그래서 내가 얼마나 많은 시도를 했던지! 주방 벽에 얼마나 몸을 내던졌던지! '칼라-밑이-뜨거운 아저씨'! '천장을-두드릴 아저씨'! '핸들을-놓고-날아갈 아저씨'! 이게 내가 얻는 별명입니다! 누가 너를 흘겨보는 일이 있을 리가 있겠어, 앨릭스. 그 사람들 인생은 2센트의 가치도 없는데! '늘-옳고-절대-틀리지-않는 아저씨'! '일곱 난쟁이에 나오는 심술쟁이가 우리를 찾아오고 있어요, 아버지. 아, 해너, 오늘 저녁에는 틀림없이 네 동생이 이 자리에 참석하는 영광을 우리에게 베풀어줄 거다, 와주셔서 기쁘군요, 거만한 분.' "하이 호 실버*가 따로 없구나." 내가 엄니로 이불을 물려고 침실로 쏜살같이 뛰어들면 어머니는 한숨을 쉽니다. "욱 하는 성격의 아이가 또 달리는군."

3학년 말 무렵 케이는 생리를 걸렀습니다. 그래서 우리는 어느 정도는 열띤 마음으로 기쁘게—흥미롭게도 전혀 공황에 빠지지 않고—결혼 준비를 시작했습니다. 우리는 우리를 좋아해주던 젊은 교수 부부의 상주 베이비시터로 들어가자고 했습니다. 대

* 드라마 〈론 레인저〉에 나오는 주인공이 자신의 애마 실버를 부를 때 쓰던 구호.

신 그들의 널찍한 다락방에서 살고, 냉장고의 한 칸을 이용하고요. 우리는 낡은 옷을 입고 스파게티를 먹기로 했습니다. 케이는 아기를 가진 것에 대한 시를 쓰겠다고 했죠. 또 돈을 더 벌기 위해 기말 보고서를 타자로 쳐주는 일을 하겠다고 했습니다. 우리는 장학금을 받고 있었습니다. 거기에 얼마가 더 필요할까? (매트리스, 책꽂이로 쓸 벽돌과 판자, 케이의 딜런 토머스 레코드, 그리고 시간이 지나면 아기 침대 외에.) 우리는 우리가 모험가들이라고 생각했습니다.

내가 말했습니다. "그리고 넌 개종하는 거야, 알았지?"

나는 아이러니로 받아달라는 의도로 그 이야기를 했습니다. 어쨌든 그랬다고 생각했죠. 하지만 케이는 그걸 진지하게 받아들였습니다. 아, 엄숙한 건 아니었고, 그냥 진지하게 말입니다.

아이오와 주 대븐포트의 케이 캠벨이 하는 말. "왜 내가 그런 걸 하고 싶어할까?"

멋진 여자! 경이롭고 천진난만하고 솔직한 여자! 보다시피, 있는 그대로 자족적인 여자! 사람이 어떤 여자에게서 죽도록 원하는 것—나는 이제 그것이 무엇인지 깨닫고 있습니다! 왜 내가 그런 걸 하고 싶어할까? 그 말투에는 퉁명스럽거나 방어적이거나 교활하거나 우월한 것이 전혀 없었습니다. 그냥 상식뿐. 그것을 꾸밈없이 말할 뿐.

다만 그게 우리 포트노이를 격분한, 격앙된 '욱 하는 성격의 아이'로 바꾸어놓았다는 게 문제죠. 왜 내가 그런 걸 하고 싶어할까라니 그게 무슨 뜻이야? 왜 그렇게 생각하는 거야, 이 바보 같은 *이방인*! 가서 네 개한테나 얘기해, 개한테 물어봐. 스폿한테 너는 무슨 생각을 하느냐고 물어봐, 그 다리 네 개 달린 천재한테. "케이-케이가 유대인이 되기를 바라니, 스포티—응, 이 덩치 큰 친구야, 응?" 그런데 씨발 도대체 어떻게 너는 늘 그렇게 자족적일 수 있는 거야? 어떻게 개하고 대화를 나눌 수 있는 거야? 어떻게 느릅나무를 보면 단박에 알아볼 수 있는 거야? 어떻게 네 아버지는 나무로 장식한 스테이션왜건을 몰고 다닐 수 있는 거야? 도대체 네가 인생에서 이룬 근사한 게 뭐야, 그 도리스 데이* 같은 코야?

다행히도 나는 내 분노에 너무 놀라 그것을 말로 표현할 수가 없었습니다. 어떻게 민감하지도 않았던 곳에서 상처를 느낄 수 있었을까요? 케이와 내가 1번 돈, 2번 종교보다 더 관심을 갖지 않는 게 있었을까요? 우리가 가장 좋아하는 철학자는 버트런드 러셀이었습니다. 우리의 종교는 딜런 토머스의 종교인 '진실과 기쁨'이었습니다! 우리 자식들은 무신론자가 될 것이었습니다.

* 미국 영화배우.

나는 그저 농담을 했던 것뿐이었습니다.

그럼에도 케이를 결코 용서하지 못할 것 같았습니다. 임신했다고 잘못 알았던 다음 몇 주 동안 케이는 대화를 할 때도 따분할 정도로 예측 가능하게 느껴졌고, 침대에서는 고래 지방처럼 다가가고 싶지 않은 존재가 되었습니다. 마침내 케이를 이제 좋아하지 않는 것 같다고 말해야 했을 때, 나는 케이가 너무 힘들어하는 바람에 깜짝 놀랐습니다. 보시다시피, 나는 버트런드 러셀이 그래야 한다고 말한 것처럼 아주 솔직했습니다. "그냥 너를 더는 보고 싶지 않아, 케이. 내 감정을 감출 수 없어. 미안해." 케이는 애처롭게 울었습니다. 충혈된 파란 눈 밑에 끔찍한 작은 주머니를 달고 캠퍼스를 돌아다녔습니다. 식사시간에 나타나지 않았습니다. 수업에 들어오지 않았습니다…… 나는 깜짝 놀랐습니다. 그동안 죽 케이가 나를 사랑한 것이 아니라 내가 케이를 사랑한 것이라고 생각했기 때문입니다. 그런데 그 반대라는 것을 알게 되자 얼마나 놀랍던지.

아, 스무 살에 애인을 차버리다니—처음으로 여자에게서 사디즘이 주는 순수한 흥분을 느꼈습니다! 그리고 미래의 여자들 꿈을 꾸었습니다. 그해 6월 나는 나 자신의 "힘"에 의기양양해져서 뉴저지로 돌아갔습니다. 또 어쩌다 내가 그렇게 평범하고 그렇게 뚱뚱한 사람한테 그렇게 사로잡힐 수 있었는지 의아해하면서.

나 때문에 마음의 상처를 입은 또다른 이방인으로는 필그림*이라고 부르던 세라 애벗 몰스비가 있습니다. 뉴케이넌 출신으로, 폭스크로프트 사립고등학교, 베서 칼리지(퍼킵시의 마구간에는 그녀가 아끼는 벗이자 또다른 아맛빛 미녀인 팰러미노**가 있었습니다)를 나왔죠. 큰 키에 상냥하고 단정한 이 스물두 살짜리 여자는 1959년 가을 우리가 서로를 만나 사귀기 시작했을 때 대학을 갓 졸업하고 코네티컷 주 상원의원 사무실에서 안내원으로 일하고 있었습니다.

나는 텔레비전 퀴즈 스캔들을 조사하는 하원 소위원회의 실무자로 일하고 있었죠. 나 같은 골방 사회주의자에게는 완벽한 자리였습니다. 전국적 규모의 상업적 기만, 순진한 공중의 착취, 정교한 기업적 책략—간단히 말해서 이 퀴즈 스캔들은 유서 깊은 자본주의적 탐욕의 예였습니다. 그리고 물론 '협잡꾼' 밴 도런***이라는 추가 보너스가 있었죠. 그런 성격, 그런 두뇌와 가정교

* '순례자'라는 뜻으로, 메이플라워 호를 타고 온 영국의 청교도를 가리키는 말이기도 함.

** 갈기와 꼬리가 흰 담갈색 말.

*** 미국의 작가이자 편집자. TV 퀴즈쇼에서 연속 우승하며 스타로 발돋움했으나 사전에 질문과 정답을 프로듀서로부터 전달받은 것이 밝혀졌다. 아래에 등장하는 찰리는 그의 이름인 찰스의 애칭.

육, 그런 솔직함과 초등학생 같은 매력—와스프의 원형이라고 할 만하지 않나요? 그런데 그가 가짜라는 것이 드러나는 겁니다. 자, 그것에 관해서는 얼마나 알고 계시나요? '이방인의 미국'에 관해서 말입니다. *초이방인, 사기꾼*gonif! 돈을 훔치고, 돈을 탐내고, 돈을 원하고, 돈을 위해서라면 뭐든지 하고. 어이구 맙소사, 거의 유대인만큼이나 나빠—이 경건한 체하는 와스프놈들!

그래요, 나는 워싱턴에 가 있는 한 사람의 행복한 유대인이었고, 1인 스턴 갱*이었습니다. 한편으로는 찰리의 명예와 성실성을 박살내느라, 다른 한편으로는 17세기에 이곳 해안에 도착한 선조를 둔 그 귀족적인 양키 미인의 연인이 되느라 바빴습니다. 이걸 '*이방인*을 증오하는 동시에 *이방인* 하나를 먹는' 현상이라고 부르죠.

나는 왜 그 아름답고 흠모할 만한 여자와 결혼하지 않았을까요? 어느 날 오후 내가 첫 공개 심문에서 아주 교활한 방송국 홍보 담당자와 싸우고 있을 때, 황금색 단추가 달린 군청색 정장을 입고 창백하고 매혹적인 모습으로 방청석에 앉아 크나큰 자부심으로, 크나큰 사랑으로 지켜보던 그 여자가 기억납니다…… 나도 처음 출전한 것치고는 꽤 좋은 인상을 주었죠. 냉정하고 명료

* 극단적인 시온주의자 조직.

하고 집요하고, 가슴은 아주 희미하게 두근거릴 뿐이었습니다—겨우 스물여섯 살이었는데. 그래, 내가 도덕성이라는 비장의 카드를 다 쥐고 있을 때는 조심해, 이 사기꾼들아! 내가 400퍼센트 옳다는 것을 알고 있을 때의 나는 절대 너희가 마음대로 갖고 놀 수 있는 사람이 아니야.

내가 왜 그 여자와 결혼하지 않았을까요? 글쎄요, 우선 그 깜찍을 떠는 기숙사학교의 은어를 들 수 있겠네요. 견딜 수가 없었죠. 토하는 건 "웩 하다"라고 하고 화난 건 "삐쳤다"고 하고 웃기는 건 "골때린다"고 하고 미친 건 "돌았다"고 하고 아주 작은 건 "쬐끄맣다"고 하더군요. 아, 그리고 "끝내줘"도 있네요. (이건 메리 제인 리드의 "째져"에 해당되는 말이죠—나는 늘 이 여자들에게 나의 오백 단어 뉴저지 어휘로 바르게 말하는 법을 이야기해줍니다.) 그리고 친구들 별명이 있었습니다. 물론 친구들도 있었고요. 푸디와 핍과 페블, 슈림프와 브루트와 터그, 스퀴크, 범포, 바바—꼭 도널드 덕의 조카들과 함께 베서에 다닌 것 같네, 하고 내가 한마디 했죠…… 하지만 내 은어도 그 여자에게 어느 정도 고통을 주었습니다. 내가 그 여자 앞에서(그리고 피터 팬 칼라에 밧줄무늬 카디건을 입고, 체비 체이스 클럽에서 테니스를 하도 많이 쳐 피부가 인디언처럼 그을린 친구 페블도 있는 자리에서) 처음으로 씨발이라는 말을 했을 때, 필그림의 얼굴에는 정말 고통스러운 표정이 스쳐가더군요. 누가 보면 내가 그 여자 살에 그 말을 낙인으로 찍어놓은 줄 알았을 겁니다. 왜? 우리 둘만 있게 되자 필그림이 애처로운 표정으로 묻더군요. 왜 그렇게 "매력 없게" 굴어야만 했어? 그렇게 "예의 없이" 굴어서 도대체 무슨 기쁨이 생긴다고? 대체 뭘 "증명"한 거야? "왜 그렇게까지 고름처럼 굴어야 했어? 정말 불필요한 행동이었는데." 고름처럼 군다는 건 사교계에 나가는 규수가 불쾌감을 표현하는 말이죠.

침대에서는요? 대단한 건 전혀 없었습니다. 곡예도 없었고 대담무쌍하게 묘기를 부리지도 않았죠. 우리는 처음 떡을 쳤을 때와 마찬가지로 계속 그렇게 갔습니다—내가 공격을 하고 필그림은 굴복을 하는 식으로요. 그래도 필그림의 사주식四柱式 마호가니 침대(몰스비 가문의 가보였습니다)에서 발생하는 열은 상당했죠. 우리의 소소한 기쁨 하나는 화장실 문 뒤편에 달린 전신거울이었습니다. 나는 그 앞에서 허벅지끼리 꼭 갖다붙이고 서서 소곤거리곤 했죠. "봐, 세라, 봐." 처음에 세라는 수줍어서, 보는 걸 나에게만 맡겨놓았습니다. 처음에는 단지 내가 원하니까 마지못해 얌전하게 보는 둥 마는 둥 했던 겁니다. 하지만 시간이 지나면서 세라한테도 거울에 대한 열정 같은 게 생겨났습니다. 우리가 결합한 모습을 거울로 본 뒤에는 그녀의 눈길에서 화들짝 깨어난 어떤 강렬함을 발견할 수 있었습니다. 세라도 내가 본 것을 본 걸까? 신사 숙녀 여러분, 검은 음모, 몸무게 170파운드, 적어도 그 무게 가운데 반은 아직 소화되지 않은 할바 과자와 뜨거운 파스트라미 고기로 이루어진 뉴저지 주 뉴어크 출신의 '코쟁이', 앨릭잰더 포트노이! 그리고 그에 맞서는 황금빛 털, 우아하고 윤기가 흐르는 팔다리에 보티첼리 그림에 나오는 부드러운 처녀 같은 얼굴, 여기 가든스의 사교 시설에서 늘 인기 좋은 분위기 메이커, 114파운드의 세련된 공화당원, 뉴잉글랜드 전체에서 가장 방자한 젖꼭지를 자랑하는, 코네티컷 주 뉴케이넌 출신의 세라 애벗 몰스비!

내가 말하고 있는 건, 선생님, 내가 내 자지를 이 여자들보다 이 여자들의 배경에 더 깊게 꽂는다는 겁니다. 마치 씹을 통해 미국을 발견할 것처럼. 미국을 정복할 것처럼—그게 더 가깝겠네요. 콜럼버스, 스미스 선장, 윈스럽 총독, 워싱턴 장군—그리고 이제 포트노이. 마치 마흔여덟 주 출신의 여자들을 한 명 한 명 유혹하는 것이 나의 분명한 운명인 것처럼. 알래스카와 하와이 여자에 관해서는 사실 어느 쪽이든 아무 느낌도 없고, 앙갚음할 것도 없고, 현금으로 바꿀 쿠폰도 없고, 잠재울 환상도 없습니다. 그들은 나에게 누굴까요? 에스키모와 동양인 한 무리일 뿐이겠죠? 그래요, 나는 1940년대 아이입니다. 전국 라디오방송과 2차대전의 아이이고, 여덟 팀이 한 리그를 이루고 마흔여덟 주가 하나의 나라를 이루던 시대의 아이인 겁니다. 나는 〈해병대가〉와 〈카지노는 계속 굴러간다〉의 가사를 다 압니다. 〈육군항공대가〉의 가사도 다 알죠. 〈해군항공대가〉도 압니다. "하늘의 닻을 올려라/ 우리는 공중의 수병이란다/ 우리는 어디로나 항해를 한다—" 심지어 〈해군 건설대원의 노래〉도 불러드릴 수 있습니다. 어서요, 부대 이름만 대보십쇼, 슈필포겔, 그 노래를 불러드릴 테니! 제발, 좀 부르게 해주세요—돈을 내는 사람은 나잖아요. 초등학교 지하실 복도의 단단한 벽에 등을 대고 콘크리트 바닥에 코트를 깔고 앉아 해제 사이렌이 울릴 때까지 사기를 유지할 수 있도록 입을 모아 노래하던 기억이 납니다—〈조니 제로〉. 〈주를 찬양하며 탄약을 전달하라〉. "하늘의 조종사가 말했다/ 너희는 그를 자랑으로 여겨야 한다/ 사수의 총의 아들이 바로 그-으-으-이니까!" 말씀만 해보세요. 성조기를 찬양하는 노래라면 단어 하나 빼놓지 않고 다 압니다! 그래요, 나는 공습 훈련 시대의 아이예요, 선생님. 나는 코레히도르 섬, 〈미국의 기마행렬〉, 유혈이 낭자한 이오지마에서 가슴이 찢어질 듯한 각도로 들어올리던 깃대에서 펄럭이던 그 성조기를 기억합니다. 내가 여덟 살 때 콜린 켈리*가 화염 속으로 들어갔죠. 열두 살 때는 일주일 간격을 두고 히로시

* 2차대전 때 자신을 희생하여 동료들의 목숨을 구한 폭격기 조종사.

마와 나가사키가 훅 날아갔습니다. 그게 내 유년, 도조와 히틀러와 무솔리니를 증오하고, 이 용감하고 결단력 있는 공화국을 사랑하던 사 년의 핵심이었습니다! 우리 미국의 민주주의를 위해 내 작은 유대인 심장을 뿌리째 뽑아 내미는 것! 그래요, 우리는 이겼습니다. 적은 빌헬름슈트라세의 뒷골목에서 죽었습니다. 내가 죽게 해달라고 기도했기 때문에 죽은 거예요. 이제 나를 위해 준비된 보답을 바랍니다. 나의 제대군인원호법, 즉 진짜 미국 여자의 엉덩이! 여기는-그대의-나라의 씹! 나는 미합중국의 보지에—그리고 이 나라의 기반인 공화국에 충성을 맹세합니다. 아이오와 주 대븐포트에! 오하이오 주 데이턴에! 뉴욕 주 스커넥터디, 그리고 이웃한 트로이에! 플로리다 주 포트마이어스에! 코네티컷 주 뉴케이넌에! 일리노이 주 시카고에! 미네소타 주 앨버트리에! 메인 주 포틀랜드에! 웨스트버지니아 주 마운즈빌에! *이방인 여자* 보지의 아름다운 나라, 나는 그대를 노래합니다!

산에서,

초원까지,

나의-거-어-어-어-어-푸-우-움으로-하얀-대양까지!*

* 〈God Bless America〉의 가사. 원래 가사에는 "나의"라는 말이 없음. "나의"가 들어감으로써 거품은 배설물이나 분비물을 가리키는 속어가 됨.

신이여 축복하소서 미-이-구-우-우-우-욱을!

내 조국, 아름다운 나아아아아아의 조구-욱!

몰스비 가문이 조상 대대로 매사추세츠 주 뉴베리포트의 묘지에 묻혀 있고, 애벗 가문이 조상 대대로 세일럼에 묻혀 있다는 사실을 안다는 것이 나에게 무슨 의미가 있는지 상상해보세요. 우리 조상들이 죽은 땅, 필그림의 자부심의 땅…… 바로 그겁니다 아, 그 이상이죠. 자, 이 여자애의 어머니는 "엘리너 루스벨트"라는 말을 듣기만 해도 살에 벌레가 기어가는 느낌을 받는답니다. 필그림은 1942년 플로리다 주 호브 해협에서 웬들 윌키*의 무릎 위에 앉아 귀여움을 받았고요(우리 아버지가 대제일에 F.D.R.** 를 위해 기도하고, 어머니가 금요일 밤에 촛불을 켜놓고 그를 축복하는 동안 말입니다). 코네티컷 주 상원의원이 필그림의 아버지의 하버드 룸메이트였고, 필그림의 오빠 "폰치"***는 예일을 졸업한 뒤 뉴욕증권거래소에서 한자리를 차지하고 있고, 게다가 (내가 이보다 운이 좋을 수 있을까요?) 일요일 오후면 대학 시절 내내 그랬듯이 웨스트체스터 카운티의 어딘가에서 폴로를 합

* 1940년 대통령 선거의 공화당 후보.

** 프랭클린 델러노 루스벨트.

*** '올챙이배'라는 뜻.

니다(그래요, 말을 타고 하는 게임이죠!). 필그림은 성이 린더베리일 수도 있었습니다, 모르시겠어요? 우리 아버지의 상사의 딸일 수도 있었다는 겁니다! 자, 필그림은 보트를 몰 줄 알고, 식사도구 두 가지를 이용해 후식을 먹을 줄 알고(손으로 얼마든지 집을 수 있는 케이크를 말입니다. 필그림이 포크와 숟가락을 이용해 마치 중국 사람이 젓가락을 다루듯이 케이크 조각을 다루는 걸 한번 보셨어야 하는데! 이게 저멀리 코네티컷에서 배운 기술이란 말입니다!). 이국적인 성격을 띤 활동들, 심지어 금기도 얼마나 간단하게, 마치 당연한 일처럼 해치우던지. 나는 그냥 식인종 이야기를 들은 데스데모나*처럼 우와, 우와 하고 소리를 질렀습니다(그게 다는 아니었습니다만). 나는 필그림의 스크랩북에서 우연히 신문 기사를 하나 보았습니다. "하루에 사교계 아가씨 한 명씩"이라는 제목의 칼럼이었는데, 이렇게 시작되더군요. "세라 애벗 몰스비—올 가을에는 뉴케니언 근처에서 '오리와 메추라기와 꿩이 종종걸음을 치는 일이 전보다 잦을 것이다'. 그린리 로드의 에드워드 H. 몰스비 부부의 딸 샐리**가 작은 사냥감의 사냥이 허용되는 시즌을 앞두고 연습을 하고 있기 때문이다. 사

* 셰익스피어의 『오셀로』의 여주인공.

** 세라의 애칭.

격—" 총으로 쏜다는 뜻입니다, 선생님—"사격은 섈리의 야외 취미활동 가운데 하나다. 섈리는 승마도 무척 좋아하며, 올여름에는—" 잘 들어보세요. 이 얘기에는 내 아들이라도 껌뻑 넘어갈 것 같습니다—"그녀의 가족이 소유한 여름 별장인 '윈드뷰' 옆에서 헤엄치는 송어 몇 마리도 낚시로 잡을 수 있기를 바라고 있다."

하지만 섈리는 나를 빨아주는 건 할 수 없었습니다. 꽥꽥거리는 작은 동물을 향해 총을 쏘는 건 괜찮은데, 내 좆을 빠는 건 섈리의 능력을 벗어난 일이에요. 미안해. 섈리가 그러더군요. 네가 이거 때문에 너무 힘들다면 말이야. 하지만 정말이지 그건 해보고 싶지 않아. 하지만 이게 너 개인에 대한 모욕인 것처럼 굴지 마. 섈리는 또 그러더군요. 개인으로서의 너와는 아무 상관 없는 일이니까…… 아, 그런가? 헛소리 마, 이 계집애야! 내가 화난 건 바로 내가 차별을 당하고 있다는 생각이 들어서야. 우리 아버지는 섈리 몰스비가 차마 내 걸 빨아주지 못하는 바로 그 이유 때문에 보스턴 앤드 노스이스턴에서 승진을 못했습니다! 이 세상에 정의가 어디 있습니까? 브네이 브리스* 반反명예훼손동맹은 어디 가 있는 겁니까—! "나는 너한테 해주잖아." 내가 말했

* 세계에서 가장 오래되고 규모가 큰 국제 유대인 단체.

습니다. 필그림은 어깨를 으쓱하더군요. 그리고 친절하게도 이렇게 말했습니다. "너도 해줄 필요 없어. 너도 알잖아. 네가 원치 않으면……" "아, 하지만 나는 정말로 원해. 이건 내가 '해야만' 하느냐 아니냐 하는 문제가 아니야. 나는 하고 싶으니까." "흠." 필그림이 대꾸합니다. "나는 하고 싶지 않아." "하지만 왜?" "그냥. 하고 싶지 않아." "젠장, 애들이나 그런 식으로 대답해, 세라. '그냥'이라니! 이유를 대봐!" "나는—난 그냥 그거 안 해, 그뿐이야." "하지만 그럼 다시 왜로 돌아가잖아. 왜?" "앨릭스, 난 못해. 그냥 못해." "하나라도 그럴듯한 이유를 대봐!" "제발." 필그림은 자신의 권리를 알기 때문에 대답합니다. "그럴 필요는 없다고 생각해."

그렇죠, 그럴 필요는 없었죠. 어차피 나한테는 그 이유가 분명했으니까요. 나는 요트에서 바람 불어오는 쪽을 향해 몸을 내미는 법도 모르고, 뱃머리의 삼각돛이 뭔지도 모르니까. 야회복도 한 벌 없고, 정식 무도회에는 가본 적도 없으니까…… 그럼요, 내가 분홍색 승마복을 입고 100달러짜리 사냥용 장화를 신은 큰 몸집의 금발 *이방인*이라면 필그림은 빨아줬을 겁니다. 틀림없습니다!

하지만 내 생각이 틀렸습니다. 석 달 동안 나는 필그림의 두개골 뒤쪽에 압력을 가했습니다(놀랄 만한 저항에 부딪히게 되더군요. 그렇게 온유하고 논쟁을 싫어하는 사람으로서는 놀랄 만한, 심지어 감동적인 고집스러움의 표현이었습니다). 석 달 동안 나는 논쟁에서 필그림을 공격하고, 밤마다 그녀의 귀를 잡아당겼습니다. 그러던 어느 날 밤 필그림이 의회도서관에서 열리는 부다페스트 사중주단의 모차르트 연주를 들으러 가자고 했습니다. 클라리넷 오중주 마지막 악장에서 필그림은 내 손을 잡더군요. 두 뺨이 빛나기 시작했습니다. 아파트로 돌아가 침대에 들어갔을 때 샐리가 나한테 이러더군요. "앨릭스…… 할게." "뭘 해?" 그러고 나서 샐리가 사라졌습니다. 이불 밑으로 들어가 내 시야에서 사라진 겁니다. 빨러요! 그러니까 내 자지를 입에 물고 예순을 셀 동안 가만히 있었다는 겁니다. 체온계를 물듯이, 깜짝 놀란 내 작은 걸 입에 물고요, 선생님. 나는 담요를 젖혔습니다—이건 봐야 했거든요! 느낌. 사실 별 느낌은 없었습니다. 하지만, 오, 그 광경! 다만 벌써 끝났다는 게 문제였죠. 샐리는 그걸 얼굴 옆으로 옮겨놓았더군요. 마치 그게 샐리의 힐먼-밍크스 자동차의 기어라도 되는 것처럼. 그리고 샐리의 얼굴에는 눈물이 흐르고 있었습니다.

"했어." 샐리가 큰 소리로 공표했습니다.

"샐리, 오, 세라, 울지 마."

"하지만 분명히 했어, 앨릭스."

"……그러니까." 내가 말했습니다. "이게 다야?"

"그러니까," 샐리가 입을 떡 벌렸습니다. "더 해야 된단 얘기야?"

"어, 솔직히 말하면 조금 더 해야지—그러니까 너한테 솔직하게 이야기하고 싶어 그러는 건데, 고맙지 않다는 건 아니지만—"

"하지만 그게 커지던데. 그러다 질식할 거야."

유대인, 사교계에 데뷔한 아가씨를 좆으로 질식시키다, 베서 칼리지 졸업생 조지타운에서 교살당하다. 유대인 변호사 구금

"숨을 쉬면 괜찮아. 질식하지 않을 거야."

"질식할 거야. 숨막힐 거야—"

"세라, 질식을 막는 가장 안전한 방법은 숨을 쉬는 거야. 그냥 숨을 쉬어. 그렇게만 하면 돼. 대체로 말이야."

신이여 샐리를 축복하소서. 샐리는 시도했습니다. 하지만 웩웩거리며 고개를 들었습니다. "이럴 거라고 했잖아." 샐리가 신음을 토했습니다.

"하지만 숨을 안 쉬었잖아."

"그게 입안에 있으니까 못 쉬지."

"코로 쉬어. 수영을 한다고 생각해."

"하지만 수영을 하는 게 아니잖아."

"한다고 생각하라니까!" 나는 그렇게 제안했고, 샐리는 다시 용감하게 시도했지만, 몇 초 만에 괴로워 기침을 하고 눈물을 흘

리면서 다시 물 위로 나왔습니다. 나는 샐리를 품에 안아주었습니다(자발적으로 해보려 한 이 어여쁜 여자! 모차르트에게 설득되어 앨릭스를 빨아주려 하다니! 오, 『전쟁과 평화』의 나타샤처럼 착해라! 상냥하고 젊은 백작부인!). 나는 샐리를 흔들고 놀리고 웃음을 터뜨리게 했고, 처음으로 이렇게 말하기도 했습니다. "나도 사랑해, 샐리." 하지만 물론, 그 많은 특질과 매력—헌신, 아름다움, 사슴 같은 우아함, 미국 역사에서 차지하는 위치—에도 불구하고, 필그림에 대한 "사랑"이 내 안에 결코 존재할 수 없다는 건 분명하기 짝이 없는 일이었습니다. 그 여자의 약한 면을 견디지 못하고. 교양을 질투하고. 가문에 분개하고. 그래요, 거기에 사랑을 위한 자리는 별로 없었습니다.

없었죠. 샐리 몰스비는 아들이 아버지를 위해 한번 해본 좋은 일에 불과했습니다. 잭 포트노이가 유색인 구역에서 수금을 하며 보낸 그 모든 밤과 일요일에 대해 린더베리 씨한테 약간의 복수를 한 거였죠. 그 긴 세월의 봉사, 그리고 착취에 대해 보스턴 앤드 노스이스턴으로부터 약간의 보너스를 받아낸 거였죠.

유랑의 삶

날씨가 충분히 따뜻해진 일요일 아침이면 동네 사람 스무 명(센터필드가 짧은 시절의 일입니다)이 7회짜리 소프트볼 시합을 한 판 합니다. 아침 아홉시에 시작하면 오후 한시쯤 끝이 나죠. 시합마다 두당 1달러씩 겁니다. 심판은 우리 동네 치과의사인 늙은 울펀버그 선생님입니다. 하이 스트리트에 있는 야간학교지만 우리에게는 옥스퍼드만큼이나 좋은 학교인 동네 칼리지 졸업생이죠. 선수들 가운데는 동네 정육점 주인도 있고, 그의 쌍둥이인 배관공도 있고, 식료품점 주인, 우리 아버지가 휘발유를 사는 주유소의 주인도 있습니다. 모두 서른에서 쉰 사이인데, 사실 나는 이 사람들을 나이로 특징지어 생각하지는 않고 그냥 "어른들"이라고 묶어서 생각합니다. 다음 타자가 대기하는 곳에서도, 심지어 타석에서도 그들은 축축한 시가 토막을 질근질근 씹고 있습니다. 보시다시피 애들이 아니라 어른들이죠. 배! 근육! 털이 시커먼 팔뚝! 머리카락이 사라진 정수리! 그리고 그들의 목소리—그 대포가 터지는 듯한 소리는 멀리 한 블록 떨어진 우리 집 현관 계단에서도 들려요. 그들 목 속의 성대는 빨랫줄처럼 두꺼울 거라고 상상해봅니다! 허파는 비행선만할 거고요! 아무도 그들에게 웅얼거리지 말고 큰 소리로 말하라고 다그칠 필요가 없습니다. 절대! 그리고 그들이 하는 난폭한 말! 내야에서 하는 수다는 수다가 아니라 조롱입니다. 그리고 (이제 막 조롱의 기술을 익히기 시작한 이 어린 소년에게는) 무척 재미있습니다. 특히 아버지가 "미친 러시아인"이라는 딱지를 붙인 모퉁이 과자가게(겸 마권 판매점)의 소유자인 비더먼에게서 나오는 욕이 그렇습니다. 그는 "머뭇거리는" 사이드암 투수인데, 아주 재미있을 뿐 아니라 아주 유능하기도 합니다. "아브라카다브라." 비더먼은 그렇게 말하고 아주 힘겹게 드롭을 던집니다. 그런 뒤에 늘 닥터 울펀버그를 야단칩니다. "눈먼 심판이야 괜찮다고 쳐. 하지만 눈먼 치과의사는 어디다 써먹어?" 생각해보니 큰일날 상황이라는 듯이 비더먼은 글러브로 이마를 칩니다. "플레이볼, 코미디언." 닥터 울펀버그가 소리칩니다. 구멍을 뚫은 두 가지 색 구두와 파나마모자 때문에 코니 맥*과 아주 비슷해 보입니다. "게임 시작해, 비더먼. 모욕죄로 여기서 쫓겨나고 싶지 않으면—!" "그런데 그 치과 학교에서는 어떻게 가르쳐, 닥터? 점자책으로?"

한편 저멀리 외야에서는 겉모습이 호모사피엔스보다는 시멘트믹서에 가까운 농산물 시장의 왕자 앨리 소콜로의 농담이 들

* 미국 메이저리그 선수.

립니다. 그가 (어머니 표현대로) *아가리*pisk를 여는 거죠! 한 회의 절반은 욕설이 센터 깊은 곳의 그의 자리에서 홈플레이트로 흘러들고, 이윽고 그의 팀이 공격을 시작하면 그가 1루 코칭 박스에 자리를 잡기 때문에 욕설이 반대 방향으로 끊임없이 흘러나갑니다. 그 욕설 가운데 경기장에서 실제로 벌어질 수도 있는 뜻밖의 사고와 관련된 것은 전혀 없습니다. 오히려 정반대죠. 아버지는 일요일 아침에 일하러 나가지 않을 때는 경기장에 들러 나와 함께 앉아 몇 회를 구경합니다. 아버지는 앨리 소콜로를 압니다(다른 많은 선수들을 알듯이 말입니다). 어린 시절 모두 함께 센트럴 워드에 살았거든요. 어머니를 만나 저지 시로 이사하기 전에 말이에요. 아버지는 앨리가 예전부터 늘 그랬다고 하더군요. "진짜 쇼맨"이었다고요. 앨리가 홈플레이트(아직 타자도 들어와 있지 않고, 닥터 울펀버그가 시합 때 들고 오는 작은 비로 흙을 쓸어내고 있을 뿐이죠) 쪽에 대고 큰 목소리로 횡설수설하고 속 다르고 겉 다른 말을 해대면서 2루로 달려올 때면, 관중석에 앉은 사람들이 그렇게 즐거워할 수가 없습니다. 웃고 손뼉을 치고 소리를 지릅니다. "네가 말해라, 앨리! 네가 야단 좀 쳐라, 소콜로!" 그러면 전문직에 종사하지 않는 일반인보다 약간 더 자존심이 강한(게다가 독일계 유대인인) 닥터 울펀버그는 손바닥을 들어올려 소콜로가 이미 멈추어버린 시합을 중단시키고 비더먼에게 말합니다. "저 *미친놈*meshuggener 좀 다시 외야로 돌려보내주겠소?"

정말이지 사랑스러운 사람들입니다! 나는 1루 쪽 나무 관중석에 앉아 내 글러브에서 나는 시큼한 봄철의 냄새—땀, 가죽, 바셀린—를 맡으며 포복절도합니다. 이곳이 아닌 다른 곳에서 내 삶을 살아나가는 모습을 상상할 수 없습니다. 내가 늘 원하는 것이 여기 다 있는데 왜 떠납니까? 왜 갑니까? 조롱, 농담, 장난, 허세—웃을 건 다 있는데! 나는 이걸 사랑합니다! 하지만 그 모든 것 이면에서 이 사람들은 진심입니다. 아주 진지합니다. 7회가 끝나고 돈을 건네줄 때 이 사람들을 한번 보셔야 하는데. 나한테 이들이 진심이 아니라고 말하지 마세요! 이들에게 이기고 지는 건 장난이 아니에요……그러면서도 장난입니다! 무엇보다도 바로 그 점이 내게는 매력입니다. 경쟁은 치열하지만, 그들은 익살을 부리고 조롱하고 싶은 걸 참지 못합니다. 쇼를 하고 싶은걸요! 유대인 남자로 커가는 게 내게 얼마나 사랑스러운 과정이 될 것인지! 위퀘이크 구역에 영원히 살아가는 게, 일요일이면 아홉시부터 한시까지 챈슬러 애비뉴에서 소프트볼을 하는 게. 어릿광대와 치열한 경쟁자가, 조롱하는 독설가와 위험한 장타자가 완전히 결합된 모습으로 살아가는 게.

내가 어디에서 이 모든 일을 떠올리고 있을까요? 언제일까요?

메이어슨 기장이 텔아비브 공항 상공에서 마지막으로 느리게 방향을 틀 때입니다. 나는 창문에 얼굴을 대고 있습니다. 그래, 나는 사라질 수 있어. 나는 생각합니다. 이름을 바꾸고 모든 사람과 연락을 끊을 수 있어. 그때 메이어슨이 내가 앉은 쪽 날개를 아래로 기울여 선회하기 시작합니다. 그 순간 나는 처음으로 아시아 대륙을 내려다봅니다. 2천 피트 상공에서 유대 민족이 처음 등장한 이스라엘 땅을 내려다봅니다. 바로 그때 뉴어크의 일요일 아침 소프트볼 시합의 기억이 나를 꿰뚫은 것입니다.

내 옆에는 나이든 부부가 앉아 있습니다(솔로몬 부부로, 이름이 에드나와 펠릭스라고 하더군요). 그들은 한 시간의 비행 시간 동안 신시내티의 자식과 손자 이야기를 다 해주었고(물론 지갑 가득한 시각적 보조물과 함께), 이제 서로 팔꿈치로 쿡쿡 찌르며 말없이 만족스러운 표정으로 함께 고개를 끄덕입니다. 심지어 통로 건너편의 친구 몇 명을 손가락으로 찌르기도 합니다. 그들은 마운트 버논에서 온 부부로, 방금 만난 사이입니다(실비아와 버니 펄 부부). 이 둘도 키가 크고 잘생긴 젊은 유대인 변호사(게다가 독신입니다! 누군가의 딸의 신랑감으로 좋겠지요!)가 유대인의 활주로에 착륙하는 순간 갑자기 울기 시작하는 것을 보고 *흡족해합니다*kvell. 그러나 이렇게 눈물이 난 것은 솔로몬 부부나 펄 부부가 생각했을 것과는 달리, 민족의 고향을 처음 보았다거나 유랑 생활을 하던 사람이 고향에 돌아왔기 때문이 아닙니다. 귀에서 아홉 살 먹은 어린 나의 목소리가 들리기 때문입니다. 아홉 살 때의 내 목소리가요. 아홉 살 먹은 나 말이에요! 물론 음침한 녀석이죠. 얼굴이나 찌푸리고 다니는 놈입니다. 약간 말대꾸도 하는 *불평쟁이*kvetch입니다. 물론 나의 피리 부는 듯한 목소리에는 늘 상대를 약 오르게 하는, 훌쩍거리는 듯한 불평불만의 날이 서 있습니다(어머니는 "이 녀석은 세상이 자기 때문에 먹고사는 줄로 알아—아홉 살 주제에" 하고 말합니다). 하지만 웃고 농담도 하죠. 그 점을 잊지 마세요. 의욕이 가득합니다! 낭만적이죠! 흉내도 잘 내고요! 인생을 사랑하는 아홉 살짜리입니다! 자기 동네를 세상의 중심으로 삼은 소박한 꿈으로 불타오르고 있습니다! "운동장에 갈게요." 나는 주방에 대고 외칩니다. 내 잇새에는 시큼한 치실처럼 분홍색 훈제 연어 가닥이 걸려 있습니다. "운동장에 가요, 어머니." 나는 잉어 냄새가 나는 작은 주먹으로 글러브를 쾅쾅 치며 말합니다. "한시쯤 올게요—" "잠깐만. 몇시라고? 어디?" "운동장에요." 나는 고함을 지릅니다. 어머니 귀에까지 가 닿도록 열심히 고함을 질러댑니다. 화가 난 것과 비슷합니다만 결과는 다르죠. "—어른들 구경하러요!"

그것이 우리가 *이스라엘 땅*Eretz Yisroel에 착륙할 때 나를 아프게 건드리는 말입니다—어른들 구경하러요.

그건 내가 그 어른들을 사랑하기 때문이에요! 나도 커서 그런 어른이 되고 싶기 때문이라고요! 한시에는 일요일 정찬을 먹으러 집으로 가는데, 소프트볼 21회를 뛴 바람에 땀에 전 양말에서는 코를 찌르는 냄새가 나고, 속옷에서는 운동선수처럼 사냥감 썩는 냄새가 나고, 공을 던진 팔의 근육은 아침 내내 상대편의 진루를 막아내느라 뿌려댄 낮고 아름다운 송구 때문에 약간 욱신거리죠. 그래요, 머리카락은 덥수룩하고 입안에서는 모래가 씹히고 다리는 천근만근이고, 하도 웃느라 *내장*이 끊어질 것 같아요. 바꿔 말해 기분이 좋다는 겁니다. 튼튼한 유대인 남자가 기분좋게 피곤하다는 거죠. 그래요, 나는 회생을 위해 집으로 갑니다…… 그런데 누구에게로? 내 아내와 내 자식들에게로. 나의 가족에게로. 다름 아닌 위퀘이크 구역에 있는! 나는 면도를 하고 샤워를 합니다. 두피에서 작은 물줄기를 이루어 흘러내리는 물은 더러운 갈색입니다. 아, 좋네요, 아 그래요. 데어 죽을 정도로 뜨거운 물에 그렇게 샤워를 하는 것이 내가 일요일마다 누리는 즐거움입니다. 그렇게 고통을 쾌락으로 바꾸는 것이 아주 남자답게 느껴져요. 그런 다음 세련된 슬랙스와 새로 드라이클리닝한 "가우초" 셔츠를 입습니다—완벽합니다perfecto! 대중가요를 휘파람으로 불고, 내 이두박근에 감탄하고, 구두를 걸레로 문질러 반짝 광을 내죠. 그동안 아이들은 일요일자 신문을 넘기다가(나와 똑같은 색 눈으로 읽지요), 깔깔거리며 거실의 러그 위를 달려갑니다. 나의 아내 앨릭잰더 포트노이 부인은 식탁을 차리고 있습니다. 우리 어머니와 아버지가 오실 거거든요. 두 사람은 매주 일요일이면 늘 그렇듯이, 지금 당장이라도 우리 집으로 걸어들어올지도 모릅니다. 미래, 보세요! 소박하고 만족스러운 미래! 내 신체의 힘을 소모할, 힘겨우면서도 흥겨운 소프트볼. 아침에는 그걸 하고, 오후에는 넘칠 듯 푸짐한 스튜 같은 가족생활. 밤이면 세상에서 가장 재미있는 라디오 프로그램이 줄줄이 이어지는 꽉 찬 세 시간. 그래요, 잭 베니가 지하실로 내려가고, 프레드 앨런이 누스바움 부인과 대화를 하고, 필 해리스가 프랭키 렘리와 대화하는 것을 내가 나의 아버지와 함께 들으며 기쁨을 느꼈듯이, 나의 자식들도 나와 함께 거기에서 기쁨을 느낄 것이고, 이런 일은 백대 동안 이어질 겁니다. 케니 베이커의 방송이 끝난 뒤에는 현관문과 뒷문의 이중 자물쇠를 잠그고 불을 다 끕니다(밤사이에 우리 목숨을 도둑맞는 일이 없도록 가스레인지의 점화용 버너를 확인하고, 우리 아버지가 그러듯이 또 확인합니다). 나는 졸음에 겨워하는 예쁜 딸아이와 졸음에 겨워하는 똑똑한 아들놈에게 잘 자라고 키스한 다음, A. 포트노이 부인, 그 착하고 부드러운(달콤하지만 수수한 이 공상에서는 얼굴이 없습니다) 여자의 품에 내 넘쳐나는 쾌락의 불을 묻습니다. 아침에는 뉴어크 시내로 출근해 에식스 카운티 법원으로 갑니다. 그곳에서 가난한 사람들과 억압받는 사람들을 위해 정의를 추구하며 하루를 보냅니다.

우리 8학년은 건축을 배우러 법원을 찾아갑니다. 그날 밤 내 방에서 나는 친구들의 서명과 인사말을 받기 위해 새로 산 깨끗한 사인북의 가장 좋아하는 좌우명 밑에 "약자를 짓밟지 마라"고 적습니다. 가장 좋아하는 직업은? "변호사." 가장 좋아하는 영웅은? "톰 페인과 에이브러햄 링컨." 링컨은 비극적이고 아버지 같은 표정으로 법원 밖에 앉아 있습니다(거츤 보글럼이 만든 청동상이죠). 보기만 해도 그가 얼마나 근심이 많은지 알 수 있습니다. 말 앞에 꼿꼿하고 권위적인 자세로 서 있는 워싱턴 상은 브로드 스트리트를 굽어봅니다. 이건 J. 매시 린드(우리는 이 조각가의 이름 같지 않은 이름을 공책에 적습니다)의 작품입니다. 미술 선생님은 이 두 조각상이 "이 도시의 자랑"이라고 말합니다. 우리는 둘씩 짝을 지어 뉴어크 미술관에 그림을 보러 갑니다. 솔직히 말해 워싱턴을 보고 나면 마음이 차가워집니다. 어쩌면 말 때문인지도 모르겠어요. 그가 말에 기대 있어서요. 어쨌든 그는 *이방인*이라는 게 아주 두드러집니다. 하지만 링컨은! 울음이 나올 것 같습니다. 링컨이 거기 앉아 있는 걸, *완전히 지쳐서* oysgemitchet 앉아 있는 걸 보세요. 그가 짓밟히는 사람들을 위해 얼마나 노력했는지—나도 그럴 거고요!

착한 유대인 꼬마라고요? 왜 이러세요, 나는 역사상 가장 착한 유대인 꼬마라고요! 내가 공상한 것만 봐도 알 수 있잖아요. 얼마나 친절하고 구세주 같은지! 부모에 대한 감사, 나의 종족에 대한 충성심, 정의라는 대의에 대한 헌신!

그런데? 뭐가 그렇게 잘못되었나요? 이상을 펼칠 수 있는 전문 직업을 얻어 열심히 일하는 것. 광신이나 폭력 없이 시합하는 것. 마음이 비슷한 사람들끼리 웃음을 터뜨리며 시합을 하는 것. 가족의 용서와 사랑. 이 모든 것을 믿는 게 뭐가 그렇게 잘못된 건가요? 내가 아홉, 열, 열한 살 때 가졌던 그 양식良識은 어떻게 된 거죠? 어쩌다 나는 이렇게 나 자신의 적이자 나 자신을 가혹하게 괴롭히는 사람이 된 거죠? 그것도 이렇게 외톨이가 되어서! 아, 정말 외로워요! 자신밖에 없어요! 내 속에 갇혀 있어요! 그래요, 나 자신에게 물어볼 수밖에 없습니다(비행기가 나를 괴롭히는 사람으로부터 나를 멀리 데려가주는—나는 그렇게 믿고 있습니다—동안에요). 내 목적, 그 품위 있고 가치 있는 목표들은 어떻게 된 거죠? 가정? 없습니다. 가족? 없어요! 내가 손가락만 튀겨도 소유할 수 있었던 것들…… 그런데 왜 손가락을 튀기고, 계속 그렇게 살아가지 않았을까요? 아이들 이불을 여며주고 충실한 아내(나 또한 충실한 남편이 되어) 옆에 눕는 대신, 나는 뚱뚱하고 작은 이탈리아 창녀와 문맹에다 불안정한 미국 마네킹과 함께 두 번 잤습니다—동시다발로, 매음굴에서는 그렇게 말하더군요. 그게 내가 즐겁게 시간을 보내는 방법도 아닌데, 젠장! 그럼 뭐가 그런 방법이냐고요? 말했잖아요! 방금 진심으로 한 말이었다니까요—집에 앉아 아이들과 함께 잭 베니를 듣는 거 말이에요! 똑똑하고 사랑스럽고 튼튼한 아이들을 키우는 거! 착한 여자를 보호하는 거! 존엄! 건강! 사랑! 근면! 지성! 신뢰! 품위! 기개! 공감! 그런데 염병할 관능적 섹스에 내가 왜 관심을 갖는 겁니까? 보지처럼 그렇게 단순하고, 그렇게 시시껄렁한 것에 빠져 어떻게 이렇게 허우적거릴 수 있는 거죠! 내가 끝내 성병에 걸리다니 얼마나 터무니없는 일이에요! 내 나이에! 틀림없거든요. 그 리나라는 애한테서 뭐가 옮았어요! 기다리기만 하면 좆병이 나타날 게 틀림없습니다. 하지만 난 안 기다릴 거예요, 기다릴 수 없습니다. 텔아비브에서 제일 먼저 의사를 찾아갈 겁니다. 좆병 아니면 실명이 시작되기 전에!

다만 저쪽 호텔의 죽은 여자는 어쩔까요? 지금쯤 그 여자는 그 일을 완수했을 테니까요. 틀림없습니다. 속옷만 입고 발코니에서 몸을 던졌을 겁니다. 세상에서 가장 작은 비키니를 입고 바다로 걸어들어가 익사했을 겁니다. 아냐, 달빛을 받은 아크로폴리스 그림자 속에서 독약을 마실 겁니다—발렌시아가 이브닝가운 차림으로요! 그 머리가 텅 비고 노출증이 심하고 자살 충동이 강한 년은! 걱정 마세요. 그년이 자살한 모습은 사진으로 찍어 둘 만한 광경일 테니까—마치 여성용 란제리 광고처럼 보일걸요! 평소처럼 일요일자 신문의 매거진 섹션에 등장하겠죠—차이라면 이번에는 죽은 모습이라는 거겠죠! 나는 이 터무니없는 자살이 내 양심에 영원히 부담을 주기 전에 어서 등을 돌려야 합니다! 하포한테 전화했어야 하는 건데! 그건 생각도 못했네—그냥 내 목숨만 중요해 달아나느라 바빠서. 그년을 전화기로 데려가 그 의사와 이야기하게 했어야 하는 건데. 하지만 의사가 그년과 이야기를 했을까요? 안 했을 겁니다! 하지만 그 벙어리 새끼, 그 새끼는 말을 해야 합니다. 그년이 돌이킬 수 없는 복수를 하기 전에! 모델, 원형극장에서 목을 긋다. 자살로 〈메데이아〉 공연 중단…… 그리고 유서도 발견돼 공개될 겁니다. 아마 사타구니에 박힌 병 안에 들어 있겠죠. "모두 앨릭젠더 포트노이 때문이다. 그 인간은 나한테 창녀와 자도록 강요했고, 내가 정직한 여자가 되는 것을 막았다. 메리 제인 리드." 그 얼간이가 철자도 제대로 못 쓰는 게 다행이지요! 그리스인들이 보기에는 모두 그리스어로 보일 겁니다! 제발 그래야 할 텐데 말입니다.

달아나고 있습니다! 비행기를 타고 다시 탈출하고 있습니다—무엇으로부터? 나를 성자로 여길 또다른 사람으로부터! 나는 성자도 아닌데! 되고 싶지도 않고 될 생각도 없는데! 아니, 내 쪽에 무슨 죄가 있다는 건 정말 웃기는 이야기예요! 그런 이야기는 듣지도 않을 겁니다! 그 여자가 자살한다면—하지만 그게 그 여자가 당장 하려는 일은 아닙니다. 아니에요, 그것보다 소름끼치는 것을 할 겁니다. 그 여자는 시장한테 전화할 겁니다! 그래서 내가 달아나고 있는 거고요! 하지만 안 할지도 모릅니다. 아니, 할 거예요. 해요! 이미 했을 가능성이 높습니다. 기억나세요? 너를 폭로할 거야, 앨릭스. 존 린지한테 장거리 전화를 걸 거야. 지미 브레즐런한테 전화를 할 거야. 사실 멍키는 그런 짓을 하고도 남을 만큼 제정신이 아닙니다! 브레즐런, 그 경찰관 같은 인간! 그 파출소의 수호신 같은 인간! 오 맙소사, 그럼 그 여자를 그냥 죽게 해주세요! 뛰어내려, 이 무지하고 파괴적인 년아—나보단 네가 뛰어내리는 게 낫지! 그래요, 그년이 통신사들에 전화질을 시작하면 나는 끝장나는 거예요. 아버지가 저녁식사 뒤에 길모퉁이에 가서 〈뉴어크 뉴스〉를 집어드는 모습이 눈에 선하네요. 마침내 귀여운 아들 사진 위에 굵은 글자로 찍혀 있는 스캔들이라는 말을 보게 되겠죠! 아니면 일곱시 뉴스를 켰다가 CBS 통신원이 아테네에서 병원 침대에 누운 멍키와 인터뷰하는 장면을 보는 겁니다. "포트노이, 맞아요. 대문자 P. 그다음엔 O. 그다음엔 R인 것 같아요. 아, 나머지는 기억나지 않아요. 하지만 러드 씨, 내가 창녀와 자도록 그 사람이 강요했다는 건 내 축축한 보지를 걸고 맹세할 수 있어요!" 아니, 아니에요, 나는 과장하는 게 아닙니다. 잠깐 그 인격, 아니, 인격이 없다는 사실을 생각해보세요. 라스베이거스 기억나세요? 그 여자의 자포자기 기억나요? 그럼 이게 단지 내 양심이 나를 벌하고 있는 게 아니란 걸 아실 겁니다. 아니에요, 내가 어떤 복수를 상상하든 멍키 역시 상상할 수 있어요. 그리고 상상할 겁니다! 정말이에요, 메리 제인 리드는 입을 다물지 않을 거예요. 그 여자가 보기에 나는 그 여자의 인생을 구원해야 하는 사람이었어요—그런데 그렇게 하지 않았습니다. 대신 창녀하고 자게 했죠! 그러니 그 여자는 아직도 할말이 많이 남았을 겁니다!

그리고 저기, 내 엉덩이를 더 걷어차고 싶게 하는 게 있네요. 저 밑의 파란 거. 에게 해. 펌킨의 에게 해. 나의 시적인 미국인 여자친구! 소포클레스! 오래전! 아, 펌킨, 아, 다시 한번 말해봐—왜 내가 그런 걸 하고 싶어할까? 자기가 누군지 아는 사람! 심리적으로 아주 말짱해서 나의 구원이나 구속救贖이 필요하지 않은 사람! 나의 찬란한 신앙으로 개종할 필요가 없는 사람! 펌킨이 앤티오크에서 나에게 읽어주곤 하던 시, 나에게 베풀어준 문학 교육, 완전히 새로운 시각, 예술과 예술적 방법에 대한 이해……아, 내가 왜 펌킨을 놓아버렸던가! 믿을 수가 없습니다—펌킨이 유대인이 되지 않으려 했기 때문에? "영원한 슬픔의 음조—" "인간 불행의 혼탁한 밀물과 썰물—"*

다만, 이게 인간의 불행입니까? 나는 그 불행이 더 고상한 것일 거라고 생각했습니다! 존엄한 고난! 의미 있는 고난—아마도 에이브러햄 링컨 계열의 어떤 것. 소극이 아니라 비극! 난 조금 더 소포클레스적인 것을 염두에 두었습니다. '위대한 해방자'** 등등. 내가 결국은 나의 자지 같은 하찮은 굴레에서 자유로워지려고 애쓰게 될 거라고는 물론 생각도 못했죠. 내 자지가 사라지게 하라! 그래, 이게 포트노이의 구호입니다. 이게 내 인생 이야기입니다. 모든 게 이 영웅적이고 더러운 네 마디에 요약되어 있습니다. 졸렬한 모조품! 완전히 내 자지로 내려가버린 나의 정치적 태도! 만국의 딸딸이 예술가들이여 단결하라! 너희에게 잃을 것은 너희 두뇌밖에 없다!*** 나는 괴물이에요! 누구의 연인도 아니고 아무것도 아니에요! 사랑받지도 못하고 사랑하지도 못하죠! 존 린지의 프로퓨모****가 될 찰나라고요!

---

* 매슈 아널드의 〈도버 해안(Dover Beach)〉의 한 구절. 소포클레스도 이 시에 등장한다.

** 링컨을 수식하는 대표적인 말.

*** 마르크스의 유명한 구호를 패러디한 말.

**** 영국의 정치가로 스캔들 뒤에 사임했다.

그렇게 보였습니다. 아테네를 벗어난 지 한 시간 뒤에는.

텔아비브, 야파, 예루살렘, 베르셰바, 사해, 세돔, 엔게디, 거기서 북쪽으로 카이사레아, 하이파, 아크레, 티베리아스, 사페드, 갈릴리 호 북부…… 늘 현실이라기보다는 꿈같습니다. 그렇다고 내가 그런 감각을 환영한다는 건 아닙니다. 나한테는 그리스와 로마에서 내 짝과 벌인 있을 법하지 않은 일만으로도 충분하거든요. 사실 반대입니다. 애초에 엘 알 항공을 타고 해외로 달아나게 한 그 충동을 어느 정도 이해해보려고, 당혹스러운 도망자에서 다시 한 명의 남자로 탈바꿈해보려고—나의 의지를 제어하고, 나의 의도를 의식하고, 내가 해야 하는 대로가 아니라 원하는 대로 행동하는 남자가 되어보려고—나는 이 나라 여기저기를 여행하기 시작합니다. 마치 의도적으로 이 여행을 떠난 것처럼, 미리 생각하고 바라서 온 것처럼, 관습적이기는 해도 칭찬받을 만한 이유로 온 것처럼 말이죠. 그래요, 나는 이른바 교육적 경험이라는 것을 얻을 수도 있을 겁니다(설명할 수 없는 이유로 이왕 여기에 오게 되었으니 말이에요). 나 자신을 향상시킬 수 있겠죠. 사실 그게 내가 가는 길 아닙니까. 아니, 그건 과거 얘긴가, 그런가요? 어쨌든 그래서 내가 지금도 손에 연필을 잡고 뭘 읽는 거 아닌가요? 배우려고? 나아지려고? (누구보다?) 그래서 나는 침대에서 지도를 살피고, 역사나 고고학 자료들을 사서 식사하면서 그것을 읽고, 가이드를 고용하고 차를 빌렸습니다. 땀이 쏟아지는 그 더위에도 고집스럽게 이것저것 찾아나서서 볼 수 있는 모든 것을 보았습니다. 무덤, 회당, 요새, 이슬람사원, 성지, 항구, 유적지, 새로운 것, 오래된 것. 또 카르멜 산의 동굴들, 샤갈의 창(하다사* 디트로이트 지부에서 온 백 명의 여자들과 함께요), 히브리 대학, 벳산 발굴지를 찾아가보았죠. 녹색 키부츠, 해에 달궈진 황무지, 험준한 산에 자리한 국경 전진기지도 가보았습니다. 심지어 무지막지한 햇살의 포화 속에서 마사다 요새에도 조금 올라가보았습니다. 그리고 내가 내 눈에 보이는 모든 것에 동화할 수 있고 또 그것을 이해할 수 있다는 것을 알게 되었습니다. 그것이 역사였고, 그것이 자연이었고, 그것이 예술이었습니다. 심지어 네게브 사막, 그 환각도 현실로, 이 세상의 것으로 경험했습니다. 하나의 사막으로. 아니, 나에게 믿을 수 없고 낯설었던 것, 사해보다 더 신기했던 것, 심지어 모든 것을 새하얗게 표백하는 햇볕을 받으며, 이스라엘 부족들이 그렇게 오래 방랑했던(가이드북에 그렇게 나와 있더군요) 하얀 바위들 사이를 방랑하며 섬뜩한 한 시간을 보냈던 놀라운 신Tsin 광야(이

* 1912년 뉴욕에서 창설된 유대인 여성 자선단체.

곳에서 십보라가 모세의 아들을 할례할 때 사용했던 것과 같은 돌이라는 가이드의 말을 듣고 기념으로 돌을 하나 집어들었는데, 지금도 그 돌이 여기 내 호주머니에 들어 있습니다)보다 더 신기했던 것, 그곳에 머무는 동안 내내 이건 말도 안 된다는 소리를 중얼거리며 살게 했던 것은 단순하지만 (나로서는) 정말 받아들이기 힘든 한 가지 사실이었습니다. 즉 내가 유대인의 나라에 있다는 것. 이 나라에서는 모두가 유대인이라는 사실이었습니다.

착륙하자마자 내 꿈은 시작됩니다. 나는 전에 한 번도 와본 적 없는 공항에 와 있고, 내 눈에 보이는 모든 사람—승객, 스튜어디스, 매표원, 포터, 조종사, 택시기사—이 유대인입니다. 이게 선생님의 꿈을 꾸는 환자들이 말하는 꿈과 그렇게 다른가요? 이게 사람이 자는 동안 경험하는 것과 그렇게 다른가요? 멀쩡한 정신으로 이런 얘기를 하는 걸 들어본 적이 있나요? 벽에 쓴 글은 유대어입니다—유대어 낙서! 깃발도 유대인 깃발입니다. 얼굴은 챈슬러 애비뉴에서 보는 얼굴들입니다! 내 이웃, 내 삼촌, 내 선생님, 내 어린 시절 친구의 부모들 얼굴이에요. 나 자신의 얼굴과 같은 얼굴! 다만 하얀 벽과 타오르는 태양과 못처럼 생긴 열대의 잎을 배경으로 돌아다닌다는 게 다를 뿐이에요. 하지만 여기는 마이

애미 해변이 아닙니다. 아니죠, 얼굴은 동유럽의 얼굴들입니다. 하지만 아프리카에서 돌을 던지면 닿을 만한 곳이에요! 반바지를 입은 남자들을 보니 대학 때 방학이면 가서 일했던 유대인 여름캠프의 지도교사들이 떠오릅니다. 물론 여기는 여름캠프가 아니지만요. 여기는 고향이죠! 이 사람들은 서류판과 호각을 들고 뉴저지의 호팟콩 산맥에 두 달 동안 처박히는 뉴어크 고등학교 선생님들이 아닙니다. 이 사람들은 (달리 표현할 말이 없네요!) 토박이들입니다. 돌아온 토박이들! 이곳은 모든 것이 시작된 곳입니다! 이들은 긴 휴가를 떠났다 온 것뿐입니다! 이봐, 여기서는 우리가 와스프야! 내가 탄 택시는 파리나 로마에서 구경할 만한 보도 위 카페들로 둘러싸인 커다란 광장을 통과합니다. 다른 점은 그 카페에 유대인이 가득하다는 겁니다. 택시는 버스를 따라잡습니다. 나는 버스의 창 안을 봅니다. 또 유대인들이 보입니다. 기사를 포함해서요. 앞에서 차량들을 위해 수신호를 하는 경찰관을 포함해서요! 호텔에 가서 직원에게 방을 달라고 합니다. 그는 희미하게 콧수염을 기르고 로널드 콜먼*처럼 영어를 합니다. 하지만 그 사람도 유대인입니다.

이제 드라마는 복잡해집니다.

자정이 지난 시간입니다. 아까 저녁에는 바닷가 산책길이 유쾌하고

* 영국 영화배우.

활달한 유대인들로 붐볐습니다. 얼음을 먹는 유대인, 소다수를 마시는 유대인, 대화를 나누고 웃음을 터뜨리고 팔짱을 끼고 걷는 유대인. 하지만 이제 호텔로 돌아가는 길에는 거의 나 혼자입니다. 호텔로 가려면 꼭 통과해야 하는 산책로 끝에 젊은이 다섯 명이 담배를 피우며 이야기를 나누는 게 보입니다. 물론 유대인 젊은이들이죠. 가까이 다가가자 그들이 내가 오기를 기다리고 있었다는 게 분명하게 느껴집니다. 한 청년이 한 걸음 앞으로 나서며 영어로 말합니다. "몇시죠?" 나는 손목시계를 보며, 그들이 내가 지나가는 것을 허락하지 않을 것임을 깨닫습니다. 이들은 나를 폭행할 겁니다! 하지만 어떻게 그럴 수가? 그들도 유대인이고 나도 유대인인데, 그들이 나에게 해를 끼칠 동기가 있을 수 있는 겁니까?

나는 그들이 실수하는 거라고 이야기해야 합니다. 그들도 정말이지 반유대주의 패거리처럼 나를 다루고 싶어하지야 않을 거 아닙니까. "실례합니다." 나는 그렇게 말하며 내 창백한 얼굴에 엄한 표정을 짓고 몸을 비틀어 그들 사이를 빠져나가려 합니다. 그들 가운데 한 명이 말합니다. "보세요, 몇시—?" 나는 속도를 높여 계속 빠른 걸음으로 호텔로 갑니다. 우리 모두 유대인인데 왜 나한테 그렇게 겁을 주려 했는지 이해 못한 채요.

정말 해석하기 쉽죠, 안 그래요?

방에 들어가 나는 얼른 바지와 팬티를 벗고 독서등 밑에서 음경을 살핍니다. 그 기관에는 아무런 흠도 없고 병의 징후도 눈에 보이지 않습니다. 그래도 안심이 되지 않습니다. 어떤 경우에는 감염이 겉으로 절대 나타나지 않을지도 모르니까요(어쩌면 사실은 그게 가장 심각한 경우일지도 모르죠). 사람을 좀먹는 상황이 몸 안에서 눈에 띄지 않게 걷잡을 수 없이 전개돼 마침내 병의 진행이 돌이킬 수 없게 되고, 결국 환자가 죽을 운명에 처하는 건지도 모릅니다.

아침에 창 너머에서 들리는 소리에 잠을 깹니다. 일곱시 정각입니다. 그런데도 밖을 보니 해변은 이미 사람들로 바글바글합니다. 그런 이른 시간에 그 정도라니, 놀라운 광경이죠. 게다가 이날은 토요일이라, 나는 도시 전역에 경건하고 엄숙한 안식일 분위기가 감돌 거라고 예상했거든요. 하지만 유대인 무리—여전히 마찬가지입니다!—는 명랑합니다. 나는 강한 아침빛에 내 물건을 살펴보고, 그것이 완벽하게 건강한 상태라는 것을 알고 다시 불안에 사로잡힙니다.

나는 바다에서 행복한 유대인들과 함께 물을 튀기며 놀기 위해 방을 나갑니다. 나는 사람들이 가장 많은 곳에서 해수욕을 합니다. 유대인이 가득한 바다에서 노는 겁니다! 장난치며 뛰노는 유대인들! 그들의 유대인 팔다리가 유대인의 물을 헤치며 움직이는 걸 보세요! 유대인 아이들이 웃음을 터뜨리며 그곳의 주인이기나 한 것처럼 행동하는 걸 보세요…… 실제로 주인이죠! 그리고 구조원, 그들도 유대인입니다! 해변 위 아래로, 내 눈에 들어오는 모든 곳이 다 유대인 천지입니다. 마치 풍요의 뿔에서 나오듯이, 아름다운 아침 내내 더 쏟아져나옵니다. 나는 해변 위에 몸을 뻗고 눈을 감습니다. 머리 위에서 엔진 소리가 들립니다. 겁먹을 것 없습니다. 유대인 비행기니까요. 내 몸 아래의 모래는 따뜻합니다. 유대인 모래죠. 나는 유대인 행상에게서 유대인 아이스크림을 삽니다. “이거 굉장하지 않아?” 나는 혼잣말을 합니다. “유대인 나라라!” 하지만 표현하기만 쉽지 이해하기는 그리 쉽지 않습니다. 사실 파악할 수가 없어요. 이상한 나라의 앨릭스죠.

오후에 녹색 눈에 피부가 황갈색인 젊은 여자와 사귀게 됩니다. 유대인 육군의 중위라나요. 중위는 밤에 나를 항구 지역의 술집으로 데려갑니다. 중위 말에 따르면 손님들은 대개 항만 노동자라네요. 유대인 항만 노동자들? 네. 나는 웃음을 터뜨립니다. 그러자 중위는 뭐가 그렇게 우습냐고 묻습니다. 나는 넓은 카키 허리띠로 중간이 꽉 조여진, 중위의 자그마하고 요염한 몸에 흥분합니다. 하지만 그 자그마한 게 얼마나 단호하고 유머도 없고 냉정하던지! 내가 유대인 언어를 한다 해도 중위를 위해 주문하는 걸 허락이나 할지 모르겠습니다. “어느 게 더 좋아?” 각자 유대인 맥주 한 병을 들이켠 후 중위가 묻습니다. “트랙터야, 불도저야, 탱크야?” 나는 다시 웃음을 터뜨립니다.

나는 중위에게 내 호텔로 가자고 이야기합니다. 방에서 우리는 실랑이를 하고 키스를 하고 옷을 벗기 시작합니다. 그러나 발기했던 게 곧 늘어집니다. “봐.” 중위가 이제 자신의 의심이 확인되었다는 듯이 말합니다. "너는 나를 좋아하지 않잖아. 전혀." "아냐, 아, 안 그래." 내가 대답합니다. "바다에서 너를 본 뒤로 좋아하고 있어, 좋아해. 넌 자그마한 물개처럼 늘씬해—" 하지만 창피하게도, 발기했던 것이 수축하는 바람에 당황하고 혼란에 빠져 버럭 소리를 지릅니다—"하지만 나한텐 병이 있을지도 몰라, 알아? 그럼 부당한 거잖아." "그거 재미있다고 하는 소리야?" 중위는 작지만 날카로운 소리로 말하더니, 화가 나서 다시 군복을 입고 떠납니다.

꿈이라고요? 차라리 꿈이었으면 좋겠네요! 하지만 나는 꿈이 필요 없습니다, 선생님. 그래서 거의 안 꾸는 거죠. 대신 나에게는 이 삶이 있잖아요. 나한테는 이런 모든 일이 환한 대낮에 벌어져요! 어울리지 않는 멜로드라마 같은 일들, 이게 나의 일용할 양식입니다! 꿈에서나 보는 기막힌 우연, 상징, 무시무시할 정도로 터무니없는 상황, 묘하게도 불길한 진부함, 사고와 수모, 야릇하게도 적절한 순간에 다가오는 행운이나 불행. 다른 사람들이 눈을 감고 경험하는 그런 것들을 나는 눈을 뜬 채 경험한다니까요! 무서운 칼을 든 어머니한테 실제로 협박당한 사람이 나 말고 또 있던가요? 이런 어머니는 둘째 치고, 고환이 아래로 내려가지 않아 고생한 사람이 나 말고 또 있던가요? 달래고 어르고, 설득하고, 약을 먹여야 하는 불알! 남자답게 아래로 내려와 음낭

안에 살라고 말입니다! *이방인 여자*를 쫓아가다 다리가 부러진 사람이 나 말고 또 있던가요? 아니면 처음으로 여자하고 하면서 자기 눈에다 싼 사람은요? 아니면 바로 뉴욕의 거리에서 진짜 살아 있는 원숭이, '바나나'를 정말 좋아하는 여자를 발견한 사람은요? 선생님, 다른 환자들은 꿈을 꿀지 모르지만—나한테는 모든 일이 진짜로 일어납니다. 내 인생은 잠재내용潛在內容이 없는 인생이에요. 꿈에 나올 일이 실제로 일어나니까요! 선생님, 이스라엘국에서는 나의 그게 서지 않았어요! *보세요*, 그건 상징으로 볼 때 어떤 거죠? 어디 누가 이보다 대단한 걸 보여주나봅시다, 행동화行動化로 말이에요! '약속의 땅'에서 발기 상태를 유지하지 못하다니! 적어도 나에게 필요한 때, 내가 원하는 때, 내 손보다 더 바람직한 것에 그것을 쑤셔넣을 수 있는 상황에서. 하지만 결국 타피오카 푸딩은 아무데도 쑤셔넣지 못합니다. 내가 이 여자에게 권하고 있는 타피오카 푸딩 말입니다. 축축한 스펀지케이크가 되어버렸으니까요! 녹아버린 걸 아주 조금 떠놓은 것 같았습니다. 그러는 동안 그 자신만만하고 조그마한 중위는 내내 자랑스럽게 그 이스라엘 젖통을 휘날리며, 어떤 탱크 지휘관이 올라탈 것에 대비하고 있었는데 말이지요!

하지만 상황은 더 나빠질 뿐입니다. 이제 나의 마지막 하강과 수모가 남았습니다—나오미, '유대인 펌킨' '헤로인'*. 튼튼하고, 붉은 머리에 주근깨가 많은, 이데올로기 덩어리 같은 여자예요! 나는 레바논 국경 근처의 한 키부츠에서 하이파로 내려가는 길에 히치하이킹을 하고 있는 그녀를 태웁니다. 부모의 집에 왔다 가는 길이라더군요. 나이는 스물한 살에 키는 6피트에 가까웠습니다. 그런데도 아직 더 클 것 같다는 느낌이 들었죠. 부모는 필라델피아 출신의 시온주의자로, 2차대전이 발발하기 직전에 팔레스타인으로 왔습니다. 나오미는 병역을 마친 후 자신이 나고 자란 키부츠로 돌아가지 않고, 이스라엘에서 태어난 젊은이들의 공동체에 들어가, 시리아와 접한 국경을 굽어보는 산의 헐벗은 정착지에서 검은 화산암 돌을 치우는 일을 하기로 결심했습니다. 작업은 위험하고 생활 조건은 원시적이었습니다. 게다가 시리아군이 수류탄과 지뢰를 들고 밤에 야영지에 침투할 위험도 상존했습니다. 하지만 나오미는 그걸 사랑했습니다. 장하고 용감한 여자지요! 그래요, '유대인 펌킨'! 나한테 두번째 기회가 주어지고 있는 겁니다.

흥미롭잖습니까. 나는 곧바로 나오미를 잃어버린 펌킨과 연결시킵니다. 신체 유형으로 보자면 당연히 우리 어머니 쪽인데도요. 피부색이나 몸집, 심지어 나중에 보니 기질도—흠 잡는 데

---

* '여걸'이라는 뜻.

진짜 선수더군요. 나에 대한 전문적인 비평가였습니다. 자기 남자한테서 완벽한 모습을 보아야만 하나보더라고요. 하지만 난 그때는 이 모든 걸 보지 못합니다. 이 여자와, 우리 어머니의 고등학교 졸업앨범 사진의 닮은 점은 내 눈에 들어오지도 않는 겁니다.

내가 이스라엘에서 얼마나 혼란에 빠지고 히스테리에 사로잡혀 있었는지 알 수 있는 사례가 있습니다. 바로 내가 나오미를 길에서 태우고 나서 몇 분 지나지도 않았는데 진지하게 이렇게 자문했다는 사실입니다. '이 여자와 결혼해서 여기 머무는 게 어떨까? 그 산에 올라가 새로운 인생을 시작하는 게 어떨까?'

우리는 즉시 인류에 관해 진지하게 이야기하기 시작했습니다. 나오미의 이야기는 내가 사춘기 때 부르짖었던 것과 크게 다르지 않았습니다. 정열적인 구호로 가득하더군요. 정의로운 사회. 공동 투쟁. 개인의 자유. 사회적으로 생산적인 삶. 하지만 나오미는 얼마나 자연스럽게 그 이상주의를 걸치고 있는지. 나는 그렇게 생각했습니다. 그래, 이 여자는 내 부류의 여자야. 맞아, 순수하고 선량하고 *통통하고*zaftig 닳지 않았고 좆같이 망가지지 않았어. 당연하지! 나는 영화배우나 마네킹이나 창녀를 원치 않아. 또 그 세 가지가 어떤 식으로든 결합된 것도. 나는 인생에서 성적인 광기도 원치 않고, 내가 겪어온 그 마조히즘적 광기가 계속되는 것도 원치 않아. 그래, 나는 소박한 걸 원해. 나는 건강을 원해. 나오미를 원해!

나오미의 영어는 완벽했습니다. 살짝 문어체 같기는 했지만요. 그리고 일반적인 유럽 억양이라고 할 만한 것도 살짝 나타나기도 했지요. 부모가 필라델피아를 떠나지 않았다면 나오미는 어떤 미국 여자가 되었을까, 나는 그녀를 바라보며 계속 그 답을 찾으려 했습니다. 이 아이는 내 누이가 될 수도 있었어. 나는 생각합니다. 높은 이상을 갖춘 또 한 사람의 덩치 큰 여자아이가 될 수도 있었다는 거죠. 나는 심지어, 모티가 나타나 구해주지 않았다면 해너가 이스라엘로 이주했을 거라는 상상을 하기도 합니다. 하지만 나는 누가 구해주지? 나의 *이방인 여자*들이? 아니, 아니야, 내가 그 여자들을 구하는 거지. 아니야, 나를 구원할 여자는 분명히 이 나오미야! 나오미는 머리를 아이처럼 두 갈래로 길게 땋았습니다. 물론 책략이죠. 꿈이 구사하는 테크닉—그런 게 있는지는 모르지만. 내가 소피 진스키의 고등학교 사진을 곧바로 기억하지 못하게 하려는 겁니다. 남자애들이 "레드"라고 부르던 여자아이 말입니다. 장차 커다란 갈색 눈과 영리한 머리를 갖게 될 그 아이요. 내 요청에 따라 고대 아랍 도시 아크레를 안내하며 하루를 보내고 난 저녁, 나오미는 땋은 머리를 이중으로 둥글게 말아 머리를 감싼 뒤 핀을 꽂았습니다. 마치 할머니처럼 말입니다. 그 모습을 보고 이런 생각을 했던 게 기억납니다. '내 모델 친구하고는 얼마나 다른가. 가발에, 부분 가발에, 케네스 미장원에서 몇 시간을 보내는 여자하고는. 내 인생이 얼마나 크게 달라질까! 새로운 사람이 될 거야! 이 여자와 함께!'

나오미는 밤에 야외에서 침낭에 들어가 잘 계획이었습니다. 일주일간 휴가를 얻은 그녀는 가족이 생일선물로 준 몇 파운드를 들고 정착지를 떠나 여행을 다니는 중이었죠. 나오미 말에 따르면 자기 동료들 가운데 더 광적인 애들은 그런 선물도 받지 않을 거고, 아마 자기가 그걸 받은 것 때문에 못마땅해할 거랍니다. 나오미는 어린 시절 부모의 키부츠에서 벌어진 토론을 전해주더군요. 어떤 사람들은 손목시계가 있는데 어떤 사람들은 없다는 사실을 두고 벌어진 토론이었답니다. 키부츠 회원들은 몇 차례 열띤 회의를 한 끝에 결국 석 달마다 시계를 돌려가며 차기로 결론을 냈다더군요.

낮 동안, 저녁을 먹으면서, 또 밤에 아크레의 낭만적인 항구 방파제를 따라 걸으면서 나는 나오미에게 내 인생 이야기를 해주었습니다. 그리고 나와 함께 하이파의 호텔로 가 한잔하겠느냐고 물었습니다. 나오미는 그러겠다고 했습니다. 내가 해준 이야기에 관해 할 이야기가 많다면서요. 나는 그 순간 나오미에게 키스하고 싶었지만 이렇게 생각했습니다. "내가 진짜로 성병에 걸렸으면 어쩌지?" 나는 아직 의사를 만나러 가지 않았습니다. 모르는 사람한테 창녀와 접촉했다는 말을 하기가 꺼려져서이기도 하지만, 그보다는 아무런 증상이 없었기 때문입니다. 분명히 나에게는 잘못된 것이 없었습니다. 따라서 의사가 필요하지 않았습니다. 그럼에도 나오미에게 호텔로 돌아가자고 청하기 위해 고개를 돌렸을 때 나는, 나오미의 순수한 사회주의적인 입에 내 입술을 갖다대고 싶은 충동에 저항했습니다.

"미국 사회는," 나오미는 배낭과 침낭을 바닥에 내려놓으며 말했습니다. 만을 돌아 하이파로 차를 몰고 오는 동안 시작했던 강의를 계속하고 있었죠. "남자들 사이의 상스럽고 불공정한 관계를 인정할 뿐 아니라 장려하기까지 해. 자, 그걸 부정할 수 있어? 못하지. 경쟁, 대항, 질투, 선망 등 인간 성격에서 유해한 모든 걸 체제가 양성하고 있어. 소유, 돈, 재산—이런 부패한 기준으로 당신네 사람들은 행복과 성공을 측정해. 하지만," 나오미는 침대 위에 책상다리를 하고 자리를 잡았습니다. "당신네 국민 가운데 큰 부분은 품위 있는 생활을 할 수 있는 최소한의 조건도 박탈당하고 있어. 그것도 사실 아니야? 그건 당신네 체제가 기본적으로 착취적이고, 본질적으로 사람을 타락시키고 정의롭지 못하기 때문이야. 그 결과, 앨릭스"—나오미는 마치 엄한 선생님처럼 내 이름을 불렀습니다. 그 목소리에는 강한 질책이 담겨 있었죠—"그런 환경에서는 진정한 평등은커녕 평등을 닮은 것도 나올 수가 없어. 이건 논란의 여지가 없는 거야. 네가 정직하다면 너도 동의할 수밖에 없어.

예를 들어, 퀴즈 스캔들 청문회로 네가 이룬 게 뭐야? 이룬 게 있기나 해? 이렇게 말해도 좋을지 모르지만, 없어. 너는 약한 개인 몇 사람의 부패를 폭로했어. 하지만 그런 사람들을 부패 속에서 훈련시킨 체제, 그 체제에는 아무런 영향도 주지 못했어. 그 체제는 흔들리지 않았어. 그 체제는 말짱했어. 왜 그랬을까? 왜냐하면 앨릭스"—이런, 또 시작입니다—"너 자신도 체제에 의해 부패했기 때문이야. 찰스 밴 혼 씨만큼이나." (세상에, 아직도 완벽하지 못하다는 거지! 젠장!) "너는 체제의 적이 아니야. 심지어, 너는 다르게 생각할지 몰라도, 체제에 도전하는 것도 아니야. 너는 그저 체제의 경찰관 가운데 한 명, 돈 받는 고용인, 공모자일 뿐이야. 미안해. 하지만 나는 진실을 말할 수밖에 없어. 너는 네가 정의에 봉사한다고 생각하지. 하지만 너는 부르주아지의 하수인일 뿐이야. 네 체제는 본질적으로 착취적이고 정의롭지 못하고, 본질적으로 잔인하고 비인간적이고, 인간 가치에 관심이 없어. 그리고 네 일은 마치 정의가, 마치 인권과 인간 존엄성이 그 사회 내에 실제로 존재하는 양 행동해서—실제로 그런 건 가능하지도 않은데—그런 체제가 정당하고 도덕적인 것처럼 보이게 만드는 거야.

알아, 앨릭스?"—이번엔 또 뭐야?—"왜 내가, 누가 시계를 차든 말든 걱정하지 않고 우리 '잘사는' 부모한테서 선물로 5파운드를 받는 것도 걱정하지 않는지? 왜 그런 논쟁이 실없고, 왜 내가 그런 걸 못 견디는지 알아? 왜냐하면 나는 본질적으로—이해해? 본질적이란 말이야!"—그래, 나도 이해해! 공교롭게도 영어가 나의 모어母語니까!—"본질적으로 내가 참여하고 있는(그것도 자발적으로, 이것도 핵심적이야—자발적으로!) 체제, 그 체제가 인간적이고 정의롭기 때문이야. 공동체가 생산수단을 소유하고 있는 한, 공동체가 필요한 모든 것을 제공하는 한, 아무도 부를 축적하거나 다른 사람의 노동의 잉여가치로 살아갈 기회가 없는 한, 키부츠의 근본적 성격은 유지되거든. 존엄하지 않은 사람은 아무도 없는 거야. 아주 넓은 의미에서 평등이 있는 거지. 그게 가장 중요한 거야."

"나오미, 사랑해."

나오미는 이상주의로 가득한 그 커다란 갈색 눈을 가늘게 좁혔습니다. "어떻게 네가 날 '사랑할' 수가 있어? 무슨 소리를 하는 거야?"

"너하고 결혼하고 싶어."

쿵. 나오미가 벌떡 일어섰습니다. 이 여자를 기습하려 했던 시리아 테러리스트가 불쌍해질 정도였습니다! "대체 너 왜 이러는 거야? 지금 웃자고 한 얘기야?"

"내 아내가 돼줘. 내 자식들을 낳아줘. 전망창이 달린 집에 사는 모든 냄새나는 인간들한테는 자식이 있어. 왜 나는 안 되는 거야? 나는 가족의 성을 이어가야 해!"

"너 저녁 때 맥주를 너무 많이 마시더라. 그래, 이제 난 가야 할 것 같아."

"가지 마!" 그러면서 나는 거의 알지도 못하는 이 여자, 심지어 좋아하지도 않는 이 여자에게 내가 얼마나 깊이 사랑하는지 말했습니다. "사랑"—아, 몸이 부르르 떨립니다!—"사아아아랑." 그 말을 하면 그 느낌도 불러올 수 있을 것 같습니다.

나오미가 방을 나가려 하자 나는 문을 막았습니다. 밖에 나가 어디 끈적끈적한 해변에 눕지 말라고 애원했지요. 우리 둘이 함께 쓰고도 남을 이렇게 크고 편안한 힐튼 호텔 침대가 있는데. "너를 부르주아로 만들려 하지 않을게, 나오미. 침대가 너무 사치스러우면 바닥에서 하면 돼."

"성교를?" 나오미가 대꾸했습니다. "너하고?"

"응! 나하고! 본질적으로 정의롭지 못한 체제에서 막 나온 사람하고! 체제와 공범인 나하고! 그래! 완벽하지 않은 포트노이하고!"

"포트노이 씨, 실례합니다만, 댁의 그 실없는 장난들 중간에, 이것도 실없는 장난이라면 말입니다만—"

여기서 약간 실랑이가 벌어졌습니다. 나는 침대 옆에서 나오미에게 돌진했죠. 가슴으로 손을 뻗었습니다. 그러자 나오미는 두개골을 빠르게 위로 확 들어올려 내 턱을 받아버렸습니다.

"이건 도대체 어디서 배운 거야?" 내가 소리쳤습니다. "군대에서?"

"그래."

나는 의자에 주저앉았습니다. "군대에서 여자애들한테 이런 거나 가르치고 말이야."

"알아?" 나오미가 조금도 자비심을 드러내지 않고 말했습니다. "너한테는 아주 잘못된 게 있어."

"우선, 내 혀에서 피가 난다는 거야—!"

"너는 내가 알았던 사람들 가운데 가장 불행해. 넌 아기 같아."

"아냐! 그렇지 않아." 하지만 나오미는 손을 저어 내가 해야만 했을지도 모르는 모든 설명을 밀쳐버리더니, 자기가 그날 관찰한 나의 약점들에 관해 강의를 늘어놓기 시작했습니다.

"네가 네 인생을 못마땅해하는 거 말이야! 왜 그러는데? 너처럼 자기 인생을 못마땅해하는 건 다 쓸데없는 짓이야. 너는 너 자신을 네 독특한 유머 감각의 표적으로 삼으면서 뭔가 특별한 쾌락, 자부심을 느끼는 것 같아. 난 네가 진짜로 네 인생을 개선하기를 바란다고 생각하지 않아. 네가 말하는 건 죄다 어떤 식으로든 비틀려 있고, 이런 식으로든 저런 식으로든 '우습게' 되어 버려. 하루종일 똑같아. 이런저런 소소한 방식으로 모든 게 아이러니거나 자기평가절하지. 자기평가절하 맞나?"

"자기비하. 자기조롱."

"바로 그거야! 너는 아주 똑똑한 사람이야—그래서 더더욱 불쾌해지는 거야. 네가 기여할 수 있는 게 있는데 말이야! 그런 어리석은 자기비하라니! 얼마나 불쾌해!"

"아, 모르겠어." 내가 말했습니다. "자기비하는 사실 유대인 유머의 고전적인 형태잖아."

"유대인 유머가 아니야! 아니야! 게토 유머야."

장담하거니와, 그 말에는 별로 사랑이 담겨 있지 않았습니다. 새벽이 되자 나는 내가 "디아스포라 문화"에서 가장 수치스러운 면의 전형이라는 점을 이해하게 되었습니다. 고향 없이 보낸 그 수백 년에 걸친 세월이 나 같은 불쾌한 인간을 만들어냈다는 겁니다—겁 많고, 방어적이고, 자기비하나 하고, 이방인 세계의 삶에 의해 거세되고 부패한 인간을요. 박해자들에 대항해 손 한 번 들어올리지 못하고, 어리석기 때문에 피로써 자신의 목숨을 방어하지도 못하고 가스실로 간 수백만 명이 바로 나 같은 디아

스포라 유대인들이라는 겁니다. 디아스포라! 그 말만으로도 나오미는 격분했습니다.

나오미가 말을 끝내자 나는 말했습니다. "그래, 멋져. 이제 씹하자."

"정말 혐오스러워!"

"그래! 이제야 알아듣기 시작하네, 용맹한 사브라*! 너나 가서 산 속에서 의로워지란 말이야, 알았어? 너나 가서 인류의 모범이 되란 말이야! 좆같은 히브리 성녀 같으니!"

"포트노이 씨." 나오미가 바닥에서 배낭을 들어올리며 말했습니다. "당신은 자기혐오에 빠진 유대인에 불과하군요."

"아, 하지만 나오미, 어쩌면 그게 최고 부류의 유대인인지도 모르거든요."

"겁쟁이!"

"왈가닥."

"*무능한 인간*Shlemiel!"

그러더니 나오미는 문으로 갔습니다. 그래서 난 뒤에서 달려들어, 이 가르치기 좋아하는 커다란 빨간 머리에게 플라잉태클을 했고, 우리는 함께 바닥에 널브러졌습니다. 나는 나오미에게

---

* 토박이 이스라엘인.

누가 무능한 인간인지 가르쳐줄 겁니다! 만일 나한테 성병이 있다면? 좋아요! 멋지죠! 더 좋죠! 나오미가 자기 핏속에 그게 든 것도 모르고 산으로 가게 하는 겁니다! 병이 나오미한테서 그 모든 용감하고 도덕적인 유대인 소년 소녀에게로 퍼지게 하는 겁니다! 임질 한 방이면 그들 모두에게서 유익한 효과를 볼 수 있을 겁니다! 디아스포라에서는 이러는 거야, 이 성자 같은 꼬맹이들아. 추방당하면 이런 거야! 유혹과 치욕! 부패와 자기조롱! 자기비하self-deprecation—그리고 자기배변self-defecation도! 훌쩍거림, 히스테리, 타협, 혼란, 병! 그래, 나오미, 나는 더럽혀졌어, 아, 나는 불순해. 또 결코 '선택된 백성'에 어울리게 착해질 수 없는 것에 정말 좆도 짜증이 나, 나오미!

하지만 이 여자, 이 농장 출신의 커다란 씨발년은 얼마나 잘 싸우던지! 이 G.I.* 출신은! 나의 어머니를 대신한 이 인물은! 보세요, 그렇게 될 수 있는 건가요? 오, 제발, 그렇게 단순할 수는 없겠죠! 내 경우는 아니에요! 아니면 나 같은 사례는 사실 단순하기 짝이 없는 건가요! 나오미가 빨간 머리에 주근깨가 있다고 해서, 나의 단선單線적인 무의식에 따라, 바로 나의 어머니가 되는 건가요? 나오미와 나의 과거의 여인이 똑같이 창백한 폴란드계 유대

* 원래는 미군을 가리키지만, 여기서는 그냥 '군인'이라는 뜻.

인의 후손이라는 이유만으로? 그럼 이게 오이디푸스 드라마의 절정인가요, 선생님? 또 소극이라고? 안됐지만, 그런 대답은 너무 심해 받아들일 수가 없군! 『오이디푸스 왕』은 유명한 비극이라고, 멍청하긴. 또하나의 우스갯소리가 아니란 말이야! 당신은 사디스트야. 돌팔이고, 형편없는 코미디언이야! 내 말은 이게 웃어넘기기에는 너무 심각한 상황일지도 모른다는 거야, 닥터 슈필포겔, 닥터 프로이트, 닥터 크롱카이트*! 이 나쁜 새끼들, '인간의 존엄성'에 조금이라도 경의를 표하는 게 어때! 『오이디푸스 왕』은 문학사상 가장 무시무시하고 진지한 희곡이란 말이야—개그가 아니라고!

어쨌든 헤시의 역기에 고마워하게 되더라고요. 헤시가 죽은 다음에 내 게 되었거든요. 그걸 뒤뜰로 가져가, 햇빛을 받으며 들고 들고 또 들었죠. 내가 열넷이나 열다섯 살 때 얘깁니다. "너 그러다 그거 때문에 *문제*가 생길 수 있어." 어머니는 방에서 창문으로 내다보며 그렇게 경고하곤 했습니다. "밖에서 그 수영복만 입고 있다가는 감기에 걸릴 거야." 찰스 애틀라스와 조 보노모** 에게 우편으로 소책자를 주문했죠. 난 내 방 거울에 비친 내 몸

---

* 미국의 보드빌 듀오 스미스와 데일이 1920년대에 만든 촌극 〈Dr. Kronkheit and His Only Living Patient〉에 등장하는 돌팔이 의사.

** 둘 다 보디빌더.

통이 부풀어오르는 걸 보는 재미에 살았습니다. 학교에서도 옷을 입은 채 근육에 힘을 주며 자세를 잡았죠. 거리 모퉁이에서는 팔뚝 근육이 불거지나 살펴보았습니다. 버스에서는 핏줄에 감탄했습니다. 누구든 내 삼각근에 한 방 먹이려 했다간 평생 후회하게 될걸! 하지만 다행히 아무도 나를 공격하지 않았습니다.

나오미를 만나기 전에는! 따라서 나는 나오미를 위해 어머니의 못마땅한 눈길 아래서 그렇게 헐떡거리고 부들부들 떨어댔던 셈입니다. 그렇다고 나오미가 종아리와 허벅지에서 나에게 밀렸다는 말은 아닙니다. 하지만 어깨와 가슴에서는 내가 우세해 나오미의 몸을 타고 누를 수 있었죠. 난 혀를 나오미의 귀에 집어넣었고, 그곳에서 그날 하루 우리가 함께 여행하면서 쌓인 먼지, 그 모든 성스러운 흙을 맛보았습니다. "아, 나는 너하고 씹을 할거야, 이 유대인 여자야." 나는 사악하게 속삭였습니다.

"너 미쳤구나!" 그러면서 나오미가 괴력을 발휘해 몸을 들썩거리는 바람에 내 몸이 움직였습니다. "넌 정신병원에서 막 풀려난 미치광이야!"

"아니야, 오, 아니야." 나는 목구멍에서부터 으르렁거렸습니다. "오, 아니야, 네가 배워야 할 교훈이 있어, 나오미." 그러면서 난 교훈을 가르치기 위해 나오미의 몸을 눌렀습니다. 세게 눌렀습니다. 오, 너, 도덕적인 유대인 여자여, 전세는 역전되었도다,

*헤픈 여자여*tsatskeleh! 이제 네가 수세에 몰릴 거야, 나오미—너의 질 분비물에 관해 전체 키부츠에 설명해야 할 거야! 너는 그 사람들이 그 시계 때문에 흥분했다고 생각하지! 그 사람들이 이 냄새를 맡으면 어떻게 되나 어디 두고 봐! 네가 시온의 자부심과 미래를 더럽힌 혐의로 규탄당하는 모임에 참석할 수만 있다면 뭐라도 내놓겠다! 그러면 너도 타락하고 정신신경증에 걸린 우리 유대인 남자에게 경외심을 품게 될 거야! 사회주의도 존재하지만, 매독균도 존재하거든, 내 사랑! 자, 그러니 나오미, 세상의 추악한 이면을 소개해주지. 내려라, 이 애국적인 카키 반바지를 내려라. 아가리를 벌려라. 내 피 중의 피여, 이 요새 같은 허벅지를 열어라. 그 메시아 같은 유대인의 구멍을 활짝 열어라! 준비해라, 나오미, 내가 이제 네 생식기관에 독을 바를 테니까! 종족의 미래를 바꾸어놓을 테니까!

하지만 물론 그럴 수 없었죠. 귓구멍을 핥고 씻지 않은 목을 빨고 똬리를 튼 꼰 머리를 씹고……그러다가 내 공격 때문에 진짜로 저항이 약해지기 시작한 건지도 모른다는 생각이 들었을 때, 나는 몸을 굴려 나오미에게서 떨어져, 좌절감에 사로잡힌 채 벽에 기대 쉬었습니다. 드러누워서 말이에요. "소용없어." 나는 말했습니다. "이곳에선 서지를 않아."

나오미가 일어섰습니다. 내 위로 우뚝 섰습니다. 숨을 돌리더군요. 그러더니 아래를 내려다보았습니다. 나오미가 샌달 바닥으로 내 가슴을 짓밟을 거라는 생각이 들더군요. 아니면 내가 똥을 지릴 때까지 걷어찰지도 모른다는 생각. 어린 시절 공책이 뜯어지지 않도록 일일이 보강재를 붙이던 내 모습이 떠올랐습니다. 그런데 어쩌다 이렇게 되었을까?

"이스-라엘에서는 발-기-불능이라네, 다 다 다아아아." 난 〈Lullaby in Birdland〉의 곡조에 가사를 붙여 그렇게 노래를 불렀습니다.

"이것도 장난이야?" 나오미가 물었습니다.

"이다음에도 또 장난이지. 이다음에도 또 장난. 왜 내 삶을 거절하는 거지?"

그러자 나오미는 다정한 말을 건네더군요. 물론 나오미는 저 위에 있으니 그럴 여유가 있었겠죠. "너는 집에 돌아가야 돼."

"그럼, 그게 나한테 필요하고말고. 다시 유랑 생활을 하는 게 말이야."

그러자 저 위에서 나오미가 싱긋 웃었습니다. 건강하고 기념비처럼 우뚝한 저 사브라! 노동으로 빚어진 다리, 실용적인 반바지, 전투의 상흔이 남은 단추 없는 블라우스—자비롭고 의기양양한 미소! 그리고 샌달을 신은 껍질이 단단한 발 옆에는 이…… 이 뭐라고 해야 할까? 이 아들! 이 사내아이! 이 아기! 앨릭잰더 포르트누아즈! 포트노즈! 포트노이-오이-오이-오이-오이![*]

"너를 봐." 내가 말했습니다. "그 위에 있는 너를. 얼마나 크고 큰 여자야! 너를 봐—얼마나 애국적이야! 너는 정말 승리를 좋아해, 안 그래, 허니? 승리를 대범하게 받아들이는 법을 알아! 우와, 너는 죄책감이 없어! 멋져, 정말로—너를 만나 영광이야. 이봐, 헤로인, 나를 데려가줘! 산으로. 쓰러질 때까지 돌을 치울게. 그래야 선해지는 거라면. 선해지면, 선해지고 선해지고 선해지면 좋잖아—안 그래? 오직 원칙을 따라 사는 거야! 타협 없이! 악당은 다른 사람보고 하라 그래, 그렇지? 난장판은 *이방인*들더러 만들라고 해, 책임은 *이방인*들이 혼자 다 지라고 해. 내가 나 자신에게 가혹한 인간으로 태어난 거라면, 그것도 어쩔 수 없잖아! 녹초가 되지만 만족스러운 윤리적 생활. 자기희생으로 풍족하고, 절제 덕분에 관능적인 삶! 아, 듣기만 해도 좋아. 아, 그 돌 맛이 나는 것 같아! 어때, 나를 데려가줄 거야—순수한 포트노이적 생활로!"

"너는 집에 가야 돼."

"반대야! 나는 여기 있어야 해. 그래, 있어야 돼! 그런 카키 반

* '누아즈(noise)'는 '싸움', '노즈(nose)'는 '코'라는 뜻이고 '오이(oy)'는 유대인의 감탄사.

바지를 사서—남자가 되는 거야!"

"너 좋을 대로 해." 나오미가 말했습니다. "나는 너를 떠날 테니까."

"안 돼, 헤로인, 안 돼." 나는 소리쳤습니다. 실제로 나오미가 조금 좋아지기 시작했기 때문입니다. "아, 이런 낭비가 어디 있어."

나오미는 그런 상황을 좋아했습니다. 아주 의기양양해서 나를 바라보았죠. 마침내 내가 나 자신에 관한 진실을 고백이라도 한 것처럼. 엿 먹으라지. "내 말은, 너처럼 크고 건강한 여자와 씹을 해버릴 수 없다니 이런 낭비가 어디 있느냐는 거야."

나오미는 혐오감에 몸을 떨었습니다. "말 좀 해봐, 제발, 왜 그 말을 계속 써야 하는 건데?"

"산 위에서는 남자애들이 '씹'이라는 말을 안 써?"

"안 써." 나오미가 생색을 내며 말했습니다. "네가 쓰는 것처럼은 안 써."

"글쎄, 아마 그 아이들은 나처럼 분노가 가득하진 않은가보지. 경멸이 가득하진 않은가보네." 그런 다음 나는 나오미의 다리를 향해 돌진했습니다. 결코 충분하지 않았기 때문입니다. 결코! 나는 가져야만 합니다.

하지만 뭘 가지죠?

"안 돼!" 나오미는 나를 굽어보며 소리를 질렀습니다.

"돼!"

"안 돼!"

"그럼." 나는 나오미의 강력한 다리를 잡은 채 문 쪽으로 질질 끌려가며 애원했습니다. "네 보지를 먹게라도 해줘. 그래도 그건 할 수 있거든."

"이 돼지!"

그러더니 걷어찼습니다! 한 방 먹인 거죠! 그 개척자의 다리에 온 힘을 실어 심장 바로 밑을요. 내가 매를 번 거 아니냐고요? 내가 뭘 하려고 했는지 누가 알겠습니까? 어쩌면 아무것도 하지 않으려 했는지도 모릅니다. 그냥 나 자신이었는지도 몰라요. 그게 그냥 내 진짜 모습인지도 모르죠. 씹을 핥는 놈, 여자의 구멍을 찾는 비열한 주둥이. 먹는다! 어쩔 수 없죠 뭐! 어쩌면 나에게 가장 지혜로운 해결책은 네발로 기어다니며 사는 건지도 모릅니다! 보지로 잔치를 벌이며 평생 기어다니고, 잘못을 바로잡고 한 가정의 아버지가 되는 건 올곧은 피조물들에게 맡기는 겁니다! 이렇게 거리를 걸어다니는 향연이 있는데 누가 자기 이름을 새긴 기념비를 원하겠어요?

따라서 평생 기어다니는 겁니다—나에게 남은 삶이 있다면! 머리가 빙빙 돌기 시작했습니다. 목구멍으로 지독하기 짝이 없는 신물이 올라왔습니다. 앗, 내 심장! 그것도 이스라엘에서! 다른 유대인은 피난처, 성소, 평화를 구하는 곳에서 포트노이는 이제 죽는구나! 다른 유대인들은 번창하는 곳에서 나는 이제 소멸하는구나! 내가 원하는 건 그저 약간의 쾌락을 주고, 또 나 자신도 좀 얻는 것뿐이었는데. 왜, 왜 내가 쾌락을 좀 얻기만 해도 열차 맨 끝에 차장차가 붙는 것처럼 보복이 따라오는 걸까! 돼지? 누가? 내가? 갑자기 다시 시작됩니다. 오래전의 것에, 과거에 있었던 것에, 앞으로는 결코 없을 것에 묶여 꼼짝도 못합니다! 문이 쾅 닫히고 나오미가 사라집니다—나의 구원이! 나의 친족이! 그리고 나는 바닥에서 내 기억과 함께 훌쩍거리고 있습니다. 나의 무한한 유년! 내가 포기하지 않을—또는 나를 포기하지 않을 유년! 바로 그겁니다! 무를 기억하는 것—나의 빅토리 가든에서 그렇게 애정을 쏟아 길렀던 무를 기억하는 것. 우리의 지하실 문 옆의 그 조그만 뜰에서. 나의 키부츠. 무, 파슬리, 당근—그래, 나도 애국자야. 너하고는 다른 곳에서! (나한테도 편하지 않은 곳이야!) 하지만 내가 모으던 은박지, 그건 어때? 내가 학교로 나르던 신문지! 국방 우표*를 모은 내 우표책. 추축국을 부수려고 모두 줄을 맞추어 단정하게 붙여놓았는데! 나의 모형 비행기—

* 2차대전 당시 전쟁 비용을 마련하기 위해 시작한 우체국 예금제도로 공채를 사면 그 증표로 우표를 주었다.

나의 파이퍼 컵, 나의 호커 허리케인, 나의 스핏파이어![*] 그런 착한 아이에게 어떻게 이런 일이 생길 수 있는 거지. R.A.F.[**]와 '네 가지 자유'[***]를 사랑하던 아이에게! 얄타회담과 덤버턴오크스회의[****]에 대한 나의 희망! U.N.O.[*****]를 위한 나의 기도! 죽어? 왜? 벌? 뭐에 대한? 발기부전? 도대체 어떤 이유로?

'멍키의 복수'. 아무렴.

"앨릭잰더 포트노이, 로마에서 이틀 밤 연속으로 메리 제인 리드의 인간성을 타락시킨 죄, 그리고 그녀의 씹 착취를 포함하여 이루 다 말할 수 없을 정도로 많은 다른 죄 때문에 너에게 중증 발기부전을 선고한다. 즐겁게 지내라." "하지만 재판장님, 그 여자는 성년이고, 사실, 성인은 서로 동의하에—" "법 구절 갖고 나한테 헛소리하지 마라, 포트노이. 너는 옳고 그름을 알았다. 너는 다른 인간을 타락시킨다는 것을 알고 있었다. 그것 때문에, 네가 저지른 짓과 그것을 저지른 방식 때문에, 너에게 축 늘어진 자지를 선고하는 것은 정당하다. 이제 사람에게 상처를 줄 다

---

* 셋 다 정찰기 혹은 전투기.

** 영국 공군.

*** 프랭클린 루스벨트가 1941년에 천명한 네 가지 자유.

**** 각각 2차대전 종전 문제를 다룬 회담과 UN 창설을 다룬 회의.

***** 국제연합기구.

른 방법을 찾아봐라." "하지만 제 말을 좀, 재판장님, 그 여자는 어쩌면 나를 만나기 전에도 약간 타락했었을지 모릅니다. 내가 '라스베이거스'라는 말 이상을 이야기할 필요가 있을까요?" "아, 멋진 변호다, 정말 멋져. 법원의 판결을 틀림없이 약화시키겠구나. 그게 우리가 불행한 사람들을 대접하는 방식이냐, 응, 감독관? 네 정의에 따르면, 그게 한 사람이 위엄과 인간성을 갖출 기회를 제공하는 거냐? 이 개자식아!" "재판장님, 제발, 판사석에 다가가도 괜찮겠습니까—사실 제가 하던 일은 단지 약간…… 어, 뭐랄까? ……약간 재미를 보자는 것뿐이었습니다, 그뿐입니다." "아, 이런 개새끼를 봤나!" 참 나, 빌어먹을, 나는 재미도 좀 못 보는 건가요! 왜 내가 쾌락을 위해 벌이는 아주 작은 일이 바로 불법이 되는 건가요. 세상 다른 사람들은 죄다 웃음을 터뜨리며 진흙탕에 뒹굴고 있는데! 나더러 돼지라고? 그 여자는 하루 중 오전에만 내 사무실에 고발과 민원이 얼마나 제기되는지 꼭 봐야 합니다. 사람들이 서로 무슨 짓을 하는지! 탐욕과 증오 때문에! 돈 때문에! 원한 때문에! 아무것도 아닌 것 때문에! 주택 대출을 받기 위해 *흑인*이 무슨 일을 겪어야 하는지! 사람들은 옛날에 우리 아버지가 비 오는 날에 대비한 우산이라고 부르던 것을 원합니다—그리고 그 돼지들이 그걸 가지고 어떻게 사람을 꼬이는지 보셔야 하는데! 그러니까 진짜 돼지들, 프로들 말입니다! 이 도시에서 은행들이 처음으로 검둥이와 푸에르토리코인을 채용해 일을 주고, 인사과 사람들을 보내 할렘의 입사 지원자들과 인터뷰를 하게 된 게 누구 때문이라고 생각하세요? 그 간단한 걸 하기 위해 사람을 보내게 된 게? 바로 이 돼지올시다, 아가씨—포트노이라고요! 돼지들하고 이야기하고 싶으면, 주중에 아무 날이나 골라 아침에 사무실로 와서 내 미결 서류함을 봐봐. 돼지들을 보여줄 테니까. 다른 사람들이 하는 짓—그리고 아무 벌도 안 받는 짓! 그리고 절대 후회 안 하는 짓을 보여줄 테니까! 무방비 상태인 사람에게 상처를 주고 나면 그 돼지들은 미소를 짓는다니까, 나 참, 자신의 하루에 약간의 활력을 보탰다고 생각한다니까! 거짓말, 음모, 뇌물, 도둑질—선생님, 그 돼지들은 눈 하나 깜빡하지 않고 절도죄를 저지른다니까요. 그 무관심! 완전한 도덕적 무관심! 범죄를 저지르고도 소화불량에도 안 걸려요! 하지만 나, 나는 휴가를 와 있는 동안 용기를 내어 약간 특이한 종류의 씹을 한번 훔쳐보려 한 것뿐이에요—그런데 서질 않는다고요! 내 말은, 나는 "법에 따라 처벌을 받으니 제거하지 마시오"라고 적혀 있으면 내 매트리스의 꼬리표도 떼어내지 않는 사람이란 말입니다. 그런다고 뭘 주기라도 하나요? 의자를 줍니까? 정말 비명을 지르고 싶습니다. 이 터무니없는 죄의 불균형 때문에 말이에요! 비명을 질러도 되나요? 그럼 대기실에서 기다리는 사람들이 너무 놀라지 않을까요? 사실 그게 나한테 가장 필요한 건지도 몰라요. 울부짖는 거요. 순수한 울부짖음. 나와 울부짖음 사이에 말은 이제 끼워넣지 말고요! "우리는 경찰이다. 너는 포위되었다, 포트노이. 어서 밖으로 나와 사회에 대한 빚을 갚아라." "사회는 엿이나 먹으라고 해, 짭새야!" "셋 셀 동안 두 손을 들고 밖으로 나와라, 이 미친개야. 안 그러면 우리가 총을 쏘며 들어가 너를 잡아버리겠다. 하나." "쏠 테면 쏴, 이 짭새 새끼야. 내가 젠장 눈 하나 깜빡할 줄 아냐? 나는 내 매트리스의 꼬리표도 뜯어낸 사람이야—" "둘." "—그래도 나는 사는 동안은 크게 살았어!"

아아아!!!!!

펀치 라인

자[의사가 말했다]. 자, 이제 이야기를 스을스을 시작해볼 수도 있겠네요. 해볼까요?*

* 원문에서 의사는 유럽 억양이 섞인 부자연스러운 영어를 구사하고 있다.

옮긴이의 말

수십 년 전, 지금은 흔적의 그림자조차 찾아볼 수 없는 사춘기라는 것이 옮긴이를 지배하던 어느 날—중학교 때였지싶다—친구와 함께 지금은 사라진 종로서적에 갔다. 물론 사춘기에 굳이 종로서적을 찾아가는 데에는 여러 갸륵한 뜻이 있을 수 있지만, 이날은 딱히 그랬다고 말할 수 없는 것이, 엄청나게 야한 책이 나왔다는 소문을 듣고 그 책을 구하러 간 것이었기 때문이다. 그럼에도 은근히 자부심이 없지 않았던 것은, 야한 책이라 하더라도 종로서적에서 살 수 있는 야한 책은 거기에서 조금 떨어진 청계천에서 살 수 있는 야한 책과는 격이 다르다는 생각 때문이었을 것이다. 아마 우리는 그런 자부심과 기대감, 그리고 아무래도 피할 수 없는 어떤 수치심이 뒤섞인 묘한 표정으로 소설 판매대가 있던 2층인가로 올라갔을 것이다. 그리고 그곳에서 친구가 옆에 있기 때문에 그러모을 수 있는 용기를 내어—바로 그 이유 때문에 함께 간 것이겠지만—책 제목을 이야기했고, 그 판매대를 담당하던 누나는 "니들도냐?" 하는 표정으로 떨떠름해하면서 책을 내주었다. 한 대 쥐어박고 싶은 어린 동생에게 책을 줄 수밖에 없었던 그 누나의 표정에 수치심이 은근한 자부심을 집어삼킨 것도 잠시, 친구와 나는 미션 완수의 기쁨에 들떠 도망치듯 책을 들고 집에 왔는데…… 그다음에 책을 읽은 과정과 관련해서는 아무 기억이 남아 있지 않다. 너무 야한 책으로 인한 너무 야한 감격을 기억이 감당하지 못하고 의식 밑의 지하에 묻어버린 것일까? 모르겠다. 어쨌든 확실한 것은 그때 그 책이 바로 지금 이 책 『포트노이의 불평』—당시 제목은 좀 달랐던 것 같지만—이라는 것이다. 기억은 그렇다 해도 당시에 샀던 책이라도 남아 있으면 이번에 번역을 하면서 도움이라도 좀 얻었으련만, 그때는 이 나이가 되어 이 책을 번역하게 될 줄은 꿈에도 몰랐기 때문에 미처 챙겨놓지를 못했다.

그런데 가만히 돌이켜보면, 그 책과 관련된 기억이 사라진 이유는 어쩌면 실망 때문인지도 모르겠다는 생각이 든다. 그 책이 옮긴이의 사춘기다운 요구를 충족시키지 못했을 수도 있다는 것이다. 바꾸어 말하면, 사실 그 책은 기대와 달리 야하지 않았다는 것이다. 물론 사용한 단어나 묘사된 장면 자체는 야했을 것이다(모르긴 몰라도, 세월이 세월이니만큼 번역에 사용한 단어로만 보자면 이번 번역이 더 야할 듯하다). 사실 필립 로스가 그 자신의 표현대로 엄청난 "악명"을 얻을 만큼 야했다. 그러나 그런 야한 장면이 제시되는 방식은 사춘기 소년이 원하는 대로 야하지 않았던 것이다. 그래서 아무리 몸이 더운 사춘기 시절이었다 해도 이 책을 통해 야한 것에 대한 욕구를 충족시키지는 못했을 것이다—표현 자체는 덜 야하지만 제시되는 방식은 훨씬 야한 것들이 그때도 널려 있었으니까. 게다가 얄팍한 자부심만 있을 뿐 사실 이 책의 다른 면을 이해할 수준과는 거리가 한참 멀었으니, 그냥 실망하여 읽다 말았거나 억지로 읽고는 다 잊고 말았을 것이라는 게 지금의 추측이다(지금 나온 번역본에서 옮긴이의 전철을 밟는 독자들이 없기를!). 사실 영화에 나신이 나와도 전혀 야한 느낌이 들지 않기도 하고 옷을 많이 걸치고 나와도 야한 느낌이 들기도 하는 것은 우리가 흔히 경험하는 일이고, 지극히 당연한 일이라고 할 수 있다. 다만 사춘기 소년의 뜨거운 눈이나 검열관의 경직된 눈에만 잘 보이지 않을 뿐.

주제넘게 이 책에 대해 무슨 변명을 하려고 이 이야기를 꺼낸 것은 아니다. 사실 로스는 꼭 이 작품이 아니더라도 적나라한 표현으로 꽤 악명이 높은 작가이고, 옮긴이도 그런 면에 어느 정도는 익숙한 편이다. 그러나 그런 면과 마주칠 때마다—예컨대 『에브리맨』처럼 『포트노이의 불평』과는 느낌이 완전히 다른 작품에서도—어떻게 이렇게 적나라한 이야기를 하면서도 이렇게 선정적이지 않을 수 있을까 하는 생각을 했는데, 아무래도 이번 책에서는 그런 궁금증이 최고조에 이를 수밖에 없었던 것뿐이다. 그런 면에서 표현 자체의 적나라함보다는 그것을 제시하는 방식이 더 중요하다는 이야기를 했지만, 그것 외에 또 한 가지 빼놓을 수 없는 점은 로스가 그 자신의 표현대로 모든 것을 "차가운 눈"으로 바라본다는 것이다. 그 눈의 온도가 어찌나 낮은지, 그의 작품들을 읽을 때면 가끔 뒤쪽에서 그의 거대하고 차가운 눈이 응시하고 있다는 느낌에 사로잡히며 으스스한 느낌에 소름이 돋곤 하는데, 이것은 과연 옮긴이만의 느낌일까? 어떤 면에서는 바로 이런 차가움 때문에 로스가 누구보다 적나라한 표현으로 자유롭게 나아갈 특권(?)을 얻은 것이 아닌가 하는 생각도 든다.

그러나 『포트노이의 불평』에는 그 차가움에 맞서는 것이 있으니, 바로 배를 잡고 구르게 만드는 유머다. 『포트노이의 불평』은 많은 사람들이 정말 할말이 많은 소설이겠지만, 옮긴이에게는 바로 이 차가움과 유머의 공존이 무엇보다 가장 큰 매력으로 다가온다. 심지어 세상에서 사람을 가장 크게 웃게 할 수 있는 사람은 가장 차가운 눈의 소유자라는 말이 진실처럼 들릴 정도로! 유머의 이면은 바늘 끝도 안 들어갈 것 같은 냉엄함이라는 생각이 들 정도로! 그런 생각이 들수록 그의 후기작들에서 유머의 빈자리가 커 보이기도 한다. 이 책은 1969년, 로스가 삼십대 중반일 때 쓴 소설(주인공 포트노이도 그 나이쯤으로 짐작된다)인데, 그 이후 어느 때부터인가 로스는 웃음을 많이 잃은 듯하다. 그래서 최근에 나온 번역본들로 처음 로스를 접한 독자들은 로스가 젊은 시절에 쓴 이 작품으로 거슬러올라오면서, 마치 도로에서 역주행을 하다 언뜻 화려해 보이는 차가 시끄럽게 빵빵거리며 마주보고 달려올 때처럼 깜짝 놀랄지도 모르겠다. 그리고 잠시 후, 그 길고 험한 도로 어디에선가 웃음을 잃었을 로스를 생각하며, 또 그 이유를 궁리해보며 옮긴이처럼 고개를 갸우뚱할지도 모르겠다.

이 책을 옮기는 과정에서 이화여대 통번역대학원의 김소라 선생님에게서 많은 도움을 얻었다. 부족한 번역이 도움을 받은 부분마저 어둡게 가릴까 두렵지만, 그래도 이 자리를 빌려 깊은 감사의 말을 전한다.

2014년 2월 정영목

지은이 **필립 로스**
1998년 『미국의 목가』로 퓰리처상을 수상했다. 그해 백악관에서 수여하는 국가예술훈장을 받았고, 2002년에는 미국 문학예술아카데미 최고 권위의 상인 골드 메달을 받았다. 전미도서상과 전미비평가협회상을 각각 두 번, 펜/포크너상을 세 번, 영국 WH 스미스 문학상을 두 번 수상했다. 2005년에는 『미국을 노린 음모』로 미국 역사가협회상을 받았으며, 2011년 백악관 국가인문학훈장과 맨부커 인터내셔널 상을, 2012년 스페인 아스투리아스 왕세자 상과 2013년 프랑스 코망되르 레지옹 도뇌르 훈장을 받았다. 2018년 세상을 떠났다.

옮긴이 **정영목**
서울대 영문학과와 동 대학원을 졸업했다. 전문번역가로 활동하며, 현재 이화여대 통번역대학원 교수로 재직중이다. 지은 책으로 『소설이 국경을 건너는 방법』 『완전한 번역에서 완전한 언어로』가 있고, 옮긴 책으로 『로드』 『죽어가는 짐승』 『굿바이, 콜럼버스』 『미국의 목가』 『울분』 『에브리맨』 『책도둑』 『달려라, 토끼』 『제5도살장』 등이 있다. 『로드』로 제3회 유영번역상을, 『유럽 문화사』로 제53회 한국출판문화상(번역 부문)을 수상했다.

문학동네 세계문학
포트노이의 불평

1판 1쇄 2014년 2월 28일 | 1판 6쇄 2021년 12월 14일

지은이 필립 로스 | 옮긴이 정영목
책임편집 김경미 | 편집 여승주 이원주 오영나
디자인 윤종윤 이원경 | 저작권 박지영 이영은 김하림
마케팅 정민호 정진아 김혜연 정유선 | 홍보 김희숙 함유지 이소정 이미희
제작 강신은 김동욱 임현식 | 제작처 한영문화사(인쇄) 경일제책(제본)

펴낸곳 (주)문학동네 | 펴낸이 염현숙
출판등록 1993년 10월 22일 제406-2003-000045호
주소 10881 경기도 파주시 회동길 210
전자우편 editor@munhak.com | 대표전화 031) 955-8888 | 팩스 031) 955-8855
문의전화 031) 955-3576(마케팅) 031) 955-2652(편집)
문학동네카페 http://cafe.naver.com/mhdn | 트위터 @munhakdongne

ISBN 978-89-546-2422-0 03840

잘못된 책은 구입하신 서점에서 교환해드립니다.
기타 교환 문의 031) 955-2661, 3580

www.munhak.com

미국 현대문학의 거장

필립 로스

Philip Roth

죽어가는 짐승 정영목 옮김

시간의 흐름과 자유의 의미에 대한 맹렬하고 탄탄한, 때때로 짐승 같은 고찰. _데일리 텔레그래프

네메시스 정영목 옮김

죽은 자들의 무덤에까지 가닿는, 문학과 인생에 대한 마스터클래스. _가디언

전락 박범수 옮김

품위 있다. 무자비하다. 직설적이고 절박하며 절제된 문장으로 그려내는 열에 달뜬 꿈같은 이야기. 로스는 거장이다. _로스앤젤레스 타임스

굿바이, 콜럼버스 정영목 옮김

필립 로스가 계속 단편소설만 썼다 해도 그는 여전히 우리 시대 최고의 작가가 되었을 것이다. 그의 데뷔작이자 유일한 소설집인 『굿바이, 콜럼버스』는 그만큼 훌륭하다. _래리 다크(편집자)

포트노이의 불평 정영목 옮김

이 작품을 즐기면서 조금도 죄책감을 느끼지 말기를. 『호밀밭의 파수꾼』 이래 이런 기쁨을 주는 미국 소설은 처음이다. _뉴욕 타임스

울분 정영목 옮김

청춘의 격정으로 불탈 만큼 여전히 분노하고 동시에 그 격정이 스스로를 파멸시킬 수 있음을 이해할 만큼 충분히 현명한 작가로부터 나오는 폭발을 볼 수 있는 소설. _워싱턴 포스트

에브리맨 정영목 옮김

제게 『에브리맨』은 올 최고의 소설이 될 것 같습니다. 이처럼 읽는 이를 뒤흔들 수 있는 소설은 만나기 쉬운 게 아니니까요. _이동진(영화평론가)